U0446916

本书为2013年教育部人文社会科学研究青年基金项目结项成果，重庆市抗战文史研究"两江学者"计划专项资助项目成果。

旧刊有声

中国现代文学佚文辑校与版本考释

凌孟华 ◎ 著

中国社会科学出版社

图书在版编目（CIP）数据

旧刊有声：中国现代文学佚文辑校与版本考释/凌孟华著．
—北京：中国社会科学出版社，2020.6（2021.6重印）
ISBN 978-7-5203-6422-5

Ⅰ.①旧… Ⅱ.①凌… Ⅲ.①中国文学—现代文学—文学研究 Ⅳ.①I206.6

中国版本图书馆 CIP 数据核字（2020）第 071147 号

出 版 人	赵剑英
责任编辑	郭晓鸿
特约编辑	张金涛
责任校对	王 龙
责任印制	戴 宽

出　　版	中国社会科学出版社
社　　址	北京鼓楼西大街甲 158 号
邮　　编	100720
网　　址	http://www.csspw.cn
发 行 部	010-84083685
门 市 部	010-84029450
经　　销	新华书店及其他书店
印　　刷	北京明恒达印务有限公司
装　　订	廊坊市广阳区广增装订厂
版　　次	2020 年 6 月第 1 版
印　　次	2021 年 6 月第 2 次印刷
开　　本	710×1000 1/16
印　　张	18.25
插　　页	2
字　　数	281 千字
定　　价	88.00 元

凡购买中国社会科学出版社图书，如有质量问题请与本社营销中心联系调换
电话：010-84083683
版权所有　侵权必究

序　言

在中国现代文学文献学的范畴里，辑佚是一个必不可少的重要组成部分。早在三十年前，樊骏先生在他那篇有名的长文《关于中国现代文学史料工作的总体考察》（收入 2006 年人民文学出版社初版《中国现代文学论集》上册）中就曾指出：

> 新时期的现代文学史料工作的最为明显的收获，无疑是收集到和发掘出大量新的史料。首先是收集到大批长期散失的佚文。"五四"以来，除了个别例外，一直没有顾及系统编集出版现代作家的作品，缺漏散佚的现象十分普遍，因此如今的收获也就格外丰硕。

此外，朱金顺先生的《新文学史料学》增订本（2018 年海燕出版社初版）和刘增杰先生的《中国现代文学史料学》（2012 年中西书局初版）等专著中对辑佚也都不同程度地有所论述，特别是刘著还特辟"辑佚空间的拓展"专节展开讨论。由此不难看出，辑佚工作对中国现代文学史研究的重要性和必要性了。

辑佚之所以是中国现代文学文献学研究的题中必有之义，原因是多方面的。一是由于复杂的历史原因，现代作家作品散佚一直十分严重，编订全集就必须辑佚；二是即便作家全集已经编纂问世，全集不全的状态仍会长期存在。因此，辑佚工作不会停止，将会一直处于现在进行时。从 1938 年首部《鲁迅全集》出版至今，不断增补的《鲁迅全集》已经出版了至少四种版本。茅盾、阿英、胡风等作家的全集出版后，就再出版了《茅盾全集补遗》《阿英全集附卷》和《胡风全集补遗》。新版的《茅盾全集》《郁达夫全集》《徐志摩全集》《沈从文全集》《汪曾祺全集》等，更是在不断辑佚的基础上，对原先的全集作了大量的增补。而《郭沫若全集》出版至今，已知散佚的文字之多，简直达到了令人惊讶的程度。

现代作家作品的辑佚，在相当长的一个历史时段里，不外通过以下几个途径进行：报纸副刊、文学期刊和丛刊、单行本（尤其是多人合集和为他人作品集所作序跋）、鲜见的他人著作或文章所引录者、各类档案、作家本人或知情者的回忆、未发表的手稿，等等。后来又扩大到所谓的"综合性杂志"，如有名的《东方杂志》《少年中国》《现代评论》《国闻周报》《新中华》《观察》等（其实"五四"新文学的发端《新青年》月刊也可视为"综合性杂志"）。这些方面的辑佚早已成果累累，不必我再多说。

但是，凌孟华君并不以此满足。在他看来，现代文学的辑佚工作应该且必须进一步开拓。如何开拓呢？他认为，与"文学期刊"相对应的"非文学期刊"正是一个新的十分重要的切入口，而所谓的"综合性杂志"完全可以包括在"非文学期刊"之内。更何况像《清华周刊》这样的大学校刊，归入"综合性期刊"未免牵强，但如说是"非文学期刊"，当然不会有歧义。我以为，孟华的看法很有见地，确实为现代作家作品辑佚和从一个新的角度考察现代文学史打开了天地，即以拙编《现代中文学刊》2018 年发表的辑佚成果为例，研究者在《聚星月刊》上发现了多篇"东郭生"（周作人）的集外文，在《春秋导报》上发现了沈从文、穆旦、汪曾祺的集外文，都是"非文学期刊"辑佚的可喜收获，也都验证了孟华的这个主张。

孟华不仅提出了辑佚应该具有"非文学期刊"视野和从"非文学期刊"视角考察现代文学史的观点，更令我感兴趣的是他自己的实践，这部《旧刊有声：中国现代文学佚文辑校与版本考释》就是一个有力的证明。此书共六章，前四章就是孟华在"非文学期刊"上辑佚的考证文字。《国讯》《大中》等刊物，虽然还说不上十分冷僻，但在以往，现代文学研究者很少会把研究的目光投向这些"非文学期刊"。孟华独辟蹊径，遍查《国讯》（包括香港版）和《大中》等"非文学期刊"，果然大有斩获。

《国讯》是中华职业教育社的机关刊物，曾出版沪版、重庆版和香港版，以时政内容为主。但就在《国讯》上，孟华发现了茅盾的小说《十月狂想曲》、郭沫若的演讲《写作经验谈》、冰心的演讲《写作漫谈》、夏衍的评论《鲁迅先生的豫言》、臧克家的新诗《一个遥念》（原题《呜咽的云烟》）等，不仅是发现，还分别作了仔细的校勘和深入的解读。特别是发表于1941年《国讯》港版第6期的《十月狂想曲》，系茅盾抗战期间的一篇很重要的小说，竟埋没那么多年，茅盾晚年自己写回忆录也未提及，现在终于由孟华发掘出来，这对茅盾研究的深入无疑有所推动。

创刊于北平（今北京）的《大中》又有所不同。该刊内容虽然也是以时评为主，但文史哲经也占了相当比例，却因出版时间仅九个月而更有"被历史的黄尘湮灭之势"。值得庆幸的是，孟华又在该刊上发现了新诗人吴兴华感人至深的散文《记亡妹》，此文对研究吴兴华生平和创作历程均不可或缺；还有俞平伯《为润民写本》的初刊本《为润民写遥夜闺思引后记》，从而为研究此文的版本变迁找到了可靠的依据。

不仅如此，孟华对"非文学期刊"的追踪还不断扩展，连《旅杭嘉善学会集志》《新新新闻旬刊》等这样十分冷僻的刊物，《学僧天地》等佛教期刊，也都不放过。果然"皇天不负有心人"，又不断有所发现。孟华似乎与俞平伯特别有缘，他在《知识与生活》1947年第6期上发现的俞平伯的长文《"宣传""党"这两个词你怎么样看法？》真是太重要了，大大有助于"彰显"1940年后半年"另一个角度的俞平伯面影"，而他的分析也很周详。至于与俞平伯关系密切的叶圣陶，孟华也在《学僧天地》1948年第4期上发现了他的演讲词《语文学习浅说——在玉佛寺佛学院讲》，此讲稿虽由僧人记录，但已经叶圣陶本人"费时半日""订正"，因此，与一般未经演讲者本人审定，不能简单地归之于佚文不同，完全可以视之为一篇叶圣陶的正式佚文。这篇演讲词很精彩，至今读来仍颇受启迪，而孟华的考证也很精彩，引人入胜。

除此之外，孟华此书中还有不少亮点，他提出应对现代名家集外文整理再认识，他认为应加强对现代重要作家经典名作版本的研究，都深得我心。他对冰心翻译的《吉檀迦利》的汇校，尤其值得注意。根据孟华的查考，冰心翻译的诺贝尔文学奖得主泰戈尔的获奖诗集《吉檀迦利》最初连载于1946年《妇女文化》第1卷第1、3、4期，同时他仔细核对了以往的研究者在记录这个初刊本时的各种错讹。在此基础上，他又以《妇女文化》初刊本为底本，将之与1955年初版本和此后的七种版本进行汇校，较为详尽地呈现了冰心此译本各种版本的来龙去脉。现代作家许多重要作品有不同的甚至是令人目眩的众多版本，因此，汇校成为现代文学文献学研究的又一个重要组成部分，越来越受到重视。20世纪80年代的《女神》汇校本（桑逢康汇校）、引起过争议的《围城》汇校本（龚明德主持），近年的《边城》汇校本（金宏宇汇校）和最近才问世的《穆旦诗编年汇校》（易彬汇校）等，都是这方面的有益尝试。然而，迄今为止，汇校只限于文学创作，似并未涉及外国文学的翻译，如傅雷译巴尔扎克的长篇《高老头》，也是名著名译，就有1946年初版本、1951年重译本和1963年修订本，如加以对照分析，一定很有意思。从这个角度而言，孟华把冰心译《吉檀迦利》各种版本进行汇校，显然是一项填补空白的具有开创意义的学术成果，不管孟华自己是否意识到。

还有，孟华对张爱玲散文集《流言》1945年武汉大楚报社"再版本"的梳理也值得注意。这是《流言》的一个特殊版本，孟华的梳理十分仔细，从发现过程到何以流传稀少，从封面到纸型到版面的差异，都有所论列。这个《流言》版本与北方的偷印本显然有所不同，但考虑到当时胡兰成在主持大楚报社，所以该社"快读文库"中推出《倾城之恋》单行本，"南北丛书"中推出《流言》单行本，恐怕都是胡兰成的主意和具体实施的。所谓"以俾于文艺复兴运动稍尽微力"云云，说得漂亮罢了，张爱玲本人可能并不知道。当然这只是我的推测，有待更多史料出现进一步证实。

总之，孟华此书无论是辑校佚文还是考释版本，都颇有新意，颇见功力，虽然个别篇章在以小见大的同时略嫌烦琐。而他所提出的现代文学辑佚的"非文学期刊"视野和从"非文学期刊"视角考察现代文学史的观点，更给现代文学文献学研究者以很大的启发，说明了他对现代文学文献学研究的深入思考和努力实践。此书是孟华继《故纸无言：民国文学文献脞谈录》之后的第二本书，我相信，孟华以此书为开端，锲而不舍，不受各种干扰坚持下去，一定能对现代文学文献学研究乃至整个中国现代文学史研究作出新的贡献。

陈子善
己亥年盛夏于海上梅川书舍

目 录

绪论 现代文学研究的"非文学期刊"视野 …………………… 1

第一章 《国讯》旬刊所载名家佚作研究 …………………… 11
第一节 《国讯》与作家佚作发掘胜论 ………………… 12
第二节 再谈冰心演讲词《写作漫谈》 ………………… 23
第三节 臧克家集外诗文辑录与补正 …………………… 37

第二章 《大中》月刊及其重要佚文叙录 …………………… 52
第一节 《大中》版面内容及编辑者与发行人考 ……… 52
第二节 吴兴华一九四四年亲情佚文《记亡妹》 ……… 62
第三节 俞平伯的《为润民写遥夜闺思引后记》 ……… 72

第三章 三种非文学期刊之名宿佚作论 ……………………… 87
第一节 《旅杭嘉善学会集志》与夏衍序言 …………… 87
第二节 俞平伯集外佚文及《知识与生活》 …………… 92
第三节 叶圣陶集外演讲词与《学僧天地》 …………… 109

第四章 非文学期刊的鲁迅纪念佚文考 ……………………… 127
第一节 新见夏衍的《鲁迅先生的豫言》 ……………… 128
第二节 董每戡的《鲁迅先生死了吗?》 ………………… 143
第三节 鲁迅先生逝世三周年纪念特辑 ………………… 154

第五章　名流集外文之整理问题与再识 ······ 185
第一节　《穆旦诗文集》增补诗文指瑕 ······ 185
第二节　穆旦"接近"鲁迅问题之再识 ······ 209
第三节　《信》与沈从文的瓜葛及正误 ······ 229

第六章　现代文学经典名作的版本问题 ······ 236
第一节　冰心译《吉檀迦利》初刊本刍议 ······ 237
第二节　戴望舒经典《烦忧》的版本演变 ······ 258
第三节　张爱玲《流言》之大楚报社版本 ······ 265

参考文献 ······ 275

后　记 ······ 282

绪论　现代文学研究的"非文学期刊"视野

21世纪以来，现代文学研究界时见"困境"之说，时有"围困"之虑，也时闻"突围"之声，时有"重新发动"之势。一方面，是"由于研究对象存在的历史时限，中国现代文学研究的学术空间日渐狭小，困惑与困境的焦虑在学界日渐显现"；① 另一方面，是"现代文学研究界日趋活跃，似乎真有一个'重新发动'的势头。其中引人注目的有两个'发动'，一个就是……'现代文学的文献问题'，以及由'史料的新发现'引发的'文学史的再审视'问题"。② 已有研究者敏锐地称之为现代文学研究的"文献学转向"。③ 的确，在现代文学学科发展的进程之中，寻找现代文学的"失踪者"，发掘不为人知的作家"佚作"，捡拾民国文史方面遗落的"明珠"，追求现代文学的历史"还原"，是一个非常重要的向度，也是一个不断取得实绩的方面。不少专家都站在学科发展的高度发出呼吁，比如"历史还原是现代文学学科拓展的有效途径"，④ "在对象、时代与自我之间实现历史的还原和思想的创造，推动中国现代文学学科研究的发展"⑤，等等。

值得注意的是，中国现代文学文献研究的视野和范围越来越广阔，不再局限于原有的重要文学期刊与文学副刊，而是不断向周边拓展。不但将越来

---

①　张福贵、王俊秋、杨丹丹、张丛皞：《文学史的命名与文学史观的反思》，北京大学出版社2014年版，第94页。
②　钱理群：《对现代文学文献问题的几点意见》，《河南大学学报》2005年第1期。
③　王贺：《现代文学研究的"文献学转向"》，《长沙理工大学学报》2016年第6期。
④　张中良：《历史还原是现代文学学科拓展的有效途径》，李怡《作为方法的"民国"》，山东文艺出版社2015年版，第5页。系"民国历史文化与中国现代文学研究"丛书之"总序二"。
⑤　王本朝：《新史料的发掘与中国现代文学的学科诉求》，《甘肃社会科学》2010年第3期；王本朝：《中国现代文学观念与知识谱系》，人民出版社2013年版，第238页。

越多边缘性的、地方性的、影响有限的文学报刊纳入考察范围，而且注重收集作家手迹，爬梳机构与个人的档案文件，进而将目光投向形形色色的并不以文学为志业为宗旨为诉求的其他政治报刊、经济报刊、教育报刊、新闻报刊、军事报刊和学术期刊，在其中发掘新史料发现新问题。对于这些文学期刊之外的其他刊物，特别是刊发有部分文学作品的其他刊物，不同学者有不同称谓，有称"综合性期刊"者，有称"综合性文学期刊"者，有称"文化期刊"者，有称"边缘报刊"者，有称"准文学期刊"者，还有称"非文学期刊"者。

在我们看来，"非文学期刊"的提法源远流长，在学术史上有其位置；而且符合刊物实际，边界明晰，内涵清楚，有利于凸显此类刊物的地位，有利于文学史的还原，也有利于学术史的突围。盘点近年的现代文学辑佚成果，可知刊发在非文学期刊之中的佚文所占的比例呈上升趋势，甚至有超过文学期刊成为辑佚主战场的势头。对此，有的研究者敏锐地加以总结并公之于众，有的默而不宣却抓紧跑马圈地。前者如秦芬在评述"中国现代文学期刊研究"之"特点及可扩展空间"时，强调的重要一条就是"从主要研究文学类期刊，也开始涉足非文学类的一些杂志，从而又进一步开拓出以非文学期刊研究切入文学研究的问题"，[①] 笔者也曾公开指出"随着文学期刊上作家作品系统整理发掘工作的推进和发展，非文学期刊会成为作家佚作发掘的主战场"。[②] 拙文虽有幸被人大复印报刊资料《中国现代、当代文学研究》2015年第11期转载，产生了一定的学术影响，但迄今未见同行以"非文学期刊"为题的论文。这本小书发掘讨论一批有关重要作家佚作或重要作品版本问题的新史料，涉及郭沫若、茅盾、冰心、沈从文、夏衍、俞平伯、叶圣陶、臧克家、戴望舒、穆旦、张爱玲、光未然、董每戡、田禽、侯枫等十余位作家，而史料之来源也多为非文学期刊，如《国讯》《妇女文化》《学僧天地》《大中》《清华副刊》《知识与生活》《旅杭嘉善学会集志》《新新新闻旬刊》《国民公论》《现代妇女》《现代周刊》《社会新闻》，等等。换言之，本书就是从"非文学

---

① 秦芬：《中国现代文学期刊研究评述》，《传播与版权》2014年第5期。
② 凌孟华：《抗战时期非文学期刊与作家佚作发掘脞论——以〈国讯〉为中心》，《现代中文学刊》2015年第4期。

期刊"视角发掘作家佚文、讨论名作版本并考察现代文学的多角度尝试,"非文学期刊"是贯穿全书的一条线索和一个关键词。因此,在此绪论之中,拟勉力为"非文学期刊"正名,并尝试打开中国现代文学研究的"非文学期刊"视野。

一 旧事重提:那些期刊"两分法"的声音

梳理学术史就会发现,将期刊分为"文学期刊"与"非文学期刊"的"两分法",绝不是论者头脑发热,故意标新立异,而是简单明了,渊源有自,具备合理性与有效性。

非文学期刊、非文学杂志或非文艺杂志的提法始于何时,已不可考。"五四"文学革命之后的相关论述,可分为三段略举一二予以呈现,即民国时期,共和国时代和21世纪以来。

(一) 民国时期

1923年3月25日,闻一多在致闻家驷书信中,询问弟弟"你现在看些什么杂志",指出"《创造》同《小说月报》都不可不看。别的非文学的杂志也要看"。[①] 这里的"非文学的杂志"明显有着与"《创造》同《小说月报》"等文学杂志的区分,可以体现闻一多思想中对"文学杂志"与"非文学的杂志"的"二分法"。

1946年3月17日"昆明'一二一'惨案四烈士出殡之前夜",李广田在《文学与文化——论新文学与大学中文系》一文中写下:"我们再看事实:在大学中文系里,或说在旧文学创作的课程中,不知到底有没有旧文学作家被造就出来,即在某些文学或非文学的刊物上看,也许我所见者少,却只见少数老先生在发表旧诗,旧词,旧文章,青年人的作品总不多见……"[②] 这里直接将"文学或非文学的刊物"并列,清晰地展示了李广田关于"文学"与"非文学"的刊物"二分法"。

---

① 闻一多:《致闻家驷》,《闻一多全集》第12卷,湖北人民出版社2004年版,第162页。
② 李广田:《文学与文化——论新文学与大学中文系》,《李广田全集》第5卷,云南人民出版社2010年版,第94页。

（二）共和国时代

1989年2月，《新文学史料》开始连载樊骏先生长文《这是一项宏大的系统工程——关于中国现代文学史料工作的总体考察》，欣喜地指出"从《人民日报》到各地的大小报纸，文学的与非文学的，学术性的与非学术性的杂志上，也都可以经常读到这方面的材料；它们各有侧重和特点，层次和方面也有所不同，却都为及时发表现代文学史料，提供了宽广的园地"。① 此处明显可以看出樊老的"二分法"思维，不仅从"文学"的角度二分为"文学的与非文学的"，而且从"学术性"的角度两分为"学术性的与非学术性的"。

1992年2月，《中国现代文学研究丛刊》发表封世辉先生大作《三十年代前中期北平左翼文学刊物钩沉》（之一），批评"1979年以来所出现的一批关于'北方左联'的回忆录……所提到的刊物……回忆失误之处也很多……有的误把非文艺刊物作为文艺刊物……"② 从中不难感受到作者对非文艺刊物与文艺刊物之间不容混淆的分明界限的强调，其"二分法"主张也就得到了明确的表达。

（三）21世纪以来

2001年7月，高等教育出版社出版郭延礼多卷本《中国近代文学发展史》，认为"1905年后大批文学期刊和非文学期刊刊登翻译文学作品，是造成本时期翻译文学繁盛的又一个重要条件"。③ 作者看到了同样刊登翻译文学作品的期刊里面，有"文学期刊和非文学期刊"的不同，正是我们所看重的"两分法"。

2007年6月，新星出版社出版王本朝专著《中国当代文学制度研究（1949—1976）》，第四章"文学传播与中国当代文学"有云："就文学路线和政策而言，影响中国当代文学最大的是几种非文学的报纸，如《人民日报》，它是中国共产党中央委员会的机关报。"④ 这是对《人民日报》等报刊之非文

---

① 樊骏：《这是一项宏大的系统工程——关于中国现代文学史料工作的总体考察》（上），《新文学史料》1989年第1期。
② 封世辉：《三十年代前中期北平左翼文学刊物钩沉》（之一），《中国现代文学研究丛刊》1992年第1期。
③ 郭延礼：《中国近代文学发展史》第3卷，高等教育出版社2001年版，第395页。
④ 王本朝：《中国当代文学制度研究（1949—1976）》，新星出版社2007年版，第114页。

学属性的客观还原,背后"文学"与"非文学"的"两分法",是本书得以问世的重要根源。

此外,还值得交代并致敬的是,人民文学出版社"猫头鹰学术文丛"2007年8月推出的周海波著作《传媒时代的文学》之第二章第二节专论"文学传媒与非文学传媒",也是其"两分法"思路的突出体现。此著就"区别文学传媒与非文学传媒的意义""非文学传媒对文学的巨大影响"[①]等问题进行了具体论述,代表着笔者所见关于"非文学传媒"(期刊)论述的高度和深度。

二 谁的尴尬:被纳入文学期刊研究的非文学期刊

经过从民国时期到中华人民共和国时代,再到21世纪以来的简要梳理,学术史上那些主张期刊"两分法"的声音与线索虽然渐渐清晰,可以知晓其源远流长与时代发展,但究其影响,始终是微弱的、非主流的、非常有限的。一方面,"非文学期刊"概念没有得到正名,"非文学期刊"话语没能聚焦点亮,"非文学期刊"的旗帜没有升起,"非文学期刊"的窗户少人问津;另一方面,由于非文学期刊群体的庞大存在与巨大影响,以及其与文学期刊及现代文学的密切关系,还是有一批非文学期刊已经事实上进入了现代文学研究者的视野,被纳入文学期刊研究。这些期刊以其非文学期刊属性,却被纳入文学期刊研究,地位无疑颇有些尴尬。这种尴尬既是非文学期刊的尴尬,也是期刊研究者的尴尬。以下就以"较之已见到的同类史料书,是集大成之作"[②]的《1872—1949文学期刊信息总汇》为例略作论析。

2015年12月青岛出版社出版刘增人先生等主编的四巨册《1872—1949文学期刊信息总汇》。此书收录期刊信息的范围非常广,"上起1872年11月11日《瀛寰琐记》创刊,下讫1949年10月1日中华人民共和国成立,凡77年,约10100种"。其卷首《说明》第10则云,"本《信息总汇》所收,既有纯文学期刊,也有涉及文学的各种期刊,故杜撰名目曰'涉文学期刊',即

[①] 周海波:《传媒时代的文学》,人民文学出版社2007年版,第52—73页。
[②] 朱德发:《现代中国文学研究取之不尽的信息源——有感于〈1872—1949文学期刊信息总汇〉》,《现代中国文化与文学》第21辑,巴蜀书社2017年版。

广义的文学期刊。所谓纯文学期刊，除涵盖传统的小说、诗歌、散文、戏剧四大门类外，还有电影文学、儿童文学、民间文学、外国文学等门类，文学史研究、文学理论研究等领域，均应列入收集范围；所谓涉文学期刊，即涉及文学的非纯粹文学期刊，系指设有文学、文艺栏目，或以一定篇幅发表文学、文化作品，文学研究、文化研究文章的综合性、文化性期刊，电影、戏剧等艺术类期刊，以及以一定篇幅发表文学、文化作品或文学研究、文化研究文章的其他专业性期刊，如校刊、学报、同学会会刊，同乡会会刊等"。① 从这则近300字的说明，可以看出编者对文学期刊的理解。然而，所谓杜撰名目"涉文学期刊"，并不能解决此前《中国现代文学期刊史论》提出之"'准'文学期刊"② 的尴尬问题。既然是"涉及文学的非纯粹文学期刊"，既然已经从"两分法"角度提出"非纯粹文学期刊"，何不直接称之为"非文学期刊"？对"涉及文学"的强调，延续着使"非文学期刊"向"文学期刊"靠拢的努力，以及用"文学期刊"收编一些相关"非文学期刊"的意图，其用心当然可以理解，但思想仍未得到解放。甚至在《后记》文字中，编者似乎已忘却了其中"涉文学期刊"的差别，直接宣称"到2012年底，一部网罗了一万余种文学期刊的学术元信息的大型工具书总算完成"。③

在这"约10100种"包含"涉文学期刊"的"文学期刊信息总汇"中，事实上不具有"文学期刊"属性，而是"非文学期刊"的条目就不在少数。以其中的《新新新闻每旬增刊》为例，条目内容为"旬刊，1938·7·7创刊于四川成都，熊子骏等编辑，'成都新新新闻报馆'发行，1943·11出至第6卷第2期停刊。主要栏目有时评、论著、现代文献、国风、文艺、大众论坛、法规汇编等"。④ 且不说这样过于简略的没有列出主要作者，没有提及"鲁迅先生逝世三周年纪念特辑"与"半原诗页"等重要内容的一般性介绍在参考价值方面之局限性，也不讨论在"上编 时间序列中的文学期刊信息"之后，再将相同内容按地域音序重新编排为"下编 空间序列中的文学期刊信息"之

---

① 刘增人等：《1872—1949文学期刊信息总汇》1，青岛出版社2015年版，第3页。
② 刘增人：《中国现代文学期刊史论》，新华出版社2005年版，第1页。
③ 刘增人：《一卷编就，满头霜雪——五十余年，我陪文学期刊走过》，《1872—1949文学期刊信息总汇》4，青岛出版社2015年版，第3页。
④ 刘增人等：《1872—1949文学期刊信息总汇》2，青岛出版社2015年版，第1063页。

合理性，仅以"文艺"栏只是众多《新新新闻每旬增刊》栏目之中不甚重要的一个之地位看，显然不能视之为"文学期刊"，而是"涉及文学的非纯粹文学期刊"，即典型的"非文学期刊"。

当然，非文学期刊的尴尬和期刊研究者的尴尬，既是现代文学研究界的尴尬，又不等于现代文学研究者的尴尬。说"是"，乃是因为毕竟属于现代文学研究的范畴，是出于研究现代文学史料的目的；说"不等于"，是因为出色的现代研究者往往注意"独立的史料准备"，自行回到文学现场，爬梳检索报纸和期刊（包括文学期刊与非文学期刊）中的相关研究史料，在事实上会把所见非文学期刊刊发的材料也纳入考察范围。但是，爬梳检索原始报刊毕竟是劳神费力之事，辨识、辑校更非一日之功。如若非文学期刊发表的文学内容能以可靠的文本形式收入相关作家全集与史料集出版发行，对相关研究还是能够提供极大的便利，有利于提高效率和推进研究。所以，重视"非文学期刊"的作用，积极整理研究其中的文学史料，其意义不容小视。

三　不惮前驱：非文学期刊正名及其意义

逻辑学告诉我们，"划分"是明确概念全部外延的逻辑方法。其中"二分法"是一种特殊的划分方法，它以"有无某种属性"为根据，把一个母项划分为一个正概念和一个负概念两个子项，正概念反映有某种属性，而负概念反映没有这种属性，如金属与非金属、生物与非生物等。这是逻辑学常识，类似表达颇为不少，比如"以概念反映的对象是否具有某一属性作标准，概念可以分为正概念和负概念"。① "文学"与"非文学"的划分也是"二分法"的结果，二者之间的复杂联系甚至互相转化一直是一个重要的文学问题，引起学界颇多关注。诸如栾栋先生关于"文学非文学""文学既是文学，而又另有所是"的观点及其"辟文学"② 主张，也颇有启示意义。

与之相应，"文学期刊"与"非文学期刊"的划分也是"二分法"的运用，其"有无某种属性"之"属性"，就是主观上和客观上都主要发表各体文学创作、文学翻译、文学理论、文学批评、文学研究等作品的属性。具有

---

① 何向东、何名申：《逻辑学基础教程》，广西师范大学出版社1990年版，第20页。
② 栾栋：《辟文学通解——兼论文学非文学》，《文学评论》2008年第3期。

这种属性的期刊，就是"文学期刊"，不具有这种属性的期刊，就是"非文学期刊"。这里不仅要看期刊客观呈现的栏目设置、版面内容等因素，还要考量刊物编者在《发刊词》《编后记》《征稿启事》及广告宣传等文字中透露出来的主观愿望和诉求，把他们的"心"与"迹"结合起来。

当然，"非文学期刊"涉及的范围非常之广，又可进一步以"文学相关内容"之有无作为"属性"再次进行"二分法"划分。在这个意义上，具有此种属性，才接近刘增人先生所说的"涉文学期刊"，或可称作"涉文学型非文学期刊"；而没有这种属性的所有非文学期刊，都可以称作"其他非文学期刊"。对于现代文学研究界而言，非文学期刊史料发掘的重点，自然是"涉文学型非文学期刊"。但是否与文学有"涉"，要翻阅核查之后方能知晓。所以，理论上全部"非文学期刊"都可以是现代文学文献史料研究的考察对象。

至此，可以尝试为"非文学期刊"下一简单定义。所谓"非文学期刊"，是指不以"文学"为目的，主要刊载"非文学"内容，在主要方面不具有"文学"属性的期刊。其中发表有少部分各体文学创作、文学翻译、文学理论、文学批评、文学研究等作品的，为"涉文学型非文学期刊"，此外为"其他非文学期刊"。

值得指出的是，我们这里的"涉文学型非文学期刊"与刘增人先生提出的"涉文学期刊"并不是同一概念，并不是绕了一圈之后又回到了原点，而是基于不同的逻辑，有着重要的区别。也就是说，"涉文学期刊"在逻辑上对应的是"文学期刊"，而"涉文学型非文学期刊"的逻辑对应是"其他非文学期刊"。"涉文学期刊"是作为"期刊"之一类，而"涉文学型非文学期刊"只是"非文学期刊"之一类，其再上一级单位才是"期刊"，二者不在同一个逻辑层面。两者的首要区别在于立足点或曰立场不同，"涉文学期刊"的立足点（立场）在"文学期刊"，试图将"涉文学期刊"纳入"文学期刊"研究，完成对"涉文学期刊"的收编；而"涉文学型非文学期刊"的立足点（立场）在"非文学期刊"，正视相关刊物的"非文学期刊"属性，客观地讨论"非文学期刊"及其中的部分文学内容。换言之，"涉文学期刊"首先关注的是"文学"，是因涉及文学而关注"期刊"，其处理方式类乎文学期刊，把"非文学期刊"当作"文学期刊"进行梳理；而"涉文学型非文学期刊"

首先关注的是"期刊",继而注目其中的"文学",其讨论角度不同于文学期刊,把"非文学期刊"视为"期刊"本身进行发掘。

在我们看来,为"非文学期刊"正名,回到"非文学期刊",从"非文学期刊"视角考察中国现代文学具有重要的理论意义与值得期待的广阔前景。具体而言,至少表现在以下三个方面。首先,回到"非文学期刊",才能正视"非文学期刊"在现代文学中的重要作用,厘清许多优秀的经典作品首发于"非文学期刊"的历史,还原"非文学期刊"与文学期刊既相互竞争又相互影响,共同形成现代文学赖以生存和发展的环境、场域与生态的文学史现场;能够不再无奈地把非文学期刊纳入文学期刊进行研究,才能与名不副实的尴尬告别,才能让非文学期刊理直气壮地走进文学研究的殿堂。其次,回到"非文学期刊",才能有效拓展中国现代文学研究的边界,进一步彰显中国现代文学与现代社会历史的紧密联系,展示它以文学的方式参与社会变革,推动社会进步,促进社会转型的过程与实绩。再次,回到"非文学期刊",才能顺应现代文学研究新史料发掘的趋势与走向,才能从新史料出发,打开考察中国现代文学的"非文学期刊"窗口,看到文学发展变化的新景观。

此外,我们虽然不赞同邓集田将"有比较多的文学内容(一般要占刊物内容的1/4或1/3以上)"的综合性期刊称为"综合性文学期刊",并"也算作文学期刊"的处理方式,但其"许多文学期刊都会适量刊登非文学性内容,综合性期刊也一样,常常到文学领域内抢生意,以便争夺更多的读者。这使得各种类型的期刊之间相互交错的现象比较明显"①的观点,却是敏锐的洞见。也就是说,非文学期刊可以有文学内容,而有的文学期刊也存在非文学内容;非文学期刊的文学内容不能左右其"非文学"属性,文学期刊的非文学内容也不能改变其"文学"属性。

总之,我们打捞梳理从民国时期到共和国时代,再到21世纪以来诸多学者关于"文学期刊"与"非文学期刊"的"两分法";分析讨论相关研究成果将"非文学期刊"纳入"文学期刊"研究的尴尬,尝试进一步为"非文学期刊"正名,都是出于对"非文学期刊"概念与相关问题之理论意义的自信

---

① 邓集田:《中国现代文学出版平台:晚清民国时期文学出版情况统计与分析(1902—1949)》,上海文艺出版社2012年版,第80页。

与期许。非文学期刊一直是与现代文学关系密切的巨大存在，从来就是现代文学的生产方式之一，参与现代文学从发生到发展的全过程。聚焦非文学期刊，钩沉其中散落的作家集外作品与相关史料，不仅能够进一步拓展现代文学文献史料发掘的深度和广度，而且能够深度还原现代文学的历史现场与原始形态，照亮其结构与细节，阐发其特质与规律，从而推动现代文学研究的纵深发展。

具体到操作层面，"非文学期刊"视野下的文献史料（作家佚作与版本）发掘研究还有许多值得讨论的问题与方法，其中尤为重要的是完成一个根本转变，即从以作家为线索的检索搜罗转变为以期刊为单位的系统发掘。关注不同研究对象的学者分头爬梳同一种非文学期刊，泛黄的民国期刊翻了再翻，卷曲的缩微胶片摇了又摇，海量的报刊数据库查了又查的方式，明显有重复劳动之嫌，效率不高之弊。就本书涉及的《国讯》《大中》《学僧天地》《新新新闻每旬增刊》等非文学期刊，笔者已做过以期刊为单位的发掘尝试，书稿展示的只是其中部分成果。

第一章 《国讯》旬刊所载名家佚作研究

　　作家散佚作品的长期湮没，在一定程度上简化、遮蔽甚至扭曲了作家创作与文学历史的本来面貌。佚作也是反映作家情感、蕴含其"生命的体温"①的珍贵历史碎片，是作家创作全貌的重要组成部分，是产生学术新发现的有效触媒。必须进一步加强对作家佚作的发掘和抢救，否则珍贵的文学史料就面临彻底消亡的命运，曾经的历史链条就存在永远断裂的危险。发掘还原现代作家佚作，认识其丰富性与复杂性，既是学科发展的需要，也是拓展和深化作家研究，孕育和发动学术创新的需要。基于可以理解的原因，以往的作家作品收集整理和研究更多地关注文学期刊，期刊编目的对象也主要是文学期刊，普通读者和研究者读到的也主要是初刊于文学期刊的作品。即使作家的全集（文集）收录了部分源自非文学期刊的作品，但编撰过程中的主要着力点无疑还是文学期刊。也就是说，大量非文学期刊登载的文学作品其实学界一直缺乏关注。更为重要的是，抗战时期是现代中国的特殊阶段，抗战文学也是中国现代文学的特殊形态。抗战时期，文学与社会的互动非常频繁，文学在自身大众化的过程中以多种形式介入了当时的社会生活，众多的非文学期刊往往都设置有文学栏目，点缀刊发着文学作品。随着时间的推移，不仅读者忽略了这些作品，甚至作者也遗忘了这些作品。它们成了作家全集（文集）之外的佚作，只能静静地躺在图书馆的书库中等待重见天日的机会。据笔者所知，保存在抗战时期非文学期刊上的作家佚作不在少数，本章以《国讯》旬刊为中心进

---

　　① 钱理群：《有缺憾的价值——在〈中国现代文学编年史〉出版座谈会上的讲话》，《文学评论》2013年第6期。

行初步讨论。第一节是总论考察，第二节是部分内容的进一步讨论，第三节是必要补充。

第一节　《国讯》与作家佚作发掘胜论

　　《国讯》是著名教育家、民主人士黄炎培创办的时政刊物，也是中华职业教育社的机关刊物。其前身是不定期刊物《救国通讯》，1931年12月23日上海出版第1号（创刊号），1934年1月10日出版第61号起改名《国讯》（出版期署"每月最少两期"），1934年6月16日出版第71号起改为半月刊，成为定期刊物，1935年1月11日出版第84期起改为旬刊，1937年11月1日出版第176期，随后因日军在金山卫登陆，出版第177期、第178期两期单张临时版后停刊。此后，1938年8月13日，《国讯》在重庆复刊出版第179期旬刊，1944年5月1日出版第367期起改半月刊，1945年10月10日第400期复刊沪版（由重庆航寄上海，推迟5日发行），1946年2月15日第407—408期合刊"春节特大号"社址仍署重庆，而发行所已改署"国讯书店上海华龙路八十号"，1946年4月1日第409—410期合刊出版后再度停刊。1947年5月4日上海复刊出版第411期起改为周刊，1948年4月9日出至第457期后被迫停刊。

　　作为一份坚持了十七年的有相当品位和重要影响的民国期刊，一份贯穿抗战全程的抗战期刊，《国讯》无疑具有重要的史料价值和研究价值。但令人遗憾的是，学界对《国讯》的梳理和研究还很不充分。笔者目力所及，除《国讯》编辑者如张雪澄见于中华职业教育社《社史资料选辑》（文史资料出版社1980年1月版）的《坚持抗战、坚持民主的〈国讯〉》，见于《重庆出版志》编纂委员会《重庆出版纪实》（重庆出版社1988年12月版）的《〈国讯旬刊〉创建始末》等回忆文字外，专题性研究论文仅见李贞刚《张雪澄与〈国讯〉》（《炎黄纵横》2011年第3期）、周乾康《茅盾与〈国讯〉》（《茅盾研究》2014年8月第13辑）等寥寥数种，而且其中一些基本信息尚需辨析。比如张雪澄先生的回忆与笔者翻阅原刊版权页的情况就不吻合，张先生说"到了七十二期（一九三四年七月一日出版）才正式改为半月刊"，①而事实上1934年6月16日出版的第71号封面已标注是半月刊，第71号至第75号的封面都还标注有张先生是"编辑兼发行人"；张先生回忆"从八十一期（一九三四年七月一日出版）起改为旬刊"，②这里的"一九三四年七月一日出版"明显有误，怎么可能十多期以后时间还是一样的呢？张先生犯这种错误概率很低，应当和排印疏忽有关。但即使改正为"一九三四年十一月十六日出版"也有问题，因为之后的第82号封面标注的出版时间是"一九三四年十二月一日出版"，可见仍是半月刊，并未改为旬刊。要到第84号，封面才标注"一九三五年一月十一日出版"，同时注明"旬刊第一期"。如果原刊封面页上的出版情况可靠，那么本节的梳理就是到的纠正。如果封面页本身就有偏差或存在其他特殊原因，就另当别论了。这种情况并不是不可能的，比如有数百期《国讯》封面均标注"民国二十年十二月三日创刊"，而编辑者的回忆与创刊号的出版时间都是"十二月二十三日"，到底创刊日期是三日，还是二十三日？为什么会自相矛盾？其间是非与因由，非当事人恐难推断，本章暂时采信"二十三日"之说。而关于《国讯》"1944年5月1日出版第367期起改半月刊"的情况，更是少有人关注。笔者在第一遍梳理的时候也忽略了这次刊期的变化，直至修改定稿时才注意到。也就是说，抗战时期的《国讯》其实并不都是旬刊。但本章重点讨论的名家佚作，都是刊发于《国讯》的旬刊时代。

《国讯》虽是时政刊物，是典型的非文学期刊，但也刊发了不少文学作品。其中值得注意的作者至少包括茅盾、郭沫若、冰心、老舍、臧克家、胡适、叶圣陶、徐中玉、白薇、徐迟、陈企霞、何其芳等人。作家刊发在民国非文学期刊上的作品大致有三种命运：一是已经收入全集，但有些可能在出处与版本校勘上存在问题；二是没有收入全集，但作品系年等研究资料曾经

---

① 张雪澄：《坚持抗战、坚持民主的〈国讯〉》，中华职业教育社编《社史资料选辑》，文史资料出版社1980年版，第14页。张雪澄的《〈国讯〉的三起三落》（《20世纪上海文史资料文库》第6辑，上海书店出版社1999年版，第52页）也指出"到1934年7月1日出版72期改为半月刊"。

② 张雪澄：《坚持抗战、坚持民主的〈国讯〉》，中华职业教育社编《社史资料选辑》，文史资料出版社1980年版，第14页。张雪澄的《〈国讯〉的三起三落》（《20世纪上海文史资料文库》第6辑，上海书店出版社1999年版，第52页）回忆"从81期起改为旬刊"。

提及的广义的佚作；三是既没有收入全集，也没有被研究资料提及的狭义的佚作。抗战时期《国讯》刊发的作品当然也不例外。其中不乏第二种情况，甚至还频繁出现第三种情况，这是出人意料的，令人兴奋的。我们可以就所列前三位作家的佚作出处与内容特点进行分别介绍，然后集中讨论几篇佚作的价值与问题。

一 《国讯》与茅盾佚作

茅盾抗战时期在《国讯》发表的作品较多，周乾康先生的《茅盾与〈国讯〉》[①] 梳理过茅盾与《国讯》的渊源以及在上面发表的作品，但偶有疏漏。如其已提及的《怎样复兴抗战后的文化事业》就未收入《茅盾全集》，而其没提到的《十月狂想曲》就是一篇重要的茅盾小说佚作。

《十月狂想曲》载1941年11月30日出版的《国讯》港版第6期（总288号）第154—156页，署名茅盾，标题和署名都系手迹排印。该期《编辑后记》还专门说明"茅盾先生与金禾草女史之小说，均为本期特约之文艺作品……编者谨在这里向读者郑重介绍，并向作者致谢"。可见此作无疑是沈雁冰的作品。此作未收入《茅盾全集》与《茅盾全集》（补遗），也未见于《茅盾著译年表》（查国华、孙中田）与《茅盾生平译著年表》（查国华）。但有意思的是查国华主编的《茅盾年谱》1941年11月29日原有"《十月狂想曲》（署名茅盾）发表于《国讯》旬刊"[②] 的记载，莫非是后来没有查证到这篇小说而作了专门删除？唐金海、刘长鼎主编的《茅盾年谱》1941年11月29日也有"发表《十月狂想曲》（评论）。载《国讯》旬刊"[③] 的记载，不仅同样没有具体的《国讯》旬刊之期数著录，而且还增加了体裁说明，但所谓"评论"者，显然是没有核对原文而仅就标题"十月狂想曲"进行的臆测。因为从篇名看，《十月狂想曲》是有些像评论，但事实上是一篇不折不扣的小说。《十月狂想曲》分5节、44段、4100余字。小说主要写前处长和局长成了黄主任后的前程迷梦与"十月狂想"，他仍相信"小挫勿惧"，"毅然辞去"局

---

① 周乾康：《茅盾与〈国讯〉》，钱振纲、李玲编《茅盾研究》第13辑，新加坡文艺协会2014年版，第127—129页。
② 查国华：《茅盾年谱》，长江文艺出版社1985年版，第258页。
③ 唐金海、刘长鼎主编：《茅盾年谱》上册，山西高校联合出版社1996年版，第624页。

长其实没跌筋斗,而是主动权在握,既十分自信地押宝"茄门"(德国人),又数度皱眉关心上次的买卖,和"知己"赵博士都认为全世界"和平"迅将实现,为自己远大前程日夜奔走,然而"宝"却押空了,只能怨德国人不争气。《十月狂想曲》至少有三个特点引人注目。

首先是视野广阔、选材大胆。如果说看到茅盾在小说中继续暴露国民党官员在抗战洪流中大做买卖,只求发财的腐化行径,尚在意料之中,给人以满足;那么读到先生把欧洲战场上正在进行的苏德战争作为广阔背景纳入笔端,就真是意料之外,给人以惊喜。不仅借助赵博士之口分析德军离莫斯科只有五十公里以及西伯利亚的空虚,还说及满蒙边界集中的五六十万日军,继而罗列死伤人数,损失飞机、坦克、大炮数量,指出"这是任何一个国家无法补充的,苏联尤其不能",认为高加索也快没有了,油田也快没有了……而且通过黄主任斜眼看到的报纸大标题反映"希特勒也在'再接再厉',茄门兵冲着风雪也在忙着送命",甚至还直接书写了押在德国人身上的"宝"落空的结局以及对德国人不争气的怨恨。这既体现了茅盾小说书写的过人胆识,也反映了茅盾对国际局势的深刻观察,以及对反法西斯战争的必胜信心。因为《十月狂想曲》文后落款的写作时间是"十一月十九日",其时莫斯科保卫战正在进行之中,激战正酣的双方还难分胜负。

其次是笔调辛辣、讽刺深刻。黄侯兴先生曾评价"茅盾的暴露讽刺作品,简劲、辛辣、一针见血,切中要害,嘲讽的笔法,寓怒于笑,诙谐多变,不追求噱头,不流于平庸",[①] 茅盾这篇散佚的暴露讽刺作品也是如此。如果说第一节对前处长和局长刚刚接手"主任"头衔时的"不自在""不痛快"情绪,与"比上不足,比下有余的差使,暂且混混,也不失为一枝栖"的安慰,以及"未必就没有发展之余地"的期许已经是语含讥讽,表现盘算个人利益的为官心态;那么第二节"由处长而局长而又——主任,不过表示了他的奋斗过程,而这奋斗的目标倘照茂翁那样不懂修辞的俗物说来,便是四个字:'挑精拣肥'的讽刺就是一针见血了,直言不断挑肥拣瘦"的任职心理;到了第四节"许多'英雄'正在为这'伟大事业'而努力,他黄主任倘不厕身其间做一个小齿轮,为自己的远大前程而打算,那不是枉

---

① 黄侯兴:《试论茅盾的短篇小说创作》,《北京大学学报》1964年第1期。

为人一世了么？"的讽刺力度更是深入骨髓，暴露小丑为一己之私置世界正义与民族利益于不顾的荒唐无耻。

再次是手法多样、对比鲜明。且不必说第一节对"主任"头衔"是个可大可小的玩意儿"的一番研究是如何煞有介事，以及三等商店老板管唯一的账房先生叫"会计主任"与八面威风的大机关的头儿，进出跟着制服便衣，坐下来就有禀白请示的主任之间的反差与对比；也不必说第二节对"数学上的根据"的"开诚布公"的几个公式是如何有板有眼，以及"打一场牌输去十万八万也不算什么一回事"与"战时公债他只认了五千尚有难色"之间的例外与对照；单是第四节对黄主任与"知己"赵博士由"抵掌侃侃而谈"而"不谋而合，仰脸大笑"的沆瀣一气，到问及"论功行赏"要求时赵博士装出夷然态度回答"我得百里侯足矣"与黄主任正色回答"但愿天下太平，大家能得安居乐业；个人是毫无所求"的分道扬镳，其手法的巧妙与对比的鲜明就令人击节称赏。此处对比是多重的，既有一致与分野的对比，也有丑陋与丑陋的对比。如果说赵博士是老谋深算、厚颜无耻，那黄主任更是别有用心、无耻之尤！

二 《国讯》与郭沫若佚作

抗战时期《国讯》发表的郭沫若作品有1943年第340期的《题画（二首）》、第342期的《松崖山市》、第352期《写作经验谈》和第355期的《题胜利图》。其中《题画（二首）》即收入《郭沫若全集·文学编》（第三卷）的《猪与石》，《松崖山市》已同题收入《郭沫若全集·文学编》（第二卷），《写作经验谈》未见收入《郭沫若全集》。《题胜利图》未见收入《郭沫若全集》，但《郭沫若题画诗存》（郭平英主编）存有此诗，题为《题沈叔羊胜利图》。几篇郭沫若诗文刊于《国讯》的情况，均不见于《郭沫若著译及研究资料》《郭沫若著译系年》《郭沫若年谱》等资料。也就是说，即使在狭义上，《写作经验谈》也是郭沫若佚文。

《写作经验谈》载1943年11月15日出版的《国讯》第352期（新174期）第11—12页，署名郭沫若，是一篇演讲记录稿，文末括号注明"石光记录"。此文不长，计1800余字，其中诸如在日本读书期间创作《女神》等诗歌时的灵感来袭状态，是我们熟悉的郭沫若标记性作品与表达，可以确认此文无疑是郭沫若的作品。《写作经验谈》十段正文大致可以分为三个部分。前三段是第一部分，讲写作之前的步骤：从事阅读；中间四段是第二部分，讲从事写作者：丰富生活经验与看重学习；末尾三段是第三部分，讲写作本身：出发点、精神与态度。三个部分各具特点，以下依次稍作分析。

第一部分开门见山，条理清楚。先讲读书的二要："要广、要博"并援引俗语"开卷有益"以证之，继而强调"学好一种外国文字"以做到"对世界文化才能贯通自如"并以学英语以读拜伦、学俄语以读高尔基为例证；然后概述读书使人快乐、传授经验与打开思路之三大功效并注意泛读和精读的区别。其中第一段和第三段的观点在郭沫若的文字中多次提及，比如《战士如何学习与创作》中的"多读名家著作，多向有经验的人请教……读书可不必限于文学，应该是多方面的……读书、请教，可以得到各种各样的好处，得到种种方法上的启示"[①] 更值得注意的是，郭沫若在第二段专门提出了"学好一种外国文字"的明确要求，而且不厌其烦地举出学习英语和学习俄语两个例子，显示了作为演讲者的开放心态与世界眼光。这就与《写尔所知》之"这要读外国名家作品才行，而且还得偏于近代的……要作为一个新的作家，在目前至少须懂得一种外国语"[②] 形成互文和呼应。

第二部分内容丰富，要言不烦。由从事写作者的生活经验丰富化与思想敏锐化之重要，讲到读书与体验、创造与模仿的关系以及写日记的大用途，进而报告自己学习过程中的两个口号：多写作、少发表与多接受、少批评，随后提出集体学习以"集思广益"的要求。其中第四段的内容与《战士如何学习与创作》不仅引用《礼记·大学》的三句名言完全一样，而且"使五官运用得纯熟"与"充分地活用自己的感官""思想的敏锐化"与"养成自己的感受性的锐敏"[③] 等关键内容也如出一辙。反复写到、讲到这些内容，一方

[①] 郭沫若：《战士如何学习与创作》，《郭沫若全集·文学编》第19卷，人民文学出版社1992年版，第349页。

[②] 郭沫若：《写尔所知》，《郭沫若全集·文学编》第19卷，人民文学出版社1992年版，第181—182页。

[③] 郭沫若：《战士如何学习与创作》，《郭沫若全集·文学编》第19卷，人民文学出版社1992年版，第349页。

面显示了郭沫若对《礼记》相关内容的熟稔和认同，另一方面表明郭沫若主张充分调动各种感官以保持敏锐感觉的一致与坚定。郭沫若对自身学习过程中"多写作、少发表"口号的介绍，也堪称精要，的确是著名作家的经验之谈，不仅对当时听众和《国讯》读者的文学创作会产生积极的影响，而且对今天青年学人的文学研究工作也有重要的启示意义，对笔者也是一种警告与鞭策。"因为一篇作品完成，经过写作的劳动，必定自我陶醉"不仅道出了文艺工作者"自我陶醉"的人之常情，而且讲明了背后的原因，可谓言简意赅；而"但是这是靠不住的，所以要在陶醉作用消散后，才能决定真能发表与否"这一转折，更是犹如当头棒喝，促人警醒，在陶醉之余理智地判断自己作品的价值与水准，决定是否发表。

第三部分推陈出新，层层深入。如第八段段末的"文学的感兴是可以人为的；不要专等自发的灵感，而要制造灵感，有计划的来写作"，就是在惯常的一般意义的"灵感"之说上推陈出新，明确提出感兴的"人为"问题，主张"制造灵感"，要求"有计划的来写作"。这样的观点无疑具有重要价值。第九段讨论中国新文学"伟大作品不多见"的原因，是典型的层层深入。能看到"稿费少"对创作繁荣的经济制约，能谈到"生活不安定"对文学发展的现实影响，已经相当深入。但郭沫若没有止步，而是继续深挖到"写作精神"问题，归结到"东方人懒"的民族性，并在与"每天写日记规定字数"的文豪托尔斯泰的对比中发现"我们很少有这种粹励的精神"。这更是相当独到而深刻的见解。

三 《国讯》与冰心佚作

由于战时社会生活的动荡，以及个人旅欧、孕育、生病等原因，冰心抗战时期的文学创作偏少，在《国讯》的文字仅见一篇：《写作漫谈》，也是一次演讲记录。此次演讲及其记录文字未收入卓如主编的海峡文艺出版社《冰心全集》，不见于王炳根选编的冰心佚文集《我自己走过的道路》和《冰心文选·佚文卷》，《冰心研究资料》《冰心年谱》《冰心论集》以及冰心传记与相关研究资料均未见提及。参照新版《冰心全集》已收录《对于日本妇女的印象》等近年发掘的演讲记录稿体例，《写作漫谈》也是一篇可以增补进

《冰心全集》的珍贵佚文。

《写作漫谈》载1944年1月5日出版的《国讯》第357期（新179号）第5—6页，署名谢冰心，文末括号注明"尚丁记录"。民国时期以"冰心"之名刊发作品的虽然不止一人，但"谢冰心"确乎仅此一家，这个署名就昭示着此文记录的就是"世纪老人"冰心女士的声音。原文也不长，计2000余字，分14段。第1段点明是"从思想和技术二方面来谈"写文章，并将思想与环境、教育、家庭一笔带过，重点引出技术问题，认为技术就是作家的"作风"。第2—3段谈"灵感"与写作动机，第4段谈多读多听并强调注意声韵之美，第5—9段谈写作与经历、感情、体验与生活之关联，第10—11段谈写诗兼及体裁与年龄、性格、时代、朋友之关系，第12段谈用字，第13段在前述技术方面基础上讨论"天才"问题，第14段给出该怎么做的具体意见。反复咀嚼这则冰心演讲，就会在温暖、讶异和欣喜中仿佛回到了演讲现场，听到中年冰心成熟女性的魅力之声，眼前甚至浮现出几年后的另一演讲记录中冰心"蓝色白花的长衫，白鞋，白袜，头发卷着，带着手表，拿着一块深色手帕"[①]的雅致潇洒、光彩照人的形象来。具体而言，此次冰心演讲也有三个鲜明特点。

其一在于直爽而实在。演讲台上的冰心似乎不会拐弯抹角、含糊其辞，也不会遮遮掩掩、顾左右而言他，而是直爽地表达自己的观点、展现自己的态度，甚至不惮于引火烧身，实实在在地以自己的写作现身说法。比如关于"灵感"这一不无争议的问题，针对"写文章完全靠个人的灵感"的观点，一句"我觉得倒不一定如此"就是冰心直爽的明确回答，绝不骑墙。再如关于争论已久的"天才"问题，冰心不仅直言"光有技术而没有天才，就不成功"的说法"不大妥当"，而且强调"写文章，不必有天才，只要爱好就可以成功"，强调"天才不能决定一个人的写作前途，文学要有文学的环境"，并以自己作譬，指出"我自己写文章，就像从戏院里，不由自主的，被这潮流拥出来的"。这就既给"天才"论者以旗帜鲜明的反击，又给"爱好"写文章的听众以成功在望的信心。

---

① 沉冰：《公理会里访冰心 家常闲话谈日本》，《一四七画报》1947年第13卷第9期，7月8日出版。

其二在于细腻而风趣。记录稿难能可贵地既展现了冰心演讲之细腻一面，又显示了冰心表达的风趣一面。前者如主张"就是自己写出来，也应该多念几遍"之余，甚至细到了具体的句数，建议"你写了四句，就拿起来念一念"，指出要辨别"每句最后一个字是否平声"，因为"如果都是平声，那就不会好听"。心细如发，细致入微！后者如"没吃过猪肉，也看到过猪跑"以猝不及防的雅中藏俗方式打动对象，二十岁到六十岁四个十年与诗、散文、小说、戏剧四种体裁的对应与关联也以闻所未闻的新颖表达感染受众。特别是细腻与风趣有时还交织在一起，让我们感受到冰心细腻中的风趣与风趣中的细腻。比如讲"许多好的作品，一个字也不能更动"时居然以简单寻常到了极致的"一"字为例，而且不厌其烦地讲"一"与"椅子""马""牛"的数量词搭配以及错位后的滑稽，在深入浅出中让人明白用字的重要性。至于讲"形容一个大胖子"用"一座肉山"的"可以使人感到格外合式"，更是在形象与夸张中将冰心演讲细腻而风趣的特点展露得淋漓尽致。

其三在于丰富而辩证。记录稿题为"写作漫谈"，不知是演讲前拟定好的题目，还是记录者所加，但不管怎样，这里的"漫谈"应当指发表意见的不拘形式，而不是"散漫"之"漫"。事实上，这次演讲话题集中，内容丰富，从开篇的"写文章"到结尾的"多碰钉子"可以说句句和写作相关，涉及写作的方方面面。甚至末段的50余字，就涉及"写作空气"制造、"写作兴趣"培养、写作朋友"集合""讨论"与互相反复修改、积极"学习"、不怕"碰钉子"等至少七个方面的话题，简直是又一份演讲提纲。与此同时，冰心的演讲内容能够对某些复杂写作问题进行全面把握，具有辩证思维特征。比如第5—9段谈写作与经历部分就是如此。第5段从正面主张"决不要写自己所没有经历过的事情"，第6段从反面阐述"坐在屋子里头……的作家，是决写不出来的"，第7段进一步强调雷马克的"动人"是"因为他有感情，因为他是从真实的生活中来的"，第8段补充"这并不是说，没有当过兵的人，就一定不能写关于兵的事情，只要体验得深刻，也一样可以写"，第9段又回到"体验也需要生活"，指出"没有失过恋的人，就不知道失恋的苦处"。可以说五个段落体现了辩证思维全过程，显示了冰心思考的全面和观点的成熟。

四 佚作价值分析与问题思考

毫无疑问,前述三种刊于《国讯》的名家佚作都具有重要的史料价值与文学价值。在史料价值方面,三篇佚作披露了我们此前几乎完全不知情的茅盾小说、郭沫若演讲与冰心演讲,保存了当年的小说文本与演讲内容,丰富了三位著名作家抗战时期的文化活动记录,为更全面地撰写他们的年谱长编或传记资料增加了重要内容,为更完善地整理他们的基本文献和增补新版"全集"增添了可靠作品。

在文学价值方面,三篇佚作都既与名家著述形成互文关系,又各有独到之处。互文关系如《十月狂想曲》其实是茅盾名作《某一天》的"续篇",《某一天》写的正是黄主任之前的"W处长"阶段,其"知己"茂翁与"二夫人"也同时在两篇小说中出场;《写作经验谈》的内容与郭沫若的《今天创作的道路》《如何研究诗歌与文艺》《把精神武装起来》《桌子的跳舞》等作品的相关段落不无相似之处;《写作漫谈》的观点与冰心的《写作的练习》《写作经验琐谈》《评阅述感》《写作经验》等演讲或文字的有关内容也是一脉相承。发掘这三篇佚作,把握其"互文性"内容,无论是对深化茅盾讽刺暴露小说的理解,对推进郭沫若文学思想(特别是写作经验)的研究,或是对全面把握冰心关于写作的核心认知和基本观念,都具有重要意义。独到之处如《十月狂想曲》的莫斯科保卫战背景与内容、《写作经验谈》的"制造灵感"明确主张与《写作漫谈》对作品《分》《相片》的夫子自道等,都不曾在几位作者其他文字中见过,其文学价值值得重视和进一步阐释。

当然,这几篇佚作也各自存在一些需要指出和思考的问题。比如《十月狂想曲》中茅盾大胆预言德国人失败的依据是什么?当历史证实茅盾的先见之明后,为什么茅盾反而似乎忘了这篇有理由得意的作品?他对这篇小说满意吗?为什么在晚年回忆中记得起"一九四一年是风云突变的一年。希特勒席卷了大半个欧洲,六月二十二日又贸然以三百万大军向苏联进攻,十月攻抵莫斯科近郊",却忘记了《十月狂想曲》这篇自己唯一以此为背景的小说?为什么会认为"在香港的九个月中,除了《腐蚀》,我只写了一个短篇小说",认为1941年在香港的文学活动值得提一下的还有"我写了抗战以来的第一篇短篇小说,也是一九四一年在香港写的唯一的短篇小说——《某一天》",①而遗漏两月后创作的姊妹篇《十月狂想曲》?据《我走过的道路》和《茅盾全集》注释披露,回忆录从《一九三五年记事》起"系作者生前的录音、谈话、笔记以及其他材料整理而成",②这种整理会不会有问题呢?至少可以存疑。再如郭沫若的《写作经验谈》部分内容的准确性需要辨析,记录者"石光"之具体身份也有待考查,演讲的时间、地点等相关问题还存在信息盲区。而冰心的《写作漫谈》之演讲者与记录者均长寿,且有颇多回忆文章,何以都忘了此次演讲与合作呢?只是凑巧么?或许没有这么简单。

此外,值得指出的是,本文所列三篇佚作除茅盾小说《十月狂想曲》外,郭沫若的《写作经验谈》与冰心的《写作漫谈》都是演讲记录稿,它们与创作还是有区别的。而对于演讲记录稿,特别是未经演讲者审定的记录稿是否收入演讲者的作品全集问题,学界一直有不同的看法。一方面,有以鲁迅为代表的演讲者明确反对,并不无道理地指出缘由:"而记录的人,或者为了方音的不同,听不很懂,于是漏落,错误;或者为了意见的不同,取舍因而不确,我以为要紧的,他并不记录,遇到空话,却详详细细记了一大通;有些则简直好像是恶意的捏造,意思和我所说的正是相反的。凡这些,我只好当作记录者自己的创作,都将它由我这里删掉。"③另一方面,大量的演讲记录稿被收入越来越多的作家全集,大批演讲记录文字以及记录者名字随着作家全集流传并产生影响也是不争的事实。其中有的演讲记录稿看不到经演讲者审定的记录,有的甚至明确说明没有经过演讲者校阅。随手就可以举出《茅盾全集》《胡适全集》等例子。因此,《写作经验谈》与《写作漫谈》虽然看不到经演讲者校阅的记载,但同样也看不到郭沫若或者冰心阅读此演讲记录稿后有质疑、指责或反对的记载,鉴于其重要价值,参照《茅盾全集》等先例,是有理由加上注释说明收入新版作家全集的。或者是采用更稳妥的做法,编入附录。

---

① 茅盾:《战斗的一九四一年——回忆录〔二十八〕》,《新文学史料》1985年第3期。
② 茅盾:《茅盾全集》第35卷,人民文学出版社1997年版,第1页。
③ 鲁迅:《〈集外集〉序言》,《鲁迅全集》第7卷,人民文学出版社2005年版,第5页。

总之，透过《国讯》这份非文学期刊之"窗口"，我们看到的几乎不为人知的文学景观与作家信息竟然如此丰富，竟然存在这么一批散佚的重要作家作品。这是出人意料的，也是顺理成章的，毕竟它们一直都在那儿，只是没有被以往的研究者翻阅到而已。《国讯》这样的抗战时期非文学期刊的存在，似乎在提醒学界，需要"补上基本文献整理和研究这一课"① 的其实不仅仅是郭沫若研究，还有茅盾研究、冰心研究……作家佚作的发掘仍然任重道远，还需要学界同仁一种一种地耐心爬梳报刊，一篇一篇地有序整理文献。而在爬梳与整理的过程中，一个应有的转向就是由文学期刊转向非文学期刊。文学期刊与非文学期刊是中国现代文学的两种不同类型的载体，二者也如鸟之两翼、车之双轮，均不可偏废。可以预期的是，在不远的将来，随着文学期刊之作家作品系统整理发掘工作的推进和发展，非文学期刊会成为作家佚作发掘的主战场。

（原载《现代中文学刊》2015 年第 4 期，中国人民大学书报资料复印中心《中国现代、当代文学研究》2015 年第 11 期全文转载）

第二节　再谈冰心演讲词《写作漫谈》

翻阅 2015 年第 5 期《中国现代文学研究丛刊》，拜读到赵慧芳的《论冰心关于文学与写作之演讲》一文。此作不仅全面梳理了冰心一生中关于文学和写作的多次演讲，而且披露了《冰心全集》《冰心文选·佚文卷》之外的稀见冰心演讲史料，角度新颖，材料翔实，论述清晰，对冰心研究的深入和发展无疑是有贡献的。随后又在 2015 年第 2 期《新文学史料》瞻阅了赵女史的大作《冰心佚文两篇辑录》，此文不仅完整辑校了 1923 年第 2 期《辟才杂志》刊发的冰心佚文《冰心女士演讲——什么是文学？》和 1944 年总第 357 期《国讯》登载的冰心佚文《写作漫谈》，而且梳理了《辟才杂志》的创刊、宗旨、内容和发表的演讲稿，以及《国讯》创刊、改

---

① 魏建：《〈沫若诗词选〉与郭沫若后期诗歌文献》，《中国现代文学研究丛刊》2011 年第 11 期。

名、复刊以及"经常刊登著名作家关于写作的经验谈或者相关演讲录"的情况，也是精要而颇见功力的好文章。但对二文有关《国讯》与《写作漫谈》的内容，笔者还有补充的话要说，同时也涉及现代作家佚文发掘的几个重要的普遍性问题。

事实上，笔者也曾在《国讯》发现此则冰心演讲记录：《写作漫谈》，并做过整理辑校与必要考释，还在2015年4月11日"冰心文学馆客座研究员座谈会"（福建长乐）有过宣读。哪知拙作还没来得及在刊物上发表，就看到赵女史的大作已捷足先登，徒生"崔颢题诗在上头"之叹！不约而同地发现同一篇作家佚作，也是一种特别的"文缘"，冰心1941年底创作并先后刊发于《中央日报》《妇女新运》和《东南半月刊》的两首《送迎曲》，就曾被解志熙、陈学勇、刘涛、熊飞宇等学者各自发掘刊布并从不同角度进行阐释。事实上，后来还发现同事熊飞宇兄的《重庆时期冰心谈写作的五篇演讲》（《重庆广播电视大学学报》2015年第2期，4月25日出版，后以"冰心谈写作的五篇文章"为题编入大著《重庆时期冰心的创作与活动研究》（广西师范大学出版社2015年8月版）也全文辑录了冰心这篇《写作漫谈》。所以，本节的"再谈"可以说既是新作，也是旧文；既和慧芳女史商榷，也与飞宇学兄切磋；不当之处，请二位及学界师友指正。

一 关于佚文的文字与内容

由于《新文学史料》刊发的辑录文字（以下简称"史料"版）、《重庆广播电视大学学报》印行的整理文字（以下简称"学报"版）与《国讯》登载的原始文字（以下简称"原始"版）有不一致之处，先进行必要的汇校和说明如次。

1. 第一段"原始"版"文章的有力量，是郭沫若先生的作风，的也就是他的写作技术"，明显衍一"的"字，"学报"版有夹注"（《重》文作者按：此系衍字）"，而"史料"版未加注，径直删掉了"的"字；

2. 第二段"原始"版"就连破补钉的衣服都没有穿"，"史料"版和"学报"版均将异形词"补钉"统一成了"补丁"，且未加注释；

3. 第三段"原始"版"再说，我写「照片」的那篇文章"，"史料"

版"照片"后加有注释"应为'《相片》',即冰心发表于《文学季刊》1934年7月1日第3期的一篇小说",而"学报"版未加注释;

4. 第五段"原始"版"不过,写作不要搬用死的语汇"文字,"学报"版与原文一致,而"史料"版"搬用"却辑录成了"采用";

5. 第六段"原始"版的"这样的清描淡写,可以使人看了掉泪","学报"版有夹注"(编者注:当为轻描淡写)","掉泪"作"[挥]泪";而"史料"版未加注,径直改作"轻描淡写","掉泪"作"落泪";

6. 第七段"原始"版的"远如韩愈的《祭十二朗文》","学报"版有夹注"(《重》文作者按:当作'郎')",而"史料"版也未加注,径直改"朗"为"郎";

7. 第十段"原始"版的"四十岁至五拾岁,是写小说的时代","学报"版一仍其旧,而"史料"版径直改"拾"为"十",未加注释;

8. 第十三段"原始"版的"仅仅是土壤不同吧了","学报"版和"史料"版均未加改动,也未加注释,但"吧了"似乎出现的频率偏低,通作"罢了"。"学报"版更是脱了之前数行内容:"就不成功。我觉得这样说法,不大妥当,写文章,不必有天才,只要爱好就可以成功。因为这爱好,已经是好的种子,所谓天才",不含标点就有48字。

此外,"原始"版两处提及冰心作品《分》,一处涉及冰心小说《照片》(应为《相片》),另一处提到雷马克的名作《西线无战事》时都是用的竖排"『』","学报"版整理为引号,而"史料"版整理为书名号。名著《红楼梦》在"原始"版未加标点,"学报"版照录,而"史料"版加上了书名号。"学报"版还有"原始"版","排为"。"或";"的情况,此不赘述。

虽然说对佚作辑校文字的处理可以见仁见智,但同一篇文字的处理方式还是以保持一致为宜。"史料"版如果要对"原始"版的排印错误加以注释说明,如3,那么1、6、7也应当加注,而不是径改。径改似乎显得对"原始"材料不够尊重。如果连2中"补钉"与"补丁"这样的异形词都要按照2012年才发布的《第一批异形词整理表》进行规范处理,那么8中的"吧了"也有理由统一为"罢了"。当然,加上必要的注释可能更稳妥。而5中的

"清描淡写"与"轻描淡写"却不在《第一批异形词整理表》与《第二批异形词整理表（草案）》的范围内，"清描淡写"在民国文人著述中时有出现，在新中国出版物中也屡见不鲜，似乎不作统一也是可以的。至于4的"搬用"误作"采用"、5的"掉泪"误作"落泪"则很可能是"原始"版文字漶漫不清而又猜测失败的结果。原刊字迹漶漫不清是现代文学辑佚过程中难免遇到的问题，比较靠谱的办法是多参校几家图书机构或私人珍藏的原始报刊，实在不行再进行"理校"并加以必要的说明，是"疑为×字"。笔者所见重庆图书馆和上海图书馆馆藏的此期《国讯》，这两个字都漶漫不清，直至在国家图书馆杨镇老师的帮助下传递回该馆所藏《国讯》，才清晰判定应为"搬用"和"掉泪"。值得指出的是，笔者寓目的三大图书馆所藏《国讯》还有全都漶漫不清的地方，比如第12段"'彷徨'，这两个字，绝不能用'走来走去'来代替"之"替"，就实在看不清楚，从文意上看，疑似"替"，不知赵女史看的是哪里的版本，这个字是否清楚？在原刊文字不清楚的情况下，像"学报"版一样加中括号以示区别也不失为一种好办法。"学报"版加了8处中括号，除"［挥］泪"有误，"代［替］"尚难最后决断外，别的都无问题，显示出辑录者扎实的功底和过人的判断力。

　　在完成原刊的文字辑录之余，其实还可以对原刊刊载的一些内容进行必要的质疑和反思。也许是由于体例与兴趣等原因，慧芳女史和飞宇学兄的大作都没有涉及此方面内容。这里略举两例试作辨析。比如第三段用来举例分析的"我写《照片》的那篇文章"，虽然赵女史慧眼看出其中有误，并注明其准确篇名与出处，显示了对冰心作品的熟悉与写作风格的谨严，但其实还可进行补充和追问。《相片》是描写独身的美国人施女士与养女王淑贞的爱欲与嫉妒的文字，冰心演讲中"仅仅是看到一张照片以后，有了一点很小的感触"的"照片"很可能就是小说中那张"背景是一颗大橡树，老干上满缀着繁碎的嫩芽，下面是青草地，淑贞正俯着身子，打开一个野餐的匣子，卷着袖，是个猛抬头的样子，满脸的娇羞，满脸的笑，惊喜的笑、含情的笑，眼波流动，整齐的露着雪白的细牙，这笑的神情是施女士十年来所绝未见过的"[①] 照片。《照片》

[①] 冰心：《相片》，《文学季刊》1934年第1卷第3期，7月1日出版；卓如编《冰心全集》第2册，海峡文艺出版社2012年版，第386页。

与《相片》，虽然只是一字之差，虽然意思几乎一样，但毕竟还是与已经公开发表和出版多年的冰心作品标题不吻合，应该说存在疏忽。这种疏忽源自何处呢？是冰心讲错了吗？对当时正值盛年的冰心来说，可能性不大。如果排除这种可能，那么要么是"手民"之误，要么是尚丁记错了。如果是前者，当然无可奈何，一如后面的《祭十二郎文》，想来尚丁不会不知道这篇韩愈的经典古文，不会"郎""朗"不分；如果是后者，则说明记录者对冰心的作品不够熟悉，弄错了标题而没有及时查证核对。

再如第五段对《西线无战事》所描写情节内容的转述："两个同学，同时上战场去了，另一个同学，负伤很重，双腿被锯断以后，留下了一双皮鞋，这一个同学看见了，仅仅只说了一声，这同学平日数学很好，而没有将他怎样负伤的情形说出来"其实也不准确。《西线无战事》第一章的确写到了被锯断腿的伤兵及其皮鞋的故事，但锯断的应当是一条腿，而不是"双腿"，所以三个人才都会有"就算他能够治好，他也只能用一只"① 的想法。关于伤亡战友平日数学很好的感慨出现在第十一章，有译者译作"现在对于他还有什么用处呢，他在学校里时他是这样的一个好算学家"。② 也就是说，以"皮鞋"与"数学"为代表的两个情节虽然都是《西线无战事》的动人内容，但更是出现在不同章节不同时空的不同人物的故事，《写作漫谈》毫无疑问是将二者混为一谈了。这样的错误当然不是"手民之误"可以解释的，要么是冰心讲错了，要么是尚丁记错了。如果是前者，则说明冰心记住了《西线无战事》的精彩细节，却混淆了人物与时空，这是有意的艺术加工，还是无意的思维短路，暂时还不得而知。如果《写作漫谈》真有机会收入以后的《冰心全集》，这些问题都是有必要加以注释说明的。赵女史指出"冰心选择这篇作品，首先应该是基于对雷马克写作'技术'的认同……其次，也与《西线无战事》的中国读者众多，曾经'盛极一时'有关"③ 是不无道理的。但关注到了 20 世纪 30 年代的外围材料，却缺乏对文本自身的必要反思，还是有些失察。莫非是因为不熟悉或是遗忘了《西线无战事》相关内容？《西线无战

---

① ［德］雷马克：《西线无战事》，洪深、马彦祥译，上海现代书局 1929 年版，第 17 页。此段译文几乎是原文的直译，其他译本也大致如此。
② ［德］雷马克：《西线无战事》，洪深、马彦祥译，上海现代书局 1929 年版，第 319 页。
③ 赵慧芳：《论冰心关于文学与写作之演讲》，《中国现代文学研究丛刊》2015 年第 5 期。

事》的确是名著，但据说马克·吐温曾有言，"所谓名著，就是人人都想读而又无人真去读的著作"，一笑。

近年来，随着学界对现代文学文献史料工作越来越重视，现代作家佚文的发掘辑校也取得了丰富的成果。但其突出问题之一，就是文字辑录不够准确，缺乏应有的统一规范，对原作内容疏漏的敏感度与反思力也有待优化。

二　关于佚文的出处与记录者

关于佚文的出处，赵女史的《冰心佚文两篇辑录》指出的"本文原刊于《国讯》1944年第357期，出版时间为1944年1月5日。《国讯》系中华职业教育社于1931年12月在上海创刊，初名《救国通讯》，不定期；1934年1月改名《国讯》；1938年11月被迫停刊；1938年8月在重庆复刊，由黄炎培、江问渔、杨卫玉、孙起孟、叶圣陶等组成编委会"[①]是基本准确的。值得补充的是《救国通讯》1931年12月23日出版第1号，不仅不定期，而且"免费寄阅"；1934年1月10日改名《国讯》出版的已是第61号（出版期署"每月最少两期"）。1934年6月16日出版第71号起改为半月刊，在刊名"国讯"之下明确标注"半月刊"，同时封面左上角标明"每月一日及十六日全年二十四期"及"零售""预定""特价"的价格。1938年8月在重庆复刊时的编委会除"黄炎培、江问渔、杨卫玉、孙起孟、叶圣陶"外还有四人，即孙几伊、柳叔堪、薛明剑和张雪澄，同时还署有编辑"张雪澄、孟起"，江问渔用的是名"恒源"，而不是字"问渔"。此编委会组成后来多次变化，至1941年1月5日刊出的第258期，已不再署编委会组成名单，刊发冰心佚文的第357期也是如此。也就是说，列出刊发《写作漫谈》时已经时过境迁的编委会意义不大。且如篇幅不能列出全部9人，也不应遗漏做实际工作的编辑张雪澄。

事实上，相比《国讯》的历史和演变，可能刊发佚文的当期《国讯》的情况更值得关注。此期《国讯》旬刊封面与前后各期均略有不同，上端靠右排"国讯"两个黑色横排大字，另起一行居中标明"旬刊"，下行一横

[①] 赵慧芳：《冰心佚文两篇辑录》，《新文学史料》2015年第2期。

排署"发行人：黄炎培　主编人：杨卫玉　陈北鸥"，然后提行标注"第三五七卷　民国三十三年一月五日出版"，"第""卷"均为红色，疑为是印制后再加盖的字样印章，"卷"应为"期"之误，再下行小字署"民国二十年十二月三日创刊"，"新一七九号"加括号。封面下部是和前后各期版式一致的竖排"目录"，有邓初民、王莹、黄炎培、江问渔、杨卫玉、北鸥等人的作品，除刊有黄炎培、江问渔、杨卫玉三种诗文的专栏"追悼季寒筠先生"加框以示强调外，仅王莹的《我在美国的生活》和冰心的《写作漫谈》作了大字加粗处理，可见编者对这几种文字的重视。目录栏下面如常是发行所和定价信息，横排署"发行所：重庆张家花园五十六号本社（定价每册三元）"。

关于佚文的记录者，《冰心佚文两篇辑录》的第3条注释说明所称"尚丁（1921—2009），江苏丹徒人，1942年毕业于民治新闻专科学校。担任过黄炎培的秘书。1943年参加中国民主同盟，曾参与中华职教社发起组织的'宪政座谈会'和'拒检运动'的工作。时任《国讯》的编辑"[1]也值得辨析。首先是尚丁先生的毕业时间。有的资料显示是1942年，有的文献记录是1943年，哪种是值得采信的呢？据尚丁本人回忆的"那是40年代初在重庆，翰伯同志担任民治新闻专科学校的教授兼教务长，我在民治新闻读书。翰伯老师给我们讲授新闻采访和编辑课"，[2]可知他就读的是迁至重庆的民治新闻专科学校；据上海民治新闻专科学校的创办人和主事者顾执中先生回忆，"新校舍及校具均于1942年秋竣工，那年秋季，民治补习学校先行复课，求学人数颇众。民治新闻专科学校则因准备工作一时未能就绪，延至1943年春开始正式复课。补校的新闻科十二名学生，转入该校，另外通过考试正式录取了47名，这59人便成为该校迁校后的第一期学生"，[3]可知1942年重庆的民治新闻专科学校尚在建设之中，尚丁不可能是1942年从该校毕业，只能是1943年。

---

[1]　赵慧芳：《冰心佚文两篇辑录》，《新文学史料》2015年第2期。
[2]　尚丁：《陈翰伯同志二三事》，《新闻研究资料》第47辑，中国社会科学出版社1989年版，第46页。
[3]　顾执中：《上海民治新闻专科学校的诞生与成长》，《新闻研究资料》第10辑，新华出版社1981年版，第200页。

其次是关于尚丁先生的籍贯。资料中也有两种说法，一说是江苏丹徒人，另一说是江苏丹阳人。虽说丹徒与丹阳仅一字之差，而且同属江苏，位置接壤，今同属镇江市，但长期以来，包括尚丁诞生的 20 世纪 20 年代，都是两个不同的县份，不容混淆。一些简单到仅一两百字的简介文字，难免出现失误，甚至以讹传讹。查中国人民政治协商会议江苏省丹阳市委员会文史资料研究委员会编的《丹阳市名人录》（第 2 辑），所收"尚丁"条有介绍文字近 1000 字，不仅将其出生地精确到"丹阳市访仙镇虞河河南村人"，而且梳理了他"青少年时就读于虞河小学、吴江黎里镇小学、丹阳鸣凤小学、丹阳县立中学、无锡原道中学"①的情况，应当是可以采信的。也就是说，尚丁应当是江苏丹阳人，而不是江苏丹徒人。当然，《丹阳市名人录》提到的"虞河河南村"疑有误，有虞河村，也有河南村，但未见虞河河南村，"河南"二字或系衍文。

再次是关于尚丁先生的本名。"尚丁"是本名，还是笔名？这个问题也曾经困扰笔者多时。及至爬梳多种资料，才豁然开朗，"尚丁"的确是笔名，本名孙锡纲。兹列四种材料为据。一是前述《丹阳市名人录》之"尚丁"条一开篇就披露"本名孙锡纲"；二是《中国民主党派人物录》的"尚丁"条也在"中国民主同盟中央委员"之后标明"原名孙锡纲"；② 三是 1949 年 1 月 19 日《黄炎培日记》有"招尚丁（孙锡纲）来，细商展望被罚停刊结束办法"③ 的记载，括号应当就是注明尚丁即孙锡纲；四是尚丁本人 1987 年 8 月撰有《难忘的战斗——重庆杂志界联谊会情况纪实》，忆及抗战中在重庆张家花园 56 号住所写作题为"快发动保障人民自由运动"的文章情况，称"文章写了三、四千字，罗隆基删去了与记者报道重复部分，就署上了我的本名'孙锡纲'，在第二天——2 月 11 日《民主报》的社论栏发表了"，④ 也明确告知了自己的本名：孙锡纲。窃以为对于使用笔名的记录者，在进行介绍时还

---

① 中国人民政治协商会议江苏省丹阳市委员会文史资料研究委员会编：《丹阳市名人录》第 2 辑，1989 年版，第 119 页。
② 蒋景源主编：《中国民主党派人物录》，华东师范大学出版社 1991 年版，第 109 页。
③ 黄炎培：《黄炎培日记》第 10 卷，华文出版社 2008 年版，第 175 页。
④ 尚丁：《难忘的战斗——重庆杂志界联谊会情况纪实》，《重庆出版纪实》第 1 辑，重庆出版社 1988 年版，第 397 页。

是以列出本名为宜。

此外，从更准确和全面的角度，尚丁先生的具体生卒时期和中华人民共和国成立后的工作情况也应略作介绍。查《上海高级专家名录》（第四卷），在"宣传系统"之"新闻出版"部分"上海辞书出版社"版块列入的专家有"尚丁"条，著录"1921年2月9日生，江苏丹阳人。编审。1943年毕业于上海民治新闻专科学校"① 等信息。此书《编辑说明》称"收录的所有个人资料，均由本人填写、所在单位和上级主管机关核实，并经上海市人事局审定"，具有较高的可信度，可知2月9日是先生的诞辰。据沈国凡先生的《黄炎培秘书尚丁是如何洗去"军统特务"嫌疑的》记载之"2009年9月，我再次来到病房看望王文正……他看到我后，轻声地说，尚丁已于前几天走了"，②可知尚先生已于2009年9月去世。

尚先生在中华人民共和国成立后负责《展望》周刊，任上海辞书出版社编审，创办《辞书研究》并担任主编，筹划成立"上海辞书学会"与"中国年鉴研究会"并连任会长等履历，相关资料多有提及，此不赘述。但尚丁与《学术月刊》的关系值得辨析，尚丁之于《学术月刊》，到底是主编，还是常务编委，尚有不明之处。好在2006年第2期《学术月刊》特别栏目"感受《学术月刊》五十年"刊发有尚丁的《〈学术月刊〉创办亲历记》，文中忆起"上海社联筹委会开会，决定创办《学术月刊》。编委会共计45人……常务编委会主席为沈志远，我被推为常务执行编委，负责《学术月刊》的具体工作"，③ 文末"作者简介"也指出为"《学术月刊》创办时期的主要参与者之一"。为了厘清尚丁在《学术月刊》草创阶段的职务，笔者专门在孔夫子旧书网购买了1957年第1—6期《学术月刊》。诸期封三的"学术月刊编辑委员会"所列45人名单都是"以姓氏笔画为序"，用"＊"标出编委会常务委员10人：石啸冲、刘佛年、吴文祺、吴承禧、尚丁、周谷城、周原冰、许杰、曹未风、曹漫之，用"＊＊"标出召集人：沈志远。可见，尚丁先生担任《学术月刊》常务编委是确实的，事实上的"常务执行编委"也是可信的，

---

① 刘振元主编：《上海高级专家名录》第4卷，上海科学技术出版社1994年版，第500页。
② 沈国凡：《黄炎培秘书尚丁是如何洗去"军统特务"嫌疑的》，《百年潮》2010年第11期。
③ 尚丁：《〈学术月刊〉创办亲历记》，《学术月刊》2006年第2期。

但并未担任主编。按章恒忠回忆,1957年9月"《学术月刊》的副总编辑尚丁是重点批判对象,已停止了工作"。① 1957年第8期《学术月刊》开篇即是署名"本刊编辑部"的《坚决反击右派分子的进攻,捍卫社会主义!》,对沈志远、尚丁、许杰进行批判,可以印证章先生的回忆,也可以划定尚丁《学术月刊》编辑生涯的结束。

发掘研究现代作家佚文,除佚文内容文字本身外,介绍保存作家佚文的报刊,梳理佚文作者(或演讲记录者)的情况无疑是必要的。但由于学养、经验、投入程度等原因,难免参差不齐。也就是说,相关信息的不准确、不完备问题,可能不仅仅是冰心集外文发掘工作中的个别问题,而是值得重视的带有一定普遍性的第二个突出问题。

三 关于佚文的价值与思考

冰心佚文《写作漫谈》的重要价值,可以作两点补充:首先是保存了冰心关于古今文学名家名作的引述和评价文字,既是冰心文学阅读和文学品位的见证,也是名家名作影响传播和学术研究的史料。其中不管是对《红楼梦》个性化的人物对话描写之赞誉,还是对贾母老年女性心理描写之欣赏,或是对《祭十二郎文》"使人感动得流泪"的文字魅力之体认,都记录着冰心个性化的阅读经验和感悟,显示着冰心与古代文学的渊源与传承。而对同时代作家老舍和郭沫若的评价也值得关注。冰心与这两位作家的交谊人所共知,歌乐山"潜庐"的探望交谈及《贺冰心先生移寓歌乐山》《赠谢冰心》等诗作更是时见津津乐道者,但冰心关于老舍、郭沫若的多种回忆文字中对他们文章风格的评价其实并不多,而像《写作漫谈》中的"有趣味"与"有力量"这样简明的总结更是绝无仅有,可以说是准确地抓住了两位大家的文章特点,一语中的。

也许同样是因为体例的原因,赵女史等对《写作漫谈》的鲜明特点还缺乏分析。事实上可以归结为三个方面:一是直爽而实在,二是细腻而风趣,三是丰富而辩证。前节已经有过具体分析,此不重复。

由于时光的流逝与研究资料的匮乏,冰心演讲《写作漫谈》的相关情况

---

① 章恒忠:《〈学术月刊〉创办初期的回忆》,《学术月刊》2006年第7期。

我们其实所知甚少，存在大片的信息盲区，诸如冰心演讲的时间在何年何月，演讲的地点在什么地方什么场所等细节都难以具体回答，至于演讲主办单位如何，听众层次怎样等问题，更是一无所知。我们所能做的，就是尽力根据收集到的史料，作一些推测和思考。赵慧芳女史两篇文章均没有涉及演讲的时间问题，但似乎在尝试推断演讲的地点和主办方。《论冰心关于文学与写作之演讲》指出"国讯社附设中华函授学校，有写作科。因此《国讯》经常刊登著名作家关于写作的来稿、访谈或者演讲录，还专设了'作家经验谈'栏目。冰心的这篇《写作漫谈》，从文本看，应该是其演讲或者访谈的记录稿"，继而认为"黄炎培与冰心同为国民参议员，国讯社又一直重视青年写作指导，因此冰心接受《国讯》专访或者应邀发表演讲，也在情理之中"。《冰心佚文两篇辑录》也强调"国讯社附设中华函授学校，有写作科。因此《国讯》经常刊登著名作家关于写作的经验谈或者演讲录……从行文上看，应该为冰心的演讲记录稿或者访谈记录稿"。从"应该""或者"等措辞看，赵女史还是持谨严的推测态度，但从题目《论冰心关于文学与写作之演讲》看，事实上还是倾向于或者说暗地里把《写作漫谈》视为演讲记录稿。在我们看来，鉴于《写作漫谈》没有访的文字，只有谈的内容，应当不会是访谈，因而可以大胆推断就是一篇演讲记录稿。

至于赵女史以为黄炎培答复潘华公开信《学习写作的基本条件》中的"如果你有志于学习写作，本社附设之中华函授学校，有写作科，你可以加入学习"，① 就是"《国讯》经常刊登著名作家关于写作的来稿、访谈或者演讲录"的原因，就值得商榷了。如果没有更直接的材料支撑，这样的判断可能失之简单化。相反，写作或者说文学在抗战洪流中进一步社会化，对读者大众产生了更大的影响，人们提高写作能力的需求不断高涨可能是更为重要的原因。《国讯》第364期刊发夏衍《论创作的感情》前之编者按语披露的"最近因为收到不少读者的来信，纷纷要求我们多刊登些写作方法的文章，我们已经请了不少的名家执笔"就是有力的证据。

还值得指出的是，笔者遍阅诸期《国讯》，并没有看到"专设了'作家经验谈'栏目，只是第347期有"写作问题特辑"，收入老舍的《怎

---

① 黄炎培：《学习写作的基本条件》，《国讯》1944年第369期，6月1日出版。

样写文章》与北鸥的《怎样写剧本》，第352期封面上加粗处理的"写作经验谈"也不是栏目名称，而是郭沫若的文章标题，第364期夏衍的标题"论创作的感情"之右排虽有小字"作家经验谈"，但此前此后都未见第二次出现，所以和第365期王亚平的标题"怎样完成诗歌的艺术"之上和之下的小字"读诗录感"一样，与其作为专设"栏目"的证据，不如视作标题的美化。

那么，冰心是在什么时间、什么地点演讲《写作漫谈》的呢？就时间而言，由于《写作漫谈》的刊出日期是1944年1月5日，那么演讲的时间自然不会晚于1944年1月5日；1944年元旦出版的《宪政》月刊创刊号已预告了《国讯》旬刊第357期目录，预告有谢冰心的《写作漫谈》，可见此文在元旦前应当已经成形。也就是说，冰心的演讲时间应该就在1943年内。此前刊有"写作问题特辑"的第347期的出版时间是1943年9月25日，刊有郭沫若《写作经验谈》的第352期出版日期是1943年11月15日，冰心《写作漫谈》的演讲时间如果在9月25日之前，似乎可以将"写作问题特辑"的文章扩展成3篇，如果在11月15日之前，则可以和郭沫若的演讲一起组成又一个"写作经验特辑"，但事实上都没能赶得上。据此，我们有理由推断冰心的演讲时间不会早于1943年11月。至于是在11月到年底的具体哪一天，只有期待更多的史料发掘了。

至于演讲地点，笔者以为不太可能在中华职业教育社及其附设机构。冰心此次演讲也不会是应国讯社之邀而发表的。因为中华职业教育社主事者黄炎培留下的日记内容丰富而翔实，自己演讲或听他人演讲，一般都会留下记录，但查抗战时期的《黄炎培日记》，未见有关冰心的记载，出现几次吴文藻，所记事务也无涉冰心。其实记录者尚丁在《国讯》旬刊编辑之外的另一个身份可以给我们新的线索，那就是民治新闻专科学校培养的学生。青年尚丁要想获得近距离接触名人冰心，聆听冰心演讲并承担记录任务的机会，要么是依靠单位的影响，要么就是借助学校的力量。如果演讲地点不是中华职业教育社，那么就很可能是在民治新闻专科学校。事实上，前述《国讯》旬刊第347期老舍演讲《怎样写文章》的记录者胡塞正是尚丁在民治新闻专科学校的同学，材料也显示老舍在民治新闻专科学校上过课，如学校创办者顾执中曾回忆"民治新专于1943年春在重庆正式复校，我原是校长……舒舍予亦有几次来上课，教新闻写作"。[①] 据此，我们有理由推断《怎样写文章》就是老舍在民治新闻专科学校的讲座记录，要不然其记录者不会落到这个规模不大的夜间上课的私立学校的学生身上。同样的道理，冰心的《写作漫谈》也可能是在该校的演讲，以冰心和老舍的交情，应邀在老舍讲授写作的学校漫谈写作，可谓在情理之中，甚至可以说是人之常情；而尚丁既是该校培养的学生又是《国讯》旬刊编辑，无疑是记录者的最佳人选，于是就撰写整理刊发这篇珍贵的演讲记录稿，留下了冰心1943年的写作经验与个性声音。当然，这只是笔者初步的推测，实际情况是否如此，还有待验证。

还有一个值得思考的问题是这篇演讲记录稿的湮没原因问题。演讲者冰心与记录者尚丁都是高寿之人，中华人民共和国成立后都留下了不少回忆文字，但是不管是《冰心全集》还是尚丁的《四十年编余忆往》《芳草斜阳忆行踪》等文集与散篇文章，都没有提及这次演讲与合作。这是为什么呢？

在冰心方面，由于这只是其抗战时期在重庆众多演讲中的一场，随着时间的推移和生活的变化而渐渐淡忘了，似乎情有可原。但在尚丁方面，《写作漫谈》是其刊发在《国讯》的近30篇署名文字中最早的一篇，较之在《宪政》《文哨》等其他期刊刊发的作品也更早一些，很可能是他在民国期刊上公开刊发的处女作，在这位编辑家和出版人的文字生涯中具有特殊意义，为何绝口不提呢？是因为资料吗？是手边缺失此期刊物吗？《国讯》发行面广，国内不少图书馆都有馆藏，尚先生长期居住在上海，要查阅《国讯》就更方便了，迷人的上海图书馆内就静静地躺着《国讯》第357期。回忆过郭沫若、茅盾、叶圣陶、丰子恺等著名作家的尚先生就没有写点回忆冰心的文字？是真的忘了，还是想回避或曰遮蔽什么？这次演讲者与记录者的合作是愉快的完美的，还是抑郁的遗憾的？冰心有没有看到过尚丁的记录文字呢？如果看到过，是在刊出之前，还是之后？冰心的态度是满意呢，还是批评？……目前这些问题还难以回答。如果冰心1923年的《游欧日记》(《通讯》十八)，1934年的《平绥沿线旅行纪》，以及王

[①] 顾执中：《报人生涯》，江苏古籍出版社1991年版，第735—736页。

炳根编选的《冰心日记》（作家出版社2018年1月版）之外的其他日记，比如抗战时期的日记，特别是1943—1944年的日记能够找到并披露出来，也许这些问题就可以解决了。这可能吗？至少我们应该抱有一线希望。

其次，尚丁也还有不少史实不够清楚。比如他从初识到决定追随黄炎培先生的时间、情状与过程，他到中华职业教育社工作与担任《国讯》旬刊编辑的具体时间就不为人知。无论是在传记《黄炎培》或是其他回忆黄炎培的文字，尚丁都没有写明与黄炎培的早期交往情况。而在黄炎培方面，日记中最早出现"尚丁"这个名字已经是1943年12月11日了，提及"第三次宪政月刊会议，到者志让、卫玉、北鸥、公健及公健之新同事尚丁"。① 这里强调"公健之新同事"，当指尚丁成了（祝）公健的新同事，承担《宪政》月刊的编辑工作。从尚丁的回忆文字看，应该此前已经在黄炎培麾下工作多时，为什么没有出现在《黄炎培日记》中呢？为什么此后《黄炎培日记》关于"尚丁"的记载才渐渐多起来呢？目前还不敢妄断。有意思的是，此则《黄炎培日记》在尚丁的《民主宪政运动的先锋战士张志让与〈宪政〉月刊》中也有引用，但作"第三次宪政月刊会议，到者张志让、卫玉、北鸥、公健及尚丁"，② 文字有出入，似乎有意删掉了"公健之新同事"。这是在表达对日记记录不准确之处的悄悄修正么？关于担任《国讯》旬刊编辑的时间，尚丁在回忆文字中多是比较笼统地表述为"四十年代初到中华职业教育社工作的"，③ 而此阶段《国讯》又只署主编名字而没有具体编辑人员信息，这就难以确定尚丁何年何月开始参与《国讯》编辑工作。这些基本史实的不明晰也给我们推断演讲湮没的原因带来了困难。

从以上分析不难看出现代作家佚文发掘工作的第三个突出问题，就是佚作特点提炼不够清晰，佚作价值分析不够全面，佚作问题思考不够深入，严谨与大胆之间的分寸把握不够理想，该大胆时不够果断，就显得骑墙；该严谨时不够周全，就失之武断。

---

① 黄炎培：《黄炎培日记》第8卷，华文出版社2008年版，第188页。
② 尚丁：《民主宪政运动的先锋战士张志让与〈宪政〉月刊》，《文史资料选辑》第85辑，文史资料出版社1983年内部发行版，第147页。
③ 尚丁：《〈宪政〉月刊与宪政座谈会》，《出版史料》1983年第2期；尚丁：《四十年编余忆往》，重庆出版社1986年版，第4页。

当然，笔者总结现代作家佚文发掘工作中的三个问题并不是针对具体的研究者，而是在近年阅读现代作家佚文发掘成果的体验与从事现代作家佚文发掘实践基础上的初步思考，笔者有时也会出现类似的问题。究其原因，可能和佚作发掘者的心态有关，急于跑马圈地，急于发表成果。钱穆先生60年前就告诫说，"而从事学问，必下真工夫。沉潜之久，乃不期而上达于不自知。此不可刻日而求，躁心以赴"。① 现代作家佚文发掘虽然可能够不上钱老所谓"学问"，但也"不可刻日而求，躁心以赴"。引以与同好共勉。

我们对抗战时期冰心的演讲记录稿《写作漫谈》进行继续讨论和辨析，既不失为对那场可歌可泣的胜利及其精神遗产的整理和纪念，同时对《冰心全集》的补遗和冰心研究的推进也应当不无裨益。当然，也是对记录者尚丁先生的缅怀和文稿钩沉。我们期待冰心的传记、年谱和全集越来越完备，也希望尚丁的传记、年表和文集能早日编定。

（原载《爱心》2015年秋季号，后经修改增补在2016年4月长沙"中国现代文学文献学的理论与实践"国际学术研讨会上交流发表）

第三节　臧克家集外诗文辑录与补正

1931年12月到1948年4月，《国讯》坚持了17年有余，贯穿抗战全程，当年就很有影响，受到广大读者欢迎。据黄炎培《复刊词》回忆，"那年八月改为旬刊，每期印发骤增至一万二千余份之多。风行遍海内外，如暹罗一埠，直接订阅者几及两千"。② 而在编辑张雪澄1945年的第400期纪念文《我对本刊的一段经历》中，更有"后来改称《国讯》，销路骤增，每期即发二万余份"③ 的说法。重庆复刊之后，销量更大，1940年多期

---

① 钱穆：《学术与心术》，《钱宾四先生全集》第24册，联经出版事业公司1998年版，第163页。
② 黄炎培：《复刊词》，《国讯》1938年第179期，8月13日出版。"那年"指1935年。
③ 张雪澄：《我对本刊的一段经历》，《国讯》1945年第400期，10月10日出版。

《教育与职业》杂志之封底为《国讯》广告,称"十年以来,以言论公正,记载翔实,深得社会推誉,群众爱护,风行国内海外,月销逾四万份……洵为新时代国民必读之优良刊物",①而发行处也分设重庆、昆明、贵阳、桂林、香港五个城市,可见其影响。直接订户也不断增加,1943年编辑会议记录显示,"从每天新订户增加的数目上看,征求一万直接订户会迅速的满额"。②

但令人遗憾的是,对具有重要的史料价值和研究价值的《国讯》,学界的梳理和研究很不充分。本章第一节主要内容在《现代中文学刊》2015年第4期刊出并被人大复印报刊资料《中国现代、当代文学研究》2015年第11期转载后,又有马翼欣、林尚斌的《抗战后期的〈国讯〉旬刊浅释》(《档案》2015年第11期)专论抗战后期的《国讯》,可以引为同道。但此文一些内容值得商榷。比如"1931年12月3日正式发行"忽视了创刊号上清晰印刷的"中华民国二十年十二月二十三日","1934年7月该刊改为《国讯》"比实际情况晚了半年,并不是"初为半月刊"而是在改名10期之后才"为半月刊","1947年5月又改为周刊"之前并不都是旬刊,等等。再者,1938年8月重庆复刊,从"七七事变"起算,已时隔一年,从1937年11月第178期停刊起算,已历时九月,称"'七七事变'后不久后复刊于重庆",也不甚妥当。更为重要的是,此文从"分析国际动态,及时报道抗战信息""抨击妥协,坚持抗战到底""主张民主政治,关注经济民生"三个方面总结抗战后期《国讯》旬刊的主要内容,认为"《国讯》旬刊坚守着抗日救亡的宗旨,分析国际形势、报道国内战况,发动群众支持抗战,鼓励民众坚持抗战,为抗战的社会动员做出了巨大的贡献",③是符合实际的;但其内容梳理完全没有提及《国讯》的文学内容,对包含众多文学名家作品的丰富的文学世界只字不提,恐怕有失偏颇。

《国讯》虽为时政刊物,不以文学为志业,是典型的非文学期刊,但其版面上却刊发了数量众多的异彩纷呈的文学作品,呈现并记录着局部的抗战文

---

① 《教育与职业》1940年第192期,7月1日出版。
② 《编辑会议》,《国讯》1943年第341期,7月15日出版。
③ 马翼欣、林尚斌:《抗战后期的〈国讯〉旬刊浅释》,《档案》2015年第11期。

学现场，值得学界重视并予以进一步的发掘与研究。据进一步统计，全面抗战时期出版的《国讯》共计228期，先后刊发各类文学作品约700篇。其值得注意的作者至少可以包括郭沫若、茅盾、老舍、冰心、黄炎培、叶圣陶、夏衍、臧克家、胡适、何其芳、徐迟、任钧、常任侠、陶行知、徐中玉、陈学昭，可以涵盖方之中、凤子、陈企霞、白薇、臧云远、洪深、孙伏园、王亚平、罗荪、曹靖华、穆欣、姚雪垠、公木、田仲济、葛一虹，可以列出陈北鸥、徐仲年、成惕轩、蒋学模、姚玉祥、高语罕、沈钧儒、赛珍珠、高咏、殷参、王冶秋、张申府、陆诒、荆有麟……这个阵容相当可观，不亚于一些备受关注的文学期刊，据此名单可以写出半部中国现代文学史。这些作家的作品，有的已经收入全集（文集）或被研究者辑录整理，有的则是没有研究资料提及的佚作。前者可以参照《国讯》原刊修正其出处、校勘等方面的问题，为相关研究提供更为可靠的文本；而后者，更是可以提供发动学术创新的"新史料"。本节集中继续讨论抗战时期《国讯》刊发的臧克家诗文，进行辨析、辑录和补正。

一　新诗《一个遥念》辨析

抗战时期《国讯》刊发的第一篇臧克家作品应该是新诗《一个遥念》，载1943年6月5日出版的《国讯》第338期。系"青年园地"版面之"诗创作示范"栏目的作品。全诗不长，照录如下：

> 像一只候鸟
> 驮一面冰天，
> 驾起翅膀
> 飞向温暖——
>
> 你的书信
> 沉浮了两个季候，
> 当战地桃花在风前败阵，
> 它才飞到了我的眼前。
> 是一滴泪水

泛滥了红的堤岸？
看蹂躏不堪的封皮上
一片呜咽的云烟。

我向山海关那边
投一个遥念。
你的心在抖
手在战，
不是这么说么？
当你拔开笔管，
窗外的狂风正伴舞着雪片。

阴惨封固着人心，
坚冰给①"白水"加一条锁链，
但是严冬不会长久，
春天就在它的后面。

一万句话
来碰你的笔尖；
千钧之力
压住了手腕，
几次放下笔，
又拾起笔
在纸面上
写下了二字"平安"。

　　此诗初收 1940 年 7 月创作出版社（桂林）出版的诗集《呜咽的云烟》，题"呜咽的云烟"。后收入臧克家诗集《国旗飘在雅雀尖》（中西书局 1943 年 11 月

---

① 原文作"结"，不通，当系误排。

初版)、《十年诗选》(现代出版社1944年12月初版)、《今昔吟》(山东人民出版社1979年4月版)等,收入山东文艺出版社1985年2月版《臧克家文集》第1卷,时代文艺出版社2002年12月版《臧克家全集》第1卷。

仔细对照此诗的几个版本,发现《国讯》版最为特殊,且在版本学意义上表现出明显的过渡色彩。其特殊性表现在两个方面:一是标题改作《一个遥念》,不同于其他版本;二是31行诗分为6节,分别为4/4/4/7/4/8行,不同于1940年版的4节,8/4/11/8行,不同于1943年版的2节,23/8行,迥异于1944年版、1979年版、1985年版与2002年版的不分节。"一个遥念"的确是这首诗歌的核心意象之一,作为诗题也相当恰切,与通行的诗题"呜咽的云烟"可谓各有千秋。分节,是新诗形式建设的重要方面,与新诗建行的搭配组合,形成新诗书写排列的基本方式。一方面,诗歌"在语言、建行、分节、意义等方面原本就有较大的跳跃性",[①] 另一方面,"建行、分节"也被视为"对诗人的基本技巧与汉语修辞的智性验示"[②]之一。在我们看来,这首31行的诗作还是以分节为宜。《国讯》版将初刊版的第一节8行再分为两节4行,第三节11行再分为7行节与4行节,很可能与"诗创作示范"之栏目名称,与编者在同页《园话》(之一)提醒读者"本期所刊臧克家先生臧云远先生的诗,是给喜欢写诗的朋友做模范的,诗的内容和风格,请多多体味"[③] 相关。也就是说,为了新诗创作的示范效应,适应新诗四行一节的主流形式,臧克家进行了分节调整。调整之后的6节既各自有相对完整的诗思,又不无参差变化,应该说有其艺术性与合理性,不同于后来徐敬亚批评的"四行一节的形式越来越泛滥……成为诗的严重束缚"。[④]

其过渡色彩表现在:较之初刊版,《国讯》版的文字既非常接近,又有个别值得注意的调整;较之之后的版本,《国讯》版的文字变化既得到延

[①] 蒋登科:《中国新诗的精神历程》,巴蜀书社2010年版,第422页。
[②] 姜耕玉:《新诗与汉语智慧》,东南大学出版社2013年版,第123页。
[③] 编者:《园话》(之一),《国讯》1943年第338期,6月5日出版。
[④] 徐敬亚:《崛起的诗群——评我国诗歌的现代倾向》,《当代文艺思潮》1983年第1期;徐敬亚:《崛起的诗群》,同济大学出版社1989年版,第88页,题目改为"崛起的诗群——评1980年我国诗歌的现代倾向"。

续,又有新的变化。如第 8 行初版本作"它才飞到了<u>我们</u>眼前",《国讯》版作"它才飞到了<u>我</u>的眼前","我们"改成了"我";末尾四行初版作"<u>放下笔/又几次拾起笔,</u>/在纸<u>上面</u>/写下了二字'平安'",《国讯》版作"<u>几次放下笔/又拾起笔,</u>/在纸<u>面上</u>/写下了二字'平安'","几次"的位置有变化,"上面"与"面上"有区别。以后的版本,这几处都与《国讯》版一致。其余文字,《国讯》版与初刊版相同,但与 1943 年以后版本有多处不同。比如第 11 行初版作"看蹂躏不堪的<u>封皮上</u>",1943 年版作"看蹂躏不堪的<u>信皮上</u>";第 17 行初版作"不是这么说<u>么</u>",1943 年版作"不是这么说<u>吗</u>";第 21 行初版作"坚冰给'白水'加一条锁链",1943 年版之"白水"没有引号。也就是说,在初版本与 1943 年版本之间,《国讯》版是一个重要的过渡,到 1943 年版本,此诗文字标点才定型(延续)下来。至于其定型(延续)的原因,有的可能是基于诗歌艺术性的考量,有的可能就是简单沿用而未曾追溯版本变化的结果。前者如第 8 行的单数"我的眼前"优于复数"我们眼前",更合乎信件与情感的私人性,而且全诗都是单数的"你"与"我",突然出现"我们",显得有些突兀。而后者则可以在臧克家的一些相关文字中得到验证。

臧克家为《国旗飘在雅雀尖》所作的《小序》落款"克家卅二年六月九日于渝文协西窗下",指出"《国旗飘在雅雀尖》,《呜咽的云烟》,在我不知不觉中,曾被桂林的一位朋友,代搜出书,以后者为名,初版完了,那本书的命运也跟着完了。我自己很喜欢这两篇东西,尤其是第一篇的旋律,所以就用了它的名字做了这本诗的名字"。[①] 从"命运也跟着完了"可见初版本《呜咽的云烟》虽然印数标明是"二五〇〇",但影响有限。在 1978 年 10 月 31 日为《今昔吟》所写的《序》中,臧克家更是坦言:"各地方为评介、选用我的作品而草拟的我的小传中,列有《呜咽的云烟》。这本诗集是出版过的,短短十几首诗,一个小小的本子,我个人不但已经无存,连它的内容也完全忘记了。幸而《十年诗选》中还保存《呜咽的云烟》这一首诗,就选入了第三辑,其他的也就烟消云散,无影无踪了。"[②] 可知臧老本人手边都没有

[①] 臧克家:《小序》,臧克家《国旗飘在雅雀尖》,中西书局 1943 年版,无页码。
[②] 臧克家:《序》,臧克家《今昔吟》,山东人民出版社 1979 年版,第 4 页。

诗集《呜咽的云烟》，而据《十年诗选》选录了诗歌《呜咽的云烟》，还误记了诗集《呜咽的云烟》的收诗数量。《呜咽的云烟》仅收诗五首，没有"短短十几首诗"，刘福春等编辑的《中国现代文学总书目·诗歌卷》列有五首诗的详目。① 此诗集存世不多，各大图书馆缺藏者众，蒙刘福春老师热心帮助，才有缘翻阅电子扫描版，特此致谢。

"渝文协西窗下"的门牌号应该是重庆张家花园六十五号，1942年8月臧克家抵达重庆以后，就住在这里。前面已经说及，中华职业教育社、《国讯》书店与《国讯》社的地址在张家花园五十六号，二者何其接近，其时一旦臧克家愿意给《国讯》写稿，可能都不需要劳烦邮政局的"绿衣人"。

抗战时期非文学期刊《国讯》保留了臧克家"很喜欢"的诗篇《呜咽的云烟》之长期不为人知的不同诗题不同分节不同文字的不同版本，具有重要的版本学意义，值得研究者关注。特别是不同的分节问题，何以6月5日出版的分6节的《国讯》版，在6月9日完成《小序》的诗集《国旗飘在雅雀尖》中，又将前5节合并为长达23行的一个长节？这是臧克家的本意，还是编校人员的失误或故意为之？若是作者本意，其背后体现了怎样的诗歌观念与诗歌艺术？这些问题，都值得继续思考。

二 记录《诗的语言问题（座谈会）》指疵

1943年6月25日第339期刊发的金乃成关于诗歌座谈会"诗的语言问题"的记录，是抗战时期《国讯》发表的与臧克家直接相关的第二篇文字。此次会议出席者"按签到先后为序"，有臧克家、任钧、臧云远、柳倩、王亚平、黄炎培、杨卫玉、重愚和北鸥。谈话的三个要点是：口语的利用、旧辞藻的扬弃与新语言的创造。从记录看，臧克家在会中多次发言，明确表达了自己关于诗歌语言问题，特别是关于"大众语"和"口语化"的个性观点，具有重要价值。

《中国现代文学研究丛刊》2013年第5期曾刊发有李朝平兄的《臧克家佚作考略》及《臧克家佚作钩沉》，"钩沉了臧克家五篇佚作及一份座谈记录，并对其进行了初步考订"，包括诗歌《铁的行列》《好男儿》、通讯报道

---

① 刘福春、徐丽松编：《中国现代文学总书目·诗歌卷》，知识产权出版社2010年版，第164页。

《一群奔回祖国的弟兄》、杂文《行话》、文学评论《墙和门》和座谈记录《诗的语言问题（座谈会）》，其中根据"《新东方杂志》1944年第9卷第1期，第48—51页"整理的座谈记录之主要内容与《国讯》刊发的金乃成记录几乎完全一样。也就是说，臧克家在此次会议上的重要发言已经有研究者披露了，这是值得肯定的。但是，文中关于这则座谈记录的一段话："约在1944年前后，由陈北鸥主持，'春草社'成员臧克家、臧云远、王亚平、柳倩与任均、黄炎培等人举行了一次座谈，主题是'诗的语言问题：口语的利用，旧辞藻的扬弃，新语言的创造'，这次座谈记录——《诗的语言问题（座谈会）》可能最初发表在春草社社刊《诗家》上，后被1944年1月15日《新东方杂志》第9卷第1期转载"，① 恐怕值得商榷。原因有三种：一是《国讯》版金乃成记录开篇之"北鸥"发言说得很清楚，"今天由国讯社约请各位来开这座谈会，话题是'诗的语言问题'"；二是《新东方》杂志版明确标示"转载"；三是《国讯》版比《新东方》杂志版的出版时间要早半年。所以此次座谈会的时间应该在1943年上半年，邀请单位是国讯社，最初发表在国讯社刊物《国讯》旬刊第339期。查《黄炎培日记》，1943年6月14日有"诗歌座谈会，到者臧克家（山东，赈委会专员）……"② 的记载，还依次列出臧云远、柳倩、王亚平、任均的名字、单位、著述等情况，与《国讯》刊发的记录可以互证，这就进一步落实了此次座谈会的准确时间是在当年的6月14日。至于"春草社"的成立时间，更有多种说法，有称"1942年春成立"③者，有在1943年谱文中称"本年，参加王亚平等组织的'春草社'"④者，有称"大约是一九四四年春末夏初在重庆成立"⑤者，孰是孰非，还有待考证。即使此次座谈时"春草社"已经成立，但由于记录稿只字未提"春草社"，可能缺乏涉及的理由，这些诗人是以个人身份还是诗社群体身份参加讨论的，也难以确定；如果李华飞关于该社1944年成立的回忆准确，就更是无

---

① 李朝平：《臧克家佚作考略》，《中国现代文学研究丛刊》2013年第5期。
② 黄炎培：《黄炎培日记》第8卷，华文出版社2008年版，第119页。
③ 臧克家：《序》，《中国抗日战争时期大后方文学书系》（第6编 诗歌 第1集），重庆出版社1989年版，第8页。
④ 冯光廉、刘增人、郑曼、郑苏伊：《臧克家年谱》，《臧克家全集》第12卷，时代文艺出版社2002年版，第721页。
⑤ 李华飞：《从诗报、"文协"诗歌座谈会到春草社》，《抗战文艺研究》1983年第6期。

关"春草社"。

从注释看，李朝平的依据是"张泽贤著《民国出版标记大观》，远东出版社 2008 年 11 月版，第 32 页"。《民国出版标记大观》虽贡献不小，但也偶有失误，使用时需要加以辨析。比如这里将沈心芜著《在旅途中》列入"春草丛书"于 1931 年 4 月出版的"春草社"，① 就应当是另外一个诗歌团体，不能混为一谈。

更为重要的是，由于《新东方》杂志是典型的汪伪背景刊物，第 9 卷第 1 期版权页署名"社长"者正是 1947 年以汉奸罪被处决的特务头子苏成德，所以《新东方》版的座谈记录不仅"转载"而未注明其初刊《国讯》的情况，而且苦心孤诣地抹去正文中关于"国讯社"的痕迹，删除了介绍国讯社社长黄炎培、副社长杨卫玉，以及杨卫玉"谈谈本刊的历史"之数段内容，甚至将《国讯》版先后出现之四处"抗战"都作了相应调整。《新东方》版的"战争后很多人写大鼓词"原为"抗战后很多人写大鼓词"，"必须从战争中的新境界创造诗的新境界"原为"必须从抗战中的新境界创造诗的新境界"，"适合战时内容的却应保留"原为"适合抗战内容的却应保留"，"在这大时代中"原为"在抗战的大时代中"。《新东方》杂志这种为人不齿的处理方式不仅误导了李朝平的判断，致使其没能及早顺藤摸瓜发现《国讯》初刊版，而且使其辑录的文本是残缺的打上日伪色彩的存在突出问题的版本，不能准确反映臧克家等人的这次诗歌座谈会。

与此同时，李朝平辑录的《诗的语言问题（座谈会）》有多处文字偏差、注释不当问题，也应当予以指出。文字偏差方面，本次座谈会的第二个主题"旧词藻的扬弃"在文中多次出现，但在题目下面第一次出现时，却印成了"旧辞藻的扬起"；臧克家第一次发言的记录前是姓名全称"臧克家"，而不是仅称名的"克家"。还有北鸥发言的"这恰就接触到我们今天要谈的诗的语言问题"之"恰"后脱一"巧"字；黄炎培发言之"秦汉以来"应为"秦汉以前"，"诗也是国产"之"也"后脱一"全"字；任均发言的"它所接受的西洋诗歌的遗产不能在中国土壤上生根"之"不能"前脱一"还"字；亚平发言的"即是应怎样用这适切的语言来表达内容"之

---

① 张泽贤：《民国出版标记大观》，上海远东出版社 2008 年版，第 33 页。

"这"系衍文、"有对新事物的透彻底了解才好"之"彻"也系衍文、"代数,就是三角,集合,代数"之"集合"应为"几何";云远读黄炎培诗《玉米馍馍》的"端上一盘蜡黄的玉米馍馍。说'这玉米啊!是山村珍贵的长生仙果……'"之"黄"后脱一"黄"字、"珍贵"前脱一"顶"字;克家发言的"那样写出来的文字"之"来"系衍文等。文字录入错误虽然在所难免,但反复校对应当可以修正绝大多数错误。出现这样密集的文字偏差,不免遗憾。

注释不当方面,所列 7 条注释中,第 1 条注明出处,第 3 条、第 5 条、第 6 条、第 7 条发现排印错误都没有问题;但第 2 条"东西融会"之"融会"也是习见的用法,完全没有必要改为"融合";第 4 条"百里不同音,千年不同俗"也可以保留,改"俗"为"韵"虽强化了音韵,但在原刊没有明显问题的情况下,还是应该尽量尊重原刊。

臧克家先生 1980 年 10 月 15 日撰写的回忆文章《少见太阳多见雾》中,还谈到"黄炎培先生的中华职业教育社也在张家花园,他老先生好诗,有时约我们几个写诗的朋友去座谈,社里办了个刊物,陈北鸥同志在负责"。① 这里的刊物,无疑就是《国讯》,而座谈,则应该包含这次"诗的语言问题"座谈会。

三 佚文《习作诗的评语》辑校

1943 年 7 月 5 日刊出的《国讯》第 340 期"青年园地"栏,还刊有臧克家的短评《习作诗的评语》,系对同时刊发的杨林之《习作小诗三章》(《手杖》《桥》《新穗》)的评语。

《习作诗的评语》未见收入时代文艺出版社 2002 年 12 月版《臧克家全集》,也没有被臧克家传记、年谱及相关研究材料提及,是臧克家的一篇别致的集外佚作,照录如下:

> 这是从杨君寄来的许多诗里选中的三篇小诗。多少也加了一点润色,

---

① 臧克家:《少见太阳多见雾》,《新文学史料》1981 年第 1 期;《臧克家全集》第 6 卷,时代文艺出版社 2002 年版,第 461 页。

这几篇东西虽然很小，我觉得它们有个共同的好处：给人的印象很清新。所谓清新，就是活生生的；不陈腐，不落俗套。怎么样才可以做到这样呢？第一、作者对于所歌咏的对象，必得先有亲切之感，不但观察得到，而且必须付给它以诗的情感。手杖，虽然含着象征的意味，但不枯涩；桥的头四句很生动，新穗的末两句，意义字句都很够味。字句的清新，源于感觉的清新，这是无法装假的。

六月十五日灯下

《国讯》编者在同期《园话》（之三）有云："读者们诗习作中优秀的我们当尽可能刊布。本期载有臧克家先生润色的杨林君的小诗。我们希望读者能多注意臧先生的评语，他指出作诗而诉之于清新的印象是怎一回事。"① 其"希望"与对"清新的印象"的强调都颇有见地。臧克家用"就是活生生的"来解释"清新"，赞誉意义字句的"够味"，指出"字句的清新，源于感觉的清新"且"无法装假"，也的确是诗家的见解与表达，称得上"清新"。

杨君为什么要给臧克家"寄来""许多诗"？臧克家为什么要"选中""三篇小诗"，还要"多少也加了一点润色"，并写下这篇《习作诗的评语》？这个问题可以从此期前后《国讯》编者的一些文字中找到答案。此前第338期"青年园地"的《园话》（之一），就有如下内容：

> 首先要报告大家的，本园从这期起，除黄炎培先生的信箱，仍旧继续外，已得诗人臧克家名作家姚雪垠两先生的特别赞助，答允在本园地指导青年写作，一面写有关写作指导的文章，一面接受青年的习作，代为批改。臧先生批改新诗，姚先生批改散文小说，习作里面优秀的作品，随时在本园地发表。臧先生姚先生在文坛上的成就，已不用编者介绍，想来大家一定热烈欢迎这喜讯吧！希望赶快把要请求批改的作品寄来。（件寄本刊编辑部转，封面书明习作请改字样。）

---

① 编者：《园话》（之三），《国讯》1943年第340期，6月25日出版。

由此可知，指导、点评、润色杨林的诗歌，并不是臧克家个人的偶然为之，而是《国讯》编者的组织行为。从中不难看出非文学期刊《国讯》对文学，特别是文学青年的诗歌、散文、小说写作的重视之功与组织之力。战争年代的这一抹文学情怀，显得尤为可贵，令人感佩。而今的文学期刊与非文学期刊，还有这样的邀请名家直接指导青年写作的吗？同时，"诗人臧克家""在文坛上的成就，已不用编者介绍"等表达，也可以看出编者对臧克家的定位、信心与倚重。此编者为谁？还不得而知。

此后的第341期，有署名"本刊编辑部"的启事云："本刊青年园地，特请诗人臧克家名作家姚雪垠指导青年写作，并批改诗歌，散文，小说。凡读者请求批改稿件请寄本刊编辑部，封面书明'习作请改'字样。"① 仍在继续进行活动宣传。

至于三首短诗哪些地方是臧克家的"润色"，已难考证。虽然编者还"希望大家把需要臧克家先生和姚雪垠先生批改的诗歌小说和散文不断寄下"，但还有类似的评语吗？

四 评论《读诗缀语》补正

果然，在间隔数期之后，1943年9月25日出版的《国讯》旬刊第347期"青年园地"栏目，刊发有臧克家诗歌评论《读诗缀语》，是对同页刊发的青年作者"海阳"的《诗歌习作》（三首，分别是《无题》《星》和《夜》）的评点和指导，肯定海阳诗句的"生活的精神，硬朗的劲，是要得的"。

此作也未收入臧克家生前的任何作品集，《臧克家全集》也失收，是典型的集外佚作。但几年前此作已被河南大学刘涛教授发掘出来了，和其他几种臧克家集外诗文一起以"诗人的另一面——由五首佚诗重读臧克家"为题刊发在《现代中文学刊》2011年第4期。但还可以作几点补充。

首先，刘涛辑校文本的第二段，有"他并没有□口叫喊"并注释说明"原文字迹不清"，② 笔者所见的原刊此处文字也不太清楚，但经过努

---

① 本刊编辑部：《启事》，《国讯》1943年第341期，7月15日出版。目录未列，题目为笔者所加，在第11页。
② 刘涛：《诗人的另一面——由五首佚诗重读臧克家》，《现代中文学刊》2011年第4期。

力还是可以辨认出是"破"字。也就是说，此句应该是"他并没有破口叫喊"。

其次，辑校文本末段"他知道向'理想、春花'和'泪水、回忆'问一声"之"回忆"一词可能有误。笔者所见原刊此处虽然也有些漫漶不清，但明显"忆"之前不是"回"字。从所用引号看，应该是引用的海阳诗句中的关键意象。回到海阳诗句，就可以发现其第一首《无题》的开篇四行正是"一个崇高的理想，/一朵美丽的春花，/一滴心酸的泪水，/一件悲惨的记忆"。由此可见，臧克家引用的应当就是这四行诗相应位置的"理想""春花""泪水"和"记忆"。换言之，既然臧克家引用的四个意象中有三个来自评论对象海阳的诗作，那么第四个也没有必要放弃原诗的"记忆"而另作"回忆"。带着这样理校得出的结论重新辨认此处不够清楚的地方，就会发现其右上部分正是"记"的右上部分，进一步印证了这里应该是"记忆"，而不是"回忆"。

再次，臧克家为什么会在《国讯》点评这位并不知名的青年诗人的作品呢？也许是囿于篇幅，《诗人的另一面——由五首佚诗重读臧克家》没有作出相应的回答。这个问题可以从前文所引《国讯》编者的"园话""启示"等文字中找到答案，此不赘述。

总而言之，1943年的臧克家与非文学期刊《国讯》的关系之亲密是有些出人意料的，居然从6月15日起连续多期刊发作品，既发表诗歌创作示范，又参加诗歌讨论会议，既指导润色青年诗歌习作，还专门撰写刊发简短评语。相关情况一直未引起臧克家研究界的重视，不无遗憾，值得以后进一步研究。论者拾取其中部分内容，却与紧挨着的前一期发表的佚作失之交臂，也给我们以启发。一方面，我们重申，"文学期刊与非文学期刊是抗战文学的两种不同类型的载体，二者也如鸟之两翼、车之双轮，均不可偏废"，可以预期的一个抗战文学辑佚的转向就是"由文学期刊转向非文学期刊"，[①] 应当高度重视非文学期刊的发掘研究；另一方面，我们认为，像《国讯》这样的非文学期刊，需要转变以作家为抗战文学佚作发掘线索的检

---

① 凌孟华：《抗战时期非文学期刊与作家佚作发掘脞论——以〈国讯〉为中心》，《现代中文学刊》2015年第4期。

索搜罗方式,而以期刊为单位专门进行系统发掘。在此基础上完成的作家佚作发掘成果,可能更全面厚重,收到事半功倍之效。至于"指疵"与"补正",也是一贯的"出于完善之目的,而绝无问责之用心",① 想必相关师友有理解的雅量。

附记:2018年12月23日下午,全国第五届"区域文化与文学"学术研讨会间隙,笔者曾陪同陈子善先生到歌乐山上天池寻访臧克家故居,一偿夙愿。臧克家笔下的"大天池六号",如今的门牌号是"堰塘湾5号",挂着铭牌"臧克家旧居",系"沙坪坝区不可移动文物",文物编号"500106—0107",由"沙坪坝区文化委员会二〇一二年八月二十九日公布",责任单位(人)"邓财富"。臧克家回忆"1943年8月,我和我爱人郑曼从市内搬到近郊歌乐山大天池六号赈济委员会的留守处去了。四面青山,环抱着一个小土院落,南房是李大爷一家住着,东房北房租给赈济委员会作留守处"。② 臧克家迁居歌乐山后,与《国讯》的合作似也告一段落,《国讯》第347期后未见有臧克家作品刊发。这个"小土院落",如今更是破败,而且只剩下一面北房,还被近旁的红砖小楼挤压着,好在土墙青瓦,翠竹农田还可以依稀看出旧时格局与模样。也许是托陈子善先生洪福,也许是与臧克家先生有缘,竟然还偶遇臧先生散文小说中多次写到的"小黑娃",70多岁的老人家高大健硕,本已不在此地居住,昨日因事回乡,明天又要离去。"小黑娃"颇健谈,说起当年十几岁的李家大女儿李顺碧数年前才去世,说起从上辈人那里听来的臧克家居住此地时的往事,令人神往。感谢沙坪坝教育博物馆筹建处张南兄热心帮助,联系《重庆歌乐山陪都遗址》一书的作者廖庆渝先生作向导,才得以找到歌乐山上的臧克家故居与萧红故居。同访者还有硕士同窗王学振教授与王洪泉教授。归途入上天池度假村喝羊汤,品小酒,坐中其乐融融,窗外细雨霏霏,兹可附记也。

---

① 凌孟华:《1947年冰心日本观感演讲之钩沉与补正》,《文艺争鸣》2013年第10期。
② 臧克家:《少见太阳多见雾》,《新文学史料》1981年第1期;《臧克家全集》第6卷,时代文艺出版社2002年版,第463页。

第一章 《国讯》旬刊所载名家佚作研究

《国讯》旬刊第 193 期封面

第二章 《大中》月刊及其重要佚文叙录

民国期刊是民国时期政治、经济、文化等方面重要信息的原始记录,其重要的历史文化价值越来越受到广泛重视。甚至有研究者认为"民国期刊的版本价值不亚于古籍善本"。① 但民国期刊的价值也不能一概而论,有的可能失之平庸与粗糙,有的却是相当优秀和精美。1946 年北平创刊的《大中》杂志无疑属于后者,但一直缺乏应有的关注和专门的研究。2009 年笔者利用 CNKI 知识搜索、谷歌学术搜索、百度、有道等常用搜索引擎在全球网页检索《大中》,能够找到的相关内容寥寥无几,且往往是关于齐思和、聂崇岐、孙楷第等少数几名刊物作者的几篇文章出处的记载。对于普通读者和研究者而言,《大中》杂志显然已被历史的黄尘湮没。本章第一节叙录其基本情况并考释其编辑与发行人,第二节考察第三期发表的吴兴华 1944 年亲情佚文《记亡妹》,第三节发掘第五期刊出的俞平伯《为润民写遥夜闺思引后记》。

第一节 《大中》版面内容及编辑者与发行人考

《大中》杂志 1946 年 1 月发行第一卷第一期,系月刊,印刷者署"引得校印所",发行者署"大中杂志社",地址均在"北平海淀碓房居五号","每月一册,全年十二册,每月二十五日发行"。② 《1833—1949 全国中文期刊联

---

① 辜清华:《民国期刊的版本识别及其客观著录》,《图书馆建设》2011 年第 3 期。
② 见《大中》杂志各期封三(版权页)。

合目录》注明该刊为"（月刊）北平大中杂志社 1：1－9，1946.1－8"，① 表示其 1946 年 1—8 月共发行九期。为什么八个月发行了九期呢？经核查原刊，原来 8 月刊行的是第八、九期合刊。《大中》杂志为 16 开本，繁体竖排版，多数文章分两栏，每栏 18 行，每行 25 字。

《大中》杂志封面简洁大气：天头下饰以表现狩猎与农耕的汉代画像砖拓片图案，居中为"大中"两个端正稳健的大字（不知何人所题，待考），下面是两排右起横排宋体字，一排为卷号期号，一排为出版年月，左侧偏下是竖排楷体"大中杂志社出版"，右侧靠上是两列宋体竖排小字："本刊先行出版登记/证已在依法声请中"，整体上颇具书卷味与历史感。每期封面的画像砖拓片图案不变，仅页面底色稍作调整，第一期至第六期呈现大红、粉红、深褐、深蓝、墨绿、嫩绿的变化，第七期又呈大红色，第八期再呈粉红色，既有同中之异，又有异中之同，颇具匠心。

一 《大中》杂志版面内容梳理

北京《大中》杂志的版面内容非常丰富，与国际国内时事结合得比较紧密，涉及多个学科。在每期目录文章之外，还有一些文摘、小杂感、广告之类文字。为了能更好地展示《大中》杂志全貌，我们把这些目录文章之外的内容也纳入统计梳理范围。经统计，《大中》杂志第 1—9 期共刊登各类有题目的文字 94 篇。

如果按现行的学科分类方法（GBT 13745—2009）统计，版面内容涵盖历史学，文学，教育学，政治学，经济学，图书馆、情报与文献学，人类学，宗教学，新闻学与传播学，法学，艺术学乃至生物学、医学等学科。其中所占比率排前五位的是历史学 30 篇，约占 32%；文学 19 篇，约占 20%；政治学 7 篇，约占 7%；教育学 7 篇，约占 7%；社会学 6 篇，约占 6%。值得说明的是，不少篇目的学科归属具有模糊性与交叉性，为了分类的完整，我们尽量按照文字涉及的内容和作者的旨归进行分类，每期的《罪言》视为杂文归入文学类，部分涉及过多学科的科学文摘我们归入图书馆、情报与文献学

---

① 全国图书联合目录编辑组：《1833—1949 全国中文期刊联合目录》，书目文献出版社 1981 年版，第 57 页。

类,下文的篇幅分类统计也是如此。如果用《大中》编辑在《发刊辞》中所列举的时事评述,学术专著,科学文艺,哲教史地四种类型简单分类,则时事评述46篇,约占49%;学术专著9篇,约占10%;科学文艺15篇,约占16%;哲教史地18篇,约占19%。当然,按照一般的学术专著标准,刊物文章中是不应有学术专著的。为了顾及原刊编辑的分类和统计的方便,此处的学术专著认定采用了权宜的办法,是指专著的译文,或是篇幅超过一般论文的、连载30个页码以上的文字。而我们归入学术专著类的聂崇岐(署名筱珊)刊于第一期的长文《九一八至双九日寇侵华大事纪》就的确曾收入由大中杂志社1946年1月出版的大中"小丛书"第一辑,发行79页的同名单行本。

就篇幅而言,《大中》杂志第1—9期标有页码的文字共计611页。按现行的学科分类方法统计,所占比率排前五位的是历史学259.5页,约占42%;社会学128.5页,约占21%;政治学78页,约占13%;教育学61.5页,约占10%;文学37页,约占6%。按《发刊辞》所列举的四种类型统计,则时事评述204页,约占33%;学术专著158.5页,约占26%;哲教史地114.5页,约占19%;科学文艺29.5页,约占5%。

可见不管是从文章数量还是篇幅容量看,《大中》杂志刊发的文章都以时事评述类居多,而学术专著也占有大量篇幅,主要涉及历史学、文学、政治学、教育学、社会学这五个学科,而历史学更是以绝对优势排在第一。文学类文章因其短小在数量统计上位居榜眼,在篇幅统计上则下滑至第五,但也算是占有重要地位。《大中》杂志无疑是一份关注时事、倡导学术,偏重历史、兼及文学等其他学科的综合性刊物。换句话说,就是一份典型的不以文学为主要内容和旨趣的非文学期刊。

当然,作为现代文学研究者,我们引入"非文学期刊"视野考察民国期刊,看重的还是其文学方面的内容和价值。令人欣喜的是,《大中》杂志刊载了一系列颇有价值的文学作品,涉及杂文、小说、新诗、散文、日记等多种体裁和形式。如秦佩珩情节简单而不失细腻与曲折,外貌、环境与心理描写均颇见功力的小说《惠爱医院的女看护》(第一期),秦佩珩写于成都草堂寺、抒发"飘零之意"的自由体新诗《酒楼记》(第八、九期合刊),秦佩珩写于成都华西大学的四首商籁体新诗：《埋剑》《文君》《寄简》《古意》（第二期）；孙楷第考辨戏曲中"脚色"一词，"释其义，且究其得名之由"① 的《说脚色》（第一期，入选"20世纪中国戏剧研究重要论著"②）；连士升记述自己从曼谷经马尼拉，越上海，而达重庆的前后六日的独特见闻和细腻感受的日记《从暹罗到重庆》（第五期），等等。此外，"弭南公"在每期卷首的多则《罪言》也是一组成功的杂文作品，或"谈忠贞"、说"国耻"，或议"死心和心死"、论"明奸与暗奸"，或讽"人格的漂白""谈颂扬德政"，针砭时弊，短小精悍，篇篇有感而发，段段情感充沛，句句言辞犀利。

二 谁编辑了《大中》杂志

仔细翻检各期《大中》杂志所有内容，均没有直接的编辑署名，只是在终刊的《大中》第八、九期合刊封三前的后衬页上有一则很短的文字"鄙人等因课业繁忙，暇暑无多，兹特声明：于'大中'第十期起，不再负编辑之责。齐思和、聂崇岐仝启"。由此，我们有理由推知《大中》第1—9期是由齐、聂编辑的，或者可以说是负编辑之责的。但仅此孤证无疑不够充分，还有没有其他证据呢？

笔者在读书问学、爬梳资料的过程中时时留心这个问题，两年后终于找到两则有力的佐证材料。一是中国社会科学院历史研究所研究员萧良琼先生关于齐思和的一篇文章。萧良琼在20世纪50年代曾听齐思和先生讲授世界史。在侯仁之等主编的新六期《燕京学报》上，萧良琼撰有《在史学上独辟蹊径的齐思和先生》一文。文章指出："抗战胜利后，他和聂崇岐主编过一本学术刊物，名为《大中杂志》。当时国民党政府的北平行辕对刊物要提供'资助'，实际上是打算收买刊物。齐、聂二位先生宁可不办，也不接受当局的'资助'，因而只办了四期就停刊了。"③ 这则文献明确表示齐思和与聂崇岐主编过名为《大中杂志》的学术刊物，与我们的推论完全吻合。但关于这份学术刊物的准确名称和出版刊期存在一些偏差，这是值得指出的。其停刊原因

---

① 孙楷第：《说脚色》，《大中》1946年第1期，1月25日出版。
② 解玉峰：《20世纪中国戏剧学史研究》，中华书局2006年版，第298页。
③ 萧良琼：《在史学上独辟蹊径的齐思和先生》，《燕京学报》新6期，北京大学出版社1999年版。

分析，也可以聊备一说。

二是聂崇岐先生的侄子，中国社会科学院经济研究所研究员聂宝璋先生回忆叔父的一段文字。丁日初主编的《近代中国》（第八辑）刊有聂宝璋的《学者风范长存——怀念叔父聂公崇岐》一文。文中转引他在十年动乱期间听到聂崇岐表兄张艺汀（北京师范大学历史系教授）的一段回忆，忆及抗战胜利后燕京复校的几年中聂崇岐的生活，称"教务长一席，校方急切间难以确定人选，校长陆志韦力邀承乏，情不可却，允为临时代理，属于过渡性质。因而他的精力仍然放在治学上。《大中》杂志的编辑事务也要占用他一部分时间。尽管如此，这几个头衔使他声名在外，人们都把他看成是燕京大学领导层的重要人物"。① 此段回忆也表明聂崇岐的确从事过《大中》杂志的编辑事务，而且不像承担教务长之类事务那么勉强和被动。此文后增改收入中国社会科学院科研局组织编选的《聂宝璋集》。② 几相印证，我们就更有理由相信《大中》杂志是齐思和与聂崇岐共同编辑的。

齐、聂都不是等闲之辈，都是著名的燕园教授和历史专家。齐思和（1907.5.7—1980.2.29），字致中，山东宁津人，历史学家。出身教育世家，从小就受到很好的教育，1931年燕京大学历史系毕业后，作为第一个由燕京派往哈佛的学生，在哈佛大学研究院攻读西洋史。1935年7月获得历史科哲学博士学位，同年回国。先后任燕京大学历史系主任、燕京大学文学院院长等职。1952年转入北京大学历史系任教授，1958年起担任北京大学历史系世界古代史教研室主任。出版的著述有《周代锡命礼考》（1947）、《中国史探研》（1981）、《齐思和史学概论讲义》（2007）等。

聂崇岐（1903.10.9—1962.4.17），即聂崇歧，曾用名弭南公，字筱山，又作筱珊，天津蓟县人，著名宋史研究专家、目录学家。幼时家境窘困，在燕京大学也是半工半读，推迟到1928年才毕业。后入引得编纂处做编辑。曾任引得编纂处副主任，北平中法汉学研究所研究员兼通检部主任，燕京大学图书馆代理主任、教授、代理教务长。中华人民共和国成立后，任中国社

---

① 聂宝璋：《学者风范长存——记著名学者聂崇岐教授》，丁日初主编《近代中国》第8辑，立信会计出版社1998年版，第264页。
② 聂宝璋：《学者风范长存——怀念叔父聂公崇岐》，《聂宝璋集》，中国社会科学出版社2002年版。

科学院近代史研究所研究员。著有《宋史丛考》（1980）等。

关于聂崇岐，还有三点值得说明。一是其曾用名"弭南公"。弭南公是何方神圣？何以每期《大中》月刊卷首的《罪言》均署其名？这是笔者在校读《大中》月刊时困惑经年的问题，直至2011年初翻阅中国社会科学院近代史研究所科研处编的《中国社会科学院近代史研究所科研人员著述目录（1950—2000）》，于第222页见到"聂崇岐（1903—1962），曾用名弭南公……"才释然。刊物编辑亲自操刀卷首议论时政得失的《罪言》，实为办刊之习以为常之举，顺理成章之事。有意思的是，进一步合并检索，又发现中国社会科学院近代史研究所主办的"近代中国研究"网站也在2011年3月更新，在"学人风采"之"本所同仁"栏上传了聂崇岐及其著述的简况，提及"曾用名弭南公"，真是踏破铁鞋无觅处，得来全不费功夫。

二是其籍贯。中华书局编辑部《学林漫录》第八集收录之王钟翰先生《洪煨莲先生与引得编纂处》作河北丰润人，① 而同书段昌同回忆文章《逝水飞尘二十年——忆聂崇岐先生》又作河北蓟县人，② 前述聂宝璋《学者风范长存——记著名学者聂崇岐教授》作"出生于直隶（河北省）蓟县马道庄（现属天津市）"。③ 综合多则文献，结合当下通行的行政区划调整后的籍贯标注规范，本书作天津蓟县人。

三是《顾颉刚日记》的记载。顾颉刚日记从1931年6月15日起，先后有百余处关于聂崇岐的记载。其中关于聂崇岐之死的两处记载尤其值得重视。1962年4月18日日记云："今日览报，骇悉聂崇岐于昨日因病逝世，是尚未及六十之人，且素未闻其有病，不审何以死去之早也？崇岐号筱珊，蓟县人，燕大一九二九年历史系毕业，引得编纂为所主持。平生精熟宋史及历代官制，他方面之常识亦颇丰富，惟不善作文耳。予与彼最后一次见面，为今年一月三十日。人命危浅，为之一叹。"④ 一方面，这则日记可以佐证聂崇岐的逝世

---

① 王钟翰：《洪煨莲先生与引得编纂处》，《学林漫录》第8集，中华书局1983年版，第56页。
② 段昌同：《逝水飞尘二十年——忆聂崇岐先生》，《学林漫录》第8集，中华书局1983年版，第70页。
③ 聂宝璋：《学者风范长存——记著名学者聂崇岐教授》，丁日初主编《近代中国》第8辑，立信会计出版社1998年版，第261页。
④ 顾颉刚：《顾颉刚日记》第9卷，联经出版事业公司2007年版，第451页。

时间是1962年4月17日,籍贯是蓟县;可以补充聂崇岐突然病逝带给知识分子的震动,以及年长十岁的著名历史学家的评价;另一方面,也带来至少两个新的问题,其一是毕业时间问题,另有1929年之说,与习见的1928年不同,何以如此,有待考证;其二是不善作文问题,何以顾颉刚会有此说呢?是其自视过高,还是时人就有此评论?若不善作文,何以聂崇岐是《禹贡》半月刊的重要作者之一,从1934年第一卷第6期起发表《宋史地理志考异》之《总序》,断断续续连载至1935年第三卷第5期的《宋史地理志考异》之《后记》?何以有众多评价颇高的传世之作?当然,若以不善作文之禀赋,而借助勤奋与努力,取得如此成就,确乎更值得我等"不善作文"之人学习和敬仰。次日,顾颉刚日记又有一段重要记载:"今日吊聂君,始知其十六日尚在北大上课,晚间又课其子,中夜而病,病两小时而死。又闻其春节入城,曾经晕倒,顾不注意,未经医疗。又闻其每日作体育锻炼,现在煤肆送煤,贪图快速,不入人家,堆在门口,渠不惮劳,将三千斤煤块自运入室,而不知病心脏者之不宜作重劳动也。"① 一个"始知"与两个"又闻",提供了聂崇岐病逝情形与此前生病、锻炼与劳动等更多细节,丰富了我们对这位知名学者和《大中》编辑者的认识,其猝然离世的命运令人唏嘘。

《大中》月刊共刊载齐思和署名文章六篇,分别为:《现代中国史学评论》(第一期)、《英苏外交论战述评》(第三期)、《美国总统罗斯福逝世一周年纪念》(第四期)、《中国史学界的展望》(第五期)、《论强权政治与强国的责任》(第六期)、《今后我国高等教育的改进问题》(第七期),在所有《大中》作者中发表文章数量名列第二。《大中》刊发聂崇岐的文章就更多了,署名聂崇岐的计五篇,分别为:《近日新疆事变》(第二期)、《二千年来迷信集团之变乱》(第三期)、《女子再嫁问题之历史的演变》(第四期)、《五行气氛笼罩下的中国》(第五期)、《北宋——中国政治上南北势力消长之关键》(第六期),加上署名筱珊的《九一八至双九日寇侵华大事纪》(第一期)和前述署名郢南公的八篇卷首《罪言》,共计14篇之多,文章数量独占鳌头,占《大中》月刊除小文摘、小杂感和广告文字之外的文章(连载文章按1篇统计)的五分之一强。聂崇岐、齐思和二人如此高

---

① 顾颉刚:《顾颉刚日记》第9卷,联经出版事业公司2007年版,第451—452页。

频率地在《大中》杂志刊载文章，既是对《大中》之《发刊辞》（第一期）所谓"我们发起这刊物的目的，就是为用自己的园地，说自己所要说的话"的回应，也是二人对刊物的支撑之力、维持之功的实据，还可以成为二人就是刊物编辑的又一旁证。

1982年10月东北师范大学图书馆期刊部"为满足教学与科学研究需要，特将馆藏期刊编辑成书本式目录，供本校师生查阅"的内部交流资料《东北师范大学图书馆中文期刊目录（1889—1979）》之第一部分第8页"大中 齐思和、聂崇岐主编 北平 大中杂志社发行 1：1－9 1946.1－8"的记载，倒是难得的包含编辑者信息的比较确切而全面的记录。虽然不知其所本何处，是否与我们的依据存在差池，但还是可以引为佐证。

三　被湮没了的发行人

《大中》杂志发行人署名李书春。发行人应是主办出版品的人，或者说是出版单位的主持人，能担任《大中》杂志这样优秀的民国期刊之发行人，说明李书春绝非泛泛之辈。但经笔者多方查证，都查不到李书春比较完整的生平资料，这着实令人感喟！兹将查阅到的相关文献资料整理抄录如下，以向《大中》杂志发行人致敬，并就正于方家，期待能一窥李书春其人之全貌。

（一）关于毕业时间、专业与论文。查《史学年报》1939年第1期第200页之《本系历届毕业论文题目表》，所列1929年的第六篇毕业论文就是"李书春《李鸿章年谱》（见本刊第一卷第一期）"，可知李书春1929年毕业于燕京大学历史系。但查《史学年报》1929年第一卷第一期，其毕业论文在发表时已改名为"李文忠公鸿章年谱"。此文后收入王云五主编的"新编中国名人年谱集成"，由台湾商务印书馆1978年4月出版，书名改为"清李文忠公鸿章年谱"，但作者却署成"清李书春著"，颇不应当。此文后来一方面成了研究李鸿章的重要文献，常被引述；另一方面也被学者考证出存在几处错误，这里按下不表。

（二）关于籍贯、职务及工作情况。前述王钟翰回忆文章《洪煨莲先生与引得编纂处》也多处提及李书春。如"直到1930年秋，引得编纂处正式成立，得其门人聂崇岐（已故）、李书春（已故）、田继综（又名田农）诸君的帮助，才将中国字庋撷法整理出来"；①"经过三年试验之后，于1933年又进行了一次改组，先生仍任主任综理大政方针外，编辑聂崇岐升任副主任，专主编纂；编辑李书春负责校印……以后又增设了引得校印所，设主任一人，由编辑李书春兼任……据先生自认，编纂引得之所以能取得如此一点成就，主要是得到他所识拔的两个学生：聂崇岐和李书春的相助"；②"李书春，河北临城人。与聂为同班友，亦是先生的一个得意弟子。先生欣赏李的才能，因为李长袖善舞，在经济方面开源节流，甚有办法，是一位善于经营管理企业和处理交往事务的能手"③；等等。由此可知李书春的籍贯是河北临城，师承洪业，由编辑而兼任引得校印所所长，颇有管理和活动能力，为编纂引得等做了大量工作。而且由王钟翰1982年撰写的此文已将李书春标注为"已故"，可知李在1982年就已经作古了。但其中"与聂为同班友"一说，却还与别的材料存在龃龉，值得考证。因为，聂崇岐1928年毕业于燕京大学当是确论，其毕业论文是《突厥对外关系考》，④在通常情况下，1929年毕业的李书春应是聂崇岐低一个年级的学弟，不会是同班。这也许是因为年代久远，年事已高，王钟翰先生记忆有差错，也许是有人提前毕业或推迟毕业，还有可能是两个年级某些课程合班授课。具体原因，还需要发掘新的材料。类似文字还见于王钟翰的《王钟翰清史论集》（第四册）第五卷附录之《洪煨莲师与引得编纂处》。⑤

（三）其他佐证材料。查《山西文史资料》第53辑关于山西铭贤学校的附录之《毕业同学略录》，有"姓名：李书春，班次：1925，籍贯：河北临城，通信处：北平燕京大学北平成府引得校印所"的记载；⑥ 同书附录林登收集提供的《铭贤学校毕业同学录》之中学部1925级（总第十六班）25名同

---

① 王钟翰：《洪煨莲先生与引得编纂处》，《学林漫录》第8集，中华书局1983年版，第54页。
② 同上书，第55—57页。
③ 同上书，第57页。
④ 《本系历届毕业论文题目表》，《史学年报》1939年第1期，12月出版。
⑤ 王钟翰：《洪煨莲师与引得编纂处》，《王钟翰清史论集》第4册，中华书局2004年版。
⑥ 《毕业同学略录》，《山西文史资料》第53辑，中国人民政治协商会议山西省委员会文史资料研究委员会1987年版，第155页。

学中也有"李书春"名字。① 由此可知,王钟翰先生关于李书春的籍贯是河北临城的回忆应当是准确的,而李书春的中学就读于孔祥熙创办的山西铭贤学校,1925年毕业后即考入燕京大学,正好和前述1929年从燕京大学毕业的记载吻合。

另外,《裘开明年谱》(美籍华人,图书馆学家)1934—1947年也有多达40余处的与李书春信函往来及过从的记载,如1945年12月6日李书春函告裘开明"战事告终,燕校恢复"及校印所在战争中"因承印贵处印品所受之损失"情况,称"惟最大之问题,为刻刻感到经济窘迫,兹承赐示,特陈述以上情形,敬恳台端万分协助,将以上所计数目赐予筹计拨发,藉资挹注";② 再如1946年1月18日裘开明致哈佛引得校印所所长李书春的信函,表示"以往贵处之损失将来应在日人赔款中扣取","闻贵所已于12月间复业,不胜欣喜之至"③,等等。可知李的确曾经任引得校印所所长,为引得校印所的工作殚精竭虑,四方奔走。

而《中国大百科全书 图书馆学·情报学·档案学》"哈佛-燕京学社引得编纂处"条有"该编纂处有管理人员和印刷工人30人,其中有史学家聂崇岐和管理学家李书春"④一说,李书春竟成了管理学家,也殊为有趣。或许是从前述王钟翰的回忆文字"善于经营管理企业和处理交往事务的能手"中得出的"大胆"推论。作为中国第一部大型综合性百科全书的编者,如此推论恐怕有失严谨。

当《大中》月刊这样版面内容丰富、作者阵容强大、学术研究深入的颇为优秀和精美的非文学期刊,都只能寂寞地躺在图书馆故纸堆里无人问津;当李书春这样学术功底深厚,经营管理才能出众,编辑发行多种刊物,参与编撰《杜诗引得》与《周易等十种引得》等经典图书,为中华文化传承和交流做出重要贡献的民国人物都无奈地湮没于历史尘埃,我们在喟叹之余,还

---

① 《铭贤学校毕业同学录》,《山西文史资料》第53辑,中国人民政治协商会议山西省委员会文史资料研究委员会1987年版,第188页。
② 程焕文编:《裘开明年谱》,广西师范大学出版社2008年版,第324页。
③ 同上书,第326页。
④ 中国大百科全书出版社编辑部编:《中国大百科全书 图书馆学·情报学·档案学》,中国大百科全书出版社1992年版,第175页。

是期待本节的梳理能对《大中》月刊的整理和研究产生些许积极作用。期待识者更多关注、发掘和研究《大中》月刊这样的距我们还不太遥远的民国非文学期刊。

（原载《出版发行研究》2014 年第 2 期）

第二节　吴兴华一九四四年亲情佚文《记亡妹》

吴兴华先生一度在文学史上失踪，成为"被冷落的缪斯"，被遗忘于翻译史，也游离于学术史。但是，先生之早慧、天才、诗作、翻译、美誉、传奇和曲折的人生却是历史难以磨灭和埋没的。21 世纪伊始，数十名专家学者的研究讨论已经在学界兴起吴兴华热，形成吴兴华现象，掀起重新认识吴兴华的潮流。其间，2005 年北京世纪文景文化传播有限公司经多方搜罗编辑而成的《吴兴华诗文集》（含《诗卷》与《文卷》）的出版，[①] 可谓功莫大焉。当然，《中国现代文学研究丛刊》1986 年第 2 期爱·冈恩、张泉、卞之琳、谢蔚英的一组文章[②]与《新诗评论》2007 年第 1 辑解志熙、张松建的"吴兴华专辑"，[③] 作为吴兴华研究的两次集中展示，堪称重新发现吴兴华的先声与余绪，同样功不可没。

然而，同样是这号称"收集了迄今搜集到的吴兴华的作品"的因填补空白而弥足珍贵的两卷本《吴兴华诗文集》，其遗珠与疏漏也被人诟病与批评，成为再版时必将进行大幅增补和修订的版本。吴兴华长女吴同、《新快报》记

[①] 吴兴华：《吴兴华诗文集》，上海人民出版社 2005 年版。

[②] 吴兴华：《吴兴华诗与译诗选刊》，[美] 爱·冈恩：《吴兴华——抗战时期的北京诗人》（张泉译），卞之琳：《吴兴华的诗与译诗》，谢蔚英：《忆兴华》，《中国现代文学研究丛刊》1986 年第 2 期，作家出版社 1986 年版。

[③] 谢冕、孙玉石、洪子诚主编：《新诗评论》2007 年第 1 辑，北京大学出版社 2007 年版。专辑编入文章三篇：解志熙辑校并注：《吴兴华佚文八篇（附辑校札记）》，解志熙：《现代与传统的接续——吴兴华及燕园诗人的创作取向评议》，张松建：《"新传统的奠基石"——吴兴华、新诗、另类现代性》。

者刘铮（笔名乔纳森）、清华大学名家解志熙、加州大学教授叶扬等都曾发表重要意见。① 而吴兴华好友宋淇之子宋以朗先生2007年整理家中张爱玲信件时，甚至"竟意外发现了六十二封吴兴华写给我父亲的信"。② 笔者2009年在重庆图书馆查阅重庆抗战文史资料时偶得《大中》杂志1946年第1期到第9期合订本，赫然发现署名吴兴华的"三十三年旧作"《记亡妹》，也顿时眼前一亮。莫非这真是谢迪克（H. Shediek）口中"是我在燕京教过的学生中，文学才华最高的一位，足以和我在康乃尔大学教过的学生文学批评家哈罗德·卜鲁姆相匹敌"③ 的吴兴华先生1944年的旧作？而且就记忆而言，明知《吴兴华诗文集》之《文卷》仅收散文《沙的建筑者》《记诗神的生病》《从动物的生存说起》三篇，莫非这真是夏志清先生在1976年1月写就的文章中转述宋淇书信之"陈寅恪、钱钟书、吴兴华代表三代兼通中西的大儒，先后逝世，从此后继无人"④ 感叹的诗人吴兴华抗战时期的佚文？

按捺住发现的狂喜与内心的激动，虔敬地仔细阅读欣赏之后，更是被整篇文章涌动的真情与大爱感动，被诸多文字折射的艺术性和美感折服，赶紧掏钱复印留存。回寓后利用纸质书刊、电子资料和互联网资源多方搜索查证，通过比对与思考，可以认定此文的确是吴兴华的一篇重要佚文。现将笔者的判断依据，佚文的出处内容，以及佚文的双重价值论述如下，以告慰英年早逝的诗人并飨吴兴华爱好者。

---

① 吴同：《怀念我的父亲吴兴华》，2005年10月8日，http://www.poemlife.com/libshow-1371.html. 此文后收入张晓岚编著：《北大老宿舍纪事：中关园》，北京大学出版社2014年版，但删掉不少重要文字，代之以一段向专家与出版社致谢的内容；《乔纳森荐书：〈吴兴华诗文集〉》，2005年4月4日，http://www.ycwb.com/gb/content/2005-04/04/content_878327.html；解志熙：《吴兴华佚文八篇（附辑校札记）》，《新诗评论》2007年第1辑，北京大学出版社2007年版；叶扬：《从前的事，可悲可笑又可怜》，《东方早报》2010年6月6日。

② 宋以朗：《宋家客厅：从钱钟书到张爱玲》，花城出版社2015年版，第157—163页。

③ ［英］哈·谢迪克：《重访燕园佳话多》，燕大文史资料编委会编：《燕大文史资料》第3辑，北京大学出版社1990年版，第385页。从文意看，第二处"学生"后面加一逗号为宜。

④ 夏志清：《追念钱锺书先生——兼谈中国古典文学研究之新趋向》，夏志清：《人的文学》，福建教育出版社2010年版，第167—168页。知名学者陈子善、罗银胜等另有类似"夏志清先生曾有言，二十世纪中国人文知识分子就学养而论，有三位代表人物，第一位是陈寅恪，第二位是钱钟书，第三位就是吴兴华"的引述（陈子善：《重见吴兴华》，《探幽途中》，湖南教育出版社2007年版，第70页；罗银胜：《"被冷落的缪斯"——早夭的诗人吴兴华》，《书屋》2006年第11期），可惜均未标明所本何处，不知夏先生是在什么时间地点场合有此语，最早见于何种文字，不敢贸然引用。

一　佚文之判断依据

要判断《记亡妹》是吴兴华的佚文，首先要确定《记亡妹》是吴兴华的作品。就此问题，笔者的理由如下。

（一）作者署名的一致。吴兴华有的作品使用笔名，如刊北平《燕京文学》第三卷第二期（1941年11月）的《现在的新诗》，署名"钦江"；刊上海《西洋文学》第六期（1941年2月）的对奥登诗集《再来一次》（Another Time）的评论《再来一次》，署名"兴华"。有的旧作被宋淇（林以亮）使用笔名在港台刊发，如1953年7月至12月发表在香港《人人文学》第十三期到二十三期、1956年9月到1957年8月发表在台湾《文学杂志》第一卷第一期至第二卷第六期、1966年10月14日刊发于《中国学生周报》第743期的绝大多数诗歌与评论，均署名"梁文星"，而1956年10月20日刊发于《文学杂志》第一卷第二期的《谈黎尔克的诗》，又署名"邝文德"。[①] 但他同样不乏署本名"吴兴华"的诗文作品，如刊于《燕园集》（1940年初版）的《群狼》等诗作、刊于北平《文艺时代》创刊号（1946年6月）的诗歌《演古事四篇》等，与《记亡妹》的作者署名一致。

（二）作者相关细节的吻合。《记亡妹》所述"听我随便解释外国诗歌""二十六年我升入燕京""及至父亲母亲相继过世后，家里的境况渐形艰难"等涉及作者的诗歌爱好、入学时间地点、家境情状等细节，无不与吴兴华的外国文学修养、诗歌天赋和"1937年考入燕京大学时方16岁"，[②] "双亲亡故以后，他和姐姐、弟弟、三个妹妹挤在东裱褙胡同'浙江会馆'的两间小屋里，生活之艰难可想而知"[③] 等回忆内容吻合。

（三）广妹有关环节的切合。《记亡妹》描写的"大妹生时因为善解人意，母亲对她特别钟爱""说她形貌端丽，心思聪明的人并不少""大妹名兴仪"等关联亡妹与母亲关系、形貌、名字等环节同样无不与亲友回忆吴兴华的文字所称"我特别注意刚刚亡故的三妹，多么娇嫩美丽的一个姑娘！兴华

[①] 《吴兴华在香港及台湾发表作品目录》，香港中文大学中国语言及文学系、大学图书馆"中国现代文学研究网"，http：//www.modernchineseliterature.net/writers/WuXinghua/topics-1-gb.jsp。
[②] 谢蔚英：《忆兴华》，《中国现代文学研究丛刊》1986年第2期。
[③] 郭蕊：《从诗人到翻译家的道路——为亡友吴兴华画像》，《人物》1987年第1期。

说他母亲生前最爱这个女儿"①、"也是这个时期,死神夺去了他两个聪明、可爱的妹妹,兴仪和兴永"②切合。

有此三点,判断《记亡妹》是"沦陷区最令人感兴趣的一位诗人"③ 吴兴华的作品就应该是稳妥的了。其他如文章题名方式与《记诗神的生病》相似,开头借用苏明允(苏洵)的说法"一族的人到无服亲尽,则相视如途人"(语出《嘉祐集》之《苏氏族谱》),文末征引元遗山(元好问)诗句"天生神物似有意,验以乖逢知未必"(诗出《虞坂行》)与"兴华自幼受家庭影响,博览古书"④之回忆及其众所周知的古诗文学修养也暗合得丝丝入扣。

认定《记亡妹》是吴兴华作品之后,判断《记亡妹》是吴兴华佚文就相对容易了。首先,诚如有论者指出,"吴兴华生前除少数译作外,未曾出版过一部个人专著,此次推出的《吴兴华诗文集》,是他逝世近40年之后第一次较为完整的诗文集面世",⑤ 翻阅、对比《吴兴华诗文集》,就可以确认《记亡妹》是《吴兴华诗文集》失收的佚文。其次,查证能够查到的几辈研究者,如前文已有提及之外的陆离、穆穆、周煦良、萧萧、梁秉钧、杨宗翰、张芝联、孙道临、郭正中、林帆、刘福春、吴晓东、王光明、余凌、唐逸、贺麦晓、易彬、江弱水、陈芝国、漆福刚、王芬、覃志峰、郑成志、王淑娟等的相关论述,都没有对《记亡妹》的哪怕只言片语的提及。再次,对比前述刘铮书评指出的失收情况与吴同网文罗列的遗漏作品,也没有提到《记亡妹》,利用搜索引擎网络检索同样未见直接涉及《记亡妹》的内容。由此种种,我们有充分的理由断定《记亡妹》就是吴兴华的佚文。

二 佚文之出处内容

《记亡妹》刊载于《大中》杂志第一卷第三期第51—52页,1946年3月

---

① 郭蕊:《从诗人到翻译家的道路——为亡友吴兴华画像》,《人物》1987年第1期。
② 谢蔚英:《忆兴华》,《中国现代文学研究丛刊》1986年第2期。
③ [美]爱·冈恩著,张泉译:《吴兴华——抗战时期的北京诗人》,《中国现代文学研究丛刊》1986年第2期。
④ 谢蔚英:《忆兴华》,《中国现代文学研究丛刊》1986年第2期。
⑤ 傅小平:《吴兴华:迟到的"发现"》,《文学报》2005年10月13日。

25 日发行。内容不长，分三段，全文共计 1843 字。辑录如次：

记亡妹

吴兴华

大妹死去后，屡次想作诗纪念她，而心思荒疏①，总不能终篇。因追想道：苏明允②曾说过，一族的人到无服亲尽，则相视如涂人③；今日相识如涂人④的当初岂不是兄弟？兄弟当初岂不是一人？现在大妹瞑目已将一月，我们的生活又渐渐返回正常的轨道里，并不觉得家中失去一人，有甚么多大的影响。及身已是如此，又何望于⑤后世，因此撮集起她生前一些琐事来写成这篇文字，或许无服亲尽，完全陌路的人看了也会为她悲抑。

大妹生时因为善解人意，母亲对她特别钟爱，一切衣服玩物都与我们不同。后来又有两个妹妹，一个弟弟，而母亲疼她的心还丝毫不减。我们由妒忌⑥而愤怒，常常寻故和她争吵。大妹生性又极刚强，大小诸事全不肯让步。只有母亲时刻维护并且私下劝我们不可欺侮她，使她难过。民国二十年我到天津南开去读书。偶而⑦回家时，大妹总高高兴兴的到我屋来闲谈，并且询问津市的风俗情形等。慢慢我觉出她的颖慧可爱，她也愈益与我亲近。及至后来我学作文章，诸弟妹往往也随我涂抹，有时大众共作一题，总是大妹设想最新奇而深入，运词吐属又极自然，唯独过于喜好作愁苦的描写，使人阅后，终日不欢。我曾

---

① 原刊此处为"疎"，"疎"是"疏"的异体字。
② 苏明允即苏洵（1009—1066），其《嘉佑集》卷 14《苏氏族谱》有云："无服则亲尽，亲尽则情尽，情尽则喜不庆，忧不吊；喜不庆，忧不吊，则途人也。吾之所以相视如途人者，其初兄弟也。兄弟，其初一人之身也"，吴兴华当是引述此语。曾枣庄、金成礼笺注：《嘉佑集笺注》，上海古籍出版社 1993 年版，第 373 页。
③ 原刊此处为"塗"，简化字为"涂"，简体的《苏氏族谱》多作"途"，本以为原刊可能因"塗""途"形近误排，但查上引曾枣庄、金成礼笺注《嘉佑集笺注》，也作"塗"，另查王云五、吴曾祺编《万有文库第一集一千种涵芬楼古今文钞简编》（五）之《苏氏族谱引》，商务印书馆 1929 年版第 54 页与储同人选《苏明允苏子由文》之《苏氏族谱引》，中华书局 1937 年版第 78 页等，均作"塗"；而简体的《苏氏族谱》多作"途"。其间是非缘由，遽难判断，姑志与此。
④ 同上。
⑤ 原刊"于"与"於"都有使用，仅此处为"于"，其余作"於"。
⑥ 原刊此处为"妬忌"，"妬"是"妒"的异体字。
⑦ "而"当作"尔"，疑系误排。

规劝过她几次,她虽然也笑着答应而始终不能改。对于诗大妹尤其神解独多。她并不精于英文,然而有时听我随便解释外国诗歌,每能领会其中悠然的远韵。二十六年我升入燕京,诸弟妹文学的兴趣全逐渐销沉了,唯有她与最小的妹妹两人仍孜孜不辍。在给我的信里常常附钞几首诗作,有些我的朋友看见了,都叹赏不已。及至父亲母亲相继逝世后,家里的境况渐形艰难。大妹的脾气反倒比从前柔顺了,别人有时与她言语相忤,只会闭门饮泣,因此我们也不忍再和她吵闹。那时她身体已显得有点薄弱,多走路就要喘气,饭量也非常小,我们初时因每人事都很忙碌,也不甚注意;后来因了别的小病才让医生给她仔细检查一下,断定是肠胃有病,需要静养。从此她只①好镇日躺在家里,我们或出去作事,或上学,也没有陪她的人。她见我们时虽强作欢笑,心中自是抑郁,日甚一日,不过口头总是说渐见好来,叫我们不要特意为她买饼果药品等。大妹平常就爱看书,病中因不许看严肃需要用思想的书籍,只有看小说,床②旁案头都堆满了,其中以流行劣等的居多。我有一次问她:像这种庸俗的故事,何必一页页的看?她回答道:文字虽然庸俗,故事的悲欢离合多少总可以找出一点动人的地方。唉,这就是她多情的地方。在目前的世界,每人想爱护自己都来不及,哪里有多少像她似的人肯为虚构的英雄好女子洒泪呢?到今年夏天她的病势更沉重了,我们也惊慌起来,想送她住到医院里去。她因为怕家里能力不够,固执不肯,动不动就掉眼泪,我们也只③好随她。这样拖延下去十几天,于八月十七日夜中一点死去。垂危时人神智已昏迷了,犹不时呼唤兄姊的名字。次日入殓,葬在城外的浙江墓园里。唉,唉,大妹,我们现在绝顶的悲酸对你已是不能有任何帮助的了。大妹的身体原来很丰盈,因久病而极快的消瘦下去,到死时几乎只④余下皮骨,父亲母亲在地下恐怕都不会认识她了。这还不是我们作兄姊的不肖,不能仰副双亲顾托的意思吗?她死后,医生也说如若早些

---

① 原刊"只"与"祇"都有使用,此处为"只"。
② 原刊此处为"牀","牀"是"床"的异体字。
③ 同上。
④ 原刊"只"与"祇"都有使用,此处为"只"。

送进环境良好的疗养院里，或许还有挽回的希望。唉，唉，如今捶心追悔也来不及了。大妹的诗文日记残缺丢失的极多，经我们搜集起来的，连十分之一恐怕都不到，细读之后益加使我相信她绝人的天赋。本来我想大妹活着时，说她形貌端丽，心思聪明的人并不少，然而因为她好静恶动，更不喜与生人来往，写作除了给我们几人看看外，总是深藏起来，旁人当然没有方法窥见她这方面的才能。世界上类似的情形说不定还有。在生命的路上谁不曾遇见过一两个眼色沉静，不大喜笑的男女孩子？遇见，点点头，然后忘记？如果像大妹的美才都能容容易易的湮没无闻，稍次的更不知有多少了。在每一分钟，每一秒钟里，在我们笑一声，叹息一声，举手投足之间，谁听得到那亿万充塞在空气里的悲呼，企图在灭去前表现出自己来？情势既是这样，我们还忍心责备一些才人佯狂佚放歌哭无常的举动吗？大妹的诗现存已有极工秀的篇章。贫穷、愁苦、长年的疾病与最后短促的生命，这些联合起来都还不能打消她这点灵妙的火焰；如果运命肯再对她慈善一点，她更会有甚么新的进展呢？元遗山①有诗道：天生神物似有意，验以乖逢知未必，若论美好是不祥，正使不逢何足惜？按这样看起来，也许这是上天特意成全她，使她能以珍重的把自己所秉受的带回到当初给她的人手里，不浪费在此世人的心目中罢？也许她不遇，不受人知，是比我们已遇、已受人知的，还要值得庆幸罢？这就不是我所能推知的了。

大妹名兴②仪，是我们同母所生第四个孩子，死时年二十岁。

[录三十三年旧作]

---

① 元遗山即元好问（1190—1257），此诗题为"虞坂行"（丙子夏五月将南渡河，道出虞坂，有感而作），全诗如下：虞坂盘盘上青石，石上车踪深一尺。当时骐骥知奈何，千古英雄泪横臆。龙蟠于泥易所叹，麟非其时圣为泣。玄龟竟堕余且网，老凤常饥竹花实。天生神物似有意，验以乖逢知未必。若论美好是不祥，正使不逢何足惜？阳骐骥不并世，百万亿中时有一。乃知此物非不逢，辕下一鸣人已识。我行坂路多阅马，敢谓群空如冀北。孙阳已矣谁汝知？努力盐车莫称屈。狄宝心校注：《元好问诗编年校注》，中华书局2011年版，第22页。拙文在《中国现代文学研究丛刊》2011年第7期发表时，此条注释之"验以乖逢知未必"误作"验以乖逢知来必"而失校，蒙鞠舒同师妹2016年11月20日微信指出，特此致谢。

② 原文作"舆"，当为"兴"，疑因形近而误。

从内容可知,大妹去世日期是 8 月 17 日,吴兴华撰写此文发生在"大妹瞑目已将一月"之际,那么《记亡妹》的创作时间,就可以厘定在 1944 年 9 月。此说如无问题,可供吴兴华年谱编撰者参考。

三 佚文之双重价值

吴兴华 1944 年旧作《记亡妹》之文学价值与史料价值都非常突出。其非凡的文学价值可谓现代作家纪念胞妹散文之经典,艺术效果几可直追随园老人,堪称中国现代文学史上的《祭妹文》。至少表现在以下几个方面。

首先是字里行间浸润着真切的兄妹情感。比如文章开篇的"大妹死去后,屡次想作诗纪念她"①,就可见妹妹虽然早逝,但在哥哥心中还是不曾走远,难以割舍,反复动心思要作诗以示纪念。这虽然是人之常情,也足见兄妹手足情深。不平常的是,作者还写出了这种手足之情的变化起伏,而不是老生常谈的长兄如父或兄长友爱幼妹恭敬。由"慢慢我觉出她的聪颖可爱,她也愈益与我亲近",到"诸弟妹文学的兴趣全逐渐销沉了"而"唯有她与最小的妹妹两人仍孜孜不辍"则写出了兄妹感情的深化与缘由,水到渠成。及至大妹病势更加沉重,"我们也惊慌起来……我们也只好随她"可谓写尽兄长的关爱与无奈,妹妹的善解人意与满怀伤悲。兄长虽极力想挽回妹妹的生命,但不忍面对妹妹的眼泪和辜负她的苦心,"只好随她";妹妹是不想给每况愈下的家境再雪上加霜,只好独自面对自己的求生欲望和病痛折磨,只是"动不动就掉眼泪"。尤其是等到安葬大妹后两处"唉,唉",更是通过直接呼告与连连哀叹让天人永隔的悲伤,让"不能仰副双亲顾托"的自责,让错失医治良机和挽回希望的追悔等复杂而丰富的情感缠绕着交织着喷涌而出,倾泻而下,感人肺腑,催人泪下。

其次是细节变故刻画了动人的才女形象。《记亡妹》通过一个个或侧面描写或正面表现的细节,通过一次次或肉体层面或性情层面的变故,刻画了一位善解人意而又极富诗才,感情丰富而又命运多舛的我见犹怜的才女形象。细节描写如从"母亲对她特别钟爱……母亲疼她的心还丝毫不减"可以想象

---

① 吴兴华:《记亡妹》,《大中》1946 年 3 月第 1 卷第 3 期,3 月 25 日出版。本文余下引文未加注释者,均出自《记亡妹》原文。

大妹是如何善解人意,这种善解人意继而又在"她见我们时虽强作欢笑……叫我们不要特意为她买饼果药品等"的正面描写中得到延续和强化;从众兄妹同题作文"总是大妹设想最新奇而深入,运词吐属又极自然……每能领会其中悠然的远韵"一段正面描写可以感受大妹的文思奇想、生花妙笔和诗歌天赋,而这些禀赋又在"给我的信里常常附几首诗作,有些我的朋友看见了,都叹赏不已"的侧面表现中得到再现,复而另在对大妹遗下的部分诗文日记搜集"细读之后益加使我相信她绝人的天赋",认为"大妹的诗现在已有极工秀的篇章"等正面渲染中找到回响。变故描写如"父亲母亲相继逝世后,家里的境况渐形艰难"的家庭变故致使大妹原来"生性又极刚强,大小诸事全不肯让步"的性情变得"脾气反倒比从前柔顺了",化百炼钢为绕指柔,把自然天足裹成三寸金莲,我们可以体会其间会有多少压抑、血泪和悲伤!在掩卷而思之时,才发现这位集才情与悲情于一身的才女形象已不知不觉地侵入心灵,难以释怀。

再次是援引推演显示出深邃的哲理思考。《记亡妹》开头借用《苏氏族谱》的说法道出此文的写作缘起与作者期待:"因此撮集起她生前一些琐事来写成这篇文字,或许无服亲尽,完全陌路的人看了也会为她悲抑。"既讨论了途人与亲人的对立统一和互相转化,又展露了大妹短短20年的人生悲剧能够弥合途人与亲人之间的巨大鸿沟及让读者同悲同泣的巨大力量。因为在大妹令人扼腕的悲剧面前,的确是"无服亲尽,完全陌路的人看了也会为她悲抑!"因为所谓"恻隐之心,人皆有之",看到这样可爱美好的花季少女香消玉殒,看到这样可贵难得的天赋诗才灰飞烟灭,看到这样痛悔悲戚的无奈哥哥泣血成文,不管亲疏,不论贤愚,谁能无动于衷?谁不悲从中来?寥寥数语却耐人寻味,很有哲理性与感染力。而文章结尾"世界上类似的情形说不定还有"之后,更是转入大段的关于生命的相遇与忘记,才华的淹没与展示,遭际的遇与不遇,命运的幸与不幸的议论和思考。此等跳出个人一己之悲欢,面对人类共同境遇的文字,简洁、素净、精妙,如诗如酒,与现代汉语中那些经典篇章相比毫不逊色。而文字背后涌动的真生命与真性情更是非常值得学习、品味和敬仰。特别是对元遗山诗的引用与推演,更是进入了逻辑的、理性的、深邃的关于幸与不幸的根本问题的思考领域,既告慰大妹的在天之灵，又帮助读者从大妹命运的悲戚中走出来，多一些智慧，多一点澄明，奔向各自的人生，极具文学价值与艺术魅力。

《记亡妹》特殊的史料价值则表现在两个方面。一是在文章整体上，《记亡妹》是迄今发现的吴兴华为数不多的散文作品之一，是其中唯一专事记述家事与亲情的泣血力作，其间无意散落的诸多宝贵的生平资料信息较之于其他作品更是显得密集和有些"奢华"，而且文中披露的这些信息作为作者本人留下的权威发言可以和亲友回忆文章中某些内容形成互证、辩驳、补充和完善，可以进一步丰富吴兴华生平资料，有利于逐步还原真实完整的吴兴华，对推进吴兴华研究具有重要作用和巨大价值。二是在文章细节上，除前述《记亡妹》点明吴兴华"升入燕京"的时间，"父亲母亲相继过世后，家里的境况渐形艰难"等均与谢蔚英、郭蕊的回忆形成互证之外，还有形成辩驳关系的如《记亡妹》称兴仪为"大妹"，郭蕊的回忆称为"三妹"，是吴兴华原本就有称呼兴仪的两种方式，还是别有原因，就是一个有待考究的问题。而形成完善关系的细节如《记亡妹》所述"民国二十年我到天津南开去读书"无疑是对谢蔚英《忆兴华》的"他初中就读于天津南开中学"与《中华读书报》杜庆春"略记吴兴华历史档案"所称"1933年由天津南开中学转入北京崇德中学"①都没有说明的吴兴华开始到天津南开去读书的具体年份的有力回答和完美补充。另外，如《记亡妹》所述的"及至后来我学作文章"，则表明了吴兴华虽然早慧，16岁就在戴望舒主编的《新诗》上发表长诗，但他并不是如王勃、骆宾王般几岁就开始撰文作诗，而是升入中学后才开始文学的起步，这自然也就标明了吴兴华诗文创作的起点，为吴兴华的文学道路溯源提供了重要史料。

《记亡妹》是非文学期刊《大中》刊发的一篇相当重要的吴兴华1944年旧作，具有非凡的文学价值和突出的史料价值，完全有理由编入新版吴兴华文集或全集。吴兴华有诗云"风已睡去了，芦苇的微语在远方消失"，②《记亡妹》的重新浮出水面，仿佛告诉我们芦苇的微语其实并未也不会真的消失，而是在远方回响，多年以后还传来隐隐回声。

---

① 杜庆春：《吴兴华：逝去的人是沉默的森林》，《中华读书报》2005年8月2日。
② 吴兴华：《无题》，《吴兴华诗文集》诗卷，上海人民出版社2005年版，第120页。

附记： 笔者撰文披露讨论《记亡妹》是在 2011 年。六年后，广西师范大学出版社出版的《吴兴华全集》之《沙的建筑者：文集》收入此作，不知编辑者是否曾注意到我们的发掘成果。谢泳先生曾在对谈与文章中谈及"史料首发权"问题，①《记亡妹》如果有"史料首发权"，也是值得尊重的。更为重要的是，《吴兴华全集》整理的《记亡妹》文字不无瑕疵。比如第 103 页末句之"大妹名与仪"，就过于拘泥于《大中》刊发的原文，不能识别辨析其明显误植之处。如前注释所示，"与仪"当为"兴仪"，《大中》排版疑因繁体"與"与"興"形近而误。吴兴华祖籍浙江杭州，杭州吴氏族谱之字辈排行有"兴"而无"与"。同一家庭，哥哥名"兴华"，小妹名"兴永"，大妹却名"与仪"，也不符合中国人取名习惯。蒙张泉先生转告，知悉解志熙教授正在编辑内容更加完备的校注版《吴兴华全集》，拟由河南大学出版社出版，拙文浅见，或可供参考。

（原载《中国现代文学研究丛刊》2011 年第 7 期）

第三节　俞平伯的《为润民写遥夜闺思引后记》

《大中》杂志 1946 年第一卷第五期第 11—12 页刊有署名"平伯"的《为润民写遥夜闺思引后记》。此标题不见于花山文艺出版社 1997 年版《俞平伯全集》，也未见《俞平伯年谱》《俞平伯研究资料》等提及，当是一条被遗忘的俞平伯作品线索。核对其主体内容，却发现与《俞平伯全集》中地位特殊的《为润民写本》几乎一样，文末的落款及时间也基本相同，时间是"乙酉岁醉司命日"，地点在"北平"，由此可以判断是同一篇文章的不同版本。具体讨论，得从俞平伯旧体长诗《遥夜闺思引》说起。

---

① 丁东、谢泳：《史料应用的道德》（对谈），丁东、谢泳《文化十日谈》，福建教育出版社 2008 年版，第 76 页；谢泳：《建立中国现代文学史料学的构想》，《文艺争鸣》2008 年第 7 期。

一 缺乏专门研究的《遥夜闺思引》

《为润明写本》是俞平伯1946年2月为自写书赠儿子俞润民的五言长诗名作《遥夜闺思引》写的跋语。《遥夜闺思引》作于1942—1943年,1945年10月完成,计371韵,742句,3710言。此诗当年就收获名家好评颇多,比如朱自清1945年12月24日书信称其为"工力甚深之作",① 毕树棠在1947年6月27日天津《民国日报》诗评中誉其"峰峦起伏,情辞哀艳,中若痛经世变,深寄慨思,非等闲幽怨之作也……伟然为一时代之声,公度不能专美于前矣",② 吴宓1948年7月3日日记里评论其"以儿女之情思,写国家之忠爱。词意凄婉,托喻深微",③ 等等。

当然,由于抗战时期在沦陷区创作的特殊背景和俞平伯的旧诗风格,此诗比较深涩费解。这从叶圣陶的解读史中可见一斑。叶圣陶1947年1月22日读抄该诗后在日记中云"意在可晓不可晓之间",④ 到1976年1月25日致俞平伯信中还在说"弟虽通篇抄之,复承兄特为跋之,而终不晓其要旨。有时亦欲面询,而迄未启口。兄若有兴,以一二百字明白示之,俾发积年之蒙,则厚贶矣"。⑤ 俞平伯虽然3天后回信称该诗"多脂粉涂饰,喜掉笔头,乃庸妄之作",又指出"诗以怀人为主旨,以沧海为背景,以梦幻为因缘……杂以颠倒、梦想、回忆、自叙及一般的闺思",⑥ 但及至1985年7月14日叶圣陶为《俞平伯旧体诗钞》作序时,仍谈到"后来在北京会面了,他把这首诗的本事告诉我,把各个段落给我指点,可是我还是不能说已经理解了"。⑦ 学养丰富且与俞平伯交情深厚的叶圣陶先生尚且如此,一般读者在解读《遥夜闺思引》时的难度就可想而知。

俞平伯对《遥夜闺思引》的情感态度也颇为复杂,一方面是写就之后

---

① 朱乔森编:《朱自清全集》第11卷,江苏教育出版社1998年版,第141页。
② 毕树棠:《题〈遥夜闺思引〉》,天津《民国日报》1947年6月27日"图书"版。
③ 吴学昭整理注释:《吴宓日记》第10册,生活·读书·新知三联书店1999年版,第390页。
④ 商金林撰著:《叶圣陶年谱长编》第2卷,人民教育出版社2004年版,第427页。
⑤ 叶至善、俞润民等编:《暮年上娱:叶圣陶俞平伯通信集》,花山文艺出版社2002年版,第78页。
⑥ 同上书,第79页。
⑦ 叶圣陶:《〈俞平伯旧体诗钞〉序》,《读书》1986年第4期。

"不欲发表、仅以示旧友",①另一方面又自写多本赠许季珣、胡静娟、毕树棠、朱自清、杨振声等亲友并写下跋语,而且为吴小如、华粹深、叶圣陶等人的写本也撰写跋语。一方面在前述1976年1月28日复叶圣陶信中自评"实为失败之作",在1979年8月16日复姜德明信中谦称"昔年呓醉之语,不值分析,留供赏玩耳";②另一方面又继续不时用以赠人,并专门修改其序文,关心其跋语入选文集事宜。《俞平伯年谱》相关记载不少,比如1949年2月1日赠送来访的北京大学外国语系讲师李宜燮《遥夜闺思引》二册;1949年4月赠送柳亚子《遥夜闺思引》影印本一册;③1982年2月16日寄赠邵怀民《遥夜闺思引》一本;④1985年1月12日复孙玉蓉信谓"《遥夜闺思引》序文于1971年有改动";⑤1986年8月12日与孙玉蓉谈编《俞平伯选集》时专门要求"《遥夜闺思引》诗的序跋要选一部分入选集,不能总不收"⑥等。

《遥夜闺思引》1948年由北平彩华印刷局影印出版,因印数仅数百册,而且装帧用纸"别致而雅洁",是"罕见的珍本",加之"字写得实在美,真是风神绝世。我就是当做帖看的",⑦备受藏书家关注,21世纪初在旧书市场售价就已高达数千元。2017年5月,孔夫子旧书网杭州卖家"半纸斋"上了一套《遥夜闺思引》和《遥夜闺思引跋语》,品相颇佳,而所订售价更是高达380000元(http://book.kongfz.com/7679/685815896/),系俞平伯1959年2月自北京签名寄赠伊藤漱平者。《遥夜闺思引》已收入乐齐、孙玉蓉编的《俞平伯诗全编》(浙江文艺出版社1992年版)和俞润民、陈煦编辑的《俞平伯全集》(花山文艺出版社1997年版)。

总体上讲,《遥夜闺思引》是俞平伯古体诗创作中的苦吟力作,是其在沦陷时期创作的重要作品,是研究俞平伯生平思想和诗歌创作的必读文献,值得学界重视和研究,但目前现代文学界似乎未见专门的研究成果问世,颇有些遗憾。

---

① 商金林撰著:《叶圣陶年谱长编》第2卷,人民教育出版社2004年版,第427页。
② 孙玉蓉编:《俞平伯书信集》,河南教育出版社1991年版,第189页。
③ 孙玉蓉编纂:《俞平伯年谱》,天津人民出版社2001年版,第256页。
④ 同上书,第470页。
⑤ 同上书,第524页。
⑥ 同上书,第538页。
⑦ 黄裳:《忆俞平伯》,《黄裳文集》第5卷,上海书店出版社1998年版,第475页。

二 《为润明写本》的特殊性及其初刊本

俞平伯先后为《遥夜闺思引》撰写了一篇序和十余篇跋语，屡次自述"作诗之因、谋篇之意，与夫取譬之情"，① 是理解《遥夜闺思引》情感内容、把握其写抄传录过程、研究俞平伯诗学理论的重要资料。其中《为润明写本》更因为是写给"不娴文事"的独子俞润民并期望其能"遥接二百余年来家门清简之流风余韵"，而"书散体文，迳述余平生所见于诗者"，所以尤其精要真切而又深入浅出。其中有作者对其"高不可及"② 的家世家风的勾勒自述和珍重之情延续之意，对其从幼年开始的学诗历程的简要回顾和自谦之心自责之态，还有俞平伯对《遥夜闺思引》的自省又自爱的复杂感情和相关交代，更有中年诗人对爱子的舐犊深情与殷切希望的自然流露和直白表达，尤其值得研究者重视。

王湜华先生曾认为"像《遥夜闺思引》那样的作品，俞平伯自己在专送给他儿子的那一本上所写的跋文中，要算是讲解得最最清楚的了，也只是讲清了从何处分段，共分几段，也决不按死了一个字、一句诗地去追求确解"。③ 笔者以为，这里用"讲解得最最清楚"来评价《为润明写本》之于俞平伯诗论见解是准确的，而后所谓"只是讲清了从何处分段，共分几段"则显然不是《为润明写本》的内容，可能是混淆了不同跋语。

天津社会科学院文学研究所孙玉蓉研究员在俞平伯资料整理和研究方面用力甚勤，成果丰富，为俞平伯研究作出了卓越的贡献。其编纂的《俞平伯研究资料》［列入《中国现代作家作品研究资料丛书》，即《中国现代文学史资料汇编》（乙种），天津人民出版社1986年版］、《俞平伯年谱》（天津人民出版社2001年版）、《俞平伯研究资料》（知识产权出版社2010年版）均和讨论《为润明写本》之版本问题有直接关联。1986年版的《俞平伯研究资料》之《俞平伯著作系年》已有"为润民写《遥夜闺思引》后记（跋语）1946年2月1日作；载1947年6月9日天津《民国日报》'文艺'副刊；初收《〈遥

---

① 俞平伯：《影印〈遥夜闺思引〉第六写本跋》，天津《民国日报》1948年4月9日"民园"版。
② 张中行：《高风未泯——读〈古槐树下的俞平伯〉》，《上海文汇读书周报》1997年11月1日；张中行：《代学者自选文库：张中行卷》，安徽教育出版社1999年版，第586页。
③ 王湜华：《俞平伯的后半生》，花山文艺出版社2001年版，第235—236页。

夜闺思引〉跋语》（题目为《为润民写本》，文后署名古槐居士）"① 的记载。而《俞平伯年谱》1946年2月1日，记载着"为书赠儿子俞润民的《遥夜闺思引》作跋语，发表在1947年6月9日天津《民国日报·文艺》副刊，题目为《为润民写〈遥夜闺思引〉后记》。收入《〈遥夜闺思引〉跋语》时，题目为《为润民写本》"。② 两者虽然表述有异，但传达的核心内容是一致的。也就是说，上述研究资料提及《为润民写本》的两个早期版本：（1）1947年6月9日天津《民国日报》"文艺"副刊版（以下简称"日报本"）；（2）1948年3月收入初版《〈遥夜闺思引〉跋语》的文集版（以下简称"初版本"）。此外，《为润民写本》全文还先后被收入俞平伯的文集和全集，形成两个新的版本：（3）收入1992年10月作家出版社出版的吴小如编《俞平伯美文精粹》的版本（以下简称"美文本"）；（4）收入1997年11月花山文艺出版社出版之俞润民、陈煦编辑的《俞平伯全集》（第一卷）的版本（以下简称"全集本"）。

上述《为润民写本》的四个版本中，发表时间最早的当然是"日报本"。但《大中》版的重新发现，将此作的初版时间大幅提前，可以刷新学界的认知。打开刊有《为润民写遥夜闺思引后记》的《大中》月刊1946年第一卷第五期，封面标明"中华民国三十五年五月"，版权页显示"中华民国三十五年五月出版"，比起"日报本"早了足足一年有余。毫无疑问，《大中》刊发的才是《为润民写本》的初刊本。随着杂志终刊，编辑老去，随着岁月尘埃的无情堆积和历史背影的渐行渐远，这个初刊本已湮没无闻，成了被作者与研究者遗忘的重要集外佚作，值得整理讨论。兹照录于次。

为润民写遥夜闺思引后记

平 伯

尝闻诗者之也，志之所之，故曰"在心为志，发言为诗"。近人所谓"有什么话说什么话，应怎么说便怎么说"，转似新奇，实古义也。虽属专工之技，犹为普汎③之情，故贵深入而显出也。语不云乎，修辞立其诚，又曰辞达而已矣，圣训昭明，文家之圭臬也。虽然，盖有难言者焉。

---

① 孙玉蓉编：《俞平伯研究资料》，天津人民出版社1986年版，第480页。
② 孙玉蓉编纂：《俞平伯年谱》，天津人民出版社2001年版，第232页。
③ 原刊作"汎"，"汎"是"泛"的异体字。

思之所如，每深①入而不复出，情之所钟，辄一往而不可返，是深之与显，事相待而成，又未尝不相仿也。若夫幼眇之思，柔厚之情，伊郁之襟怀，有非质直之口语所宜宣写者，不得不假宠于词翰，于是委曲形容，各程才而效②伎也。芳风稍扇，絮乱天迷，莹姿蛾渌，则翠羽明珰，飞想烟霞，则琼琚玉珮，叹前修为未密，夸后起之转精，然而彫琢之工病于堆垛，迷离之境穷于沉冥，明清之言终于晦涩也，一似萍踪浪迹，好处相牵，忘其故爱者然；而后之览者，曾未察通变之方，犹期辨色而知情，循名而责实，岂不戛戛乎其难哉欤。况情通色授，胶漆投缘，貌合神离，参商异路。臣质久亡，犹呈故技，适足为世笑也。若夫文之至者，意诚辞达，心同理同，斯无间于古今华夷耳，而中国之诗殆有进焉者。

诗含神雾曰，"诗者持也"。孙卿曰，"诗者中声之所止也"。③ 夫一心冥赴，或昧厥本来，譬彼舟流不知所届，则诗之言之也意或未圆耶。昔泠州鸠④之论乐也，于春秋传则曰，"小者不窕，大者不摦"，于外传则曰，"大不踰官，细不过羽"，迄今磨调已为俗乐，犹存"高不揭低不抑"之说也。宋玉之美神女，则曰"襛不短，纤不长"，其誉臣东家之子，又曰，"增之一分则太长，减之一分则太短，著粉则太白，施朱则太赤"。音声之纤微，妃匹之燕婉，觇国观人于焉知著，信乎庸德之行庸言之谨，固华夏精魂所栖托，斯无往而不在也，不独诗为然，而诗奚独不然。昔尝私谓诗之统绪，导源三百篇，承流十九首，而不接风雅之支裔若屈原离骚者，故不造夫沈博绝丽之极诣。以今思之，直孩提之见耳。知闲邪之存诚也，知中声之所止也，乐而不淫，哀而不伤，然后谓之和，秾纤得衷，修短合度，然后谓之美。立意必诚，尽诚而止，遣词必达，

---

① 原刊作"罙"，应为"深"之古字。《诗·商颂·殷武》有"罙入其阻，裒荆之旅"（阮元：《十三经注疏》，中华书局1980年版，第226页），浙江大学古籍研究所王健博士撰文《谈段玉裁"求义之异"与"求字之异"说——以〈诗经〉"罙入其阻"等为例》考证之，刊《新疆大学学报》2017年第1期。

② 原刊作"効"，"効"是"效"的异体字。

③ 孙卿，即荀子。颜师古有汉人避宣帝（名询）讳，故以"孙"代"荀"之说。"诗者中声之所止也"语出《荀子》之《劝学》篇。

④ "泠州鸠"，又称"州鸠"或"伶州鸠"，周景王（前544—前520在位）时的乐官。朱立元主编：《美学大辞典》（修订本），上海辞书出版社2014年版，第252页。

尽达而止。辞达而已矣者,竭尽无余之谓也。奈何以有涯之生,随无涯之知耶?学者何?固学止之也。为学而不知止,喻在夸父之逐景也。夫岂画地而自限哉。止于中声,所以尽和也;止于至善,所以尽性也;止于孝悌,所以尽人伦也;止于忠信,所以尽人事也;止于诚,止于达,所以尽人文也。存诚力久,终于无邪也。不然,诗三百,讵可以一言蔽耶?又诗者持也,持其志,差无荡佚之患,若兢兢乎持盈斛之酒也。然此仅为初学发耳。诗之训之与其训持,盖①非有二义。之譬诸力也,持譬诸规矩也。始致力于规矩之中,学子可勉为也;终神明于规矩之外,圣哲不是过也。谚曰,"巧者不过习者之门"。若夫"从心所欲不踰矩",乌睹②其所谓之与持也耶。故诗之言之为其初义,释为持乃其转义,之持一训为究竟义。初见于异,后见其同,终无所见也。若无见于同异,技进乎道矣。其景则风云月露也,其情则离合悲欢也,伤一己之荣悴,而群生之休戚系之,将以占世道之隆污③焉,国运之衰兴焉;故通一国之情者莫近于诗,而一国之情不易为异邦人所知,以至昨日之情今日有所不及遍④知者,亦莫诗若。譬诸官室,政事其门垣也,德行升堂,文章入室矣,而竹槛灯窗小庭深院,独留人蒹葭之思夫!

吾家先代力田,南庄府君首有著述,泂⑤花府君诗文传后,皆清淳⑥和雅之音,泽永五世,不废啸歌,而余于诗未有所受。群经呫哔⑦之暇,日课一对,时有拙言,共引为笑,即吾姊所诵唐诗便读三百首之类,犹兴望洋之叹,况其他乎。洎北来游学,年将弱冠,勉随侪辈为韵语,而纰缪仍多,怪诞间作。父尝诏之曰,"汝之初念每不可用,再思其可乎",小子志之不忘,而诗之进也甚缓甚缓。居尝率尔操觚,通乎雅俗,未敢抗怀希古,而谬齿于著作之林。偶或冥寻孤往,反侧长宵,非关诗心之微,良由诗力之浅也。兹篇亦夏夷杂用,文野错陈,逶迤至三千七百余

---

① 原刊作"葢","葢"是"盖"的异体字。
② 原刊作"覩","覩"是"睹"的异体字。
③ 原刊作"汙","汙"是"污"的异体字。
④ 原刊作"徧","徧"是"遍"的异体字。
⑤ 原刊作"泂","泂"是"泂"的异体字。
⑥ 原刊作"湻","湻"是"淳"的异体字。
⑦ "呫哔",音"tiè bì","诵读"之泛称。

言，于古无征，或誉为可掩前人，心感其语，又省省然疑，殆古人字籠间物耳。更身逢浩劫，言为心声，故多志微噍杀之音，鸣盛箫韶，空复致其喁望。于诗之也之训，或有一二之合，揆以持也之义，则深惧夫或偭①高曾之规矩也，然似不为长老所诃。退而大悦，欲写一本以畀儿曹，而润民之不娴文事有甚于昨日之吾。于是昔之病其浅者，今或病其深矣；昔谓伤乎俚者，今或伤乎雅矣；昔之嫌其直而不韵者，今或嫌其曲而易晦也；昔发愤于诗境之进也何迟，今反垂讶其何速也。盖诗中之意，诚犹普泛②之情，而情思邮驿必藉文词，而别裁文体，复有不容过浅过俚过直者，斯真无奈也。儿欲余往往为之诠表，俾近人而可几，意佳初不忍拂，然实不能也。爰更书散体文，迻述余平生所见于诗者，以为儿勖。还期他时发箧，补读芸编，恍若有忆于今兹晨昏温凊③之所闻见，而遥接二百余年来家门清简之流风余韵也。乙酉岁醉司命日识于北平。

三 《为润明写本》版本差异与相关问题

作为《为润民写本》的初刊本，《大中》月刊发表的《为润民写遥夜闺思引后记》与日报本、初版本、美文本、全集本呈现怎样的版本源流和体系？是怎么演变的？有什么版本差异？

为了理清上述问题，必须收集齐备所有的版本。经过漫长、曲折而又温暖的文献搜寻之旅，笔者终于将上述版本一并收齐，可以放在案头细细比较，慢慢把玩。感谢杭州诗人、豆瓣书友马越波先生将重金购得的初刊本《〈遥夜闺思引〉跋语》相关页面拍照寄示，感谢重庆师范大学图书馆冯素梅老师费心联系天津、北京的图书馆并最终通过文献传递从国家图书馆取得1947年6月9日天津《民国日报》"文艺"副刊相关版面扫描件。比较诸版《为润民写本》，可以发现初刊本和日报本的文字比较接近，而初版本与美文本、全集本的文字大致相同，呈现出两个版本系列，即初稿版本系列和修改版本系列，

---

① 原文如此，然全集本"偭"作"缅"，"偭"有"背""违反"之义，为"缅"所无，全集本当误。
② 原刊作"汎"，"汎"是"泛"的异体字。
③ "凊"，音"qìng"，相当于"凉"，清凉、寒冷之意。全集本作"温清"，当系误改。

应该是俞平伯在初版本付印之前，进行了局部文字的增加、删除和改动。现将两个系列、五种版本的《为润民写本》之间的差异归纳简述如下。

（一）题名的差异。初刊本、日报本的标题均为"为润民写遥夜闺思引后记"，而初版本及其以后的美文本、全集本的篇名都是"为润民写本"。前者清楚，后者简明；前者作为在刊物或报纸上登载的单篇后记需要在题目中标明所记之诗文标题，后者作为在作品集中收录的同一首长诗的诸多跋语之一自然不必再标出所跋诗歌的题目。但是诸篇跋语在报刊上发表时，都是称为"跋"或"跋文"，如《跋吴小如写本〈遥夜闺思引〉二则》、①《〈遥夜闺思引〉跋文五篇》②等，而只有《为润民写本》在初稿版本系列称作"后记"，是机缘凑巧，无心使然，还是匠心独运，有意为之？其间因由，还不得而知。此外，《俞平伯研究资料》和《俞平伯年谱》均将初稿版本系列的题目著录为"为润民写〈遥夜闺思引〉后记"，细心地给"遥夜闺思引"加上书名号，其用意无疑是追求"准确"，其严谨的风范令人感怀，但这种不加注释的处理方式，是不是就遮蔽了和原报刊题名的明显有别，背离了"不作任何增删"的原则呢？

（二）段落的差别。初刊本分三段，从开头至"而中国之诗殆有进焉者"为第一段，"诗含神雾"至"独留人蒹葭之思夫"为第二段，"吾家先代力田"至末尾为第三段。日报本分五段，从开头至"适足为世笑也"为第一段，"若夫文之至者"至"直孩提之见耳"为第二段，"知闲邪之存诚也"至"乌睹其所谓之与持也耶"为第三段，"故诗之言之"至"况其他乎"为第四段，"洎北来游学"至末尾为第五段。初版本不分段。美文本分四段，从开头至"而中国之诗殆有进焉者"为第一段，"诗含神雾"至"独留人蒹葭之思夫"为第二段，"吾家先代力田"至"况其他乎"为第三段，"洎北来游学"至末尾为第四段。全集本不分段。几种分段方式中，日报本可能失之琐屑，而且"吾家先代力田"处的内容转换非常明显，却没有分段，颇不应该；美文本前两段的分段和初刊本的前两段相同，但是这里段前忆小时候的读经作对，段后讲北游后的韵语创作，前后的联系非常紧密，都是讲述自己的学诗经历，

---

① 俞平伯：《跋吴小如写本〈遥夜闺思引〉二则》，天津《大公报》"综合"版 1946 年 1 月 18 日。
② 俞平伯：《〈遥夜闺思引〉跋文五篇》，天津《民国日报》"文艺"版 1947 年 3 月 17 日。

与之前对俞氏家族数代诗文传统的回顾和之后对写作《遥夜闺思引》相关情况的说明形成层递关系，所以此处以不分段为宜。综上，还是初刊本的三段式划分相对合理。

（三）文字的变动。初稿版本系列和修改版本系列之间文字的变动之处颇多，而同一系列里面也有细小的差别。就文字的增加而言，值得注意的至少有 10 处：

1. 初版本、美文本、全集本均在最前面增加 21 字："右写遥夜闺思引付儿润民存之兼诺其请作跋语云"，完整交代写作此跋语的原因，全集本首字改"右"为"上"，当是考虑版式由右起竖排改为左起横排的变化，是有道理的，但宜加注释说明之；

2. 初版本、美文本、全集本均在"相待而成"前增 1 字，初版本、美文本为"固"字，全集本为"因"字，"固"既强化了表达效果，也使五字句变为六字句而音节更加和谐，而"因"处并无校注，不知所本何处，疑是录入错误；

3. 初版本、美文本、全集本均在"中声之所止也"后增 8 字"文心释为持人情性"，增加对《文心雕龙》关于诗之训"持"的经典诗歌理论，也就增加了跋语的学术含量，更接近归纳传授"平生所见于诗者"给爱子的目的；

4. 初版本、美文本、全集本均在"接风雅之支裔"前增 1 字，初版本为"迳"，美文本、全集本为"径"，"迳"古同"径"，直截了当之意，这就使得本句表达更加准确；

5. 初版本、美文本、全集本均在"喻在夸父之逐景"前增一"其"字，指代前面的"为学而不知止"，使得句子成分更加完整；

6. 初版本、美文本、全集本均在"一言蔽"后增一"之"字，既使得对《论语·为政》之"一言以蔽之"的化用更加巧妙，也使此句节奏变得舒缓；

7. 初版本、美文本、全集本均在"可以一言蔽耶"后增 13 字"明诗篇所称堪为文心之总术也"，再度强调《明诗篇》的观点在诗学经典《文心雕龙》中的地位，并和前引《文心雕龙》形成呼应；

8. 初版本、美文本、全集本均在"盖非有二义"之句首增加"进而察其实"，阐明递进的逻辑关系与聚焦诗学现场的考察路径；

9. 初版本、美文本、全集本均在"群经"前增 2 字"髫年",点明是幼童时期的情状,为后文的"弱冠"之表现埋下伏笔;

10. 初版本、美文本、全集本均在落款之"识于北平"前增 4 字"古槐居士",正式署上作者自号。

文字的删节处也有 10 余处,例如:初版本、美文本、全集本均删除了"近人所谓""所以尽和也""所以尽性也""所以尽人伦也""所以尽人事也"之"所"字 5 处;删除了"辨色而知情,循名而责实""而诗奚独不然""画地而自限"之"而"字 4 处,删除了"竭尽无余之谓也""喻在夸父之逐景也"之"也"字 2 处,删除了"私谓诗之统绪"之"私"字等。总体上看,删除"所"和"而"并未损减表达效果而又使得句子更加紧凑,删除"私"则能表明是关于"诗之统绪"的不论私下还是公开的一贯观点,但两处"也"的删除却感觉似乎对文气的连贯与生动有一定影响。

文字的改动处就更多了,计 20 余处。有句子的改动,如"又诗者持也,持其志,差无荡佚之患,若兢兢乎持盈斛之酒也"一句,美文本改作"持者何?持其志也。若奉酒盈觞,恐其泛滥",全集本改后文字相同,断句却成了"持者何持?其志也。若奉酒盈觞,恐其泛滥"。有短语的替换,如"宣写"改作"写送","譬彼舟流不知所届"改作"宕而不返","磨调"改作"水磨腔","觇国观人"改作"觇国者","然此仅为初学发耳"改作"然此为初学取譬耳","致力于"改作"致曲乎","亦莫诗若"改作"亦莫如诗","一对"改作"一俪语","父尝诏之"改作"大人尝诏之","迳述余平生"改作"质说余平生"等。有单字的锤炼,如"秾纤得衷"改作"秾纤得中","遣词必达"改作"遣言必达","终于无邪"改作"终于闲邪","不及遍知"改作"不及备知","年将弱冠"改作"年未弱冠","侪辈"改作"朋侪","诗力之浅也"改作"诗力之浅耳","高曾之规矩"改作"高曾之遗矩","文事"改作"文翰","近人而可几"改作"近人而可喻"等。从这些改动不难看出俞平伯追求文字的准确和雅化的努力,而且绝大多数达到了目的,如"写送"比"宣写"更多一层传达之意,"俪语"比"对"更加书面化,"遗矩"比"规矩"含义更丰富而准确等。但个别的修改似乎还可商榷,比如"若兢兢乎持盈斛之酒也"之传神表达在修改本中就已消失不见,"致力于"与前文"之譬诸力也"的承接照应在修改本中也无迹可寻等。

另外,比较诸版文字的不同之处,还可以发现个别版本的排版错漏,比如日报本的"将以召世道之隆污焉"在其他版本均作"将以占世道之隆污焉",应是"召"与"占"形似而误;全集本的"鸣盛箫韶"在其他版本均作"鸣盛箫韶",也应是"鸣"与"鸣"形似而误;日报本、美文本的"然神明于规矩之外"在初刊本、初版本、全集木均作"终神明于规矩之外",联系到上句是"始……",此处当是"终"才能形成一始一终的对照,应系"终"与"然"形似而误;日报本的"昔之嫌直而不韵者"在其他版本均作"昔之嫌其直而不韵者",且联系上文"病其""伤乎",当是脱一"其"字。

(四)标点的不同。两个版本系列间标点不同之处就更多了,而且同一系列里面也有颇多差异。标点的不同大致可以分为四种类型:一是是否断句的问题,二是断句后用什么点号的问题,三是个别字词属上还是属下的问题,四是是否加标号的问题。仅以几个标点版本对未加标点之初版本"近人谓有什么话说什么话应怎么说便怎么说"19个字的标点都不相同为例,就可见一斑。列举如下:

①近人所谓"有什么话说什么话,应怎么说便怎么说,"(初刊本)
②近人所谓"有什么话,说什么话;应怎么说,便怎么说",(日报本)
③近人谓"有甚么话,说甚么话;应怎么说,便怎么说"。(美文本)
④近人谓有甚么话,说甚么话;应怎么说,便怎么说。(全集本)

可见初刊本与另外三个版本存在"有什么话"与"说什么话"之间,"应怎么说"与"便怎么说"之间是否断句的问题;还存在"说什么话"与"应怎么说"之间是用逗号还是分号的问题。全集本与另外三个版本之间存在"有甚么话,说甚么话;应怎么说,便怎么说"要不要加引号这种标号的问题。初刊本与日报本还存在点号是在标号内还是在标号外的问题,即逗号是在引号内还是在引号外的问题。日报本与美文本还存在引用之后是用逗号还是句号的问题。从内容看,"近人"应是指胡适。胡适在著名的《建设的文学革命论》中将"八不主义"以肯定的语气总括为四条之第二条就是"有什么话,说什么话;话怎么说,就怎么说"。① 对照胡适原文就知道,初刊本犯了当断不断之病且"说什么话"与"应怎么说"之间以用分号为宜,全集本则有当引失引之过。而且既然引用的是胡适的一句完整的话,引号前又没有标点,点号放在后引号内就是不适当的;引用胡适的话是后文"转似新奇,实古义也"的主语,引号后用句号也是不适当的。当然,至于引语与原文在"甚"与"什"、"话"与"应"、"便"与"就"等细节处的差别,美文本与全集本脱一"所"字等,又是另一层次的问题了,姑且存而不论。

此外,字词属上还是属下的不同可以举两个例子:①初刊本、日报本的"忘其故爱者然;而后之览者",美文本、全集本将"然"属下,均作"忘其故爱者。然而后之览者";②初刊本、日报本、美文本的"盖非有二义。之譬诸力也",全集本将"之譬"属上,作"盖非有二义之譬"。例①"然"字属下,和"而"结合在一起还是表转折,并没有增加新的意义或功能;而"然"字属上,则可以作语气词,有"……的样子"之意,所以还是属上为宜。例②"之譬"属上则完全改变了"之"的词性和含义,由蕴含丰富的训"之"的动词性,出也,表达之意变成了单纯的助词"的",而且忽视了与紧接着的"持譬诸规矩也"的对照关系,偏离了此文通过对诗之"之""持"二训及其复杂关系的梳理将"平生所见于诗者"告知润民的目的,错误非常明显。全集本的编者正是俞润民先生及其夫人,却置已有的日报本、美文本关于此处的正确标点于不顾,作出这样的标点处理,古槐先生泉下有知,恐怕也会皱眉叹息。

是否加标号,特别是书名号也是诸版本标点不同的一个重要方面,初稿版本系列均不加书名号,而修改版本系列则加了书名号,且修改版本系列内部各本也不统一。试举二例:①对有名的《诗纬》之《诗含神雾》,美文本加有书名号,而全集本未加;②对唐诗启蒙读本《唐诗便读》,美文本加有书名号,而全集本不仅未加,还在"唐诗"后断句,作"所诵唐诗,便读《三百首》",是错上加错。当然,为了方便读者阅读和理解,初稿版本系列如果给古籍都加上书名号就更好了,可惜历史不容假设。

几种标点版本之标点出自何人之手呢?诸版本均没有明确说明。从各版本

---

① 胡适:《建设的文学革命论》,《新青年》1918年第4期,4月15日出版。

之间比文字出入还要繁杂得多的标点差别来看，很可能都不是俞平伯亲自标点。因为如果俞平伯"亲定"了标点，势必能很好地明停顿、显层次和表情达意，就会留下底稿，就不会出现目前断句标点众本不一、各有优劣、莫衷一是的局面。虽然刊发初刊本的《大中》月刊版权页之九条"投稿须知"（原刊没有标明是投稿须知，但全部九条都和投稿相关）第一条就是"本杂志欢迎投稿。投寄之稿，请缮写清楚（勿用铅笔或红墨水书写）。并加标点，能依本志行格书写者尤佳"，但是俞平伯很可能就因为无暇或无心而没有遵从。换个角度来看，《大中》月刊之所以专门强调"并加标点"，其实正说明当时可能很多投寄之稿都是没有标点的，编者不胜其烦，才作此专门要求。这样，初刊本标点可能出自齐思和或聂崇岐之手，日报本标点可能由该报副刊编辑捉刀，美文本标点可能是吴小如代劳，全集本标点可能是俞润民、陈煦所为。标点的正误优劣显然和标点者的学识修养、对原文的理解程度和严谨程度有关。

还值得一提的是，初刊本《大中》月刊不仅在版权页明确标明"不许转载"，而且前述九条"投稿须知"之第八条就是"除本社有特别约定者外，投寄之稿一经揭载，其著作权，完全归本社所有，不得在他处发表"，天津《民国日报》"文艺"副刊再次刊载《为润民写遥夜闺思引后记》是不是一种侵权行为呢？而其在长达一年之后再重新刊载，是否跟《大中》月刊发行至第八、九期合刊出版后就事实上终刊的短寿有关呢？

总之，《为润明写本》因其特殊的写作目的而蕴含着精要的诗学见解和丰富的情感内容，是研究俞平伯诗学理论、家族观念和生平思想的地位特殊的重要文献资料。非文学期刊《大中》刊发的俞平伯佚文《为润民写遥夜闺思引后记》的重新发现，有利于厘清《为润民写本》的版本流变，讨论其版本差异，从而推进对《为润民写本》的辑校与讨论，加深对俞平伯及其《遥夜闺思引》的理解与研究。进而言之，目前包括《为润民写本》在内的《遥夜闺思引》诸跋语版本不一且文字标点混乱的局面，不利于俞平伯诗学思想的理解和传播，亟须改变，应该有饱学之士有心之人进行汇校精编。

（原载《中国现代文学研究丛刊》2012 年第 7 期）

《大中》第 5 期封面,1946 年 5 月出版

第三章　三种非文学期刊之名宿佚作论

如果说第一章讨论的抗战时期出版发行的《国讯》旬刊是刊载有批量现代作家佚文的重要非文学期刊，那么第二章论述的抗战胜利后创刊于北京的《大中》月刊就是发表了多篇值得注意的作家佚文的次重要非文学期刊。毋庸讳言的是，在两者之外，更多的可能是只保存有一篇或目前只能选择一篇重要作家佚文进行讨论的非文学期刊。本章选择《旅杭嘉善学会集志》《知识与生活》《学僧天地》作为此类非文学期刊之个案进行继续挖掘。

第一节　《旅杭嘉善学会集志》与夏衍序言

近读 1919 年 6 月发刊的《旅杭嘉善学会集志》第一期，发现这份湮没近百年的民国期刊颇值得注意。此刊为"非卖品"，连同封面封底共 121 页，编辑者署"旅杭嘉善学会"，印刷者署"浙江印刷公司"，分论说、科学、文苑、小说、杂俎、附则、英文等栏目，内容颇丰，前有缘起、题词、祝词和序，后有跋。其序言多达五则，落款依次为"民国八年四月嘉善秦炳汉序于澄庐""民国八年四月陈成仁序于武林""圣湖一粟学弟沈乃熙拜序于虎林工校""民国八年岁次己未春三月新昌王祖章谨序于武林工校""平川倪维熊谨序于武林工校"。其中令笔者眼前一亮的，自然是第三则署名"沈乃熙"的序言。

熟悉现代文坛者都知道，"沈乃熙"是一代文学名家夏衍的本名。陈坚执笔的《〈夏衍全集〉序》称其为"中国革命文化运动卓越的活动家、组织者和领导者,享有盛誉的戏剧作家、报刊评论家、报告文学家、杂文作家和外国文学翻译家,人民电影事业的奠基人和拓荒者",[1]可谓全面而中肯地概括了夏衍的多方面成就。核查浙江文艺出版社2005年版《夏衍全集》,翻检陈坚、会林、绍武、陆荣椿、周斌、沈宁等编撰的多种夏衍传记,以及《夏衍研究资料》(会林、陈坚、绍武编)、《夏衍研究专集》(巫岭芬编)等资料汇编,诸多相关的《夏衍生平年表(初稿)》《夏衍著译系年》(1919—1981)、《夏衍著译系年》(1919—1989)、《夏衍生平活动系年》(1900—1995)、《夏衍主要译作、著作、文章目录汇编》《夏衍年表》等都没有提及《旅杭嘉善学会集志》与夏衍的序言。也就是说,如果这篇署名"沈乃熙"的序言是后来多以笔名行世的夏衍的作品,那么就不仅是其一篇重要的早年集外佚文,还很可能是其第一篇序言作品。此文不长,仅300余字,先照录(原文用旧式圈点,改作新式标点,并删除句旁所标着重号)如次:

序三

魏塘倪子慎独,余挚友也,工于文而尤擅于诗。日来振笔疾书,伏案终日。怪而询之,知有嘉善旅杭学会杂志之辑也。因以全稿示,而嘱为之序。小子不文,何敢为人序。然倪子意气殷殷,却之又不可。爰竭其愚,略志数言以应之。夫熙杭人也,非会中人,本无可有所表见。然综观内容,满目琳琅,有美皆备。则是志之辑,与联络乡谊,交换知识之蕴义,极相吻合。且能合省垣若干校之优秀青年,各展其长,而互相研究,互相切磋,是则科学之发达可期,修养之进益可待,而一发千钧之国粹,亦将藉此而保存。其有功于课外自修者为何如,又岂独同乡诸君子拜受其赐而已哉?熙愚何似,心切好之。今以斯志之将日新月异,进步而无穷也。爰振我袂,引我吭,恭祝斯志之万岁。圣湖一粟学弟沈乃熙拜序于虎林工校。[2]

那么如何判断此序作者"沈乃熙"与笔名夏衍的"沈乃熙"系同一人

---

[1] 《夏衍全集》编委会(陈坚执笔):《〈夏衍全集〉序》,《夏衍全集》(戏剧剧本 上),浙江文艺出版社2005年版,第1页。

[2] 沈乃熙:《序三》,《旅杭嘉善学会集志》1919年第1期,6月出版。

呢？在姓名的一致之外，至少还可以列出如下三点理由：一是籍贯的相同。夏衍《懒寻旧梦录》回忆自己"出生在浙江杭州庆春门外严家衖的一个号称书香门第的破落地主家庭"，① 序文中的"夫熙杭人也"也交代自己是杭州人。二是学籍的吻合。同在《懒寻旧梦录》中，夏衍还回忆自己1915年9月"进了浙江公立甲种工业学校"，② 序文落款的"虎林工校"之"工校"应当就是"工业学校"的简称，"虎林"则是杭州的古称。不仅其时杭州的工业学校，多指"浙江公立甲种工业学校"，也即"浙江省立甲种工业学校"，而且《旅杭嘉善学会集志》"附则"之"会员录"列出会员54人，其中倪维熊等18人的"在杭地"都是"报国寺甲种工业学校"，未见其他"工业学校"。这样看来，序文落款的"虎林工校"应当就是杭州的"甲种工业学校"。三是挚友的关联。夏衍《懒寻旧梦录》多次提及"倪维熊"，如回忆1919年10月10日创刊的《双十》周刊同人时，"现在还记得名字的，是'一师'的俞秀松、宣中华、周伯棣、施存统、傅彬然，第一中学查猛济、阮毅成，'甲工'的汪馥泉、孙敬文、蔡经铭、倪维熊、杨志祥和我"。③ 在倪维熊1960年撰写的文章《〈浙江新潮〉的回忆》中，相关的文字为"一九一九年九月间，省立第一中学学生查猛济、阮毅成、阮笃成等与省立甲种工业学校学生沈乃熙（沈端先、后称夏衍）、蔡经铭、孙锦文、杨志群、倪维熊等合办了一个以提倡新文学、鼓吹新思想为主旨的半月刊（铅印八开），刊名《双十》，于一九一九年十月十日创刊"。④ 二者内容细节虽略有出入，但夏衍与倪维熊共同参与创办《双十》周刊的同学（均在染色科）兼同事之谊，却是确凿无疑。而序文中的"魏塘倪子慎独"应当就是《旅杭嘉善学会集志》附则之《现任职员录》中仅次于会长"黄庆瑞君"、副会长"周宝鼎君"的编辑主任"倪维熊君"。因为《旅杭嘉善学会集志》"跋一"有"倪子慎独者，魏塘雅士，江左名流，学富五车，才兼八斗，推为主任，庆编辑之得人"⑤ 之语，而倪维

---

① 夏衍：《懒寻旧梦录》，中华书局2016年增订版，第1页。
② 同上书，第17页。
③ 同上书，第26页。
④ 倪维熊：《〈浙江新潮〉的回忆》中，《浙江文史资料选辑》第1辑，1962年内部刊印版，第64页。
⑤ 陈明远：《跋一》，《旅杭嘉善学会集志》1919年第1期，6月出版。

熊作的"序五"中，也谦称"诿蒙诸子公推，谬膺编辑之任"，① 可知倪慎独就是倪维熊。虽然所见倪维熊介绍文字均未提及其字或号"慎独"，但似乎有理由据《旅杭嘉善学会集志》的序跋进行大胆推断。民国时期人物中，传世者名"沈乃熙"的本不多见，而既是杭州人，又在工业学校求学，还与倪维熊是挚友的，已是非夏衍莫属。

夏衍漫长的创作历程中留下的为自己的集子、为他人的作品写就的各类序言为数不少，如1946年为羊枣最后的译著《我的爸爸》作序，1950年为张乐平漫画《三毛流浪记》作序，1991年为"相交近四十年"的老朋友之《陈此生诗文选》作序等。但这则为《旅杭嘉善学会集志》撰写的序却有其特殊的意义。从时间先后看，它完成于1919年6月之前，是目前所知的夏衍第一篇序言；从文体形式看，它并不是1917年胡适、陈独秀等发起的"文学革命"运动倡导的白话文，而是迄今发现的夏衍唯一一篇存世的文言创作；从内容表达看，它不仅显示了青年夏衍出色的语言文字天赋，而且昭示着学生时代的夏衍已有不凡的识见眼光，诸如"是则科学之发达可期，修养之进益可待，而一发千钧之国粹，亦将藉此而保存"等思想观念，无疑已超越同侪，在《旅杭嘉善学会集志》另外几篇序跋之上。此文的重新发现，一方面是对夏衍"甲工"时代行实的具体补充，所披露的夏衍与倪维熊的挚友关系，以及自称"圣湖一粟"等，都为夏衍的生平研究提供了新资料和新史实；另一方面是对夏衍早年不多的文学创作活动的重要丰富，是对夏衍文言写作空白的有效填补，可以折射夏衍回忆录中"那些军阀幕僚们写的檄文，我却不知不觉受了不少影响"② 的作文面影与谢迺绩老师批曰"冰雪聪明"的文字风采，为夏衍的创作研究提供了新文本与新类型。

夏衍称许倪维熊"工于文而尤擅于诗"，从《旅杭嘉善学会集志》所刊倪多种诗文看，所言不虚。其论文有《振兴工业之管见》《爱国者必用国货说》《染色原理之研究》，散文有《秋日游湖遇雨记》，杂记有《三余随笔》，小说有《悬崖勒马》，诗词有《松楼余啸》，无疑是《旅杭嘉善学会集志》最重要的作者，当是"日来振笔疾书，伏案终日"的结果。其《秋日游湖遇雨

---

① 倪维熊：《序五》，《旅杭嘉善学会集志》1919年第1期，6月出版。
② 夏衍：《懒寻旧梦录》，中华书局2016年增订版，第19页。

记》尤有文采，诸如"临流打桨，桨动则白浪翻飞。信手采莲，莲落则清香流溢""天地现阴霾之色，湖山呈凄惨之形。扫尽游人之兴，转增客子之愁""则冒雨泛舟，胸中获无穷玄秘，乘风破浪，象外得几许天机"等句，皆气韵生动，清新可喜，置诸民初文坛，也当有一席之地。其诗也不乏佳构，如《落叶》诗云："声声报道已新秋，历乱阶前却懒收。每到夜阑人静后，金风扫处最堪愁"，《秋声》诗曰："客馆万声秋，悽悽扰不休。梦回疑夜雨，蓦见月当头"，亦诗意盎然，不落窠臼，放眼民国诗家，也似乎并不逊色多少。只是有缘读到倪维熊诗文的，恐怕不多。夏衍这样的挚友，后来似乎也疏远、淡忘了倪维熊及其诗才。所以而今关于倪维熊不多的介绍文字，也鲜有涉及其诗文才华者。面对历史的变幻与世事的沉浮，不由得感慨系之。

《旅杭嘉善学会集志》第一期值得注意的文字还有不少，是研究民初浙江教育史、社会史、科学史与文学史的少人问津的史料，夏衍对其内容"满目琳琅，有美皆备"的评价，虽不乏作序者难免的溢美之词，但也基本属实。这里不再赘述，感兴趣的书友可到上海图书馆或"民国时期期刊全文数据库"自行查阅。值得说明的是，虽然倪维熊的《三余随笔》末尾标明"未完"，还有"附识"称"此三余随笔，本幼时旧作，已积盈册。今姑择数则，以供众览。余俟下期续登，此告"，①但《旅杭嘉善学会集志》似乎仅出版一期，未见第二期出版，夏衍在序言中"恭祝斯志之万岁"的美好愿望，遗憾落空。《旅杭嘉善学会集志》虽然只是昙花一现的孤期杂志，但她的诞生无疑为数月之后倪维熊与夏衍等共同创办更有影响的《双十》（后改名《浙江新潮》）积累了宝贵的经验。

《浙江新潮》当年就引起陈独秀关注，在《随感录》之《〈浙江新潮〉——〈少年〉》称"《浙江新潮》的议论更彻底，《非'孝'》和——《之江日报》《全浙公报》《浙江民报》和《杭州学生联合会周刊》——那两篇文章，天真烂漫、十分可爱，断断不是乡愿派的绅士说得出的"，② 21 世纪出版的《浙江省新闻志》则有"五四运动后杭州学生创办的一份进步刊物。

---

① 倪维熊：《三余随笔》，《旅杭嘉善学会集志》1919 年第 1 期，6 月出版。
② 陈独秀：《随感录》（1920 年 1 月 1 日），《陈独秀文集》第 1 卷，人民出版社 2013 年版，第 541 页。

仅出3期，但影响深远"①的定论。而"攻击杭州四个报"的文章，应该就是夏衍署名"宰白"的《评杭州的四家日报》，发表于《双十》创刊号。②可惜的是，《双十》似乎已无存世者，而《浙江新潮》，据《1833—1949全国中文期刊联合目录》显示，也仅有中国社会科学院世界史研究所资料室存有创刊号了。③好在"联合目录"梳理各大图书馆馆藏中文期刊可能难免疏漏，而民间藏书更是无法准确统计，所以仍可能有朝一日发现更多的《浙江新潮》，乃至觅得《双十》，披露《评杭州的四家日报》和《非"孝"》等珍贵文献。

当然，我们能有幸发现这篇夏衍为《旅杭嘉善学会集志》作的文言序言佚作，和夏衍研究资料收集整理的滞后与夏衍研究的不够活跃有关，本书第四章第一节将会详细谈及，这里暂不展开。毫无疑问，《夏衍全集》之外的夏衍佚作还很多，比如同样署名"沈乃熙"的，就有身份为"浙江杭县工业学校预科生"，发表在1918年2月15日出版的《少年》第8卷第2期的文言应用文《废物利用法》；身份为"浙江省立甲种工业学校染色科二年生"，发表在1919年6月5日出版的《学生》第6卷第6号的文言应用文《木棉漂白之过去及将来》等。

至于署名"夏衍"者，就更多矣。1938年的《新战线》、1938年的《新新新闻每旬增刊》、1939年的《国民公论》、1941年的《国讯》、1945年的《中国建设》、1945年的《现代妇女》、1947年的《现代周刊》等非文学期刊，都散佚着夏衍的集外佚文，值得辑录研究。

第二节　俞平伯集外佚文及《知识与生活》

编辑真正意义上的"作家全集"之困难与"全集不全"问题之普遍是一个硬币的两面，朱金顺先生就曾断言"《鲁迅全集》之外，其他人的全集，总

---

① 浙江省新闻志编纂委员会编：《浙江省新闻志》，浙江人民出版社2007年版，第121页。
② 夏衍：《随感录》，《夏衍全集》（新闻时评 上），浙江文艺出版社2005年版，第1页。
③ 全国图书联合目录编辑组编：《1833—1949全国中文期刊联合目录》，书目文献出版社1981年版，第917页。

有不同程度的遗漏"。① 事实上，就是鲁迅佚文的发掘工作也并未停止且偶有新发现，比如葛涛发现的"鲁迅校对《嵇康集》的手稿"等。② 俞平伯自然也不例外。

对于花山文艺出版社 1997 年 11 月出版的 10 卷本《俞平伯全集》的"所收作品并不全面"的问题，名列《俞平伯全集》编委的孙玉蓉在 2008 年就指出"俞平伯的一册《秋荔亭日记》就未收入《全集》中"。③ 随后，有学者汪成法发现了 1949 年和 1950 年《文艺报》上"《俞平伯全集》的编者很可能是有意舍去了这一篇文章的。——不，应该是三篇"④ 集外文，有鲍国华发现"日本人桥川时雄主编的学术刊物《文字同盟》第三号（1927 年 6 月出版）上曾发表俞平伯《〈浮生六记〉考》一文"⑤ 等。笔者在本书第二章第三节讨论的《为润民写遥夜闺思引后记》之外，又有幸发现一篇俞平伯佚文。此文题为"'宣传''党'这两个词你怎么看法？"，载《知识与生活》1947 年第 6 期，署名俞平伯，《俞平伯全集》失收，《俞平伯年谱》（孙玉蓉编纂，天津人民出版社 2001 年版）未录，也不见于相关俞平伯传记资料。兴奋之余，念及业师王本朝教授"将材料捂热"的要求，不敢贸然置喙。愚钝之人，把玩思考年余，试作绍介论析。

一　佚文的内容与特点

《"宣传""党"这两个词你怎么看法？》全文较长，计 5000 余字。此文以"我觉得有些人会误解它们的，且每每如此，故述为闲评"开头，然后列"两点当作前言看"。一句"我对它们一向很疏远，淡漠，如这般积极的说法尚是初次"其实点明了这篇文章的重要价值，那就是难得的一篇俞平伯对"宣传"和"党"发表意见的宝贵文献。先照录如次：

---

① 朱金顺：《辑佚·版本·"全集不全"——读"中国现代文学的文献问题座谈会"论文随想》，《中国现代文学研究丛刊》2004 年第 3 期。
② 葛涛：《新发现的鲁迅佚文：鲁迅校对〈嵇康集〉的手稿》，《东岳论丛》2014 年第 1 期。
③ 孙玉蓉：《〈俞平伯集外日记〉解读》，《新文学史料》2008 年第 3 期。
④ 汪成法：《莫信诗人竟平淡——从俞平伯的几篇集外文谈起》，《鲁迅研究月刊》2008 年第 10 期。
⑤ 鲍国华：《论〈文字同盟〉载俞平伯文〈〈浮生六记〉考〉》，《新文学史料》2014 年第 2 期。

"宣传""党"这两个词你怎么看法?

俞平伯

我觉得有些人会误解它们的,且每每如此,故述为闲评。有两点当作前言看。

我对它们一向很疏远,淡漠,如这般积极的说法尚是初次,亦只就事论事,大家总可信我本来没有什么成见的。

必合于这些词的正常的含义,方适为闲话的资料。若为非经常的,非正规的,非典型的,变态的,病态的,都不在本篇范围内,如宣传,而歪曲违反了事实,结党则营私病国之类。

(1)

我向来不大喜欢"宣传",为朋友们所知。但宣传的本身并没有善恶可言,善恶在它的内容。倘然所宣传的都是好话呢,那么总应该喜欢它了罢,也并不见得,大家都怕它颠倒是非,混淆黑白,这恐惧倒是实在的。

所以宣传必须具备两个条件方为正确(一)要说好话,这很容易的。谁肯在表面上说坏话为自己作反宣传呢?(二)要合事实,最低限度不远乎事实。这是难的,有时无从考查也。"始吾于人也,听其言而信其行,今吾于人也,听其言而观其行",轻信人言,孔夫子也曾上过当的。

但若过于怀疑,辄以小人待天下,又不可为训,毋宁君子可欺以其方耳。宣传,若说好话又近乎事实,却没有什么要不得。此即古之说教,亦不必远引佛耶回诸教的宣传,即以孔门为例。孔子的学说算不算宗教是一个辨论的题目,而孔学的地位相当于宗教,或者过之,则毋庸怀疑,孔子的职志亦与其他的教主,毫无二致也。

只要我们说的是好话,当然愈说得多便愈好,愈说得响亮便愈好,以大声申诉民生的疾苦,宣扬人间之真理,所谓"民之喉舌",那有什么不好!荀子劝学篇有这么一段:

"登高而招,臂非加长也,而见者远,顺风而呼,声非加疾也,而闻者彰;假舆马者,非利足也,而致千里;假舟楫者,非能水也,而绝江河;君子生非异也,善假于物也。"

荀子他也要搭乘火车轮船、飞机,那么无线电,扩音器,话匣子,大喇叭,新闻纸,标语,广告,传单,小册子……①那些顽意儿,我们虽认为很俗气,但如内容不坏,都是有大用的,所谓"善假于物"。虽先哲复生,如荀孟颜孔,亦不能废也,再看论语上这一段,就更明白了。

"仪封人请见,曰,'君子之至于斯也,吾未尝不得见也。'从者见之。出曰,'二三子何患于丧乎? 天下之无道也久矣,天将以夫子为木铎'"。

木铎难道不是宣传的工具? 它和街面上的救世军的洋鼓洋号不一样吗?"天将以夫子为木铎",孔子是上帝的宣传部长,也是他的发言人,所以②"宣传"也者,实为古教的长技故态,不过披上摩登的风衣罢了。

说到淑世的观点,当然人好,世界才会得好,但人怎样才会得好呢? 自有客观条件的存在,即所谓唯物的看法。但仅仅衣穿得好饭吃得饱,也不一定会懂得道理的,"衣食足而知礼义",虽为至理名言,但"人生饱暖思淫欲"不也是一句老话,代表着真理的另一面么?"以先知觉后知,以先觉觉后觉",唯物也还是唯心。

有人或许说,这是教诲,不只是宣传。不错。教诲渐近而务本,宣传急起以冶③标,如鸟之两翼,人之两足,不可偏废也。宣传实是教诲的扩音器。心存淑世的人,何必嫌避这大喉咙呢,他又何必定要用蚊子的声音来说话呢。

(2)

宣传不必尽出于党,二者的关系却甚为密切。说起"党"来,一般人的误解它,怕它,似较宣传为尤甚。这当然有原故的。

照传统的说法"党"并不是句好话,如尚书"无偏无党",④论语"君子不党",嫉妒固蔽见于楚辞,比而不党见于晋语。这没有多大的关系。同名异实,重在所诠表的内容。古人以为坏话的,我们不妨以

---

① 原文为9个小圆点,今省略号均是6个小圆点。
② 原文此处漶漫不清,疑是"以"字。
③ 原文如此,疑误。或应作"治"。
④ 原文逗号置于引号内。类似不影响理解的标点问题,下文径改之,不再一一做注。

为好话，所谓"美恶不嫌同辞"；古人这样用的，我们不妨那样用，所谓"约定俗成"。上述的革命①一词，亦复如此，皆强为之名，图言说之方便耳。

重要的还是事实。三代姑勿论已。汉之党锢，唐之牛李，宋之熙宁元祐，明之复社东林，其党或为君子，或为小人，或不尽为君子，或不尽为小人，似皆不能为国福，吾人今日之痛心疾首于斯，无足怪者。语不云乎，"前事之不忘，后事之师也"，吉②昨日之事可为今日之参考，今日的事可为明日之参考也；但以昨日所得推之于今日，以今日③得推之于明日，必有不能尽合者。此无他，前后今昔，理不变而事或异，事异处事之方从之亦异，理不会变也。若事异而处事之方不从之而亦异，则理之本身真成两橛矣。以常识明之，冬日衣裘，夏日衣葛，此事变也，然理不变；若冬日衣裘至夏而仍衣裘，夏日衣葛至冬而仍衣葛，事不变矣，而理却变了。这话远在商鞅李斯变法之时已经说过，太不算新鲜。今昔之殊岂仅如二帝之于三王，三王之于秦汉，安得以昔之在朝之朋党与在野之会党比今日之政党乎？当然，政党又岂能无弊，政党也会祸国殃民的，但与今之论旨无关。——唯其如此，我们更需要校正它，预防它，要之，有名实之异古今之殊，因噎废食既不可能，而惩羹吹齑更可不必也。

坏人结党原不值一提，且说君子之党。君子为什么要党？似乎难回答，但试反问，君子为什么不要党？你也不一定容易回答。用"君子"这个词，并不说现在的好人即古之君子，只退一步以古君子为例，而"折中于夫子"，看看孔夫子④许不许结党？

他说，"君子矜而不争，群而不党"，何谓群，何谓党，孔子既未下定义，自无从悬揣比附。说好的政党便是他所谓群，坏的政党便是他所谓党，只有一点自己明白的，即孔子亦要君子们联合起来所以才提出这"群"字来，不党者它的形容与限制，乃是转语；不然，他何不说君子孤

---

① 前文并无"革命"一词，疑误。或应作"宣传"。
② 原文如此，疑误。或应作"言"。
③ 原文如此，疑脱一"所"字。
④ 原文作"予"，明显应为"子"，改之。

立而不党乎?

幸亏论语上还另有两段话,可以解绎它,其一为政篇曰,"君子周而不比,小人比而不周";其二子路篇曰,"君子和而不同,小人同而不和",周比皆亲密的意思,以义合为周,以利合为比,用王引之说,和而不同,在左传上晏子解释得最为明通。

"(齐景)公曰:'唯据(梁丘据)与我和夫?'晏子对曰,'据亦同也,焉得为和?'公曰,'和与同异乎?'对曰,'异。和如羹焉,水火醯醢盐梅以烹鱼肉,燀之以薪,宰夫和之,齐之以味,济其不及,以泄其过,君子食之,以平其心。君臣亦然,君所谓可而有否焉,① 臣献其可以去其否;是以政平而不干,民无争心,……声亦如味,一气二体三类四物五声六律七音八风九歌,以相成也,清浊大小,长短疾徐,哀乐刚柔,迟速高下,出入周疏,以相济也;君子听之,以平其心。心平德和。……今据不然。君所谓可,据亦曰可,君所谓否,据亦曰否。若以水济水,谁能食之?若琴瑟之专一,② 谁能听之?同之不可也如是。'"(见昭二十年传)

这话真好,把"同"字说得干脆,把"和"字说得圆满。用在政事上,和者,献替可否是民治精神,但其辨论不在议会而在朝廷耳。同者,其臣阿谀,其君专制,即是法西斯。以水济水谁能食之,这是很辛辣的话。孔子之意同晏子否,我们不得而知。此话为先民所传,华夏之故训,孔子固述而不作,亦非晏子所能创也。

无论怎样解释,周比和同都是在讨论怎样联合,不是不许有联合,至少,他们不想孤立着。假如不③以为孤立就行了,那何必用"周""和""同""群""党"这些名词呢?

我们再看孔子的行为。依近人之说,聚徒讲学自孔子始。论语上记载的孔门弟子有德行政事言语文学这四科,纵非政党组织,至少亦像现今的分科入学。若再看史记上这一段,那简直是政党,而大学分科犹不

---

① 此处脱《左传》16字:"臣献其否以成其可,君所谓否而有可焉。"
② 原文此处无逗号,以点断为宜。
③ 从文意看,"不"疑为衍文。

足以尽之。

"昭王将以书社地七百里封孔子。楚令尹子西曰,'王之使,使诸侯,有如子贡者乎?'曰,'无有。''王之辅相,有如颜回者乎?'曰,'无有。''王之将率有如子路者乎?'曰,'无有。''王之官尹,有如宰予者乎?'曰,'无有。'……今孔丘得据土壤,贤弟子为佐,非楚之福也。'昭王乃止。"(孔子世家)

再看孟子这一段:"以力假仁者霸,霸必有大国。以德行仁者王,王不待大,汤以七十里,文王以百里。以力服人者,非心服也,力不赡也。以德服人者,中心悦而诚服也,如七十子之服孔子也。诗云,'自西自东,自南自北,无思不服',此之谓也。"(公孙丘①上)

七十子的服从孔子自非今之师弟之比,但当他党魁看呢,还是当他教宗看,不得而知。观孟子上引商周王天下事,与其为谓为宗教的教化的,无宁谓为政治的。本来古代政教合一,政治上的首领即宗教上的首领也。更进一步说,孔道原非宗教,其所以为宗教者,岂不正缘它与政治密切相连耶?神道设教者,有所为而发,此与佛陀基督之教不尽同也。看汉儒所传说附会的孔子生平神话,多与素王受命有关,则其中之消息可知矣。

谈孔子的政治生涯只止于此。总括上述,照他的说法,君子应该合群的,其所以合,为道义的。其如何合是异而谐和的,非同而专一的。更据史实,他本人的行动是为政的,教人的至于救世的。他的精神是积极的,明知其不可也要干的。他的徒众虽不闻有组织,却分四科的,对他是心悦诚服的,自东西南北来会的。他们若得百里之地,即可以王天下的。从这些事实看,太史公为孔子世家,又为仲尼弟子列传,真千古之卓识也。孔子若生于今之世,见今之所谓政党,总该有他自己的看法罢。赞成固不见得,却不会得一笔抹杀的,或仅以不了了之,至少我这样想。

孔子不必大成至圣,总不失为中国人衡量一切的标准,历代的统治者都尊重他,且有人说是利用他,则偏于保守可知。我们借为"重言",

---

① 今通作"公孙丑"。

可以祛除不少的疑惑，其意不过如此，孔墨并称，墨子却利害得多，有徒众百八十人皆可使赴火蹈刃（淮南子泰族训），这简直像敢死队了，墨学的"钜子"就是党魁，亦人所习知者，以下更端另说。

不论叫它什么，党团也罢，会社也罢，同盟也罢，反正是这么一回事，有其实必有其名，改名改不了这个实，我们叫它党果然是党，我们不叫它党，他还是党，不叫它"党"又叫什么？尽在名字上兜圈子是没有出路的，不如呼之曰党；倒干脆！

究竟君子为什么要党，为什么要联合，这些都很容易明白的，不联合就孤立，孤立亦无碍，看你处世的态度如何，假如只想独善其身，你又何必栖栖皇皇，但假如你想兼善天下，有时候不能不联合甚而至于结党。

以简单的数目字明之，如百人之中有一个好人，其比例为一对九十九，如有十个好人，其比例为一对九，一人去感化劝说那九人，比感①劝说九十九人容易几倍，不待言，却有一点，十个好人必须联合起来，这比例数才合乎事实，不然，名为十个人对九十人，事实上乃是一个人对九十人。九十加一等于九十一，那另外的九个人那里去了？当然还在这一百人里面，他们个别的去对那九十人，即十组的一比九十也。一对九十与一对九十九，比例数却差不了多少。

从另一方面想，百人社会里倘有了十个好人，即使他们都是孤另的，其潜移默化之力也不会太小。但他们既然沉浮着，则他们的动的方向或大同而小异，辅助调和固有之，冲突而互相抵销殆亦不免也。再假设那九十人共为一党，其情形自然更坏，十个人即拉着手仍不免为地道的少数党，但若不联合呢，则连那地道少数党的资格都没有了，孤另另的十个"一人"将被这九十人的集团，个别击破也。这话当然说得不好，人间本不该，也不必这样充满着斗争味的，朋友们或者这般想罢。我是比方着说，且不恤危言耸听，甚言以明之也。

故淑世的君子子②未能免俗者，诚不得已也。独立不倚，遯世无闷，

---

① 疑脱一"化"字。
② 疑应为"之"。

则朋来自远亦顾而乐之。德有邻，文有会，君子岂必大反人情乎。再进一步说，不特君子可有党也，唯君子为能有党。幼年读欧阳修的朋党论不感什么兴味，现在翻出来看，他的话很不错。

"大凡君子与君子以同道为朋，小人与小人以同利为朋，此自然之理也。然臣谓小人无朋，惟君子则有之，其故何哉？小人所好者利禄也，所贪者货财也，当其同利之时，暂相党引以为朋者伪也。及其见利而争先，或利尽而交疏，则反相贼害，虽其兄弟亲戚不能相保。故臣谓小人无朋，其暂为朋者伪也。君子则不然，所守者道义，所行者忠信，所惜者名节，以之修身则同道而相益，以之事国则同心而共济，终始如一，此君子之朋也。故为人君者但当退小人之伪朋用君子之真朋则天下治矣。"

题曰朋党，舍党专言朋者，以"党"于古代非佳名故，在现代语中，正该用这党字耳。又论中言人君应如何进退朋党，揆之今事，当以民意为进退，即选举是也。他在后面又说：

"周武之世，举其国之臣三千人共为一朋。自古为朋之多且大莫如周，然周用此以兴者，善人虽多而不厌也。"

是的，好人不嫌多，君子之党不嫌其大也。至于他引周书云云原系政治上的宣传，未必是事实，而意总不误。

这些话或很笨拙的（如数目字），或很陈腐的（如引朋党论），却都是常识，常识就够。君子可以有党似乎没有问题了，然而为什么竟会成问题呢，至今还成为问题呢？有些人正标榜着"无党无派"，"超然"与"中立"，这决不能没有原故，这原故假如有，或者很严重。孩子气的话总不值一笑的。

历史虽远去了，它留给我们的教训却很沉重的。倘循这轨迹追究下去，恐怕会喧宾夺主，以致尾大不掉，在这里说明"党"不是句坏话，君子也不一定不许有党，稍为解释社会上的一般的误会，我就满意了，话很肤浅，自己知道，从名字上讨论不会得不肤浅的，不肤浅便越了题目的范围，等有机会再来谈这事实上的"君子不党"罢。

（三十六年二月二十一日）

翻开《俞平伯全集》，不但没有题目中出现"宣传"或"党"的作品，而且正文中出现"宣传"或"党"字样的地方都为数不多，可以看出俞平伯对它们的态度的确是"疏远和淡漠"。而"大家总可信我本来没有什么成见的"则显示了俞平伯对自己的社会声誉与作家形象的自信，明白读者朋友们知道自己不偏不倚而保持中立、就事论事而不带成见的风格与立场。至于对闲话资料的"正常的含义"要求，对三非（非经常，非正规，非典型）二态（变态，病态）资料的排斥，以及特别点明对"歪曲违反了事实"的宣传和"营私病国"的结党的拒绝，更是通过清晰的界定赋予文章理性色彩。

"前言"之后，文章先谈双音节词"宣传"，再论单音节词"党"，并相应分成两个部分。谈"宣传"的文字稍短，不足1100字。从"我向来不大喜欢'宣传'，为朋友们所知"说起，指出"宣传的本身并没有善恶可言，善恶在它的内容"；由人们对宣传"颠倒是非，混淆黑白"的恐惧引出正确的宣传必须具备的两个条件："要说好话"与"要合事实"；由条件一的"很容易"与条件二的"难"说及在轻信人言上"孔夫子也曾上过当的"；继而认为宣传"若说好话又近乎事实，却没有什么要不得"，并引荀子《劝学篇》为例，说明只要"内容不坏"，运用"无线电，扩音器，话匣子，大喇叭，新闻纸，标语，广告，传单，小册子"等宣传手段也是"善假于物"；然后告知读者"再看论语上这一段，就更明白了"，所引乃《论语·八佾》之"仪封人请见……天将以夫子为木铎"，以连续的反问句点明木铎也是宣传的工具，它和街面上救世军的洋鼓洋号一样，以惊人的陈述句提出"孔子是上帝的宣传部长，也是他的发言人"，强调宣传"实为古教的长技故态，不过披上摩登的风衣罢了"；进而在"人好"须有"客观条件的存在"的"唯物的看法"基础上，看到"人生饱暖思淫欲"也"代表着真理的另一面"，认为"以先知觉后知，以先觉觉后觉"（语出《孟子·万章》）有多种理解，"唯物也还是唯心"；最后借人之口区别"教诲"与"宣传"，指出"教诲渐近而务本，宣传急起以治标"，二者"不可偏废"，认为"宣传实是教诲的扩音器"，存救世之心的人"不必嫌避这大喉咙"，也不必"定要用蚊子的声音来说话"。这则文字理路清晰，层层深入，引证精当，分析简要，表达形象生动而又新鲜诙谐,收到了很好的为"宣传"正名的效果。

论"党"的文字稍长,达 3800 余字。开头紧承前文的"宣传",指出"宣传不必尽出于党,二者的关系却甚为密切",认为说起"党"来,"一般人的误解它,怕它,似较宣传为尤甚",点明人们对"党"的误解之深与惧怕之甚,也就凸显了为之纠偏正名的必要与意义,可见"闲话"不闲。继而虽认可"传统的说法'党'并不是句好话",但强调"古人以为坏话的,我们不妨以为好话……古人这样用的,我们不妨那样用"。然后以汉唐、宋明之党"似皆不能为国福"的事实,认为"吾人今日之痛心疾首于斯,无足怪者",但强调"前后今昔,理不变而事或异……安得以昔之在朝之朋党与在野之会党比今日之政党乎?……有名实之异古今之殊",不能因噎废食,也不必惩羹吹齑。随后由"君子之党"提出"看看孔夫子许不许结党"的问题,通过孔子话语如《论语·卫灵公》的"君子矜而不争,群而不党",《论语·为政》的"君子周而不比,小人比而不周"和《论语·子路》的"君子和而不同,小人同而不和",指出"周比和同都是在讨论怎样联合,不是不许有联合";通过典籍记载的孔子行为如引《史记·孔子世家》认为孔子聚徒讲学"那简直是政党",引《孟子·公孙丑》认为"观孟子上引商周王天下事,与其为谓为宗教的教化的,无宁谓为政治的",作出"孔子若生于今之世,见今之所谓政党,总该有他自己的看法罢。赞同固不见得,却不会得一笔抹杀的"的回答。接下来"更端另说",强调"不论叫它什么,党团也罢,会社也罢,同盟也罢,反正是这么一回事,有其实必有其名……尽在名字上兜圈子是没有出路的,不如呼之曰党;倒干脆",指出"假如你想兼善天下,有时候不能不联合甚而至于结党"并"以简单的数目字明之"。再进一步提出"不特君子可有党也,唯君子为能有党",引欧阳修的《朋党论》之"大凡君子与君子以同道为朋……则天下治矣"并认为"论中言人君应如何进退朋党,揆之今事,当以民意为进退,即选举是也",再引后文之"周武之世……虽多而不厌也"认同"好人不嫌多,君子之党不嫌其大也"。最后反思以"很笨拙的"数目字或"很陈腐"的《朋党论》等"常识"就足以说明的君子可以有党"为什么竟会成问题呢,至今还成为问题呢?"在尖锐地指出有些人正标榜着"无党无派""超然"与"中立"之"决不能没有原故,这原故假如有,或者很严重的"后笔锋一转,表示"在这里说明'党'不是句坏话,君子也不一定不许有党,稍为解释社会上的一般的误会,我就满意了"。在"话很肤浅,自己知道,从名字上讨论不会得不肤浅的,不肤浅便越了题目的范围"的自谦与自辩中,在"等有机会再来谈这事实上的'君子不党'罢"的结语与预告中,结束全篇文字。这则文字同样思路明晰,步步为营,引述丰富,议论精要,在"笨拙"与"陈腐"中显示灵动与新颖,在平和与浅显中蕴含尖锐与深刻,比"宣传"误会更深更甚的"党"也得到了正名。而遗憾的是,也许因为一直没有得到"机会"吧,迄今没有看到俞平伯谈"事实上的'君子不党'"的文字。

两则文字一短一长,一谈"宣传"一讨论"党",其实都可以独立成篇。在全文开篇"两点当作前言看"的两小段文字的统领之后,结尾部分并没有综合谈"宣传"与"党"的呼应文字,这是俞平伯先生的"文无定法",如唐人祖咏《终南山望余雪》是一般"意尽"而已,还是别有什么特殊情况?我们也"不得而知",但是,至少这种结构方式是值得注意的。

通览全文,俞平伯的论证方式令人印象非常深刻。一是其转折与假设中的逻辑性。《"宣传""党"这两个词你怎么看法?》行文多转折,时见"但""却""而"等转折词频频出现。具体而言,出现"但"有15处之多,出现"却"也有10处,出现表示转折的"而"也有数处。最典型的当是:

> 说到淑世的观点,当然人好,世界才会得好,但人怎样才会得好呢?自有客观条件的存在,即所谓唯物的看法。但仅仅衣穿得好饭吃得饱,也不一定会懂得道理的,"衣食足而知礼义",虽为至理名言,但"人生饱暖思淫欲"不也是一句老话,代表着真理的另一面么?"以先知觉后知,以先觉觉后觉",唯物也还是唯心。

短短的一段话就出现了三个"但"。第一个"但"追问"人怎样才会得好呢",将问题引向深入;第二个"但"转向唯物的局限,"仅仅衣穿得好饭吃得饱,也不一定会懂得道理的";第三个"但"折向名言"衣食足而知礼义"的反面,老话"人生饱暖思淫欲"也"代表着真理的另一面"。

几度转折中,"人好"的客观条件与主观努力,格言的矛盾性与真理的相对性,以及唯物与唯心的复杂关系等,都得到了合乎逻辑的推演与表现。文中还多出现"假如""假设""倘""即使"等表假设的词,如"假如以为孤立就行了""假如只想独善其身,你又何必栖栖皇皇,但假如你想兼善天下,有时候不能不联合甚而至于结党""再假设那九十人共为一党,其情形自然更坏""倘然所宣传的都是好话呢""百人社会里倘有了十个好人,即使他们都是孤另的""倘循这轨迹追究下去"等,这些假设与推理也赋予文章以逻辑力量。

二是其反问与进退间的分寸感。此文有多处反问句,如"谁肯在表面上说坏话为自己作反宣传呢""木铎难道不是宣传的工具?它和街面上的救世军的洋鼓洋号不一样吗""他何不说君子孤立而不党乎""那何必用'周''和''同''群''党'这些名词呢""岂不正缘它与政治密切相连耶""不叫它'党'又叫什么"等,它们使得文章具有论辩的气势,使得作者观点得到有力的表达。但这种表达并不显得咄咄逼人,而是颇有分寸。这种分寸感的拿捏在文中诸如"更进一步说""再进一步说""只退一步以古君子为例""至少,他们不想孤立着""纵非政党组织,至少亦像现今的分科入学""至少我这样想"等表述中也得到体现。如果说贯穿全篇的分寸感显示着俞平伯冲淡平和的风格,那么散布文中的看似信手拈来的典籍则浸透着老先生深厚渊博的学养。

在我们看来,《"宣传""党"这两个词你怎么看法?》是一篇成功的论说文,即使不能说是典范之作,但也颇见俞平伯的个性、学养与论说风采,值得我们揣摩、学习和研究。

二 佚文的出处与推断

刊载俞平伯佚文《"宣传""党"这两个词你怎么看法?》的《知识与生活》1947年第6期封面署"民国三十六年七月一日出版",版权页署"半月刊 第六期"并标明"编辑发行者"是"知识与生活社",地址在"北平西单高义伯胡同五号","印刷者"是"长城印刷厂",有两家"本市总经售"、一家"全国总经售"和二十四处"外埠代销处"。从中可见其立足北平,辐射全国的气势和影响。

此《知识与生活》半月刊1947年4月16日在北平出版创刊号，发行者署"北平正中通讯社"，至第四期改署"编辑发行者 知识与生活社"。其《投稿简约》第一条称"本刊为综合性评论性之大众读物，以超然立场评论当前政治经济文化等重要现实问题，凡有关上述论文人物书报评论以及散文通讯等文均所欢迎"，① 设有"半月间""读者·作者·编者""各地报道""文艺园地""随笔""半月文摘""特稿""专论""通讯与杂文"等栏目，刊发有胡适、朱自清、沈从文、俞平伯、费孝通、吴晗、王芸生、李广田、李长之、储安平、傅雷、郭根、徐盈、樊弘、雷洁琼等一批知名人士的新旧文章。

也许由于不是严格意义上的文学期刊，《中国现代文学期刊目录汇编》（唐沅等编，知识产权出版社2010年3月版）与《中国现代文学期刊目录新编》（吴俊等编，上海人民出版社2010年2月版）均没有收录《知识与生活》。刘增人等纂著的《中国现代文学期刊史论》之下编"现代文学期刊叙录"难能可贵地列入《知识与生活》条，谓"半月刊，1947年6月创刊于北平，1948年8月出自第33期停刊，'知识与生活半月刊社'主办"，② 应当就是刊载俞平伯佚文的《知识与生活》。但其介绍文字有矛盾处，6月创刊的半月刊到次年8月不会出至第33期，有补正之必要。北平版《知识与生活》半月刊第33期的确是1948年8月16日出版，但所见北平出版的《知识与生活》半月刊已经出至1949年1月第37期，而且编辑者均署"知识与生活社"。所以介绍《知识与生活》的文字似可相应改为"半月刊，1947年4月创刊于北平，1949年1月出至第37期停刊，'知识与生活社'主办"。好在后来2015年青岛出版社的《1872—1949文学期刊信息总汇》之中，刘增人先生团队对此已有默默修正。

遍览各期《知识与生活》，未见主编及具体编辑人员署名信息。求诸资料，发现相关的介绍也很少，伍杰主编的《中文期刊大词典》（北京大学出版社2000年3月版）也没有论及此刊的编辑人士。郭汾阳《"北方〈观

---

① 《投稿简约》，《知识与生活》1947年第2期，5月1日出版。
② 刘增人等：《中国现代文学期刊史论》，新华出版社2005年版，第628页。

察〉"——〈知识与生活〉》当是介绍《知识与生活》的最重要成果，点明此刊"由郭根任主编"。① 郭汾阳别名"散木"，系郭根子嗣，著述丰富，编辑有《郭根文录》《郭根日记》等重要资料，从后裔的角度补充了可靠的《知识与生活》编辑者信息。当然，郭先生文字也有可商榷处，比如认为"《知识与生活》即在1948年11月出至第35期停刊"②就不准确。很可能是郭先生没能见到最后两期《知识与生活》。此外，仅凭后人披露的信息就确定郭根的主编身份可能受人质疑，我们又通过《知识与生活》刊载内容梳理与其他材料翻阅找到有力证据并最终认同《知识与生活》的主编是郭根。限于篇幅，其间的过程与对郭先生文字的补正，且容另文讨论。

1947年俞平伯任北京大学教授，虽然与郭根一样都居住在北平，但《俞平伯全集》未见有关郭根的记载。外围材料也很少涉及俞平伯与郭根交集者，目前仅见《中建》第二卷第24期"中建内外"栏"团体瞭望"之"文化"部分有消息说及两人共同出席活动："为了开展出版业务，王理事长、高祖文同志于五月五日赴平，十三日返沪。在北平，分别访问了学术文化界的许多先生……十一日在欧美同学会招待北大、师大等校教授费青、王铁崖、杨人楩、陈占元、闻家驷、樊弘、荣肇祖、郑昕、吴恩裕、袁翰青、黄国璋、杨宗翰、俞平伯、楼邦彦，及美新处孙承佩、大公报徐盈、彭子冈，知识与生活社郭根及剧作家马彦祥先生等三十余人。"③ 其中提到的王理事长应当是中国建设服务社理事长王艮仲先生，而与会教授中多位均是《知识与生活》作者。由此可以推知俞平伯与郭根应当相识，但两人未必有多少过从。

朱自清1947年3月23日日记有"进城，参加杜彦兴的午餐会，为纪念《知识与生活》社成立"④的记载，这时距离俞平伯1947年2月21日写就《"宣传""党"这两个词你怎么看法?》已经一月有余。也就是说，此文可能不是专门为《知识与生活》杂志撰写的，只是把旧作给了《知识与生活》。至于给的方式，鉴于同人性质的《知识与生活》创刊不久、影响还有限，鉴

---

① 郭汾阳：《"北方〈观察〉"——〈知识与生活〉》，《沧桑》2001年第3期。
② 同上。
③ 《中建内外》，《中建》1947年第2卷第24期，6月16日出版。
④ 朱乔森编：《朱自清全集》第10卷，江苏教育出版社1998年版，第448页。

于颇负盛名的俞平伯与《知识与生活》交往不多,在约稿与投稿之间,在转交与面交之间,我们以为经过友人约稿和转交的可能性较大。比如朱自清就既是俞平伯挚友,又与《知识与生活》杂志往来相对较多,具有将俞平伯旧作转交(寄)《知识与生活》的机会和可能。朱自清1947年4月15日、16日和9月27日三天日记的开头就三次列入"郭根"名字。日记整理者朱乔森先生在《朱自清全集》收录的第一篇日记:1924年7月28日日记中有注释说明"每天日记前所列人名或单位,是记作者本日给这些人或这些单位写了信。下同",① 可见朱自清曾多次给郭根去信。郭汾阳先生把这三则日记解释为"三次赴朱宅,大概是约稿之类",② 恐不确。

三 佚文的意义和价值

佚文《"宣传""党"这两个词你怎么看法?》的发现,无疑对俞平伯研究乃至中国现代文学研究都具有不容忽视的意义和价值。至少表现在以下几个方面。

首先,此文是俞平伯散文创作的一个重要补充。其5000余字的篇幅,在全部《俞平伯全集》第二卷已收的散文作品之中,也是较长的一类,对了解和还原俞平伯创作全貌,特别是论说性散文的特点与风格具有不言自明的意义。只有持续发掘这些散落的遗珠,才有可能不断接近一个完整、全面的俞平伯,推进俞平伯研究的深入发展。

其次,此文是俞平伯行实考察的一则宝贵文献。孙玉蓉先生编纂的《俞平伯年谱》是第一本也是目前唯一的一本较为全面的俞平伯年谱,为我们了解、研究俞平伯提供了极大的方便,但其中一些年月之条目间跨度太大,留下了不少值得补充、完善的空白。比如俞平伯撰写此文的1947年2月,就仅有6则谱文,有具体日期的仅1日、20日、22日三则。此文的发现就落实了俞平伯1947年2月21日的创作活动,可以补充一则年谱记录:作《"宣传""党"这两个词你怎么看法?》,发表在1947年7月1日北京《知识与生活》半月刊第6期。前文提及的我们附带发现的俞平伯1947年5月13日参加招待

---

① 朱乔森编:《朱自清全集》第10卷,江苏教育出版社1998年版,第3页。
② 郭汾阳:《"北方〈观察〉"——〈知识与生活〉》,《沧桑》2001年第3期。

会的记录,其实也有理由记入年谱。

再次,此文是俞平伯个性风采的一次另类展示。正如俞平伯自己在文章开头所述,他对"宣传""党"这些名词"一向很疏远,淡漠",他在文学史叙述中也常常是远离现实的、疏离政治的、寄情山水的、潜心学术的、冲淡平和的、名士味的、旧格调的形象。出人意料的是,在这篇佚文中,他也谈起对"宣传"和"党"的看法了,虽然"只就事论事",但毕竟"如这般积极的说法尚是初次",这就具有特殊的价值。具体而言,他针对"有些人会误解它们的,且每每如此"的社会现状,发出"孔子是上帝的宣传部长,也是他的发言人"这样惊人的、诙谐的、让迂腐的老夫子皱眉的言论,直言"政党又岂能无弊,政党也会祸国殃民的",大谈"孔子的政治生涯",主张"揆之今事,当以民意为进退,即选举是也",追思"有些人正标榜着'无党无派','超然'与'中立'"的原故……显示出俞平伯面对现实的、不避政治的、力图"解释社会上的一般的误会"的、大胆尖锐的、接地气的、新思潮的另一面。此文披露的俞平伯关于"宣传"和"党"的不少观点,即使在70多年后的今天看来,也并不过时,而仍然颇具启发意义。

值得指出的是,俞平伯在这篇佚文中的观点以及展示的另一面形象还在其他作品和行为中闪现。比如俞平伯对"宣传"所持的"不可偏废"论,就可以从1925年6月18日致孙伏园的《一息尚存一息不懈》之希望罢课的各校学生"做以下的事"所包含的"督促政府向英日进行交涉,坚持到底。一面并用各国文字在世界努力宣传"① 中,从原载1952年1月15日《语文教学》第六期的《语言文学教学与爱国思想》之"如何通过语言文学的教学,来启发青年们的爱国思想呢?当然也不妨用口号之类来宣传,但单单口号并不够用"② 中,乃至从《一九七九年己未"五四"周甲忆往事十章》注释之"参加北大学生会新闻组时,偕友访京商会会长于其寓,要求罢市,彼婉言拒

---

① 俞平伯:《一息尚存一息不懈》,《俞平伯全集》第2卷,花山文艺出版社1997年版,第566页。
② 俞平伯:《语言文学教学与爱国思想》,《俞平伯全集》第2卷,花山文艺出版社1997年版,第772页。

却之。欲散发传单而纸张不足，代以送殡用之纸钱，上加朱色标语"①的宣传行动回忆中找到回响。其对"党争"、对"联合"的观点，与1948年7月23日出席北平《中建》半月刊编辑部召开的"知识分子今天的任务"座谈会的发言也存在呼应，认为"现在民主政治离不开政党，而政党的竞争，必须有规则……知识分子的如何联合，同这个是很有关系的"。② 其直面现实、关心时政的行动，《俞平伯年谱》也多有记载，特别是1932年3月1日以一人之力"致国民政府并二中全会快邮代电"，告诫"国民党既以党治国，对于吾民，在情在理，必负完全之责任"并"兹将去年九月十八日以来所怀之疑虑数端，均关于政府之措施者，质直上陈"，③ 更是清晰地彰显着另一个角度的俞平伯面影。

当然，《"宣传""党"这两个词你怎么看法？》的发现，只是在搜罗俞平伯佚作、还原俞平伯创作全貌的道路上前进了一小步，我们的饶舌阐释也难免不当之处，恳请读者诸君批评。浩如烟海的民国出版物中应该还存有一些俞平伯散佚诗文，特别是40年代沦陷时期一些伪政府背景的报刊如《国民杂志》等值得专门梳理，有待识者的努力与机缘的来临。

第三节　叶圣陶集外演讲词与《学僧天地》

蒙书友通过百度网盘传来《民国佛教期刊文献集成》（正编209卷，补编86卷），一番转存、下载之后，得以浏览这套"现代佛藏"。当然，求取、浏览这套中国社会科学院世界宗教研究所黄夏年教授主编、任继愈先生题签的巨著之目的，并不是为了研习佛法，而是为了继续笔者感兴趣的现代作家集外佚作发掘工作。这可能有点大材小用，买椟还珠，为人耻笑，但也只能随

---

① 俞平伯：《一九七九年己未"五四"周甲忆往事十章》，《俞平伯全集》第1卷，花山文艺出版社1997年版，第591页。

② 俞平伯：《知识分子今天的任务》，《俞平伯全集》第1卷，花山文艺出版社1997年版，第739页。此文原载《中建》半月刊1948年第3卷第5期，8月5日出版，《俞平伯全集》误作第一卷第二期。

③ 俞平伯：《致国民政府并二中全会快邮代电》，《俞平伯全集》第9卷，花山文艺出版社1997年版，第199页。

他去吧！好在很快就有所收获。

《民国佛教期刊文献集成》正编第 56 卷收期刊五种，依次为《渡舟月报》《净宗月刊》《觉迷》《内院杂刊》和《学僧天地》。其中《渡舟月报》与《觉迷》均仅影印了 1 期。无论内容、影响，还是编辑印刷水准，都以《学僧天地》为佳。《学僧天地》第四期（1948 年 4 月 1 日出版）刊有叶圣陶的一篇演讲记录稿，题为"语文学习浅说——在玉佛寺佛学院讲"，由"楞竟"记录，署名"叶圣陶"。此文江苏教育出版社先后于 1994 年和 2004 年出齐的两个版本《叶圣陶集》均失收，当是叶圣陶的一篇集外演讲词。

一　叶圣陶日记记载与演讲词移录

有意思的是，《叶圣陶集》第二十一卷所收《东归日记》第二部分"沪上三年"之 1948 年日记中，有关于此次演讲的两处明确记载。一是 1 月 24 日日记云："晨与墨至玉佛寺……饭后，僧导观玉佛，复观弘一图书。于是余为佛学院青年僧人五十馀人作演说，谈读写之要，历一时二十分钟。观诸僧之神色，似乎欣受"；① 二是 1948 年 1 月 28 日记曰："玉佛寺僧楞竟记录余之讲词，寄来一观，即为之订正，费时半日。"②

前者记录的演讲地点"玉佛寺佛学院"、演讲对象"青年僧人"与演讲内容"读写之要"，后者提及的演讲记录者"楞竟"，都和《语文学习浅说——在玉佛寺佛学院讲》（以下简称"浅说"）吻合，可以确定"浅说"正是叶圣陶此次演讲词的记录稿。演讲词不长，仅 2000 余字，先照录如次：

语文学习浅说

在玉佛寺佛学院讲——楞竟记

叶圣陶

我对于佛学并没有研究，不过也喜欢看看少数的佛学书。关于怎样研究佛学的问题，我固然不必讲，同时贵院里的教师希望我讲讲关于国文学习的

---

① 叶圣陶：《沪上三年》，《叶圣陶集》第 21 卷，江苏教育出版社 2004 年版，第 253 页。
② 同上书，第 254 页。

方法。现在我把我对中学大学同学们说过的话，拿来和诸位谈谈。

国文，就是一个国家的文字。文字的根据是语言。写到纸上就是文字：这种文字不是国家政府规定的，也不是个人发明的，是我们民族共同创造，逐渐进化而形成的。

研究国文的目标：一吸收，二发表。

吸收，就是阅读。仅凭五官直接的吸收许多知识，范围是狭小的。凭语言文字吸收来的知识经验，就丰富多了。

发表，就是把自己的意思用文字发表出来，教别人也同意我的意思。或者把自己的喜怒哀乐用文字发表出来，使读者同情我的喜怒哀乐。

为了这两个目标，语言文字不能机械式的学习。机械式的学习，就只膌了文法，或者叫做语法。文法与语法，只作形式方面的研究，例如文言中"子何好""客何能""不之信"三句，我们知道照口语讲，就是"你欢喜什末？""你能做什末？""我不相信他。"从前的人说"不之信，"现在的人说"不相信他。"例如"不之信"而作"不信之"，那就被人笑话了。"好"和"能"都是动词，从前文言文把它摆在疑问代名词后边的，现在口语却把它摆在疑问代名词前边了。这些都是形式方面的研究，不涉及内容。

语言文字，专以文法去研究是枯燥的，那是专门家的工作，普通人学习国文并不限于文法。最要紧的还在了解词语的内容。例如社会主义是一个名词，即使查辞源辞海，也不过知道它是近代政治经济上的一个名词。如果要进一步知道社会主义的内容，那我们必得多看有关的书籍。要想各方面都要进步，就只有尽量的阅读。因为无论那篇文章，那册书籍，其中必定有个道理，或指陈一件事物，决不会没有一个道理或者没有什么事物而空发的。因此要练习吸收的能力，以读书为重要的方法。

现在普通学校教国文有一种通病，国文教师没有训练学生自己阅读的能力，仍旧是照着文字一篇一篇的讲：譬如桃花源记讲完了，再讲赤壁赋，出师表。学生听得很快乐；实在并没有什么意思，反儿养成学生的依赖性。如此，岂不是学生要看报纸，看杂志，也要等先生来讲吗？这是最不好的办法。应该教学生养成自己阅读的习惯，并且要养成自己阅读有了困难，能够自己解决的习惯。解决困难的方法有三个：（一）自查字典。（二）同学互相商量。（三）翻参考书。这样大概可以解决一部分困难，还有不得解决的才请问老师。要养成学生阅读的能力，我主张老师不要太帮学生的忙。

关于上面这个办法，我和若干国文教师谈过，他们都很同意。不过在今日实际情形之下是办不到的。原因是普通学校教师每月总得担任二十小时以上的功课，若每个学生有看不懂的书来问先生，时间上实在是不许可的；因为问到一个问题，当时解答不出来，还要翻查参考书，那就很费事了。贵院的教师生活环境与一般教师不同，或许可能做到。

看书的时候，先来念一遍，但不一定要出声念，所谓默读也行。读到打疙瘩的地方就是不了解的。你能把每句的一节一段都读得正确，你必然懂得了。例如孙先生遗嘱，"余致力国民革命，凡四十年，其目的在求中国之自由平等……"这就是懂得的读法。例如读作"余致……力国……民革……命凡……四十年……"这就是不懂的读法。

其次每一个词要懂得他的意义与用法。例如观察，视察，好像差不多，可是有分别的。假使一个督学到某学校去视察，而说他去"观察"，这就是不通，是违背习惯的。

语言文字是不讲道理的。大家共同承认的说法就是对的，所谓"约定俗成"便是此意。

读书须养成语感。语感不专指书而言，就是一纸便条或一张广告，看到都能敏锐的加以注意，语感自然会强起来。

现在的文字，叫做语体文。现在虽则是语体文时代，但也不能不看文言文的东西；过古的文言文姑且不谈，但如清、明、宋、唐以及汉朝司马迁的史记总得看看，又如你们诸位，隋唐翻译的佛经是必须看的，这三种文字，各有其特色。

思想就是语言。最近有一派心理学家说：思想就是心里的话。用常识来想一想，这话也是不错的。例如我今天想到玉佛寺，心里就早在想什么时候去，去了做什么事。这是心里想嘴不响的，实际上就是说话。所以思想的凭籍就是语言。我们经常思想，就是经常在心里说话。佛教禅宗参禅入定，或许就是心里不说话的意思。

教英文有所谓直接教学,教学生凭英文思想,不必先想那句英国话在中国话是什末意思。同样的道理,来看文言文心中想的简直就是文言。要写文言文,决不可先写白话,然后译成文言。如果这样,这篇文言文决定不会好的。要看佛经,也只有用佛经的文体来思想。

发表,就是把自己的思想意见用语言文字表达出来。普通的人都有思想,都有发表。例如说:"吃过饭吗?""吃过了。"这是最简单的发表。我们不能只作简单的发表,要学习繁复的发表。有人常说:我心里有许多意思很想发表,但提起笔来就没有了。我听了以后想一想,他这种思想是没有想得停当,周到,只是朦朦胧胧的,要一句一句的说,自然说不清楚了,因为他在脑子里就没有想得好。我们要发表一篇文字,先要在脑子里想好了然后拿起笔来写才会得好。有人是想一句写一句,这种文字写出来是文气不足的。宋朝苏东坡有位朋友文与可会画竹子,他画的竹子无人不加称赞,他在未画之前先将竹子想停当了,然后才提笔画。这就是所谓胸有成竹。也就是打腹稿。想好了一气呵成的文章,就是好文章。说话做文章,都要在脑子里先想好。

做文章有个"通"字。清朝有位文学家汪中,有人请他批评当今有几个人文章是"通"的,他说只有三个人。又有人问他:我通不通?他说:你不在不通之列,再读二十年书,才能称不通。这样的通太难了。就一般人而言,语言文字合乎文法就是通,合乎论理,合乎思想法则就是通。不合乎思想法则的,文字写得再好也不通。我记得在抗战期间,在四川某学校出了一个关于抗战的问题,有个学生说有这么两句话:"日本侵略中国,因为中国不行孔子之道。假使能行孔子之道,中国不必抵抗,日本自会撤退了。"这几句话看来好像是"通"的,但细细地想起来是"不通"的。说中国能行孔子之道,日本兵就会退走,这必须拿出确切的证据来,不然孔子之道,就好像是符咒了。所以这文章似乎"通"而实在是"不通"的。

值得说明的是,所藏《民国佛教期刊文献集成》电子版的影印效果虽然不错,但仍有几处漫漶不清。按图索骥,又在上海图书馆"全国报刊索引"之"民国时期期刊全文数据库"中,找到了"浅说"的另一个更为清晰的电子版。两相对照，就可以解决很多民国文献移录过程中可能都会遭遇到的个别字词无法释读的问题。移录过程中仅进行了繁体简体之间转换，删掉了第 3 段"发表"后误植的逗号与末段"才能称不通"后面不成对的书名号，其他字词标点均照录原刊，不作修改。其中第 6 段的"賸"是"剩"的异体字。第 6 段的"'你欢喜什末？''你能做什末'"与倒数第 3 段"不必先想那句英国话在中国话是什末意思"之"什末"均通作"什么"。第 8 段"反儿养成学生的依赖性"之"反儿"通作"反而"。倒数第 3 段"来看文言文心中想的简直就是文言"之"来"似应为"要"，这样既通顺，又和后文的"要写文言文""要看佛经"保持一致。

二 演讲词的内容特点与价值探析

反复阅读揣摩叶圣陶先生花了"一时二十分钟"演讲，又"费时半日"订正的这 18 段演讲词记录稿，可以总结出三个明显的特征。

一是内容精要，能够呈现清晰的理路。短短两千余言，应当是讲不了 80 分钟的。也就是说，这篇"浅说"其实不是叶圣陶此次"谈读写之要"演讲之逐字逐句记录，而是其"读写之要"的进一步整理的要点，是经过叶圣陶费心订正的浓缩的精华，是可以体现叶老核心观点的精要文字。18 个段落长者 300 余字，短者仅 10 余字，看似有些零散，似乎好些很短的段落都可以合并。何以在长期的语文教学与文学编辑实践中以谨严著称的文章大家叶圣陶先生没有进行段落的合并呢？何以失去了郁达夫所谓"一般的高中学生，要取作散文的模范，当以叶绍钧氏的作品最为适当"①的风格呢？这也许可以从叶圣陶诸如《国文教学的两个基本观念》等文字之"其实国文所包的范围很宽广，文学只是其中一个较小的范围，文学之外，同样包在国文的大范围里头的还有非文学的文章，就是普通文"观念中得到解释。也就是说，这样的演讲词是类乎"书信、宣言、报告书、说明书等等应用文以及平正地写状一件东西载录一件事情的记叙文，条畅地阐明一个原理发挥一个意见的论说文"

---

① 郁达夫：《导言》，《中国新文学大系·散文二集》，上海良友图书印刷公司 1935 年版，第 18 页。

的"非文学文章"。① 王本朝先生曾指出白话文"文学与文章观念多有重合,文学对文章有着相当的审美诱导,文章对文学也有形式的规范要求"。② 这是基于文学与文章观念之主流的洞见,但有"诱导"就有抵制"诱导",有"规范"就有拒绝"规范"。"浅说"既有几乎平实到极致的文字,看不到一处常见的比喻、拟人等修辞,又有过于零散的段落和结构,似乎显示了对文学和文章的双重抵制与拒绝。当然,这种抵制和拒绝不一定是有意为之,而可能是"文无定法"之表现,是尊重学僧楞竞的记录文字使然,同时也和内容的精要相关。精要到全是所谓"干货"的内容,既抵制了修辞的诱惑,又拒绝了段落的规范,只剩下平实的零散的纲要式的一篇"浅说"。这些内容之精要,可以从行文多用判断句中体现出来,不长的一则文字,竟然出现"是"60 处,其中多数就是在表判断,其中"就是"有 24 处,更是几乎都在表示判断,直接表明演讲者的观点。随手就可以举出一批例子,诸如"国文,就是一个国家的文字""写到纸上就是文字""吸收,就是阅读""发表,就是把自己的意思用文字发表出来""所以思想的凭籍就是语言""这就是所谓胸有成竹""想好了一气呵成的文章,就是好文章""合乎伦理,合乎思想法则就是通",就直接对"国文""文字""吸收""发表""语言""胸有成竹""好文章""通"等此次演讲的关键词或重要表达作出了简要而清晰的判断,让读者一目了然。

与此同时,演讲词的 18 个段落背后呈现出的理路非常清晰,串联起诸多丰富而精要的内容。如果说第 1 段是在谦虚与坦诚之中快速切入正题,将演讲引向自己熟悉的"国文学习"领域;那么第 2 段就是对"国文""文字"等基本概念进行必要的界定;随后短得不能再短的第 3 段明确提出研究国文的两个目标,并在第 4 段和第 5 段对这两个目标分别予以说明;之后的第 6 段到第 9 段都是讲为了这两个目标要反对"机械式学习",包括过于强调文法形式而忽视了词语内容,过于重视老师的讲解而忽略了学生阅读能力的培养,并提出了解决阅读困难的方法,直面实施的困境;此后的第 10 段到第 16 段

---

① 叶圣陶:《国文教学的两个基本观念》,《叶圣陶集》第 13 卷,江苏教育出版社 2004 年版,第 46 页。
② 王本朝:《白话文运动中的文章观念》,《中国社会科学》2013 年第 7 期。

主要讲阅读，讲如何先"念"，讲如何"懂得词的意义和用法"，讲"语感"，讲看文言文的必要与方法，并在第 16 段末提出文言文写作问题；最后的第 17 段和第 18 段则进一步集中谈发表，强调"先要在脑子里想好了然后拿起笔来写才会得好"，强调做文章要"通"。不但由引入而界定，而论述的步骤相当清楚，而且在具体论述时还有破有立，有一般也有特殊，有总论也有分论，做到了逻辑严密，言简意赅。由此可以看出叶圣陶演讲中过人的内容组织能力与逻辑思维能力。

二是信手拈来，长于举出精当的例子。举例子是最常用也是最重要的论证方法之一，所谓"事实胜于雄辩"，确凿得当的例子能在很大程度上增强论证的说服力。而在演讲过程中，举例子更是因为既可以丰富内容、强化表达，又可以吸引受众，活跃气氛而备受演讲者青睐。民国时期的演讲大师如蔡元培、鲁迅、胡适、郭沫若、老舍、冰心等，都是举例子的高手，留下不少佳话。叶圣陶也深谙此道。就"浅说"这篇集外演讲词而论就举出了不少看似信手拈来而又非常精当合适的好例子。大致可以分为两类：一类是明确以"例如"引出的例子，另一类是不用"例如"而直接植入的例子。

先说前者。"浅说"先后出现 8 处"例如"，1 处"譬如"，1 处"但如"，1 处"又如"。演讲者叶圣陶利用"例如"及其类似表达，引出文言中的"子何好""客何能""不之信"以论证文言和口语的形式差别；引出名词"社会主义"以证明理解词语的内容不能只查《辞源》《辞海》，还得多看有关书籍；引出孙中山的遗嘱以证实每句的一节一段都读得正确，就必然懂得了，而读不正确，就是不懂；引出"观察""视察"以印证每一个词都有使用习惯与意义用法差别；引出"吃过饭吗？""吃过了。"以验证普通人都有思想，都有最简单发表……而且这些例子都很有特点，显得非常精当。如果说在众多文言特殊句式里面选择以"子何好""客何能""不之信"为例体现了例子的代表性，那么在各色内涵复杂的新名词中选定"社会主义"为例则体现了例子的特殊性或曰新颖性，可能有叶圣陶的个人倾向与临场选择。如果说以当时民众妇孺皆知耳熟能详的孙中山遗嘱为例是因为其典型性，那么以生活中经常遇到的"观察""视察"和不断重复的"吃过饭吗？""吃过了。"则应当是看中其日常性或曰通俗性，易于理解、接受和引起共鸣。而代表性、新颖性、典型性与通俗性正是成功的演讲举例的共同特征与应有要求，从中可以看出叶圣陶举重若轻的大家风度。

再说后者。"浅说"末两段就不动声色地引入了几个重要的例子。比如以宋朝画家文与可画竹的"胸有成竹"来论证"想好了一气呵成的文章，就是好文章"；以清朝文学家汪中论"通"的"再读二十年书，才能称不通"来证明"这样的通太难了"，以引出一般人的"通"之标准；以抗战时期四川某学校学生关于抗战问题的回答看来好像是"通"的，细想起来却"不通"为例证实做文章有似"通"而实在"不通"的现象等。例一是关于腹稿的经典例子，典型性毋庸置疑；例二是关于"通"的相当另类的表达，极具新颖性；例三是来自身边的刚过去不久的实例，既新鲜又好懂。而且这些例子和所谈的话题又都结合得非常紧密，有力地支撑着叶圣陶想要表达的做文章"要在脑子里先想好"，要"有个'通'字"的观点，体现着作者高超的论证技巧。

三是收放自如，善于把捉听众的注意。一个出色的演讲者往往具有出色的吸引听众注意的能力，一次成功的演讲是听众的注意力时时被演讲者左右的演讲。仅从这篇"浅说"，就可以感受到叶圣陶是一个出色的演讲者，对着玉佛寺青年僧人完成了一次相当成功的演讲。

开场的一句"我对于佛学并没有研究，不过也喜欢看看少数的佛学书"就值得分析。这句话一方面是开门见山地直接切入学僧们关心的"佛学"研究，话题收得很紧；另一方面又是开诚布公地谈自身的知识储备情况，关系拉得很近，同时还给听众留下了一个悬念，既然如此，你会讲点什么呢？可谓一箭三雕，一开口就抓住了听众的注意力。在以"贵院里的教师希望我讲讲关于国文学习的方法"这一充分的理由将话题引向自己熟悉的领域之后，正告是"拿来和诸位谈谈"，把听众拉入这段演讲旅程。在放手讲了不少国文学习相关内容后，一句"贵院的教师生活环境与一般教师不同，或许可能做到"将思绪收回到演讲现场，既突出玉佛寺佛学院的特殊性，又在肯定之中寄予"可能做到"的厚望，给听众以刺激和动力，以保持住吸引。在放开谈到"不能不看文言文"后，又收回来直接面对"你们诸位"，告诫说"隋唐翻译的佛经是必须看的";在继续讲到"经常思想,就是经常在心里说话"之后,又对听众熟悉的行为给予有针对性的阐释,"佛教禅宗参禅入定,或许就是心里不说话的意思";在展开论及"要看文言文心中想的简直就是文言"之余,又是"要看佛经,也只有用佛经的文体来思想",再度收回到听众的实际生活和可能的兴趣点。乃至倒数第二句也是出人意料地将"孔子之道"与"符咒"联系在一起,而"符咒"正是僧人们相当熟悉的对象,易于引起他们的注意和思考。这样看来,叶圣陶此次演讲自始至终都有着鲜明的针对性,都在试图插入听众熟悉的可能感兴趣的内容,埋伏"卖点"以吸引他们,给他们以精神食粮和学习指导。

叶圣陶收放自如的内容控制与炉火纯青的技巧发挥甚至可以说已经不仅仅是吸引,而且把捉住了僧人们的注意力。所以整场演讲才会有很好的效果,这在前述叶圣陶当日日记所谓"观诸僧之神色,似乎欣受"中可以得到印证。

从整体上讲,这篇叶圣陶的演讲记录具有不可替代的不容忽视的史料价值与文学价值。史料价值方面,它的重新发现是对《叶圣陶日记》《叶圣陶年谱》等研究资料关于1948年1月叶圣陶在玉佛寺佛学院对青年僧人发表演讲之信息空白的重要补充,从中我们可以知悉此次演讲的具体内容。《叶圣陶年谱长编》在下一步增订的时候,应该参照这篇集外演讲词著录演讲的题目、演讲的内容,以及发表的刊物、出版的日期等重要内容。而《叶圣陶日记》再版时也可以就此加上必要的注释。以后出版《叶圣陶全集》的时候,也理应收入这篇集外演讲词。虽然郭沫若、老舍、林语堂等新文学作家都留下了不少在寺院里面为僧侣讲学的演讲词,但在叶圣陶,应当是目前发现的唯一的一篇。为叶圣陶的社会生活研究、宗教观念研究,乃至整个民国时期文学界与佛学界的互动研究等话题提供了新史料。

文学价值方面,将这篇集外演讲词与收入《叶圣陶集》的相关文字进行对照阅读,就能进一步显示叶圣陶国文教育观点的稳定性——不管是对大中学生,还是对青年僧人,都一以贯之,有不容忽视的补充之力。具体而言,它的确是"把我对中学大学同学们说过的话"拿来和众学僧交流,与叶圣陶的不少演讲和文章存在着不少相似内容的勾连。其核心观点"研究国文的目标:一吸收,二发表",其实就是叶圣陶《国文试题与科举精神》《国文科之目的》等文章反复提及的国文科之目的是"整个的对于本国文字的阅读和写作的教养"①观点的别样阐述。不管是谈"目的",还是说"目标",都是对国文教育终极指向的相似表达。演讲中谈到的"吸收,就是阅读","发表,就是把自己的意思用文字发表出来","写到纸上就是文字"等观点背后,还是指向并强调"阅读和写作"这两个基本方面。

同时,更为重要的是,演讲词还凸显着此次演讲内容的特殊性——面对着一众有心向学的青年僧人讲语文学习,增添了这么多信手拈来的经典性例证,加入了这么多收放自如的针对性表达,仅见于此次演讲,不见于《叶圣陶集》其他文字,由此可以看出叶圣陶在现场的创新与发挥,为其语文教育思想,特别是文学阅读和文学写作思想的研究提供了新鲜的文本内容,有值得重视的补遗价值。正如《学僧天地》第四期封底的《编辑后记》所云:"叶圣陶先生为近代有名之文学家,其《语文学习浅说》一文,尤为僧青年所应知道的常识,万不可初略读过。"文学家叶圣陶这篇集外演讲词的确"万不可初略读过"。

三 演讲词的刊发背景与《学僧天地》

叶圣陶为什么要到玉佛寺去为青年僧人讲语文学习呢?记录者楞竟的相关情况何如?发表这篇叶圣陶演讲词的《学僧天地》是一本什么期刊?这些都是了解演讲词内容和特点之后值得进一步追问的问题。以下就笔者收集到的材料,尝试进行回答。

(一)叶圣陶去玉佛寺演讲的原因。这得从当日叶圣陶为什么要去玉佛寺说起。好在当天叶圣陶日记有比较清楚的记载,那就是为父亲的百岁冥诞做佛事。据《叶圣陶年谱长编》所引叶圣陶1961年1月30日日记(未收入《叶圣陶集》)之"我妹云,今日为阴历十二月十四日,系先父之生忌。余已忘之,经渠提起乃记忆",②可知叶圣陶的父亲叶钟济(字伯仁)是阴历十二月十四日出生,年份是1848年(道光二十八年,戊申)。查万年历,1948年

---

① 叶圣陶:《国文试题与科举精神》,《叶圣陶集》第12卷,江苏教育出版社2004年版,第16页;叶圣陶:《国文科之目的》,《叶圣陶集》第13卷,江苏教育出版社2004年版,第31页。
② 商金林撰著:《叶圣陶年谱长编》第1卷,人民教育出版社2004年版,第4页。

1月24日正是阴历十二月十四日。其时距1919年5月27日"父伯仁逝。虚岁七十一"① 已经近30年了。叶圣陶1948年1月24日日记云:"晨与墨至玉佛寺,我父百岁冥诞,在寺作佛事。天气严寒,诸孙不便外出,因而满子亦不能往。三官校中考试,亦未往。小墨到店作事,将午始到。余等到寺,诸僧相识者来闲谈。午刻,红蕉、我妹携三甥女来,龙文亦来,共进素斋。"② 从中可以知悉叶圣陶是不顾严寒天气在父亲百岁冥诞当天携妻带妹到玉佛寺作佛事,显示着其"孝道"观念与赤子情怀。这种"孝道"观念,当然和早年叶钟济的以身垂范分不开的,其"祭如在"的肃穆恭敬,在收入叶圣陶《未厌居习作》的散文《过节》中有生动的描写。至于准许"诸孙""满子""三官"等缺席,也是《过节》之"几个孩子有时跟着我拜,有时说不高兴拜,也就让他们去"③ 的宽厚之风的延续,显示了叶圣陶的开明和与时俱进,体现了叶圣陶集传统与现代于一身的复杂面相。

叶圣陶为什么选择在玉佛寺作佛事且愿意为青年僧人演讲呢?这应当和叶圣陶与玉佛寺的渊源及玉佛寺的声誉影响有关。叶圣陶日记中有多处关于玉佛寺的记载,所见最早的一处是1946年4月30日,"早晨,偕彬然至槟榔路玉佛寺,参加王若飞、秦邦宪、叶挺、邓发、黄齐生诸先生之追悼会"。④ 半月后,5月14日日记又记录有"窦存我老居士来,言已接洽玉佛寺,于下月二日为丐翁开追悼会"。⑤ 再半月后,6月2日日记则不仅记录到玉佛寺参加夏丏尊追悼会情形较详,而且还专门记下了"今日识和尚四人。一曰苇一,玉佛寺代理主持。一曰大泽,一曰觉某,皆寺僧。一曰大愿,系杭州一师学生,丐翁曾教过,今寓寺中。苇一情殷,邀进茗点。食后,开弘一大师纪念会之临时会,邀余及调孚、予如等参加。外有居士数人。余等被推为常务理事"⑥ 的情况。这则日记,不仅记下了与玉佛寺包括代理主持在内的几位僧人

---

① 商金林撰著:《叶圣陶年谱长编》第1卷,人民教育出版社2004年版,第219页。此处的"虚岁七十一"与前述叶圣陶1961年1月30日日记所记"享年七十二岁"不合,叶钟济先生出生半月就过第一个春节,虚岁应为七十二岁。
② 叶圣陶:《沪上三年》,《叶圣陶集》第21卷,江苏教育出版社2004年版,第253页。
③ 叶圣陶:《过节》,《叶圣陶集》第5卷,江苏教育出版社2004年版,第406页。
④ 叶圣陶:《沪上三年》,《叶圣陶集》第21卷,江苏教育出版社2004年版,第69页。
⑤ 同上书,第76页。
⑥ 同上书,第82页。

的相识，可以印证1948年1月24日日记"诸僧相识者来闲谈"之大略，还记下了出任弘一大师纪念会常务理事职务的经历。其后叶圣陶在1946年9月1日、9月13日、11月12日，1947年11月9日多次前往玉佛寺，都和弘一大师纪念相关。从王若飞等名流的追悼会、夏丏尊追悼会、弘一大师纪念这些重要活动都在玉佛寺进行，可见当时该寺的兴旺和美誉。从相识、进茗、任职到后面的留饭、吃面等交往细节，可知叶圣陶和玉佛寺僧侣于公于私都有了较多的联系与交情。在这样的背景下，叶圣陶选择在玉佛寺为父亲百岁冥诞作佛事，并顺便应邀为该寺青年僧人发表演讲，就是顺理成章之事。当然，叶圣陶之所以决定为父亲百岁冥诞作佛事，很可能也和这些僧侣的交往以及受到的影响不无关系。

（二）关于演讲词的记录者楞竟。从费心记录叶圣陶演讲并专门寄给演讲者审定看，记录者楞竟应当具有较高的文学知识修养和浓厚的文学写作兴趣。笔者曾试图了解其本名、籍贯、生卒年等基本情况，但多方努力均一无所获。仅在民国佛教期刊中发现其另外一些著述，如1947年6月23日出版的《觉群周报》第49—50两期合刊上的散文《纪寒山寺》，以及《海潮音》1948年第29卷上的几篇文稿：《中国佛教会社会服务团成立大会速写》（第1期）、《栖霞宗仰中学形将实现》（第2期）、《写在太虚大师上生周年追念会后》（第4期）、《法舫法师在上海和杭州：两地佛教界欢迎会杂写》（第8期）等。其中有的观点，和叶圣陶日记所记之"楞竟、淦泉二僧来谈，僧人以诵经为职业，以时势观之，殆不可久。故拟办学校，为社会服务。有拟令僧人有一技之长，可自食其力"[①]高度一致。从这些文字所记的"适遇寒山寺的住持培元和尚，蒙其热忱相邀""笔者两度教学栖霞，与现住持为莫逆之交""在（太虚）大师生前……我发出去的通知……我当时很奇怪问大师说……大师哼了一声带笑的，很随便地答道……""（法舫）法师乘西湖号特快车抵杭州……记者为了不肯放过这个难得的机会，亦随之前往"等交游与工作内容看，地位绝非普通学僧可以比拟。特别是从《中国佛教会社会服务团成立大会速写》篇末"摘录宣言中几句话，作为我对于佛教社会服务团的颂词以结束本文罢"之"不考虑自己的利害而为社

---

① 叶圣陶：《沪上三年》，《叶圣陶集》第21卷，江苏教育出版社2004年版，第253页。

会工作！团结一心，转动正法的巨轮，辗平社会的障碍物，创造佛教的新生命！"中，更可以看出其思想倾向与个性风采。《佛教文化》曾刊出署名"吴平"的《民国年间上海地区的佛教报刊杂志》，所介绍的最末一种报刊是《心声月刊》，称"上海佛学院讲师愣竞法师擅长文艺，思想新颖，为提高学僧写作兴趣，特创办《心声月刊》。起初因经济困难，曾出过3期油印刊物。后经愣竞法师想方设法，博得社会各界的赞助，于1948年6月1日改为铅印出版。该刊虽是小型刊物，但内容理论，均甚充实。何时停刊不详"。① 这里的"愣竞"应当就是演讲词的记录者及前述多篇文章的作者"楞竟"。其提到的"擅长文艺，思想新颖，为提高学僧写作兴趣，特创办《心声月刊》"的情况不知所本何处，只能录以待考。但其介绍的上海佛学院《心声月刊》先油印及"1948年6月1日改为铅印"的情况又和《学僧天地》第5期所刊"佛教简讯"之"玉佛寺上海佛学院仝学会创办心声月刊"报道的"上海佛学院仝会前曾出版（油印本）心声月刊四期，内容丰富，颇受各方欢迎，近为革新内容，改用铅印十六开本一张四面，创刊号已于六月一日出版"在机构、刊名、铅印版创刊时间等方面多有吻合之处。只是"佛教简讯"报道的油印本有四期。《心声月刊》笔者尚无缘寓目，如果确系"楞竟"创办，当是其重要的行实和贡献。《心声月刊》会不会也刊有叶圣陶这篇演讲词呢？会不会还有其他相关记载呢？期待翻阅过或私藏有《心声月刊》的方家教我。至于叶圣陶这篇演讲词何以在《学僧天地》刊出，则应当和玉佛寺与创办《学僧天地》的静安寺同为沪上名刹，共同发起参与了不少活动，联系较为密切有关。在楞竟的文字中，就经常记录玉佛寺与静安寺都在场的相关活动，应当与静安寺的学僧甚至《学僧天地》的编辑者比较熟悉，有投稿的渠道和可能。当然，从《学僧天地》刊发有多篇演讲词看，也不排除是刊物主动约稿的结果。

（三）关于发表刊物《学僧天地》。伍杰主编的《中文期刊大词典》（北京大学出版社2000年3月版）虽然"实收期刊33036种"，但失收《学僧天地》。《1833—1949全国中文期刊联合目录》虽收录有《学僧天地》，注明

---

① 吴平：《民国年间上海地区的佛教报刊杂志》，《佛教文化》2000年第5期。

"月刊","上海静安佛教学院 学僧天地社",① 但似乎是因为南京图书馆藏有第 1 期,安徽省图书馆藏有第 2 期而著录总藏为第 1 卷第 1—2 期,这就不准确了。其他研究资料如《上海近代佛教简史》(华东师范大学出版社 1988 年 4 月版),《中华民国史大辞典》(江苏古籍出版社 2001 年 8 月版),《季羡林年谱长编》(长春出版社 2010 年 1 月版)以及前面提及的《民国年间上海地区的佛教报刊杂志》等虽然难能可贵地介绍了《学僧天地》,但存在一些共性的问题:语焉不详,内容雷同,未明出处。其中《上海近代佛教简史》不仅出版最早,而且其著录的"《学僧天地》,是静安寺佛教学院学僧创办的一个佛学刊物,1948 年 1 月 1 日创刊。白圣为《学僧天地》社社长,持松为名誉社长,林子青等为编辑顾问。该刊在《发刊词》中说:'这个刊物,是我们一些学僧共同创办的,我们认识的天地并不很大,所以就名副其实地叫做《学僧天地》。'又说:'所有关于佛教的教义、哲学、伦理、文艺、美术、医疗、天文、地理、语文、文字、音乐、传记、修行、思索等部门,都是我们研究的对象。'这是一个月刊,共出了六期,就停刊了"② 就是后面几种著述的核心内容。

值得补充的至少有以下几个方面。一是《发刊词》。《上海近代佛教简史》所引的两段《发刊词》其实并不准确。第一段原刊为"这个刊物是我们一些学僧共同创办的。我们认识的天地并不很大,所以就名副其实地叫做《学僧天地》"。也就是说,"这个刊物"后面没有断句,"共同创办的"后面是句号。第二段原文为"所有关于佛教的教义、哲学、伦理、论理、文艺、美术、工艺、医疗、法典、天文、地理、语文、文字、音乐、传记、修行、思索等部门,都是我们研究的对象"。可见《上海近代佛教简史》漏掉了"论理""工艺""法典"三个部门。有意思的是,后面几种著述在引述《发刊词》内容时,虽然有的两段都引,有的只引一段,但所引文字不仅起止位置完全相同,而且标点的差别与遗漏的部门也是一模一样。其间很可能存在因循之误。这篇《发刊词》计 700 余字,署名白圣,还有不少非常重要的内容。比如"不过现代是个重新估定一切价值的时代,我们应

---

① 全国图书联合目录编辑组:《1833—1949 全国中文期刊联合目录》,书目文献出版社 1981 年版,第 702 页。
② 游有维:《上海近代佛教简史》,华东师范大学出版社 1988 年版,第 163 页。

该抱着堕甑不顾的决心来揭出佛教的真精神""不过我们有一个共同的信念：佛教是理智的宗教，是促成人类和平向上的宗教""我们的目的是：使佛徒确认一般社会的现实，同时使一般社会认识佛教的精神"①等，都是关于该刊的时代定位、共同信念与办刊目的之重要文字，颇见办刊者的期许、抱负和风采。

二是刊物组织与成员。前述研究资料介绍"白圣为《学僧天地》社社长，持松为名誉社长，林子青等为编辑顾问"固然无误，但没有说明其出处是容易受人诟病的，仅介绍三人的职务是不够充分的。创刊号上的《本刊职员名录》应当是关于该刊组织与成员情况的权威材料，罗列相关人员的姓名、别号、年龄、籍贯、经历、通信甚清楚。其中名誉社长持松的地位应该要高于社长白圣，持松是静安佛教学院院长，别号密林，56岁，湖北人。白圣是静安佛教学院副院长，别号免哉，45岁，湖北人。林子青在编辑顾问中排第二位，38岁，福建人。林子青前面的编辑顾问是本光，41岁，四川人，曾任金陵大学教授；后面还有秀奇、圆明等编辑顾问8人。之后列有总务组干事4人，编辑组干事8人，发行组干事6人，文书组干事4人，会计组干事2人，交际组干事4人，福利组干事4人，宣传组干事6人，研究组干事10人。② 这份翔实的60人名录及其细致的分工，显示了刊物职员队伍阵容齐整、组织严密。这样的队伍是刊物的水准、发行与影响的基本保证，值得重视。正是因为持松在该刊的重要地位，所以诸期《学僧天地》封面上的刊名都由持松题写。

三是诸期刊物的出版时间。创刊号1948年1月1日出版是正确的。第一卷第二期和第三期分别于1948年2月1日和3月1日出版，刊期固定。第四期封面虽仍标注"四月号"，版权页仍印有"中华民国三十七年四月一日出版"，但从封底的《编辑后记》之"直至二十五日才付印，所以不能如期和诸位见面了，这是要请读者诸君特别原谅的"看，此期刊物事实上没能按时出版。第五期封面亦然，如果仅从封面标注的"五月号"与版权页印刷的"中华民国三十七年五月一日出版"看，似乎是如期出版的，但封底的《编辑

---

① 白圣：《发刊词》，《学僧天地》1948年创刊号，1月1日出版。
② 《本刊职员名录》，《学僧天地》1948年创刊号，1月1日出版。

后记》第一句话就是"本期由于种种关系,虽不能如期出版",可见又脱期了。从所刊署名"演培"的《空有二宗的有无自性观》文末落款之"三十七年六月一日写于上海佛学院"看,实际出版时间已经在 6 月 1 日之后了。第六期封面则既标明"中华民国三十七年十一月一日",又在下一行印有"休刊号"字样。其版权页上的出版日期和封面保持一致,印刷者由"上海印刷厂"变成了"东方印刷文具公司",但地点仍在"上海南京西路一九二六号"。但从该期"佛教简讯"末三条消息之"十一月十八日报载""十一月十五日圆寂""十一月十五日由广州市政府协助"看,是不可能在 11 月 1 日出版的。其真正出版时间应该在 11 月底甚至是 12 月初。关于脱期及休刊原因,编者也有交代:"第六期早应付印,因本苑于七月间举行第一届毕业,事务调整,以致搁置多月;今为酬读者盛意,特将第六期付印,以后拟暂休刊,一俟时局安定,再图出版。幸读者谅之。"① 遗憾的是,之后未见《学僧天地》复刊出版,"休刊号"竟成了终刊号。

　　总而言之,1948 年四月号《学僧天地》刊发的《语文教育浅说》是叶圣陶先生的一篇珍贵的集外演讲词,虽然是借在玉佛寺为父亲百岁冥诞作佛事之机顺便为该寺青年僧人发表的演讲,但内容精要、理路清晰,长于举出精当的例子、善于把捉听众的注意,具有重要的史料价值与文学价值。演讲记录者楞竟这样的学僧虽非等闲之辈,但还是已经湮没无闻,基本信息都难以考证,令人不胜唏嘘。《学僧天地》这样的民国期刊虽很有特点与影响,却少有人关注,不多的研究资料还时见疏误与因循,研究者不可不察。《学僧天地》这样的佛教期刊中也安睡着现代作家集外佚文,可见现代作家佚文发掘不能仅局限于文学期刊,而要逐步将眼光转向丰富多彩的非文学期刊。

　　当然,本节对《语文教育浅说》的特点与价值的初步分析还相当粗略,对记录者楞竟的著述与《学僧天地》相关情况的补充也远不完善,还有很大的阐释空间和信息空白等待识者去发现,去填充。

(原载《新文学史料》2017 年第 2 期)

---

① 《编辑后记》,《学僧天地》1948 年第 1 卷第 6 期休刊号,封面标注 11 月 1 日出版,不确。

《学僧天地》第 4 期封面图，版权页标注 1948 年 4 月 1 日出版

第四章　非文学期刊的鲁迅纪念佚文考

前三章的作家佚文发掘与研究，其实都是以期刊为线索展开的。其优势在于佚文与期刊的关系密切，可以在全面而系统地梳理期刊的基础上发现佚文并进行辑校研究，有多少佚文就可以说多少话；其问题在于佚文之间可能没什么逻辑的联系，呈现出一种松散的甚至是芜杂的状态，从而导致讨论之结论也是自说自话，不容易形成关联与合力，在深度上难以令人满意。有鉴于此，本章试图升级作家佚文发掘整理方式，在发现占有更多作家佚文的基础上，以某一话题或问题为线索，将多篇相关佚作放在同一章进行讨论，以期将问题的思考引向深入。这里尝试的话题就是"鲁迅纪念"。"鲁迅纪念研究"或曰"纪念鲁迅"的重要性，已是研究者共识。无论是商金林教授强调"'鲁迅纪念研究'是鲁迅研究史上一个宏大的学术命题，富有重要的学术价值"，[①] 或是王本朝教授指出"纪念鲁迅"已经"成为现代中国的文化事件"，[②] 都殊途同归。鲁迅纪念研究重要成果的取得，离不开扎实的或地域性，或阶段性，或专题性的文献基础，如熊飞宇之于《文艺阵地》、王学振之于《新华日报》、李光荣之于《云南日报》和昆明、王贺之于西北地区、梅琳之于《新华日报》与《中央日报》[③] 等。但鲁迅纪念的时

[①] 商金林：《序一》，程振兴《鲁迅纪念研究（1936—1949）》，中国社会科学出版社2011年版，第2页。

[②] 王本朝、刘志华：《鲁迅纪念中的胡风声音》，《南京师范大学文学院学报》2010年第3期。

[③] 熊飞宇：《抗战时期〈文艺阵地〉对鲁迅的纪念片论》，《重庆城市管理职业学院学报》2011年第1期；王学振：《〈新华日报〉的鲁迅纪念》，《鲁迅研究月刊》2011年第10期；李光荣：《建国前〈云南日报〉的鲁迅忌日纪念》，《鲁迅研究月刊》2015年第10期；李光荣：《抗战期间昆明的鲁迅纪念》，《鲁迅研究月刊》2016年第6期；王贺：《西北地区鲁迅纪念文献编年（1936—1949）》，《鲁迅研究月刊》2016年第7期；梅琳：《旗帜与训诫：1938－40年〈新华日报〉〈中央日报〉纪念鲁迅活动考察》，《文艺理论与批评》2017年第6期。

间跨度大,地域分布广,难免有一些重要的鲁迅纪念文献散落在报山刊海之中,等待发现、整理和研究。这里第一节讨论夏衍纪念鲁迅的佚作《鲁迅先生的豫言》,第二节论述董每戡纪念鲁迅的《鲁迅先生死了吗?》,第三节略述《新新新闻旬刊》的《鲁迅先生逝世三周年纪念特辑》。

第一节　新见夏衍的《鲁迅先生的豫言》

关于夏衍,本书第三章引述过陈坚在《〈夏衍全集〉序》中的定位:"中国革命文化运动卓越的活动家、组织者和领导者,享有盛誉的戏剧作家、报刊评论家、报告文学家、杂文作家和外国文学翻译家,人民电影事业的奠基人和拓荒者。"[1] 这一论断是相当全面的,也是颇为中肯的。然而,与夏衍的丰硕成果和巨大影响比较起来,夏衍研究却是明显滞后的、偏弱的。故本节先从夏衍研究谈起。

一　与夏衍地位不相称的夏衍研究

夏衍研究与夏衍地位的不相称可以从三个方面得到体现。第一,从基本文献整理看。"皇皇九百余万字,十六大册"的《夏衍全集》虽然是筚路蓝缕,完成了"夏衍研究领域的一件大事",的确"在各方面已经做出了重要的贡献",但其仍然存在诸多并不能令人满意的问题与缺失。陈奇佳教授的《〈夏衍全集〉编撰商兑》已经有过翔实且深入的分析,指出的"就编辑体例而言,《夏衍全集》未按照全集编辑的通例来编辑夏衍作品,引发了一些不必要的问题,不但查询不便,还导致夏衍若干名作漏收""作为'全集',对被删除的信息就应当有必要的说明或存目,或在被删除的文字的位置上出现提示信息等""全集的编辑工作还有一些粗疏之处,如版本核校不够细致、作品年代考订偶有不周、注释偶有错误、重复收文"[2] 等问题都比较突出。有的

---

[1] 《夏衍全集》编委会(陈坚执笔):《〈夏衍全集〉序》,《夏衍全集》(戏剧剧本 上),浙江文艺出版社 2005 年版,第 1 页。
[2] 陈奇佳:《〈夏衍全集〉编撰商兑》,《现代中文学刊》2015 年第 5 期。

注释错误还比较隐蔽，不容易发现，或者说很容易忽略。比如《夏衍全集》（文学 下）所收的《论肚子问题》，注释称"收入《野草新集》1948 年《论肚子》，香港智育书局1948年出版"。① 一个偶然的机会，笔者翻阅到这本署名"夏衍等著"的《论肚子》，发现此书系1948年11月智源书局出版，地址在"香港德辅道中六十七号"。也就是说，书局的名称应该是"智源书局"，而不是"智育书局"。值得补充的至少还有两个明显的问题，一是所附的注明"2005年8月"修订的《夏衍年表》过于简略，仅有短短30余页，这显然不足以反映夏衍漫长的创作历程与丰富的著述成果；二是缺少必要的篇目索引、人名索引等内容，从理想的全集角度讲，没有这些方便读者和研究者检索使用的索引的全集都是不完整的。至于"全集不全"问题，是包括《夏衍全集》在内的众多现代作家全集的共性问题，只能在夏衍资料发掘和研究的不断深入中逐步弥补，在修订时不断完善。

第二，从年表、年谱、传记等重要资料编写看。不仅夏衍孙女沈芸整理的《夏衍年表》比较简略，而且所见另外几种夏衍年表类成果如黄会林、绍武的最后收入文集的《夏衍年表》② 也说不上完备，陆荣椿的《夏衍生平活动系年》《夏衍主要译作、著作、文章目录汇编》③ 仍有不少遗漏。更为不可思议的是，笔者目力所及，迄今竟然没有一部《夏衍年谱》出版，这无疑是夏衍资料建设方面的一个重要缺失，以出人意料的方式反映出夏衍研究令人遗憾的现状。没有年谱的现代作家当然还有不少，但具有夏衍这样的地位和影响的作家而没有年谱，似不多见。传记方面，自1985年黄会林、绍武的"中国第一部"《夏衍传》④ 出版以来，只有陈坚先后与陈抗（陈奇佳）、张艳梅合作的数种《夏衍传》，⑤ 以及陆荣椿的《夏衍评传》，屈指可数，而且撰

---

① 夏衍：《论肚子问题》，《夏衍全集》（文学 下），浙江文艺出版社2005年版，第314页。
② 黄会林、绍武：《黄会林 绍武文集》（夏衍卷），北京师范大学出版社2008年版。
③ 陆荣椿：《夏衍评传》，山东教育出版社1997年版。
④ 黄会林、绍武：《夏衍传》，中国戏剧出版社1985年版；《黄会林 绍武文集》（夏衍卷），北京师范大学出版社2008年版。其出版说明称"收录由中国戏剧出版社于1985年发行初版、1988年再版、现已绝版的中国第一部《夏衍传》"。事实上，此前浙江文艺出版社1984年已经出版了陈坚的《夏衍的生活和文学道路》，只是没有命名为"夏衍传"而已。
⑤ 陈坚、陈抗：《夏衍传》，北京十月文艺出版社1998年版；陈坚、陈抗：《夏衍》，中国华侨出版社1999年版；陈坚、张艳梅：《世纪行吟——夏衍传》，浙江人民出版社2005年版；陈坚、陈奇佳：《夏衍传》，中国戏剧出版社2015年版。陈抗原名陈奇佳。

写者相对集中，缺乏明显的突破与创新，和其他一些作家被各地研究者争先恐后地出版林林总总的"新传""画传""图传""全传"比较起来，未免颇为寂寞。2015年6月的新版《夏衍传》虽然"对旧作作了较大改动，删削了十余万字，又另增写了三十余万字"，① 但主要是改动中华人民共和国成立之后的部分。民国时期，特别是抗战时期虽有一些修正，但仍有较大的增补空间。

第三，从夏衍与鲁迅的关系研究及夏衍撰写的纪念鲁迅作品发掘看。鲁迅研究长期以来都是现代文学研究的热点之一，鲁迅与同时代人研究又是鲁迅研究的重要生长点之一。鲁迅与同时代人研究在鲁迅生前已经开始，经过80多年的积累，到今天已经异常丰富。仅2013年以来，值得一提的就有研究鲁迅与顾颉刚、鲁迅与盛宣怀、鲁迅与章太炎、鲁迅与吴曙天、鲁迅与钱玄同、鲁迅与蔡元培、鲁迅与沈从文、鲁迅与司徒乔、鲁迅与胡适、鲁迅与毛泽东、鲁迅与盐谷温、鲁迅与陶成章、鲁迅与韦素园、鲁迅与废名、鲁迅与郁达夫、鲁迅与台静农、鲁迅与周作人、鲁迅与萧红、鲁迅与刘呐鸥、鲁迅与胡秋原、鲁迅与爱罗先珂、鲁迅与郭沫若、鲁迅与胡兰成的诸多成果。与夏衍比较起来，所列人物的地位和影响有的超过夏衍，有的和夏衍相当，还有的则明显不及夏衍。如果说"鲁迅与夏衍"研究在鲁迅研究中理应占有重要的一席之地，那么"夏衍与鲁迅"在夏衍研究中的地位无疑更加突出。也就是说，无论是研究鲁迅与同时代人物的鲁迅研究专家，还是讨论夏衍与同时代人物的夏衍研究学者，都应该理所当然地关注"鲁迅与夏衍"话题。两相叠加，其重要程度和热度自然就应当更高了。笔者也曾这样想当然地以为鲁迅与夏衍的研究成果应该很多，相关的史实梳理应该很清楚，有关的直接材料发掘也应该几近告罄。但是，经过一段时间的潜心考察，发现实际情况并非如此。这就从一个特殊的角度佐证了夏衍研究的滞后与羸弱。事实上，夏衍研究的总体情况就是如此，不仅鲜有专门研究夏衍的学术专著，就是研究论文的规模也是相对偏小的。截至2015年12月31日，"中国知网"所收录的文献中篇名包含"夏衍"的仅603篇，不仅远远不及"鲁、郭、茅、巴、老、曹"，不及郁达夫、沈从文、钱锺书、废名，也不及冰心、丁玲、萧红、

---

① 陈坚、陈奇佳：《修订版后记》，《夏衍传》，中国戏剧出版社2015年版，第759页。

张爱玲,甚至落到了艾青、胡风、田汉、穆旦等的后面。面对这样的现状,我们有必要呼吁更多的学人关心夏衍研究,投身夏衍研究,推动夏衍研究的新崛起和再出发。

二 "鲁迅与夏衍"研究的实情及问题

具体到"鲁迅与夏衍"研究话题,其实情与我们此前的预想很不一样,在研究成果现状、史实梳理状况与材料发掘情况等方面甚至可以说与预想截然相反。

首先,"鲁迅与夏衍"研究的直接成果明显偏少。笔者虽然几度扩大文献查阅范围,但仍然只发现两种以"鲁迅与夏衍"为标题的研究成果。一是《鲁迅研究月刊》1995年第4期的《鲁迅与夏衍》。此作虽然刊发在致力于鲁迅研究的重要期刊上,但其实只是一则百余字的短文,意在说明鲁迅《花边文学·看书琐记》援引的巴比赛之短篇小说《本国话和外国话》"系夏衍所译,以'沈端先'为笔名发表于《社会月报》一九三四年一卷五期",[①] 仅此而已。严格说来只是鲁迅与夏衍研究的一则材料,一条注释,还算不上一篇论文。此外,收录了海量论文的"中国知网"再没有专门谈"鲁迅与夏衍"的成果。二是马蹄疾先生在香港出版的《鲁迅与浙江作家》(华风书局1984年8月版)谈及与鲁迅交往的浙江作家计40位,当时仍健在的有10位,其中就有一篇关于夏衍的"鲁迅与夏衍"。此文首先指出对十年动乱中的一些行为,如打倒"四条汉子",把夏衍作为鲁迅的敌人来打倒,任意践踏鲁迅著作等,应该给予澄清。继而介绍夏衍的基本情况以及《鲁迅日记》中关于夏衍与鲁迅交往的5处记载,参之以《与夏衍同志的两次谈话记录》(载《鲁迅研究资料》第五辑)中夏衍的回忆,认为1935年夏衍约鲁迅和周扬、田汉、阳翰笙谈话之前彼此的感情是融洽的,此后二人关系开始由疏远而紧张而意见相背,原因是对胡风的不同认识。进而认为鲁迅对夏衍等的不满是理所当然的,夏衍在背后很不严肃地议论鲁迅是不应该的。并对没有看到夏衍的自我批评,却看到继续攻击鲁迅信任的朋友胡风和冯雪峰深表遗憾。[②] 此外,就是

---

① 《鲁迅与夏衍》,《鲁迅研究月刊》1995年第4期。
② 马蹄疾:《鲁迅与浙江作家》,华风书局1984年版,第155—159页。

一些并不以"鲁迅与夏衍"为标题却直接相关的成果,比如马蹄疾先生也提到的《与夏衍同志的两次谈话记录》,就是研究"鲁迅与夏衍"的重要材料。此文署名"复旦大学《鲁迅日记》注释组",注明"为一九七七年六月二十八日上午七月十二日上午王锡荣、李兵、黄乐琴,胡奇光访问并记录。记录经本人审阅过",① 分"对《鲁迅日记所载的有关条目的回答》""关于'左联'筹备的经过"等十个部分,此不赘述。另外,在讨论鲁迅与"左联",鲁迅与"两个口号"论争,鲁迅与胡风、鲁迅与周扬、鲁迅与田汉等话题时顺便涉及鲁迅与夏衍的成果当然不少,但往往只是一些习见的不同当事人的不同回忆录之反复引述。由于重心不在研究鲁迅与夏衍,在这方面的推进非常有限。在这个意义上,研究"鲁迅与夏衍"的直接成果仍然可以说是不多的。

其次,"鲁迅与夏衍"研究的史实梳理仍不够清楚。包括前述马蹄疾先生的"鲁迅与夏衍"在内的相关研究成果虽然也在借助鲁迅的日记、书信,相关当事人的著述以及多年以后的回忆等梳理相关史实,引起过一些争论,取得了一些进展,但有的细节仍然不够清楚。比如《鲁迅日记》1928 年 3 月 4 日的"得 HS 信",2005 年版《鲁迅全集》第 17 卷《人物注释》"夏衍"条称"夏衍(1900—1995)原名沈端先,笔名夏衍、H. S. 等,浙江杭州人,作家,'左联'和'文总'负责人之一。1928 年曾向鲁迅请教翻译问题。后常与鲁迅保持关系。——1928③4。1930②1。1921⑩12。1932④19。⑧11",② 这就坐实了"HS"是夏衍的笔名,鲁迅此日收到的是夏衍的信。此前 1981 年版《鲁迅全集》也有类似的表达,称"一九二八年曾向鲁迅请教翻译问题。后常与鲁迅保持关系。——1928 ③4。1930 ②1。1921 ⑩12。1932 ④19。⑧11"。③ 然而,回到"复旦大学《鲁迅日记》注释组"的《与夏衍同志的两次谈话记录》之中,就会发现夏衍对此的回答是"一九二八年三月四日,鲁迅'得 HS 信',可能是指我。当时我在搞翻译,曾几次写信给鲁迅请教过翻译的问题"。两相比较,就知道夏衍说的是"可能",并不太确定,而在《人物

---

① 复旦大学《鲁迅日记》注释组:《与夏衍同志的两次谈话记录》,《鲁迅研究资料》第 5 辑,天津人民出版社 1980 年版,第 158—165 页。
② 《人物注释》,《鲁迅全集》第 17 卷,人民文学出版社 2005 年版,第 190 页。
③ 《人物注释》,《鲁迅全集》第 15 卷,人民文学出版社 1981 年版,第 514 页。

注释》中变成了确定。这就"可能"出问题，毕竟这是夏衍本身尚不太确定的孤证。1981年10月5日夏衍给黄会林写有应其"一再要查对我用过的笔名"之请而"简单地告诉你一点我用笔名的经过和可能使你感到兴趣的一点轶事"的书信，称"从'五四'到1934年，我用的笔名还比较简单，可以查对"，① 但所提及的几个笔名中并没有"HS"。"HS"也不符合夏衍在这封书信中提及的取笔名的"自定的规律，就是不要太怪，要有名有姓，像一个普通人的名字"。迄今为止，也没有发现夏衍以"HS"笔名发表的其他作品。《夏衍全集》所附《夏衍笔名录》罗列了200多个夏衍的笔名，也没有"HS"。因此，我们有理由质疑把"HS"作为夏衍的笔名，把鲁迅1928年3月4日收到的"HS"的信注释为夏衍所写的可靠性。还值得注意的是，在《鲁迅日记》正文和鲁迅日记手稿中，都是"HS"，没有"."这样的小圆点，而在《人物注释》成了"H.S."，加上了小圆点。鲁迅日记手稿中的外文书写一丝不苟，有没有"."一目了然，而《人物注释》加了"."却没有相应的注释说明，可能失之谨严。至于"HS"如若不是夏衍，又是何人，还有待考证。

这种如不深究就会认为是清楚的细节尚且如此，其他一些本来就不清楚的细节就更是值得考证而又难以考证了。比如夏衍第一次见鲁迅的时间，是在1927年冬，还是1928年春，可以更准确一些吗？比如夏衍作为"四条汉子"之一与鲁迅那次著名的会面，是不是先坐车后步行去的，鲁迅有没有可能看到他们下车等。还值得指出的是，梳理"鲁迅与夏衍"的相关史实不能以鲁迅的逝世为终点。鲁迅肉身的死亡只是标志着"鲁迅与夏衍"的关系进入了新的阶段。鲁迅的精神在鲁迅逝世后是如何继续影响夏衍的，夏衍是如何通过阅读鲁迅、纪念鲁迅、评价鲁迅等方式和鲁迅进行精神交流的，这些都应该纳入"鲁迅与夏衍"研究的史实考察范围。夏衍在鲁迅生前的确有个别时候不够尊重鲁迅，在处理鲁迅吩咐的某些事情上犯过自己已承认的错误，但主要方面应当还是敬仰鲁迅爱戴鲁迅的。鲁迅逝世以后，在自己几十年漫长的生命旅程中，夏衍有一些回忆"两个口号"论争的材料引起争议，受到不少同志质疑是事实，其中不免兼及鲁迅也是事实；但夏衍常常引用鲁迅、

---

① 夏衍：《关于笔名》，《夏衍全集》（文学 下），浙江文艺出版社2005年版，第546页。

纪念鲁迅并给予很高的评价，也是事实，有其留下的诸多文字遗产可以作证。只是这些史实迄今都没有得到清楚的梳理。

夏衍先后写下的纪念鲁迅的文章有多少呢？如果以《夏衍全集》收录的作品为例，至少有以下8篇：1936年鲁迅逝世之后的《在大的悲哀里》与《鲁迅与电影》，1941年鲁迅逝世5周年的《纪念鲁迅先生打狗的精神》，1942年鲁迅逝世6周年的《用"整风"来纪念鲁迅》，1943年鲁迅逝世7周年的《一木一石的精神》，1945年鲁迅逝世9周年的《鲁迅永生在人民的心中》，1947年鲁迅逝世11周年的《鲁迅论新闻记者》和1951年鲁迅逝世15周年的《纪念鲁迅 学习鲁迅》。此外，还有1953年在上海文艺界举行的纪念鲁迅先生逝世17周年座谈会上的致辞，1956年为纪念鲁迅逝世20周年把《祝福》改编为电影剧本上映发表，1961年为电影《鲁迅传》付出了不少心血，等等。这样持续地、多个角度多种方式地纪念鲁迅，在鲁迅的"朋友圈"中应该说也不多见，显示了夏衍对鲁迅的追思与怀念，体现了夏衍对鲁迅的深情与厚谊，值得我们景仰和珍视。王本朝教授曾指出，鲁迅逝世后"在阐释鲁迅思想，捍卫鲁迅形象方面，胡风用力最多，用情最深，也是用心最苦的一个人"，① 这样的精彩判断是没有疑义的。夏衍也许没有做到像胡风那样从1936年鲁迅逝世到1949年中华人民共和国成立"几乎每年都写文章纪念鲁迅"，但事实上并不逊色多少，很可能是总体上仅次于胡风而已。当然，纪念鲁迅的情况细究起来也比较复杂，有真纪念，也有假纪念。徐中玉先生抗战时期在《国讯》上刊发的集外佚作《营中记事》，就记下自己在1938年10月18日的感慨："明天就是鲁迅逝世两周年纪念日，城里要举行纪念大会，意到鲁迅先生生前所受到的那些残酷的迫害，跟今日一批人也装着哭脸来纪念，真是不胜感慨。今日装着哭脸来纪念他的有些人中，当年不正就是用尽方法要迫害他的人么？天下最不足道者，就是这种历史的渣滓。"② 青年徐中玉的感慨无疑是深刻的，是有其针对性的。夏衍与鲁迅的关系虽然有其复杂之处，但对鲁迅的纪念显然不在徐中玉批评的"装着哭脸"之列。这些关于"鲁迅与夏衍"研究的基本史实，还值得进一步深入关注和讨论。笔者这

---

① 王本朝：《鲁迅纪念中的胡风声音》，《南京师范大学文学院学报》2010年第3期。
② 徐中玉：《营中纪事》，《国讯》第215期，1939年10月15日出版。

里只是先拉出一条初步的线索，希望引起同好注意，让这些不清楚的史实逐渐清楚起来，发挥其应有的价值。

再次，"鲁迅与夏衍"研究的材料发掘尚不够完备。我们说夏衍"也许"没有做到像胡风那样从鲁迅逝世到中华人民共和国成立"几乎每年都写文章纪念鲁迅"，是因为这里涉及夏衍纪念鲁迅的材料发掘问题，是因为目前《夏衍全集》的文字搜集，特别是抗战军兴后的文字搜集显然说不上完善，还有不小的空间。夏衍当年笔力甚健，创作热情高涨，速度和效率惊人。夏衍20世纪40年代在《〈劫余随笔〉前记》就曾说及"近十年，写得特别多，抗战的八年中，没有一天停过笔，在《救亡日报》的四年间，除剧本外，平均一天总得写一千五百字以上……这二十年中，除出印了若干本翻译和十二三本剧本和小说之外，只印过两本杂文：《此时此地集》和《长途》，那还都出于出版者的怂恿。我相信，印出来的部分，数量上最多不过我所写的五分之一"。① 无论是平均每天写作的字数之多，还是印出来的部分所占比例之少，都令人惊叹。在1979年12月写就的《〈夏衍杂文随笔集〉后记》和1981年10月完成的《关于笔名》等作品中，夏衍既有类似的回忆，又有对自己写作习惯的总结。前者如"解放以后，我担任了行政工作，写作的时间就少了。但每天写一点东西的习惯一旦养成了之后，要戒掉是很困难的……"，② 后者更是进一步幽默地总结为"职业病"，指出"上海解放，我回到上海，先是'接'，后是'管'，忙得不可开交，可是当过记者的人大概都有一种职业病，就是：一天不动笔就会感到不舒服……我又偷偷地应赵超构同志之约……开辟了一个叫《灯下闲话》的，每天四五百字的专栏，大概每隔一两天就写一篇……"③ 这些材料反映了夏衍的创作精力非常旺盛，写作习惯根深蒂固，集外作品散佚相当严重，而夏衍对鲁迅的情感又是如此的深厚持久，我们可以大胆推断，在《夏衍全集》中没有收录有夏衍纪念鲁迅文字的1937年、1938年、1939年、1940年、1944年……在10月19日前后，夏衍完全有可能也写有或长或短的纪念鲁迅的文字，只是不知道以什么笔名刊发在什么

---

① 夏衍：《〈劫余随笔〉前记》，《夏衍全集》（文学 下），浙江文艺出版社2005年版，第294页。
② 夏衍：《〈夏衍杂文随笔集〉后记》，《夏衍全集》（文学 下），浙江文艺出版社2005年版，第475页。
③ 夏衍：《关于笔名》，《夏衍全集》（文学 下），浙江文艺出版社2005年版，第548页。

报刊上了。我们甚至还可以推测，在《夏衍全集》已经收录有夏衍纪念鲁迅文字的1941年、1942年、1943年、1945年……夏衍写下的纪念鲁迅文字很可能不止一篇，很可能就是以某笔名发表在某报刊上的某作品。有幸的是，笔者在翻阅抗战时期的非文学期刊《国讯》香港版的过程中，就发现一篇夏衍纪念鲁迅的集外散佚作品。

三 新见夏衍纪念鲁迅的佚作及其价值

新发现的这篇夏衍作品题为"鲁迅先生的豫言"，载香港版《国讯》（香港版）（1941年第2期，10月20日出版）文艺栏，署名"夏衍"。此期《国讯》封面上列有五篇文章，其中就有醒目的《鲁迅先生的豫言》，可见编辑者的用心。此文《夏衍全集》失收，夏衍年表，夏衍主要译作、著作、文章目录汇编等资料都没有提及，应当是夏衍的一篇集外佚文。此作不长，先照录如次：

鲁迅先生的豫言[①]

夏 衍

"豫言总是诗，而诗人大半是豫言家。"这是鲁迅先生在《诗和豫言》这篇文章里面的起句，鲁迅先生是现代最伟大的诗人，所以他也是现代最伟大的豫言家。鲁迅先生逝世五周年了，今天再把他十年前所写的杂文翻一翻，他的豫言的如何灵验，真是值得使人吃惊的。

随便举一个例：一九三三年春，正是"汪先生"当政，"睦邻"政策登峰造极的时候，先生在"自由谈"写了一篇《大观园的人才》，里面活画出了睦邻主义者的脸谱：

"而今时世大不同了，……人才辈出，各有巧妙不同。出场的不是老旦，都是花旦了，而且这不是平常的花旦，而是海派戏广告上所说的'玩笑旦'。这是一种特殊的人物，他（她）要会媚笑，又要会撒泼，要会打情骂俏，又要会油腔滑调。总之，这是花旦而兼小丑的角色。不知这是时世造英雄（说'美人'要妥当些），还是美人儿多年阅

[①] "豫言"即"预言"。为尊重原刊，本文引述原刊标题文字均保持"豫言"不变，笔者的分析则用通行的"预言"。

历的结果？

"美人儿而说'多年'，自然是阅人多矣的徐娘了，她早已从窑姐儿升任了老鸨婆，然而她丰韵犹存，虽在卖人，还兼自卖。自卖容易，而卖人就难些。现在不但有手无寸铁的人，而且有了……，况且又遇见了太露骨的强奸。要会应付这种非常之变，就非有非常之才不可。你想想，现在的压轴戏是要似战似和，又战又和，不降不守，亦降亦守！这多么难做的戏？没有半推半就，假作娇痴的手段是做不好的。孟夫子说：'以天下与人易'，其实，能够简单地双手捧着'天下'去'与人'，倒也不为难了，问题就在不能如此。所以要一把眼泪，一把鼻涕，哭哭啼啼，而又刁声浪气地诉苦说：我不入火坑，谁入火坑。"

这个玩笑旦从南京一直唱到武汉，重庆，昆明，河内，哭哭啼啼的劝人出卖的戏唱不下去了，于是从上海，再回到南京，索性抹抹面孔，站在强奸者这一面，而"呼吁"被强暴者停止抵抗了，可是她的态度，依旧是"哭哭啼啼。刁声浪气"，这作风是一直不变的。

在"汪先生""睦邻"时代，安内与攘外的问题争论得相当激烈，同在这一年，鲁迅先生写着：

"譬如近来最主要的题目，是安内与攘外吧，做的也着实不少了，有说安内必先攘外的，有说安内同时攘外的，有说不攘外无以安内的，有说攘外即所以安内的，有说安内即所以攘外的，有说安内急于攘外的。

"做到这里，文章似乎已经无可翻腾了，看起来，大约总可以算做到了绝顶。

"所以再要出花样，就会使人觉得不是人话，用现在最流行的谥法来说，就是大有'汉奸'的嫌疑。为什么呢？就因为新花样的文章，只有'安内而不必攘外'，'不如迎外以安内''外就是内，本无可攘'这三种了。

"这三种意思，做起文章来，虽然实在稀奇，但事实却有的，而且不必远征晋宋，只要看看明朝就够。满洲人早在窥伺了，国内却草菅人命，杀戮清流，这做了第一种。李自成进北京了，阔人们不甘给奴子做皇帝，索性请'大清兵'来打掉他，做了第二种。至于第三种，我没有看过

《清史》，不得而知，但据老例，则应说是爱新觉罗氏之先，原是轩辕黄帝第几子之苗裔，邂于朔方，厚泽深仁，遂有天下，总而言之，咱们原是一家子云。"

抗战打碎了这三种"实在稀奇"的论法，但是褐绝了没有呢？没有人能回答，我觉得这三种论法已经由"汪先生"及其"同志"们分了工，在合作。第一种他们在做，第二种"汪先生"正在力行，第三种，那是南京的"学者"们会同日本的"汉学专家"在研究，不过，结果恐怕不是说日本是轩辕的苗裔，而也许会说中国是"大和"民族的分系吧。

诗人的豫言实在是太灵了，实在是太灵了。

此文虽然没有在标题中出现"纪念"字样，但从正文的"鲁迅先生逝世五周年了"看，从1941年10月20日出版这个特殊时间看，都有着明确的纪念鲁迅意图。夏衍以鲁迅《诗和豫言》的起句开篇，给予鲁迅很高的评价："现代最伟大的诗人"，继而强调"也是现代最伟大的豫言家"，既新颖，又扣题，足够吸引读者眼球。何以下这样的判断呢？原来是因为在先生逝世五周年之际重读其杂文，发现他的豫言灵验到"真是值得使人吃惊"。鲁迅的什么预言有如此效果呢？那就得举例。夏衍说"随便举一个例"显然是出于写作技巧的考虑，实则很可能是经过精挑细选的，那就是《大观园的人才》。但在交代鲁迅此作的写作背景时，不忘巧妙地引出"汪先生"与"睦邻"，为下文的讽刺对象与批判指向埋下伏笔。在两段原文引用之后，继续扣住关键词"玩笑旦"加以发挥，一段妙文将讽刺对象锁定并暴露在读者面前。因为"从南京一直唱到武汉，重庆，昆明，河内……于是从上海，再回到南京"是其奔走的轨迹，"站在强奸者这一面，而'呼吁'被强暴者停止抵抗"是其言论的本质，"依旧是'哭哭啼啼。刁声浪气'，这作风是一直不变的"是其一贯的丑态，有此三大特征者，非某先生莫属也。把鲁迅式的思维化用于无形，把鲁迅用的词汇借用得有趣，活画出大汉奸的嘴脸，显示了夏衍过人的写作能力。随后以当年争论得相当激烈的"安内与攘外"问题再度引用鲁迅《文章与题目》的四个精彩段落，直接让读者重温鲁迅的逻辑与风采，感受鲁迅的深刻和力量。鲁迅当年的分析在抗战爆发数年后的新形势下有效性如何呢？夏衍指出鲁迅议明朝旧事越来越不济的历时性的"三种意思"，在抗战现实中变成了更加不济的共时性的"分工""合作",可谓眼光独到,一针见血。一句"结果恐怕不是说日本是轩辕的苗裔,而也许会说中国是'大和'民族的分系吧"更是既点明了日本"汉学专家"的狼子野心与卑污至极,又揭露了南京"学者"们的卖国求荣和无耻之尤,可以帮助《国讯》读者看清抗战之际较之于晚明时代更严峻的局面和更可怕的后果。这样,读者看到了鲁迅预言的"玩笑旦"在抗战中粉墨登场,明白了鲁迅推测的"三种意思"在抗战中并驾齐驱,自然就会和作者一样感叹"诗人的豫言实在是太灵了,实在是太灵了!"

一篇《鲁迅先生的豫言》,既彰显了鲁迅杂文之神奇与深刻,表达了夏衍独特的鲁迅纪念,激发了广大读者的纪念热情,又讽刺了汉奸行径与汉奸政策的丑陋,激励着民众在内忧外患面前保持清醒,继而才有可能奋力抗争!所以,《鲁迅先生的豫言》是纪念鲁迅的文章,但又不仅仅是纪念鲁迅的文章。如果只为谈"鲁迅先生的豫言"以纪念鲁迅,鲁迅妙趣横生的与话题直接相关的名作《拟豫言》为什么不引呢?定义"豫言"、作出预言的《无花的蔷薇》为什么不提呢?如果只为纪念鲁迅,那"汪先生"与"睦邻"政策何必出场呢?所以,《鲁迅先生的豫言》是篇一箭双雕的好文章,在纪念鲁迅与批判汉奸两个方面都具有重要的价值和意义。它既是夏衍漫长创作生涯中的一朵小花,又是夏衍全部创作的当然组成部分,见证了作者在 1941 年 10 月 20 日的收获,完全有必要编入以后的《夏衍年谱》,完全有理由增补进修订版《夏衍全集》。它是夏衍系列纪念鲁迅文章里面一个被遗忘的角落,是 1941 年 10 月 19 日以余伯约之名原载香港《华商报》的《纪念鲁迅先生打狗的精神》之姊妹篇,是作者对鲁迅的深挚情感的忠实载体,是研究"鲁迅与夏衍"的值得补充和重视的新材料,可以作为诸多名人纪念鲁迅的文章合集之补遗,也应当进入鲁迅研究资料索引或数据库,方便研究者检索使用。它明确提出了研究鲁迅的一个重要角度——"豫言",准确把握住了鲁迅杂文鲁迅思想的预言特征。它虽然不是最早发现这一特征的作品(至少瞿秋白 1933 年 4 月 8 日的《〈鲁迅杂感选集〉序言》已经在引用鲁迅 1907 年《文化偏至论》之"轻才小慧之徒,于是竞言武事。……由今之道,且顿变而为千万无赖之尤,民不堪命矣,于兴国究何与焉"后指出"这在现在看来,几乎全是预言"），但很可能是第一篇专门谈鲁迅的预言及其惊人之灵验的作品。延至今日的诸多论述鲁迅作品之伟大预言特征的研究成果，其实都在沿用着《鲁迅先生的豫言》的论证思路和说理方式。这些，都是夏衍这篇刊发在抗战时期非文学期刊《国讯》上的集外文之价值所在。

当然，《鲁迅先生的豫言》也存在一些应当指出的问题。比如所引《大观园的人才》后来证实是以鲁迅名义发表的瞿秋白作品，鲁迅只是作了一些重要的修改。但我们不能指责夏衍的举例搞错了对象，毕竟我们不能苛求夏衍在1941年就先行知晓1953年初版《瞿秋白文集》才解密的"作者在鲁迅家作客或住在鲁迅家邻近时所作……"①的内情与传奇，毕竟夏衍的"最伟大"之誉、"吃惊"之情与"太灵了"之叹，都是针对唯一的鲁迅的。比如所引《大观园的人才》与《文章与题目》的文本和《申报》及《鲁迅全集》中的原文有多处文字标点差别："都是花旦了"与"却是花旦了"，"不知这是时世造英雄"与"不知道是时世造英雄"，"问题就在不能如此"与"问题就在于不能如此"，"大约总可以算做到了绝顶"与"大约总可以算是做到了绝顶"，"只有'安内而不必攘外'"与"只剩了'安内而不必攘外'"，"国内却草菅人命"与"国内却是草菅人命"，"这做了第一种"与"做了第一种"等。由于不知道夏衍"翻一翻"的是什么版本的鲁迅杂文，也没法看到夏衍的手稿，很难考证这些差别是来自夏衍抄录之原文，还是夏衍抄录时的疏漏，或是《国讯》排印时的手民之误。比如引用《文章与题目》内容时没有出现标题而直接抄录正文，在不熟悉鲁迅作品又没有查证的读者看来，很可能误以为还是在延续之前引用的《大观园的人才》，而且加上标题也多不了几个字，所以这应该是夏衍此文的一处小瑕疵。再比如，夏衍这篇文章共计1300余字，其中引用鲁迅的两处原文就多达800余字，似乎显得比例偏高了一点。这个问题可能见仁见智。从严格的角度看，如此高的引文比例是取巧的，偷懒的，不符合学术规范的。但从宽容的角度讲，引文虽然多一点，但毕竟已经融入夏衍的文本之中，表达着夏衍自己的观点；而且这样还在事实上把更多的文本空间留给了鲁迅文字，让更多的鲁迅文字在夏衍的文中复活，更能寄托纪念之情；而且以夏衍雄劲的笔力，多写几百字把鲁迅的原文淹没，把

---

① 瞿秋白文集编辑委员会编：《瞿秋白文集》第1册，人民文学出版社1953年版，第456页。

引用的比例缩小，也绝非难事，他为什么不多写一点呢？应当有他自己的考虑；再者，夏衍纪念鲁迅的其他文字有的也不长，鲁迅逝世不久在百忙之中写就的名作《在大的悲哀里》甚至只有区区一百余字。短有短的难处，短有短的风格，短有短的价值，恰如遗山先生所云："一语天然万古新，豪华落尽见真淳。"①

刊载夏衍集外文《鲁迅先生的豫言》的《国讯》1941 年香港版第 2 期（总 284 期）主编署"俞颂华"，编辑委员会署"吴涵真、陶行知、张雪澄、黄炎培、杨卫玉、叶绍钧"等十二人，发行兼督印人署"俞寰澄"，发行所署"国讯旬刊社"，地址在"香港汇丰大楼 233 号"。《国讯》的更多情况，本书第一章第一节已有过梳理，此不重复。《国讯》与夏衍关系颇深，刊发的夏衍作品尚不止《鲁迅先生的豫言》，只是因为前面说及的资料编写不完备与材料发掘不充分，所以没有引起重视而已。《国讯》刊有夏衍的《论筱丹桂之死》，署名"黄馥"，这在陆荣椿的《夏衍主要译作、著作、文章目录汇编》②中已有提及，但《夏衍全集》失收。《夏衍全集》编委、文学卷和新闻时评卷主编袁鹰先生还在《写在夏公全集问世之际》里面专门说到这篇作品失收的情况，非常遗憾而恳切地说"再如 1948 年他在香港《国讯》杂志第 6 期上发表的《论筱丹桂之死》一文，我们在北京和上海的图书馆中遍寻无着，终告缺如。但我仍然怀着热切的希望，有哪位有心有识之士藏有此刊，能将这些佚文公之于世"。③ 从"我们在北京和上海的图书馆中遍寻无着"看，编者及其团队是努了力的。资料查找过程中费劲心力而"终告缺如"的遗憾时有发生，完全可以理解。特别是当年就已年过 80 高龄的袁鹰先生如此记挂夏衍这篇作品，更是让人感佩。袁先生的文章刊发在 2006 年 3 月 20 日、3 月 21 日《新民晚报》，又被《新华文摘》2006 年第 10 期转载，看到此文的读者自然很多，其中文史学者想必也有不少。但遗憾的是，近十年过去了，未见"有心有识之士"响应袁鹰先生的号召，去继续查找此文，"公之

---

① ［金］元好问：《论诗三十首》（其四），元好问著，狄宝心校注《元好问诗编年校注》，中华书局 2011 年版，第 48 页。
② 陆荣椿：《夏衍评传》，山东教育出版社 1997 年版，第 438 页。
③ 袁鹰：《写在夏公全集问世之际》，《新民晚报》2006 年 3 月 20 日、3 月 21 日，《新华文摘》2006 年第 10 期转载。

于世"。忍不住设想,假定是一条关于鲁迅,或者关于张爱玲的佚文线索,局面是不是会不一样呢?笔者 2006 年条件有限,没能及时寓目袁先生文字,但 2016 年拜读之后,经过努力,就有幸查到了这篇《论筱丹桂之死》,将后续披露。

此外,《国讯》1944 年第 364 期(3 月 25 日出版)刊有署名"夏衍"的《论创作的感情》,实则就是收入《夏衍全集》的《柴霍夫为什么讨厌留声机——答〈国讯〉编者的信》。《夏衍全集》注释称这篇文章"原载《文库》1944 年第 3 期,收入《边鼓集》,重庆国学出版社 1944 年出版"。[①] 这条注释在两个关键地方出现了失误,一是把刊载此文的刊物名称"文章",录成了"文库";二是《边鼓集》的出版者是"重庆美学出版社",不是"重庆国学出版社"。就算原载刊物《文章》有些生僻,《边鼓集》是在沈镛、徐迟、冯亦代等人的"重庆美学出版社"出版,却是夏衍爱好者都知道的常识,所以这两个地方应该是《夏衍全集》的相关文字录入工作人员犯下错误,而编辑失校所致。从出版时间上看,夏衍此作的《国讯》版比《文章》版(1946 年 5 月 15 日出版)早了两年有余,应当才是初刊版。按照《〈夏衍全集〉出版说明》公开的编校"基本要求和原则"之"入选文章以第一次发表为准,著作以作者认定的最后版本为准",[②] 此作无疑应该以《国讯》版为准。《夏衍全集》的编者只需依据此作副标题"答《国讯》编者的信"按图索骥,查一查非文学期刊《国讯》,其实就可以发现初刊版了。因为从逻辑上讲,名家答某刊编者的信,一般都会在该刊首发。但由于很可能没有这样做,留下了遗憾。这其实可以作为现代文学文献整理应该重视非文学期刊发掘的一个好例。

最后,我们重申,文学期刊与非文学期刊是现代文学的两种不同类型的载体,二者也如鸟之两翼,车之双轮,均不可偏废,作家集外文发掘的"一个应有转向就是由文学期刊转向非文学期刊"。[③] 只有这样,才有可能发现更

---

① 夏衍:《柴霍夫为什么讨厌留声机——答〈国讯〉编者的信》,《夏衍全集》(文学 上),浙江文艺出版社 2005 年版,第 353 页。
② 浙江文艺出版社:《〈夏衍全集〉出版说明》,《夏衍全集》(戏剧剧本 上),浙江文艺出版社 2005 年版,第 2 页。
③ 凌孟华:《抗战时期非文学期刊与作家佚作发掘脞论——以〈国讯〉为中心》,《现代中文学刊》2015 年第 4 期。

多如《鲁迅先生的豫言》这样的作家集外文，为夏衍研究、鲁迅研究乃至整个现代文学研究发掘新材料，提出新问题，推动相关研究的深入发展。

（原载《鲁迅研究月刊》2016年第6期）

第二节　董每戡的《鲁迅先生死了吗?》

"鲁迅纪念研究"已是近年鲁迅研究的一方重要领域和一个活跃的学术增长点。王得后先生在《鲁迅纪念研究1936—1949》序言中说得好："鲁迅逝世以后，什么时候，在什么地方，什么人纪念鲁迅，说了些什么，他们所说的和鲁迅生前的言论、作为有怎样的关系，是一个非常撩人的题目。"① 在翻阅民国报刊的过程中，我们就多次被一些不受关注的鲁迅纪念文字撩动。其中上一节就是被《国讯》（香港版）1941年第2期刊载的夏衍纪念鲁迅之佚作《鲁迅先生的豫言》触发催生出来的成果。后来翻阅抗战时期成都创刊的非文学期刊《新新新闻旬刊》，在1939年10月21日出版的第2卷第12期发现刊发有"鲁迅逝世三周年纪念特辑"，不禁又一次被撩动了。辑内收文六篇，分别为田禽的《学习鲁迅先生的战斗精神》，董每戡的《鲁迅先生死了吗?》，光未然的《鲁迅逝世三周年挽歌》，李束丝的《忆鲁迅》，侯枫的《关于鲁迅先生的追忆》以及欧阳文甫的《从鲁迅书简谈起》，均未收入《1913—1983鲁迅研究学术论著资料汇编》（中国文联出版公司1985—1989年版），也未见于《鲁迅研究书录》（书目文献出版社1987年版），以及《鲁迅先生纪念集》（天津人民出版社2007年版）等著述，确乎已近湮没无闻，值得关注、介绍和研究。本节先行辑录董每戡集外佚作并略作讨论。

一　董每戡作品集及其生平

董每戡是著名戏剧家和戏曲史研究专家，1999年8月广东高等教育出版

---

① 王得后：《序二》，程振兴《鲁迅纪念研究（1936—1949）》，中国社会科学出版社2011年版，第4页。

社出版有黄天骥、陈寿楠编《董每戡文集》（上、中、下三卷），2011年5月岳麓书社出版了陈寿楠、朱树人、董苗编的"比广东高教社版多出约一百万字，且据手稿对原著做了全面校订"①的《董每戡集》（五卷本）。在文学史上，郑绩"不带新八股色彩的别具一格的区域文学史著述"②《浙江现代文坛点将录》称董每戡为"天暴星"，在三十六天罡中排在董辛名、穆时英前面。③ 在传记方面，马必胜撰写的《南戏乡亲董每戡传》是董每戡的第一部传记，是"值得肯定的填补空白之作"。④综合前述相关资料，可以简要介绍董每戡生平著述如下。

　　董每戡，1907年6月30日出生，浙江温州人，原名国清，又名华。曾用名杨大元、杨每戡，又曾以每戡、戈力士为笔名。1926年毕业于上海大学中文系，主修戏剧，在瞿秋白等影响下加入中国共产党。1927年"四·一二"政变后回温州开展农民运动，被通缉，潜入上海从事戏剧活动，创作独幕剧《频伽》等，曾拜访过鲁迅。1928年底赴东京日本大学文学院学习戏剧，1929年底回国。1930年与胡也频同赴济南省立高中任教，组织"浅草社"，创办"浅草"副刊，数月后回到上海。1931年加入中国左翼作家联盟和中国左翼戏剧家联盟。1932年任上海中国公学讲师，郁达夫为其词集《永嘉长短句》作序。1933年任南海剧社等社团导演，完成《C夫人肖像》《饥饿线上》《典妻》等名作。1934年流亡日本，1937年抗战爆发后归国，在长沙成立战斗演剧队和一致剧社，后任职政治部第三厅六处戏剧科，内迁成都、贵阳后，先后担任航空委员会"神鹰剧团"和贵州省教育厅戏剧施教队的编导，创作《神鹰第一曲》《最后的吼声》《保卫领空》等剧本，与侯枫、李束丝、田禽等自费创办《戏剧战线》月刊。1943年秋任内迁到三台的东北大学教授。抗战胜利后先后在南京金陵女子文理学院、上海剧专、大夏大学等校任教授，并任上海商务印书馆编审，完成《中国戏剧简史》《西洋戏剧简史》《西洋诗歌简史》等成果。1949年后任湖南大学教授，1953年调往中山大学中文系任教，与陈寅恪等时有唱和，1956年被评为二级教授，1957年在"反右"运动

---

① 陈平原：《序》，陈寿楠、朱树人、董苗编《董每戡集》第1卷，岳麓书社2011年版，第19页。
② 陈子善：《序》，郑绩《浙江现代文坛点将录》，海豚出版社2014年版，第iii页。
③ 郑绩：《浙江现代文坛点将录》，海豚出版社2014年版，第173页。
④ 叶长海：《序》，马必胜《南戏乡亲董每戡传》，岳麓书社2015年版，第1页。

中受到批判，避居长沙备受磨难。直至粉碎"四人帮"后的1979年5月4日才重回中山大学，却于1980年2月13日病逝。

二 《鲁迅先生死了吗?》辑校及《新新新闻旬刊》简介

《新新新闻旬刊》刊出的董每戡这篇《鲁迅先生死了吗?》不足600字，没有收入《董每戡集》，也未见《董每戡著作系年》等研究资料提及，但提供了不少重要的信息，是一篇新发现的值得特别注意的董每戡集外佚作与鲁迅研究资料。兹照录如次：

鲁迅先生死了吗?
董每戡

在大学里做学生的时代读到鲁迅先生的文章就起了敬慕之念，一心只想见见这位文士，及至鲁迅先生南下住到上海来的时候，却又打断了去见他的念头，因为鲁迅先生是名人，去见他只怕犯了求提拔之嫌。所以始终不曾敢去，可是后来却为了一个朋友的一部稿子要他介绍给北新书局的缘故，才和朋友去找他，一见之后就觉得鲁迅先生很好。

当时上海正出了一种椭①圆形的香烟名"爱神牌"，②是最廉价的一种烟，鲁迅先生就用那种烟招待，先生的烟瘾实在大。一枝一枝的连接着抽，同时也劝我照样抽，我真吃不下，他总是说："很便宜，不妨多抽。"他一边抽着烟，一边谈他南下后的日常生活，离不了写作，看书，抽烟。

从那一次之后，我知道了先生不止有学问，而且极用功，和他谈了话，我便下意识地受了传染，改改过去不大看书的癖。

后来我去了一趟日本，过一两年回来，先生还住在上海，时常在内山书店见面，记得在一个文学研究所里边同过事，他在那儿担任了两小时中国小说史，我担任了欧洲文艺思潮史，但该所不久停办。

我和鲁迅先生的关系仅此而已，然而我无时无刻不追念先生，我觉得现代的文人中只有鲁迅先生确是道德文章都好的人，他不会"空肚子

---

① 原文此字为"堕"，当误，径改之。
② 原文此处无逗号，系整理者所加。

装大老官",同时有话就说,爽直痛快,精神永远是那样坚毅,心情永远是那样年青,在目前的一些文士中有第二个像①他的吗?我无所见。

先生逝世三周年了,先生在我们的心里还没有死,也许永远不会死,当然,谁能说鲁迅先生死了呢?

十,五,于神鹰剧团

《新新新闻旬刊》初名《新新新闻每旬增刊》,创刊于1938年,7月7日出版创刊号,"直接订户随报附送不另取费",1939年1月11日第19期起改为单独订阅,刊名也简化为《新新新闻旬刊》并沿用至停刊。1939年6月21日出版第35期,结束第一卷。1940年6月21日出版第二卷第36期,结束第二卷,其中第1—2期、第23—24期、第35—36期为合刊。1941年6月21日出版第三卷36期,结束第三卷,较多合刊,甚至还出现了4期合刊的情况。1942年7月1日出版第四卷第34期,结束第四卷,也有数期合刊。1943年10月11日出版第五卷第34期,结束第五卷,均为两期合刊。1943年11月1日出版第六卷第2期,后未见继续出版,就此终刊。刘增人等编著的《1872—1949文学期刊信息总汇》录有《新新新闻每旬增刊》条目,内容为"旬刊,1938·7·7创刊于四川成都,熊子骏等编辑,'成都新新新闻报馆'发行,1943·11出至第6卷第2期停刊。主要栏目有时评、论著、现代文献、国风、文艺、大众论坛、法规汇编等"。② 这是难能可贵的,但没有列出主要作者,没有提及"鲁迅先生逝世三周年纪念特辑"与"平原诗页"等重要内容,又有些遗憾。事实上,在这份少人问津的从诞生到终结都未离开过成都的非文学期刊上面,刊发有郭沫若、茅盾、陈独秀、夏衍、萧军、何其芳、周文、朱光潜、罗家伦、光未然、熊佛西、陈翔鹤、陶行知、任钧、罗烽、白朗、董每戡、侯枫、田禽、吴虞、程千帆、沈祖棻等名流的诗文作品。其中颇具特点的激动人心的抗战诗歌、抗战戏剧、抗战小说与抗战散文,折射着丰富复杂的抗战文学现场之面影,值得进行专门的梳理和研究。

---

① 原文此字为"缘",当误,径改之。
② 刘增人等:《1872—1949文学期刊信息总汇》2,青岛出版社2015年版,第1063页。

三 《鲁迅先生死了吗?》的意义与引发的讨论

《鲁迅先生死了吗?》这篇董每戡纪念鲁迅逝世三周年的佚文的重见天日,至少具有以下几个方面的重要意义。

一是进一步印证关于"董每戡与鲁迅"的某些观点。董每戡与鲁迅的交往次数虽然不是很多,但是由于鲁迅的特殊地位和鲁迅与同时代人研究的火热,已经有成果涉及二人交往的问题。比如朱正先生的《董每戡同志二三事》就披露了 20 世纪 70 年代中后期在长沙找董每戡求证鲁迅 1928 年 5 月 2 日日记之"午后金溟若、杨每戡来"的情况,称"董每戡同志马上证实了:这杨每戡就是他,而且并不是笔误",① 提供了注释这几天《鲁迅日记》的重要资料。朱正还记录了董每戡关于"杨每戡"之名的缘由和拜访鲁迅先生的目的的说明,关于请郁达夫送票给鲁迅邀请品鉴三幕剧《C 夫人自传》(董每戡编),鲁迅来看了并予以鼓励的回忆,以及"我曾经多次怂恿董每戡同志写回忆文章,我说,把你说的这些写下来吧,把你和鲁迅先生接触的点点滴滴都写下来吧,这都是史料啊。董每戡同志苦笑了。怎么能写呢,他现在是圣人了,而我却是这样一种政治身份!我说,先慢慢地写下来,不急于发表,保存史料嘛。他怎么也不肯写。后来,在韧性的比赛中他比我不过,终于答应了:等右派分子的问题解决了,一定写"② 的情形。再如董每戡的另一友人卢礼阳还撰有《董每戡与鲁迅的交往》,这是笔者所见目前唯一的一篇在题目中同时出现"董每戡"和"鲁迅"的研究资料,虽未提供重要的新鲜信息,但其"此后,董每戡先生与鲁迅先生的交往,未见当事人的记述,一些知情者回忆也无涉及。要不是病魔过早地夺去了董每戡先生的生命,他很有可能留下记述鲁迅先生的篇章"③ 的遗憾既是学人共同的遗憾,也可以凸显董每戡这篇佚作的可贵之处。囿于资料,其时朱正先生和卢礼阳先生均不知道董每戡其实已经写过回忆鲁迅的文章,而且还不止一篇。一篇是"原载《纪念鲁迅先生逝世 20 周年专刊》,中山大学校刊编辑委员会,1956 年 10 月 19 日出版"

---

① 朱正:《董每戡同志二三事》,《新文学史料》1980 年第 4 期。
② 同上。
③ 卢礼阳:《董每戡与鲁迅的交往》,中国人民政治协商会议浙江省瓯海县委员会文史资料委员会编《瓯海文史资料》第 4 辑,1991 年内部资料版,第 32 页。

的《难忘的印象》，已收入《董每戡集》第5卷。此文也回忆了1928年"为了替一个朋友的一部译稿寻找出路，去访鲁迅先生"，以及1930年后"当时左联办了一个'文学研究所'（名称是否这样？记不得了）。在威海卫路，鲁迅先生要亲自出马教《中国小说史》，我也担任了《欧洲文艺思想史》一课，满以为从此有机会可以和先生多接近，不料这个研究所办不到几个月就被巡捕房查封掉，先生有否去上过课，我都记不清楚了"① 等情况。另一篇就是新发现的《鲁迅先生死了吗？》，此文不仅可以进一步印证董每戡与朋友（金溟若）一起访鲁迅以及在"左联"附设机构短暂同事的史实与观点，而且"及至鲁迅先生南下住到上海来的时候，却又打断了去见他的念头，因为鲁迅先生是名人，去见他只怕犯了求提拔之嫌"与"他现在是圣人了，而我却是这样一种政治身份"之间都有着一以贯之的董每戡先生风骨。

二是再一次补充董每戡与鲁迅交往的生动细节。《鲁迅先生死了吗？》与《难忘的印象》虽然都是董每戡在不同时期纪念鲁迅，回忆与鲁迅交往的文章，虽然其中关键内容可以互相参照，有相似性，但也各有特点，提供了一些不同的交往细节。比如关于鲁迅先生吸烟的一段回忆，就非常新鲜而生动："当时上海正出了一种椭圆形的香烟名'爱神牌'，是最廉价的一种烟，鲁迅先生就用那种烟招待，先生的烟瘾实在大。一枝一枝的连接着抽，同时也劝我照样抽，我真吃不下，他总是说：'很便宜，不妨多抽'。他一边抽着烟，一边谈他南下后的日常生活，离不了写作，看书，抽烟。"这是关于鲁迅先生吸烟嗜好的又一生动描写，不仅写出了鲁迅对第一次来访的青年的坦诚相见与热情招待，而且可以和鲁迅日记、书信和诗文中关于吸烟的文字一起，和许广平、萧红、夏丏尊、郁达夫、李霁野、阿累……等人回忆鲁迅吸烟的作品一起提出一些有趣的话题。比如作为"烟民"的鲁迅，比如鲁迅吸过的香烟品牌，比如鲁迅对香烟贵贱的态度，等等。鲁迅1928年6月6日致章廷谦的信中说"我酒是早不喝了，烟仍旧，每天三十至四十支。不过我知道我的病源并不在此，只要什么事都不管，玩他一年半载，就会好得多。但这如何做得到呢。现在琐事仍旧非常之多"，② 这每天30—40支的频率，的确是"烟

---

① 董每戡：《难忘的印象》，《董每戡集》第5卷，岳麓书社2011年版，第64页。
② 鲁迅：《280606 致廷谦》，《鲁迅全集》第12卷，人民文学出版社2005年版，第120页。

瘾实在大",而且需要"一枝一枝的连接着抽"才能做到。

将董每戡这篇佚作和许广平的《鲁迅先生的香烟——纪念鲁迅先生逝世九周年》① 对读也很有意思,许先生说"凡是和鲁迅先生见面比较多的人,大约第一个印象就是他手里面总有一枝烟拿着,每每和客人谈笑,必定烟雾弥漫",而董每戡对鲁迅的第一印象果然有"烟",且还不是"见面比较多的人"。许先生回忆"我头一次到他北平寓所访问之后,深刻的印象,也是他对于烟的时刻不停,一枝完了又一枝,不大用着洋火的,那不到半寸的余烟就可以继续引火",董每戡眼中也是"一枝一枝的连接着抽"。许先生认为"他嗜好抽烟,但对于烟的种类并不固定,完全以经济条件做基础",提及在北京吸的"红锡包"(此文在《文萃》初刊时,称"名称不记得了"),最爱好的"黑猫牌"与廉价的"品海"牌等,懊悔"尽是买些廉价品的香烟供给他";而董每戡记忆里也是"最廉价的一种烟",而且记下了其特殊的形状"椭圆形",与俗气的品牌"爱神牌",扩大了鲁迅吸过的香烟品牌之阵容。在夏丏尊的《鲁迅翁杂忆》中,"他平日吸的都是廉价卷烟,这几年来,我在内山书店时常碰到他,见他所吸的总是金牌,品海牌一类的卷烟。他在杭州的时候,所吸的记得是强盗牌",② 在郁达夫的《忆鲁迅》里,"鲁迅的烟瘾,一向是很大的;在北京的时候,他吸的,总是哈德门牌的拾枝装包",③ 在晦明的《四年前鲁迅在北平——在师大讲演的印象追记》里,"接着就狠命的吸美丽牌香烟,他喜欢吸烟"……而今再加上这篇董每戡佚作里的"爱神牌",可见鲁迅的确"对于烟的种类并不固定"。④ 而这些熟悉或不甚熟悉的友人都可以看到鲁迅所吸香烟的品牌,可知郁达夫"当他在人前吸烟的时候,他总探手进他那件灰布棉袍的袋里去摸出一枝来吸;他似乎不喜欢将烟包先拿出来,然后再从烟包里抽出一枝,而再将烟包塞回袋里去。他这脾气,一直到了上海,仍没有改过,不晓是为了怕麻烦的原因呢?抑或为了怕人家看见他所吸

---

① 许广平:《鲁迅先生的香烟——纪念鲁迅先生逝世九周年》,《许广平文集》第 2 卷,江苏文艺出版社 1998 年版,第 134—136 页。
② 夏丏尊:《鲁迅翁杂忆》,《夏丏尊散文全编》,浙江文艺出版社 1992 年版,第 218 页。
③ 郁达夫:《忆鲁迅》,《郁达夫全集》第 3 卷,浙江大学出版社 2007 年版,第 321 页。
④ 晦明:《四年前鲁迅在北平——在师大讲演的印象追记》,中国社会科学院文学研究所鲁迅研究室编《1913—1983 鲁迅研究学术论著资料汇编》第 2 卷,中国文联出版公司 1986 年版,第 489 页。

的烟,是什么牌"的回忆虽然形象,但要注意其中的"似乎""不晓"等语,鲁迅未必"怕人家看见他所吸的烟,是什么牌",也未必总是"怕麻烦"。笔者还试图爬梳这种鲁迅吸过的"爱神牌"香烟的有关情况,结果所获极少,所见仅徐訏小说《吉普赛的诱惑》写到女主人公潘蕊给爱神牌的香烟做广告,另张行帆编《中国当代名人逸事》之《张道藩机警过人》末尾提及"张氏在重庆时每天只吃一包单价二百元的'邱必特'(爱神)牌香烟。张氏的节约,於此可见"。① 而且还不知徐訏笔下的品牌是不是小说家言,也不知时过境迁之后张道藩吃的这种"'邱必特'(爱神)牌"与鲁迅所吸的"爱神牌"是不是同一香烟品牌。

三是可能纠正董每戡与鲁迅研究的某些错漏。温州学者陈寿楠先生是《董每戡文集》与《董每戡集》的编者之一,为董每戡资料整理和研究做出了不可磨灭的贡献。《新文学史料》刊有陈先生的《董每戡在左翼文化运动时期的二三事》一文。此文不仅回忆了"多年前,我在遍寻董每戡散失的佚文过程中,觅得董每戡于1956年为纪念鲁迅先生逝世20周年所写的《难忘的印象》一文(承蒙董苗先生赐寄),欣喜至极,奉为至宝"与"为了弄清、探究这个'记不得了'的确切名称,我曾时断时续,用心地多方查考,未果"的动人情景,而且根据《新文学史料》(1980年第1期)"左联成立五十周年纪念特辑"上的《冯雪峰谈左联》而"蓦然,茅塞顿开,喜出望外",而"据此,并经考证",得出"我认为董每戡文中所说'记不得了'的名称,当是冯文所指的'现代学艺讲习所'无疑"的结论。但在我们看来,《冯雪峰谈左联》一文虽然有重要的史料价值,但仅就此一则材料得出的结论仍有些可疑。而新发现的董每戡佚文《鲁迅先生死了吗?》之"记得在一个文学研究所里边同过事,他在那儿担任了两小时中国小说史,我担任了欧洲文艺思潮史,但该所不久停办",与《难忘的印象》的"当时'左联'办了一个'文学研究所'(名称是否这样? 记不得了)。在威海卫路,鲁迅先生要亲自出马教'中国小说史',我也担任了'欧洲文艺思想史'一课,满以为从此有机会可以和先生多接近,不料这个研究所办不到几个月就被巡捕房封掉,先生有否去上课,我都记不清楚了"可以形成有力的互证,而且20年前的回忆对

---

① 张行帆:《中国当代名人逸事》,中国文化供应社1946年版,第124页。

"文学研究所"这一左联组织的名称并无怀疑,仿佛记得很清楚。相对而言,董每戡1939年的回忆应该比1956年的更为可靠,而董每戡对机构名称"文学研究所"、课程名称"中国小说史"与"欧洲文艺思想史"的回忆前后高度一致,只是近20年后略有些犹疑,可见对这几个名称的记忆是比较深刻的。然而,在"文学研究所"与'现代学艺讲习所'之间,只有两个字一致,更多的是不同,这就越发值得讨论了。《冯雪峰谈左联》中关于"现代学艺讲习所"的基本观点,来自1974年1月30日致包子衍的书信,此前已有披露。①

事实上,关于"左联"办的这个组织的准确名称,还有另外一种说法。包子衍的《雪峰年谱》1930年9月谱文有"本月,受'左联'、'社联'委托与王学文创办'现代学艺讲习所'"的记载,而且难能可贵地在引用雪峰的《自传》之后,还附了另一主事人王学文的《左联和社联的一些关系》,称"'现代学艺研究所'的'负责人由组织指定我和冯雪峰……"②《左联和社联的一些关系》写于1979年10月14日,收入《左联回忆录》(中国社会科学出版社1982年版)。王学文此前面世的《三十年代上海文化战线的一些斗争情况》与《回忆"中国社会科学家联盟"》,③也有相似的表达。陈早春等的《冯雪峰评传》也是同时列出两种说法,称"当《萌芽月刊》被迫停刊后,冯雪峰即在文委领导下代表'左联'去主持'暑期补习班'和'现代学艺讲习所'(一说'现代学艺研究所'),培养青年文艺工作者"。④ 同为左联组织的负责人,冯雪峰和王学文却提供了关于组织名称的两种说法,一为"现代学艺讲习所",二为"现代学艺研究所",到底是"讲习所",还是"研究所"呢?从董每戡的回忆看,在"文学研究所"与"现代学艺研究所"之间,无疑有更多的相似。我们似乎有理由据此"大胆假设"冯雪

---

① 《冯雪峰致包子衍的信》(1974年1月—1975年12月),《新文学史料》第4辑,人民文学出版社1979年版。
② 包子衍:《雪峰年谱》,上海文艺出版社1985年版,第51页。
③ 《三十年代上海文化战线的一些斗争情况》系上海党史调查组丁荫奎、宋祖彰1979年11月访问整理,初刊《党史资料丛刊》1980年第3辑,上海人民出版社1980年版;《回忆"中国社会科学家联盟"》由王义侠、王义为帮助整理,初载1981年12月25日河南《社联通讯》第5期;后收入史先民编《中国社会科学家联盟资料选编》,中国展望出版社1986年版。
④ 陈早春、万家骥:《冯雪峰评传》,重庆出版社1993年版,第91页。

峰的"现代学艺讲习所"回忆有误,而王学文的"现代学艺研究所"应是正确的名称。

当然,"大胆假设"之后,需要的是"小心求证",而求证的最好办法,还是求诸文献。查 1984 年版《鲁迅年谱》,在 1930 年 9 月 15 日谱文后的注释中,有"按:一九三〇年十月十五日《红旗日报》第三版报道,该所名为'现代学艺研究所',系洪琛、鲁迅等办,共有学生八、九十人"① 一说。这则当年文献可以作为一条有力的佐证。但 2005 年版《鲁迅全集》与 2006 年版《鲁迅日记》在注释鲁迅 1930 年 9 月 13 日日记"借学校六十"之"学校"时,又称"指'左联'和'社联'继'暑期补习班'后所办的'现代学艺讲习所'。设于威海卫路(今威海路),由冯雪峰、王学文负责。创办未及两月,即于 10 月间被查封",② 似乎排除了"现代学艺研究所"的可能性。编辑者忽略 1984 年《鲁迅年谱》的不同看法之因由虽未见披露,但我们推测可能是认为仅《红旗日报》还不足以说明问题。退一步讲,我们补充了另一个当事人董每戡的回忆《鲁迅先生死了吗?》可能也不足以说明问题,还需要更多当年的史料。稍作努力,就有收获,而且都和另一当事者洪深有关。比如"原载《中央日报·戏剧运动》第 3、4、9、10 号,1931 年 4 月 10、19 日,5 月 22、29 日"的马彦祥长文《洪深论》多次提及"现代学艺研究所",而没有"现代学艺讲习所";③ 比如中华职业教育社的另一社刊《生活》第 6 卷第 10 期之《每周大事记》有两则关于洪深的报道,一是《洪深教授被拘》;二是《续讯》(临时加入的消息),后者第一句话就是"洪深因友人田汉等去夏组织现代学艺研究所,被拉任所长,该所旋经当局封闭,近汉口海陆空军总司令部行营参谋处忽以该所秘密训练共党,告洪有反动嫌疑,遂由法院拘提,洪闻讯延律师投案自首",而前者"据廿四日《大陆报》载"披露的洪深被拘时间是"廿三日下午"。④ 接下来《生活》第 6 卷第 11 期之"小言论"

---

① 鲁迅博物馆、鲁迅研究室编:《鲁迅年谱》第 3 卷,人民文学出版社 1984 年版,第 229 页。"洪琛"应为"洪深"。
② 鲁迅:《鲁迅全集》第 16 卷,人民文学出版社 2005 年版,第 214 页;鲁迅:《鲁迅日记》第 2 册,人民文学出版社 2006 年版,第 214 页。
③ 马彦祥:《洪深论》,魏建主编、刘子凌编《话剧与社会:20 世纪 30 年代中国话剧文献史料辑》,人民出版社 2014 年版,第 316—326 页。
④ 《每周大事记》,《生活》1931 年第 6 卷第 10 期,2 月 28 日出版。

栏刊发的第一则言论就是韬奋的《为洪深君被拘事感言》，此文引用"洪君对高等法院第二分院检察官之供词"，谓"……去夏田汉数友人欲组织一现代学艺研究所，叫我担任所长，以为号召，吾因情面难却，允之"。① 不论是《每周大事记》中的消息，还是"小言论"中引用，都是称"现代学艺研究所"。如果仅有《生活》这样的进步刊物还不够，那么我们还可以举出鲁迅先生《〈伪自由书〉后记》批评过的《社会新闻》为例。费友文主编，周柏廷发行的《社会新闻》第12卷第4期（1935年8月1日出版）"现代史料及人物印象"栏，有署名"瑛"的《共产党所办学艺研究所》，对"学艺研究所"介绍颇详，诸如招生、教职员与学生组成、办《学艺周刊》和壁报、"经常请人来所演讲，如鲁迅陈望道这辈足资号召的人物"、被查封等都有涉及。② 这"学艺研究所"应当就是"现代学艺研究所"。虽然鲁迅先生曾批评《社会新闻》"手段巧妙得远了，它不用不能通或不愿通的文章，而只驱使着真伪杂糅的记事"，③ 虽然论文持反共立场，但关于组织名称等基本史实应该还是可资参考。也就是说，组织名称是"学艺研究所"，而不是"学艺讲习所"，冯雪峰的回忆可能出现偏差。

有意思的是，除了组织名称的差异外，冯雪峰和王学文回忆的"现代学艺研究所"地址也不同，《冯雪峰谈左联》称暑期补习班的"地址在法租界环龙路"，现代学艺讲习所的"地址是在公共租界（即英租界）威海卫路"；④《三十年代上海文化战线的一些斗争情况》说"文艺暑期补习班在法租界环龙路（今南昌路）"，"在爱文义路（今北京西路）办了现代学艺研究所"。参照董每戡的佚文与前述《共产党所办学艺研究所》，冯雪峰回忆的地址应该是准确的，而王学文则出现了失误。当事人的回忆固然是重要的史料来源，但有时难免失误，使用时不可不慎，需要参照多种文献进行必要的辨析。

据此，我们有理由得出结论，董每戡《难忘的印象》一文中的"当时左联办了一个'文学研究所'（名称是否这样？记不得了）"与佚作《鲁迅先生

---

① 韬奋：《为洪深君被拘事感言》，《生活》1931年第6卷第11期，3月7日出版。
② 瑛：《共产党所办学艺研究所》，《社会新闻》1935年第12卷第4期，8月1日出版。
③ 鲁迅：《〈伪自由书〉后记》，《鲁迅全集》第5卷，人民文学出版社2005年版，第164页。
④ 冯夏熊：《冯雪峰谈左联》，《新文学史料》1981年第1期。

死了吗?》中的"记得在一个文学研究所里边同过事"的准确名称应该都是"现代学艺研究所",地址在威海卫路。当然,有的学者事实上已经明确支持了王学文回忆的"现代学艺研究所"而扬弃了冯雪峰回忆的"现代学艺讲习所",只是没有说明取舍的依据与判断的过程。比如姚辛的《左联史》第二章《在红色巨潮中诞生》之第三节"左联初创期的重要活动与事件"的第十四小节,也是最后一小节之标题就是"举办'文艺暑期补习班'和'现代学艺研究所'"。[1] 如果我们的结论可以成立,那么不仅董每戡两次提及的"文学研究所"的准确名称清楚了,而且《鲁迅全集》《鲁迅日记》等相关资料的注释也有必要进行修正。

此外,《新新新闻每旬增刊》还刊发有董每戡作品数种,对《董每戡集》有重要的补遗之功。比如剧本《最后的吼声》虽然已收入《董每戡集》,并附有"《最后的吼声》版本一览",列出1949年以前的版本3种,这是很好的做法,但还是遗漏了最值得注意的初刊本——1939年11月1日第2卷第13期《新新新闻旬刊》刊发的版本;再如1939年7月11日第2卷第1—2期合刊的《双七节》、1940年9月11日第3卷第8期的《双十戏剧节忆语》、1940年12月1日第3卷第15—16期合刊的《鼠》等,都是没有收入而有理由收入《董每戡集》的集外佚作,值得董每戡研究者关注。

(原载《鲁迅研究月刊》2017年第10期)

第三节　鲁迅先生逝世三周年纪念特辑

龚明德先生曾撰有《两个〈鲁迅先生逝世三周年纪念特辑〉》,在《鲁迅研究书录》(书目文献出版社1987年版)著录的"《新中国文艺丛刊》第3辑《鲁迅纪念特辑》"之外,指出"至少有两个刊物专门特辟并明确标示'鲁迅先生逝世三周年纪念特辑',一是《中苏文化》、二是《文艺阵地》"。[2]

---

[1]　姚辛:《左联史》,光明日报出版社2006年版,第23页。
[2]　龚明德:《两个〈鲁迅先生逝世三周年纪念特辑〉》,《现代中文学刊》2011年第3期。

此后，一些研究成果也涉及"鲁迅先生逝世三周年纪念特辑"，如王贺梳理《新疆日报》连续两日推出两大版"鲁迅先生逝世三周年纪念"；① 北海介绍蒋锡金编辑的《文艺新闻》编辑"鲁迅先生逝世三周年纪念特辑"；② 李光荣论及《云南日报》再一次推出篇幅更大、文章更多的特刊"鲁迅先生逝世三周年纪念特刊"，③ 等等。从重庆到乌鲁木齐，从上海到昆明，相关的"鲁迅先生逝世三周年纪念特辑"越来越多，鲁迅纪念文献越来越丰富，但仍可补遗钩沉。在前节提到的翻阅《新新新闻旬刊》1939年第2卷第12期"鲁迅逝世三周年纪念特辑"之前，其实还有一段插曲。记得先看到的是第2卷第11期《编辑后记》，看到"为着纪念我们的伟大的新文化运动的导师——鲁迅先生，本刊拟于次期编一特辑，特此预告"时，即刻眼前一亮。然而第2卷第12期却芳踪难觅，"民国时期期刊全文数据库（1911—1949）"等数据库失收，国家图书馆、上海图书馆等机构缺藏。最后还是在身边重庆图书馆友人的帮助之下，才有幸展读此期《新新新闻旬刊》，见证其中被人遗忘的"鲁迅先生逝世三周年纪念特辑"。

前节已讨论此辑之董每戡佚文《鲁迅先生死了吗?》，本节继续略述辑内另外五篇鲁迅纪念文字，分别为《学习鲁迅先生的战斗精神》（田禽），《鲁迅逝世三周年挽歌》（光未然），《忆鲁迅》（李束丝），《关于鲁迅先生的追忆》（侯枫）以及《从鲁迅书简谈起》（欧阳文甫）。

一 田禽的《学习鲁迅先生的战斗精神》

学习鲁迅先生的战斗精神

田 禽

新文化的导师鲁迅先生死了！而且已经死了三个年头。④ 虽然他的肉体远离了人间世，但是他的精神——战斗的精神是与世界永存的。

---

① 王贺：《超越纪念史学与现代中国鲁迅纪念的多重面向——以西北诸地鲁迅纪念实践（1936—1949）为例》，《现代中文学刊》2014年第1期。
② 北海：《〈长明灯〉剧本及"鲁迅先生逝世三周年纪念特辑"》，《上海鲁迅研究》2015年第2期。
③ 李光荣：《建国前〈云南日报〉的鲁迅忌日纪念》，《鲁迅研究月刊》2015年第10期。
④ 原文无句号，系笔者所加。

我们未死的文化工作的学徒们,一年一度的开会纪念他。并不单纯的因为他是一位文艺作家,而是因为他是革命的勇敢战士,始终站在最前线为被压迫阶级呐喊!虽然他在那样艰困的环境当中,① 但是为正义为真理而奋斗的精神是一贯的,先生不屈不挠的战斗精神,是我们每一个从事文化工作的人应当学习的。这样,我们才不愧真正的纪念鲁迅先生呢!

"鲁迅先生虽不如高尔基一样出身于流浪儿,但他和中国革命的联系却与高尔基和俄国革命的联系没有什么差别,② 他的前全道③生活,完全反映出了中国革命的各个阶段。他始终服务于革命,始终站在被压迫方面说话"。

正是因为他与中国革命有着密切的联系,所以他的作品才反映出中国革命的各个阶段,先生的作品并不是不负责的讽刺,相反的,他正是为了爱中国,和中国人,才用那锐利的笔锋,刺到每个人的心的深处,促其觉悟来共同的挽救国家的危亡,而达到澈底地民族解放。

先生自己曾这样说过:"我不但是一个作家,而且是一个中国人。"是的,先生的确是以作家的工作切实地担负起真正中国人的任务的一员健将。

"自己背着因袭的重担,肩住了黑暗的闸门,放他们到宽阔光明的地方去……"

是的,"肩住了黑暗的闸门!"不容否认的,先生毕生的工作都是为了肩住黑暗的闸门而战斗的,由于先生的战斗精神,文艺运动才打开了光明之门,民族解放的革命思潮才弥漫于全国。

伊里奇说:托尔斯太④是俄国革命的镜子,我认为鲁迅先生不单是中国革命的镜子,而且是一位时代渣滓的大扫除者。他把日⑤营垒中一切丑

---

① 原文为冒号,系笔者所改。
② 原文无逗号,系笔者所加。
③ "前全道",应为"全部"。引文见夏征农为所编《鲁迅研究》(1937年6月上海生活书店发行)作的序言《我们从鲁迅先生学取些什么(代序)》,署名"编者"。原文此段"他的全部生活"开始都加有着重号。
④ 原文如此,今通译作"托尔斯泰"。
⑤ 原文如此,疑系误排,或应为"旧"字。

恶无情的揭发，勇敢的作了肃清的急先锋！

我常说，一个作家如果他的世界观不正确，对于社会国家是没有利益的，虽然能下笔万言，无非徒废笔墨。鲁迅先生从事文艺工作的动机是正确的，所以他的创作方法始终是离不开战斗的现实主义的，他勇敢的正视现实，他不仅是暴露现实，而是深刻的指示出现实的矛盾。

先生在呐喊①的序文上说：有一天。我竟在画片上忽然会见我久违的许多中国人了，一个绑在中间，许多站在左右，一样是强壮的体格，而显出麻木的神情。据解说，那绑着的是替俄国做了军事上的侦探。正要被日军砍下头颅来示众，而围着的便是来赏②鉴这示众的盛举的人们。

……从那一回以后，我便觉得医学并非一件紧要事，凡是愚弱的国民，即使体格如何健全，如何茁壮，也只能做毫无意义的示众的材料和看客，病死多少是不必以为不幸的。所以我们第一要著，是在改变他们的精神，而善于改变精神的是，我那时以为当然要推文艺，于是提倡文艺运动了。

先生是抱着一种"促进"国人对于维新的信仰，到日本去学医，由于画片的刺激，觉得改造国民的精神比医学还来得重要些。因此，决定从事文艺运动，一直到死去的时候。

总之，先生的写作生活，既不是"为写作而写作"更不是"为了表现自我"而写作，③他确确实实地是④为了民族解放奋斗为出发点的。

先生自我批评的精神也是，值得我们学习的，他认为创造社的攻击使他"看了几本科学文艺论"，⑤他承认自己过去"只信进化论的偏颇"。

学习，学习，我们应当学习鲁迅先生的地方太多了。但是我们不应当皮相的只学习这位伟大思想家的创作方法，更进一步的要学习他的革命的战术，特别是在这抗战建国的过程当中。

先生不仅是文艺运动的战士，而且是民族的战士，处在当前这样伟

---

① 原刊鲁迅作品集及相关书籍多无书名号，一仍其旧，不添加，也不再出注。
② 原文作"償"，明显系误排，径改之。
③ 原文此逗号在"他"后，当误。
④ 此处疑脱一"以"字。
⑤ 原文无逗号，系笔者所加。

大的时代里,我们这群未死的文化学徒们,为了争取民族的生存,为了完成鲁迅先生的遗志,我们都应当勇敢的作民族战士,肩起黑暗闸门,使得我们中华民族走进光明解放之路。这样,我们才不枉为一个文化的学徒战时的文化工作者,否则,即使你在鲁迅先生灵前把眼泪哭干,还不是传真方卖假药据羊头卖狗肉的流氓化的文人吗?那样,怎么会不叫一般人骂"文人无行"呢。

你安息吧,导师。

我们会跟着你的路向前。

那一天就要到来。

我们站在你的墓前报告你:

我们完成了你的志愿。——鲁迅先生挽歌。

最后我们要高呼着:我们要学习,切实的学习鲁迅先生的战斗精神!我们不做空头的文化人,我们要跟着鲁迅先生一样的做个革命的文化人。记牢挽歌里的话语吧!

此文 1700 余字,以篇幅论,在六篇文章中名列第二;以编排位置论,是"特辑"的排头兵。作者田禽是当年颇有影响的戏剧家,但现在已经湮没无闻,成了文学史和戏剧史上的"失踪者",连相关的介绍资料也寥寥。最近重订此文,发现同窗王学振兄在《抗战时期的神鹰剧团及其戏剧活动》[①] 中根据胡绍轩的《怀念戏剧评论家田禽》等资料做过梳理。胡文原载《春城戏剧》1985 年第 2 期,人大复印报刊资料《戏剧研究》1985 年第 7 期转载,系作者 1985 年 3 月 24 日为老朋友"噙着眼泪写此悼文"的成果,可信度很高。但 2015 年故去的现代文学名家钦鸿先生提供的两则材料也值得重视,一为收入广西人民出版社 1989 年 11 月出版的徐廼翔主编《中国现代文学词典》(第三卷 戏剧卷)之"田禽"词条,二为 1986 年写就的《戏剧活动家田禽小传》,收入《文坛话旧续集》(上海远东出版社 2009 年 2 月版)并附有田禽 1976 年留影。胡绍轩的回忆和钦鸿的小传有传承延续,也有变化补充,但也有不确之处,特别是著述部分有的作品混淆了论著与译著之别。今结合相关

---

① 王学振:《抗战时期的神鹰剧团及其戏剧活动》,《现代中文学刊》2018 年第 1 期。

资料整理田禽简介如下。

田禽（1907.8.19—1984.10.14），原名田子勤，河北安新人，戏剧理论家、导演。青年时代曾在北平和保定的青年会工作，后保送入济南齐鲁大学深造。初为"老舍迷"，但入学时老舍已辞去教职，乃受业马彦祥门下，结识洪深、熊佛西等戏剧界人士，参加齐鲁剧社，为山东民报主编《七日剧坛》，在天津《益世报》，北京《晨报》，《华北日报》等报刊发表文章，组织东明剧团，演出《赵阎王》等剧目，在北方产生一定影响。抗战爆发后赴武汉参加军委会政训处电影股工作，组织四川旅外抗敌演剧队入川，在成渝两地演出《前夜》《塞上风云》等剧。剧团解散后任川康通讯社记者。1939年又任成都抗敌剧团副团长，曾参与集资创办《戏剧战线》半月刊。1940年到重庆北碚，任教育部教科书编委会戏剧组编辑，兼国立边疆专科学校教授和国立重庆师范学校艺术导师。1941年调任国立编译馆副编审。先后参加话剧《日出》《重庆二十四小时》，京剧《打渔杀家》等演出，与胡绍轩合编重庆《商务日报》之《戏剧周刊》等副刊，导演陈白尘的《岁寒图》、阳翰笙的《塞上风云》等话剧。抗战胜利后曾任杭州安定中学教员。中华人民共和国成立后历任湖北教育学院戏剧系教授，中国青年艺术剧院研究员，贵州黔剧团和京剧团编辑等职。主要著作有：论著《战时戏剧演出论》（独立出版社1940年6月初版）、《怎样写剧》（生活书店1940年3月初版）、《我教你演戏》（文风书局1944年4月初版）、《中国戏剧运动》（商务印书馆1944年11月重庆初版）、《苏联的戏剧》（1950年6月初版）等；译著《戏剧演出教程》（上海杂志公司1939年12月初版）、《给有志于文艺的青年》（成都中西书局1943年11月初版）、《怎样写电影剧》（正中书局1944年6月初版）、《新演员手册》（上海杂志公司1948年9月初版）；戏剧翻译《血染红仓》（商务印书馆1947年5月初版）、《两兄弟》（中国青年出版社1954年12月初版，后改名《莎莎和米夏》，由中国少年儿童出版社1955年12月出版），等等。既具有丰富的戏剧编辑、演出和导演经验，又出版了众多戏剧论著与戏剧译著的一代戏剧家，竟然几近不为人知，不由令人感慨系之。

田禽的这篇鲁迅纪念文字至少有三点值得注意。一是明确鲁迅是"新文化导师",而我们是"未死的文化工作的学徒""未死的文化学徒""文化的学徒",导师"战斗的精神是与世界永存的",学徒"要学习,切实的学习鲁迅先生的战斗精神"。这种"文化学徒"与"导师"的关系,是青年与鲁迅关系的一种形象表述,是青年对鲁迅的爱戴、敬仰、亲近之情的诚挚表达,其中不乏田禽个人的创造。在鲁迅研究资料中,自称鲁迅的"艺术学徒"或"文艺学徒"者有之,而认为是"未死的文化工作的学徒"的,似不多见。犹记得读李书磊《再看鲁迅批孔》,看到"这种搅扰也迫使我们这些鲁迅之徒重怀素心去思索鲁迅,重新体认鲁迅的文化批判在现代变化着的语境中的真理性,迫使我们这些渺小的文化学徒去逼近一个孤独战斗着的文化英雄的心,从而分享他精神的热与力,获得理解我们当下境况的智与勇"①时,在笔记中记下过"文化学徒"这一非常形象的自我定位。李先生的"文化学徒"之说不知是另有所本还是自出心裁,但与田禽的"文化学徒"之契合,可以说显示了才子心性的相通。"文化学徒"在"导师"身上,自然可以找到太多学习的地方,而"战斗精神"也在反复强调中得到高度强化。

二是努力凸显鲁迅之于"中国革命""民族解放"的意义,强调其"思想家"身份,而且与"抗战建国"的现实需求结合起来。此文也讨论鲁迅的作品,但突出作品是反映"中国革命的各个阶段",突出作品后面对中国和中国人的爱与挽救国家的危亡达到民族解放之目的;也讨论鲁迅"战斗的现实主义"的创作方法,但强调不能"皮相的只学习这位伟大思想家的创作方法",而是"要学习他的革命的战术",并特别指出"这抗战建国的过程当中"的阶段性与特殊性。事实上,"抗战建国"也是国民党中央宣传部副部长潘公展 1939 年 10 月在重庆纪念鲁迅大会上发言的关键词之一,称"然则我们今后将如何发挥这种伟大的精神,以尽宣传的使命,方无愧于鲁迅先生呢?兄弟以为在第二期抗战的今日,文艺方面的宣传,即是说今后的文艺作品,精神食粮,无论创作或翻译,都要剖析它是否符合抗战

---

① 李书磊:《再看鲁迅批孔》,李树磊《说什么激进》,中国文联出版社 2003 年版,第 214 页。

建国的需要"。① 进而言之，共产党纪念鲁迅的旨归也不无相似之处，早在 1937 年 10 月延安陕北公学纪念鲁迅逝世周年大会上的讲话中，毛泽东就指出："我们纪念鲁迅，就要学习鲁迅的精神，把它带到全国各地的抗战队伍中去，使用为中华民族的解放而奋斗！"② 正如有论者所说，"国共两党都是从抗日战争的现实出发纪念鲁迅，至少是把鲁迅纪念结合于抗战现实的"。③ 而田禽这篇鲁迅纪念文章的实用主义态度，应当说是受到当时社会政治文化思潮的裹挟，具有时代特征。

三是借助已有鲁迅研究资料以及鲁迅自己的言论来纪念鲁迅，表现出站在巨人肩上的高度和知人论世的理性。从开篇不久引用夏征农的《我们从鲁迅先生学取些什么》，到临近结尾"高唱"张庚作词的《鲁迅先生挽歌》，都是鲁迅纪念中涌现出来的很有影响的资料，这是非常明显的。甚至还有比较隐晦的鲁迅研究资料引用，比如"伊里奇说：托尔斯太是俄国革命的镜子，我认为鲁迅先生不单是中国革命的镜子，而且是一位时代渣滓的大扫除者"，与前文注释提及的《鲁迅研究》（1937 年 6 月上海生活书店发行）所收另一篇艾思奇文章《民族的思想上的战士——鲁迅先生》之"伊里奇说托尔斯泰是俄国革命的镜子……鲁迅先生也是中国民族革命的镜子，但镜子的反映是有条件的"就不无话语与思维上的相似之处。既引用列宁的话以表达托尔斯泰与鲁迅的相似之处，又突出鲁迅之于托尔斯泰的不同与超越性。"而且是一位时代渣滓的大扫除者"隐含着田禽在艾思奇观点之上的进一步发挥。至于引用出自《答徐懋庸并关于抗日统一战线问题》的"我不但是一个作家，而且是一个中国人"，出自《我们现在怎样做父亲》的"自己背着因袭的重担，肩住了黑暗的闸门"，出自《〈三闲集〉序言》的"只信进化论的偏颇"以及"呐喊的序文"，也是信手拈来，各得其所，显示出田禽对鲁迅著述的熟悉与喜爱，增强了文章的情感浓度和说服力。

---

① 潘公展：《纪念鲁迅先生的意义——在鲁迅先生逝世三周年纪念大会讲演辞》，《文艺月刊》1939 年第 3 卷第 12 期，12 月 1 日出版。

② 大漠笔录：《毛泽东论鲁迅》，载《七月》1938 年第 10 期，3 月 1 日出版，目录页上作者为"大漠"，系陕北公学青年学员汪大漠，正文署名误排为"大汉"；1981 年 9 月 22 日《人民日报》重新发表，基本保持记录稿原貌，题"论鲁迅"，署名"毛泽东"；后收入中共中央文献研究室编：《毛泽东文集》第 2 卷，人民出版社 1993 年版。

③ 李光荣：《建国前〈云南日报〉的鲁迅忌日纪念》，《鲁迅研究月刊》2015 年第 10 期。

二　光未然的《鲁迅逝世三周年挽歌》

鲁迅逝世三周年挽歌

光未然

三年了

先生

料想你的英灵未暝

因为

在你的身边

卷起了

疯狂的

法西斯的你①憎恨的侵略战争

痛苦着

呻吟着

你所爱护的

饱经灾难的

中国人民

创痛

杀伤

死亡

扩大与加深

全中国的青年

手执武器

在前线

英勇地

打击疯狂的敌人

今天

他们挣扎着

---

① 原文为"你的",当系倒文之误,径改之。

战斗着

不曾

列起队伍

唱着挽歌

拱护你的墓门

但是

先生

他们是你的

真实的学生

在他们心里

承继了

发①了

你的事业

你的精神

他们即将完成

你的未完成的事业

真的

你可以看见

一个新的民族

在灾难中诞生

四万万个

阿Q

如今已经觉醒

他们将要

代替那

悲痛的挽歌

用着

四万万人的

---

① 原文如此，疑脱一"扬"字。

>   胜利的歌声
>
>   是的
>
>   那一天即将来到
>
>   我们将唱着雄壮的凯歌
>
>   结成钢铁的队伍
>
>   永远拱卫着
>
>   先生
>
>   你的墓门

这首 60 行的不分节的诗歌仅 256 字，是《新新新闻旬刊》"鲁迅先生逝世三周年纪念特辑"中唯一一首诗歌，也是值得注意的光未然佚作与鲁迅研究资料。

现在看来，作者光未然在本"纪念特辑"六位作者中目前知名度最高，是现当代著名诗人、文艺活动家和文艺理论家，原名张光年，1913 年 11 月 1 日出生，湖北光化人，2002 年 1 月 28 日因病逝世。2013 年 10 月，作家出版社出版"纪念张光年诞辰百年"的文集《回忆张光年》，由中国作家协会编辑，其"目录"前有张光年介绍文字，较简明，也较官方和权威，抄录如次："1927 年加入中国共产主义青年团，1929 年加入中国共产党。在中华民族全面抗击日本入侵的年代，他创作的《五月的鲜花》（阎述诗作曲）、组诗《黄河大合唱》（冼星海作曲）久唱不衰，日后都成为表现中华民族精神的不朽经典。张光年自 1950 年起先后担任中央戏剧学院教育长，文化部艺术局副局长，中国戏剧家协会党组书记，中国作家协会书记处书记、副主席、党组书记，中共中央顾问委员会委员，中国《文心雕龙》学会会长。在《剧本》《文艺报》《人民文学》先后担任主编，对促进新时期文学事业的繁荣发展做出过重要贡献。出版的主要著作有：诗集《雷》《阿细人的歌》《五月花》《光未然诗存》，论文集《光未然戏剧文选》《风雨文谈》《惜春文谈》，散文集《江海日记》《向阳日记》《文坛回春纪事》《光未然脱险记》，古典文学翻译及论文专著《骈体语译〈文心雕龙〉》等。晚年由本人整理编辑出版了五卷本的《张光年文集》。"[①] 值得补充的

---

① 中国作家协会编：《回忆张光年》，作家出版社 2013 年版，无页码。

是,《阿细人的歌》为光未然整理的云南彝族民间流传的长诗,1944年昆明北门出版社初版名"阿细的先鸡";论文集还有《戏剧的现实主义问题》《文艺辩论集》《张光年文论选》等。《张光年文集》第5卷虽附录有经张光年审定的《光未然生平与文学活动年表》《光未然生平与文学活动年表续编》《光未然著作系年》《光未然著作系年补遗》《光未然著作系年续编》《光未然著作书目》及《光未然著作书目续编》,但仍说不上完备,而是多有缺漏。比如曾收入《1913—1983鲁迅研究学术论著资料汇编》(第三卷)的《鲁迅与中国遗产》,[①]系光未然1940年9月底完稿的纪念鲁迅的文字,原载1940年10月15日重庆读书出版社出版的《文学月报》第2卷第3期之"鲁迅先生逝世四周年纪念特辑",就没有被刘可兴、石琳琳等编者提及。应该说,张光年资料收集与研究都还有很大的空间,学界欠着一笔旧账。而《鲁迅逝世三周年挽歌》的重新发现,告诉我们张光年在1939年"鲁迅先生逝世三周年"与1940年"鲁迅先生逝世四周年"之际都撰有纪念鲁迅的诗文。如果再联系光未然1946年北平文协"鲁迅先生逝世十周年"纪念会上朗诵《聪明人和傻子和奴才》,以及1991年9月参加"鲁迅诞辰110周年纪念大会"等活动,可见其参与鲁迅纪念的持续时间之漫长,甚至可以期待还有更多光未然参与纪念鲁迅活动的文字和事实即将浮出水面。

此诗如作者名作《黄河大合唱》之《黄河之水天上来》歌词一般铿锵、连绵、不分节,饱含激情,满怀信心,显示了光未然一贯的诗歌风格。这是一首自由诗,诗行长短参差,短者2字一行,长者12字一行,还有3字行,4字行,5字行,6字行,7字行,8字行,10字行,变动不居。这是一首形象诗,从中我们可以看到"英灵未暝"的先生,"手执武器"的学生,"挣扎""战斗"的学生,"唱着雄壮的凯歌"的学生,"结成钢铁的队伍"的学生,"永远拱卫着"先生墓门的学生,看到先生的对中国人民的大爱,看到青年对先生的忠诚。这是一首音韵诗,一首利用"诗部队"之音韵"武器"的诗,"先生……英灵未暝……侵略战争……不曾……先生……真实的学生……即将完成……在灾难中诞生……如今已经觉醒……胜利的

[①] 中国社会科学院文学研究所鲁迅研究室编:《1913—1983鲁迅研究学术论著资料汇编》第3卷,中国文联出版公司1987年版,第205—216页。

歌声……先生"押的都是中东韵，而"中国人民……扩大与加深……疯狂的敌人……拱护你的墓门……你的精神……你的墓门"之间，又有人辰韵在变化流转，读起来铿锵有力，朗朗上口。这还是一首感情宏大，声音响亮的诗，一首"有助于现实生活之美化和读者精神生活之美化"的诗，一首看不到"悲观失望"情绪的诗，一首杜绝了"愁眉苦脸的，唉声叹气的，被压得挺不起腰，抬不起头来的"的消极影响的诗，一首唱出了"人民的声音"的诗，一首践行光未然"诗的美学尺度"的诗。① 这样的诗歌，有理由收入《张光年诗存》，编进《张光年全集》，也值得鲁迅研究者特别是鲁迅纪念研究者关注。

三　李束丝的《忆鲁迅》

忆鲁迅

李束丝

"路是人走出来的"。

被逼到绝境的中国人，现在正要走出一条血的路来。

在十几年前，鲁迅先生给了我们这个伟大的启示：在今天，这句话更给了我们无限的勇气，只是在这血的斗争时代，他已经离开我们而长逝了，我们对于这位领路先驱，能不怀念吗？

我记得，在七年前，鲁迅先生回到北平，北平的学生请他演讲，在师大底大礼堂里，挤满了年青的人，人太多了，台下拥嚷成一片，他就跑了出去，站在大操场中的一个高木台子上，讲："再谈谈第三种人。"

"第三种人"，在当时实在是没怎么被一般人所重视，因为这种人的类别性以及与社会的关系，在当时并不很显然地表露在一般人底面前，说实话，人们对于他所谈的这种"第三种人"不过认为是这位好骂人的鲁迅先生把他所要骂的人，集合起来，给他们起的一个总名称而已，但是在今天，使我们看到了，所谓"第三种人"，已经有许②是直接或间接

---

① 张光年：《诗的美学尺度》，《张光年文集》第 3 卷，人民文学出版社 2002 年版，第 111 页。本段所引文字，除出自原诗外，均见《诗的美学尺度》。

② 疑脱一"多"字。

的当了汉奸了。

鲁迅先生的①笔，是一直地在被用②他用作攻击的枪的，从"阿Q"一直到"第三种人"都是无情地向致命的地方刺着。但是在他底作品中，我们却很少看到他有"打倒日本帝国主义"之类的"呐喊"。因此，也许有人会说他是"勇于私斗，而怯于公战"吧；也或者有人会认为他是"彷徨"于歧途，"漫无目标，盲目扫射"的机关枪手吧，但是，从田汉先生题"阿Q正传"这个剧本的那首诗中使我们了解了那些认识都是错误的，鲁迅先生的确是在这个大战斗之前，早已单人独骑地在前哨线上奋斗了一生，他为我们铲除了许多周身的"野草"，使我们能够看清我们是应该向那个方向去走出一条路来，他杀死了我们心灵中的病菌，使我们能有力量踏上崎岖艰险的路，如果莫有他这只机关枪似的笔向人们"心中的敌人"扫射了二十几年，也许在今天，我们文化界的人要有更多的"陶希圣"以及他令弟"周作人"这样的人物；也许我们整个中华民族现在要像"阿Q"似地来迎接敌人底这种欺辱与打击吧！

我只是七年前在北平看见过一次鲁迅先生，听着他锋利地热烈地讲"第三种人"，那时他底样子是清癯的面容，硬直的短发，浓黑的胡子，两只耀烁的眼睛，三年前，也是在北平，又看到了他底逝世的画像，依然是清癯的面容，硬直的短发浓黑③的胡子，只是更消瘦了些，而两只眼睛已经安详地闭着了！

他到④底影子，一直就浮在我底，⑤眼前，我想也浮现在每个现在正踏在血路上的人底眼前。

一九三九，十，三，夜

此文仅900余字，主要回忆了1932年11月27日在北师大聆听鲁迅演讲

---

① 原文脱"的"字，系笔者所加。
② "用"系衍文。
③ 原文此字漫漶不清，疑为"黑"字。
④ "到"系衍文。
⑤ 此处衍一逗号。

的情况。作者李束丝也是当年有影响的剧坛人物，集剧本创作、导演、翻译于一身，如今也鲜为人知，连介绍的文字都不多见。

所见《中国戏剧年鉴》（1990—1991）"东北三省特辑"之"黑龙江省"部分"人物"栏，有"李束丝"条，介绍文字为"（1912—1983）肄业于北平大学。剧作有《堕落性瓦斯》《吃惊病》（独幕剧，收入《抗美援朝戏剧集》）、《党的好儿子李大成》《玄鹤篇》。导演的剧目有话剧《刘胡兰》《1904年的枪声》《雷雨》《日出》《原野》《破旧的别墅》，歌剧《秋子》、《胜利进行曲》等。翻译过莫里哀的《夫人学校》《扁豆煮熟了的时候》等剧。发表《戏剧教程》《关汉卿及其窦娥冤》"。① 可以补充的是，李束丝为山东临沂人，曾用笔名骆文、舒思等，高中时代的老师有胡也频、王实味、董每戡等，1933年春迫于生计在山东济南一度参加"复兴社"，组织成立华蒂社，任社长，创办《华蒂月刊》；抗战中曾在陕西安吴堡参加"青训班"学习，参加"平津学生流亡剧团"，后由董每戡介绍到成都参加神鹰剧团，1939年曾与侯枫、田禽等自费创办《戏剧战线》月刊，有独幕剧集《云中孤鸟》（含《云中孤鸟》《飞》《铁翼下》《娇子》）收入董每戡主编的"神鹰剧丛"，成都航空委员会政治部1940年2月初版；1944年任内迁绵阳的国立六中教师，1946年底回山东，任语文教师并编《大华日报》副刊，《现代文丛》杂志等。1950年起先后任中央戏剧学院教务科科长，戏剧文学系教研组组长，讲授"世界文学名著""现代文学戏剧"等课程，1957年任《剧本月刊》编辑，1959年赴哈尔滨话剧院任编导，因"复兴社"历史问题在历次运动中多次受到冲击，"文革"期间入狱两月，曾任黑龙江省第三届人大代表，哈尔滨市政协委员，1983年12月27日在哈尔滨病逝。2004年11月黑龙江文学艺术界联合会曾编写有《玄鹤篇——李束丝作品集》[内部印刷1000册，笔者曾从孔夫子旧书网购得李束丝夫人路葳（王文锦）的签名本]。此书是路葳"汇集整理李束丝过去的稿件，来告慰死者和我自己"②的成果，路葳的后记披露了不少李束丝生平与创作信息，但并未涉及

---

① 中国戏剧年鉴编辑部编：《中国戏剧年鉴》（1990—1991），中国戏剧出版社1993年版，第242页。

② 路葳：《后记》，黑龙江文学艺术界联合会编写《玄鹤篇——李束丝作品集》，2004年内部印刷版，第355页。

《新新新闻旬刊》与《忆鲁迅》。

查《鲁迅日记》，1932年11月25日有"晚师范大学代表三人来邀讲演，约以星期日"的记载。11月27日有"午后往师范大学讲演"。① 李束丝此文回忆的鲁迅演讲，应当就是11月27日这次。此次演讲题目，李束丝回忆为"再谈谈第三种人"，在其他当事人如王志之、张松如的回忆以及当时的报刊中，均作"再论'第三种人'"，李束丝的回忆可能不够准确。但其"在师大底大礼堂里，挤满了年青的人，人太多了，台下拥嚷成一片，他就跑了出去，站在大操场中的一个高木台子上"描述的场景与氛围，却与时人记述比较吻合。鲁迅在其记忆中的样子："清癯的面容，硬直的短发，浓黑的胡子，两只耀烁的眼睛"，也准确抓住了鲁迅先生的特征。

李束丝这篇回忆的可贵之处在于如实地记下了当时的误解。包括记下青年学生对鲁迅演讲中的"第三种人"的"实在是没怎么被一般人所重视，因为这种人的类别性以及与社会的关系，在当时并不很显然地表露在一般人底面前"的真实情况，以及"在当时，说实话，人们对于他所谈的这种'第三种人'不过认为是这位好骂人的鲁迅先生把他所要骂的人，集合起来，给他们起的一个总名称而已"，等等。这些现场听众的反馈，在关于此次演讲的其他材料中未见提及。一方面显示了鲁迅"好骂人"的特点已深入人心；显示了鲁迅思想的超前性，另一方面也表明青年理解力的有限性，以及鲁迅囿于场地、听众等原因的演讲效果之局限性。至于回忆里"田汉先生题'阿Q正传'这个剧本的那首诗"，从后文看，应当不是收入《田汉全集》的"中旅于东战场风云紧迫中公演《阿Q正传》，题此以祝成功"② 的《赠中国旅行剧团》，但《田汉全集》的其他诗歌，又和剧本《阿Q正传》没有太大的关系，很可能是田汉的一首集外佚作，可惜缺乏更多的线索。而由此生发的"鲁迅先生的确是在这个大战斗之前，早已单人独骑地在前哨线上奋斗了一生，他为我们铲除了许多周身的'野草'，使我们能够看清我们是应该向那个方向去走出一条路来，他杀死了我们心灵中的病菌，使我们能有力量踏上崎岖艰险的路"，确实乃关于鲁迅意义的形象说法，值得注意。文末浮在作者眼前，

---

① 鲁迅：《鲁迅全集》第16卷，人民文学出版社2005年版，第336页。
② 田汉：《赠中国旅行剧团》，《田汉全集》第11卷，花山文艺出版社2000年版，第226页。

"也浮现在每个现在正踏在血路上的人底眼前"的鲁迅影子，也是鲁迅精神不死、继续激励青年战斗的写照。

四 侯枫的《关于鲁迅先生的追忆》

侯枫其时是《新新新闻旬刊》的编者和"文艺"板块负责人，对这个"鲁迅先生逝世三周年纪念特辑"应该说功莫大焉。关于侯枫，不少词典资料都有介绍，如《中国艺术家辞典》（现代第3分册，湖南人民出版社1982年版）、《中国文学家辞典》（现代第4分册，四川文艺出版社1985年版）、《中国戏剧电影辞典》（北京广播学院出版社1993年版）、《左联词典》（光明日报出版社1994年版）、《中国戏曲志·广西卷》（中国ISBN中心1995年版）、《黄埔军校将帅录》（广州出版社1998年版）、《百年暨大人物志》（广州暨南大学出版社2006年版）、《上海大辞典》（上海辞书出版社2007年版）、《广西话剧志》（广西人民出版社2008年版）等，从这些题名中已经大致可知其主要人生轨迹与贡献。其中林锡武参考佚婴的《侯枫传略》[①]撰写的《侯枫》[②]最为详细，后以"文艺精英侯枫"为题收入周希宪主编的《澄海英风》（人民日报出版社2008年版）。摘要介绍如下。

侯枫原名侯传穗，曾用名侯廉生、白柚。1909年4月12日出生，广东澄海人，1922年就读澄海中学，1926年秋到彭湃主持的"广东省农会东江农民运动讲习所"学习，其间由彭湃介绍参加中国共产党。1927年中共澄海县武装起义被镇压后避居上海，1929年春改名"廉生"考入上海国立暨南大学中文系，1930年担任暨南大学党支部书记，参与组织了"暨南文艺研究会"，联系邀请鲁迅、蒋光慈等到学校作报告，先后加入"暨南剧社""大道剧社""上海戏剧联合会""左联"等组织。1932年至1933年负责编辑《中华日报》戏剧新闻周刊，撰写《歧路》《牺牲》等电影剧本。1933年秋东渡日本求学，在日本东京帝国大学文学院新闻研究室学习。1935年春回上海，主编《东方文艺》《今代文艺》。卢沟桥事变后在上海组织"留日同学救亡会"，建立战

[①] 佚婴：《侯枫传略》，《中国戏曲志·广西卷》编辑部编《广西地方戏曲史料汇编》第6辑，1986年版，第165—169页。

[②] 林锡武：《侯枫》，中共澄海县委党史办公室编《澄海革命人物》第2辑，澄海县人民印刷厂1992年承印版，第174—180页。

时演出队并担任队长,编辑出版《战时演剧》月刊。淞沪战争爆发后任上海戏剧界救亡协会救亡演剧队第十一队队长,创作《大家一条心》《往哪里逃》《铁蹄下的吼声》等剧目,1938年任第三厅抗敌演剧队第四队队长,创作《打游击去》《抗战进行曲》《反正》等剧作。1940年应熊佛西邀请至四川省立戏剧专科学校任教,负责"导演实习"与"戏剧概论"等课程,参加中华全国文协成都分会,主编《戏剧战线》刊物,组织成都戏剧工作社,出版鲁迅逝世纪念专刊,筹建"中国艺术剧团",任"中国艺术剧院"院长,编写《打倒法西斯强盗》《王铭章将军》等剧目。全国解放后,先后在四川省成都市文工团与北京中国青年艺术剧院担任研究员、导演。1958年调任广西,担任广西壮族自治区戏剧研究室副主任,中国剧协广西分会常务理事、副主席,《广西艺术》副主编等职。编写《万年春》《百鸟衣》等剧目,出版《彭湃传》《彭湃的故事》。1979年调回广东,任广东省戏剧研究室副主任、广东剧协副主席、广东潮剧院副院长,先后出席第二、三、四次全国文代会,被选为广西第二届人大代表,广西第二、三届政协委员,广东省第四届政协委员、常委。1981年7月19日因病在广州逝世。

值得指出的是,相关介绍都没有提及侯枫参与编辑《新新新闻旬刊》的情况,对侯枫在《新新新闻旬刊》刊出和在新新新闻报馆出版的作品也语焉不详。至于"出版鲁迅逝世纪念专刊",则应该包含《新新新闻旬刊》这期"鲁迅先生逝世三周年纪念特辑",另外还有没有出版过其他"鲁迅逝世纪念专刊",不得而知。侯枫这篇《关于鲁迅先生的追忆》计600余字,先照录如次:

关于鲁迅先生的追忆

侯 枫

在十几年前,我还在广东念中学的时候,受了"五四"的新文化运动的影响,特别地爱好起文艺作品来,而在当时的文艺作家里面,鲁迅先生便是我所最敬仰的一个。

一九二七年的夏天,我到上海,考进了国立暨南大学,为了自己对于文艺的兴趣,组织了一个"文艺研究会",发刊会报,并经常地请文艺作家来讲话,记得第一个被我们请来的就是鲁迅先生,那个时候,

"文艺研究会"的会员虽然只有二十几个人,而自愿牺牲了星期日的休息和娱乐来听鲁迅先生演讲的,却不下数百人,把个大教室挤的水洩不通呢。

为了训练一批新的文艺工作,在"太①联","剧②联","美联"的合作下,开办了一个"暑期文艺研究所"于上海,我在暑期文艺研究所里担任一点工作,鲁迅先生也在那里负责教课,因此,常常见面,谈话,从多次的谈话中,使我更深地认识了鲁迅先生——一个倔强而有气节的斗士,一个勇于正视现实的革命的文学家,一个真诚帮助和训练青年的文化导师。

《萌芽》创刊以后,我曾经寄过几篇稿子给鲁迅先生,有的被刊出,有的在详加指正的批示后,送回给我,那种扶提后进的热情,深深地感动了我,也是我永生所不能忘怀的啊。

一九三五年我从日本回国,创刊《东方文艺》的时候,欲向鲁迅先生面请教益,却始终未获一晤,因为当时的社会环境极端地恶劣,行动不自由,况鲁迅先生犹在病中,一直到了鲁迅先生的与世长辞之后,才在殡仪馆里瞻仰着鲁迅先生的遗容,当我侧身在那洪流似地送葬的行列的时候,关于鲁迅先生的追忆,像电影似地一幕一幕地从我的脑子里映过。

在这纪念鲁迅先③生逝世三周年的今日,使我重起了这么一番追忆。

这短短六段文字提供了多方面的信息内容。除第一段表达中学时代开始对鲁迅"最敬仰"及末段明确乃是因为"纪念鲁迅先生逝世三周年"而起追忆外,中间四个段落分别涉及请鲁迅讲座、与鲁迅共事、得鲁迅扶提、回国未获一晤及殡仪馆里瞻遗容等内容,都具有重要的价值。但是,这些内容有其值得注意的复杂性与可辨析之处。1961 年 9 月 22 日,侯枫还写有一篇《忆鲁迅先生》(载《广西文艺》1961 年第 9 期),收《鲁迅回忆录》二集(上海文艺出版社 1979 年版),后又收入《高山仰止:社会名流忆鲁迅》(河北教育出版社 2000 年版)。《忆鲁迅先生》分 4 段,其中第 1 段回忆的是办《东方

---

① 原文如此,或应为"左"字。
② 此字漫漶不清,疑为"剧"字。
③ 原文作"光",明显系误排,径改之。

文艺》得鲁迅指导与万国殡仪馆瞻仰鲁迅遗像，后3段都是关于请鲁迅演讲情况的回忆。没有再提及"暑期文艺研究所"与鲁迅共事、《萌芽》投稿得鲁迅扶提的情况，而且关于办《东方文艺》"上海的鲁迅先生更是关怀备至，对如何办好这个刊物，给予热情的指导。我们经常在上海北四川路底施高塔路口一家日本人（内山完造）开办的'内山书店'会见他"①的回忆与20多年前的《关于鲁迅先生的追忆》明显矛盾。这就让人犯难了，到底是"欲向鲁迅先生面请教益，却始终未获一晤"，还是经常在"内山书店"会见？从时间上看，当然是1939年的回忆更加可靠，但1961年也没有必要向壁虚构啊！孰是孰非，恐已成悬案。

关于"暑期文艺研究所"与鲁迅共事一段，"太联"疑为"左联"之误，而"暑期文艺研究所"可能也是混淆了"暑期文艺补习班"和"现代学艺研究所"。但是，所见关于"暑期文艺补习班"的回忆都没有提到侯枫，而鲁迅也只是有过讲课的记载，恐怕也很难"常常见面"。侯枫1961年的回忆不再提此事，是在悄悄修正么？关于投稿《萌芽》的回忆也值得辨析，查当年出版的全部5期《萌芽》月刊，版面虽然丰富，但刊发的篇目其实不多，未见署名侯枫者，不知侯枫回忆的"有的被刊出"是否准确，如果准确，那么是哪一篇，署的什么笔名，目前也难以考证。相关内容在1961年的回忆中消失，也是纠正之意么？否则1939年的"永生不能忘怀"，何以到了1961年就不见踪影呢？令人费解。

就是关于请鲁迅演讲，两次回忆也有不一致之处。从1939年的回忆看，是"不下数百人，把个大教室挤的水泄不通呢"，到了1961年的追忆，是"把大教室挤的水泄不通，不得已才临时宣布把地点改在大饭厅，动员一些同学到大饭厅去布置一下，摆好桌椅，然后再请鲁迅先生去演讲"。也就是说，虽然两次回忆关于"大教室挤的水泄不通"的细节高度一致，但前者言下之意是就在大教室里演讲了，而后者的演讲场所却是改在了大饭厅。如果后者属实，那么前者为什么连地点都没有交代清楚呢？如果后者只是出于渲染演讲效果的需要，那回忆的真实性又怎么保证？此外，1939年的回忆对演讲内容只字未提，而1961年的追忆明确是"从生物、物理、

---

① 侯枫：《忆鲁迅先生》，《广西文艺》1961年第9期。

以及人情世故，谈到文艺创作和作家的任务。他引证了古人，也讲到了当代的人。真可以说是中外古今、天上地下、无所不谈、在情在理，引人入胜"。既然演讲内容如此精彩，为何1939年的回忆避而不谈呢？是限于篇幅吗？虽然从辑内文章首尾相连的编排来看，版面的确比较紧张，特别是下一篇《从鲁迅的书简谈起》最后四段的版式明显更加拥挤，足足多排了5列，由29列增加到34列才将内容载完，但一般意义上讲，编辑者对自己文章的版面还是有办法的。是因为外在环境使然吗？也不太可能，1939年的"纪念鲁迅先生逝世三周年"活动无论是在国民党，还是共产党，都是公开的，规格颇高。当然，如果侯枫1961年追忆的演讲内容属实，就是区别于已知鲁迅在暨南大学的三次演讲（1927年11月6日，1927年12月21日和1929年12月4日）的第四次演讲，更具有特殊的重要价值。但为何此次演讲不见其他材料提及呢？为何当年的鲁迅日记记载有多名暨南大学师生的名字，如曹聚仁、夏丏尊、郑振铎、林语堂、刘肖愚、汪静之、章衣萍、章铁民、陈妤雯、郑泗水、陈翔冰、温梓川、张秀哲、周正扶等，却没有侯枫或"廉生"的记录呢？为何曾与鲁迅通信的暨南大学学生温梓川《文人的另一面》（广西师范大学出版社2004年版）关于暨南文艺研究会、秋野社、槟榔社、名人演讲的回忆也没有侯枫的位置呢？是侯枫有另外一个笔名吗？这些问题都还有待研究。

　　侯枫1962年在《广西文艺》上还刊发有《"左联"琐忆》《在上海的日子里》等回忆文字。其中《"左联"琐忆》也回忆起请鲁迅、蒋光慈、郑伯奇做报告的情况，但称"一九三〇年春天，我们接受了中国共产党闸北区委的指示后，（记得当时经常到暨南来联系、指示工作的同志中有谢韵心〔章泯〕、孟超等）就在中共暨南支部里订出了具体的计划，发动组织'暨南文学研究会'。我们串联了中国文学系及外国文学系的一部分同学，在科学馆的教室里开了一次筹备会议，推选筹备人、起草章程、向学校备案，并定期召开成立大会"。① 值得注意的是机构名称乃"暨南文学研究会"，不是《关于鲁迅先生的追忆》中的"文艺研究会"，也不是温梓川回忆的"暨南文艺研究会"。查《暨南周刊》1928年6月18日出版的第三卷第4期，"校闻"栏刊

---

① 侯枫：《"左联"琐忆》，《广西文艺》1962年第3期。

有《暨南文艺研究会消息》，记载了此会6月2日成立的情况以及章程、会员录。八十二人名单中，温梓川以本名"温玉书"名列其间，未见"廉生"。不仅时间不合，而且人员也不同，可知侯枫组织成立的应该是不同于温梓川回忆之"暨南文艺研究会"的机构。《"左联"琐忆》还回忆称"我的短篇小说《留置场之一夜》，被选刊在《拓荒者》第三期上"。查《拓荒者》第三期，果然刊有《留置场之一夜》，署名"倩红"。由此可知"倩红"是侯枫用过的笔名。《拓荒者》第四、五期合刊"文艺通信"栏还有一封《倩红的信》，也应该是侯枫作品。遗憾的是，《"左联"琐忆》也没有涉及鲁迅作报告的内容。《在上海的日子里》也回忆了编辑《东方文艺》的往事，还提及郭沫若、蒲风、丘东平等的协助，① 但没有《忆鲁迅先生》中关于鲁迅"关怀备至""给予热情的指导"等内容，似乎又再度进行了修正。这就需要高度重视洪子诚先生曾指出的令人警省的"重要问题"："因叙述人身份、讲述时间和动机所呈现的单一指向性"与回忆的"再造"性质。②

总之，由于侯枫不同年代的不同回忆文字之间存在矛盾之处，影响着这些材料的信度与价值，使用时更应该慎重。《新新新闻旬刊》刊出的侯枫佚文《关于鲁迅先生的追忆》，提供了"同一当事人在不同时间对同一事件的叙述"，我们也试图通过编辑呈现其间有着洪子诚先生撰写《材料与注释》所注意的"互文性"，也想"加深对历史复杂性的认识"。③ 毫无疑问，关于侯枫，关于侯枫与鲁迅，还有不少谜团有待解开。

五　欧阳文甫的《从鲁迅的书简谈起》

此文2300余字，篇幅在六篇文章中名列榜首，位置为"特辑"的压卷之作，自有其重要性。遗憾的是，作者欧阳文甫之籍贯、履历、著述、生卒等情况均不可考，且未见在其他报刊以此名发表作品，或系某人偶用之笔名，望读者诸君有以教我。为了保持"鲁迅先生逝世三周年纪念特辑"的完整，也将全文辑录于此。

---

① 侯枫：《在上海的日子里》，《广西文艺》1962年第5期。
② 洪子诚：《易彬〈穆旦年谱（修订版）〉序》，《中国现代文学研究丛刊》2018年第7期。
③ 洪子诚：《当代文学的史料问题》，《长沙理工大学学报》2016年第6期。

从鲁迅的书简谈起

欧阳文甫

鲁迅逝世的那一年，我还在华北的故乡。西御河沿北京大学的追悼会我是去过的，追悼会的布置，除了一些醉心于内容，抹杀创作基础底技巧问题的对联而外，还有那般教授们的讲演，鲁迅的令弟周作人先生也在那个追悼会上出现过。可惜他的浙江话，既不好懂，又不洪亮，所以我终究没有听出来他说些什么。

第二个年头纪念鲁迅的时候，我已经像一只被追击的失群的孤雁，只身逃出了虎口，从北国流徙到南①方，寄迹在那个扼川鄂咽喉的宜昌城里。如今是鲁迅逝世的第三个年轮了，记得六月十一日敌机到成都来首次大屠杀那一天，我正从祠堂街一家书房里带回了鲁迅②书简，而敌机投弹的爆裂声响传来时，我还在老西门外的竹林边土坎下镇静地浏览着我刚买到的心爱的新书。提起这本鲁迅书简，又勾起了我的一段回忆，大约是一九三七年③五月吧！我为了崇拜鲁迅，也④为了新文学中关于"书简"的贫乏和幼稚，我是怀着一种狂爱，一种发现奇迹般的心情等待着它。——我寄信到上海生活书店邮购部买了乙种的两部。等着，等着，一直等到我狼狈地离别那沦入魔掌的古城，书是没有寄来，而我第一次触目就一直等到了今年蓉市首次被袭的这一天。

日记和书简，原是流露个人生活的最好的记载。

首先不庸讳言的，我要指出这部鲁迅书简的编辑有两个小小的缺点，第一，是编辑者对于一九三四年以后选的多，而以前则甚少；第二，谈写作，木刻……也较之谈私生活，谈普通事情者为多。这也许会使这部书简不能令人十分满意。譬如鲁迅在北京出走，厦门教书。……与创造社诸人意见相左，书简里是蛛丝马迹，也毫莫有存留。第三⑤，看鲁迅经过这个书简，是只能透视到很小很小的一部分，或者是为了板本影印成

---

① 原文作"北"，当误，径改之。
② 原文作"迄"，明显系手民之误，径改之。
③ 原文脱"年"字。
④ 原文作"他"，当误，径改之。
⑤ 原文作"之"，明显系手民之误，径改之。

本过昂，但我以为那还是应该另印一种普及本，广加蒐求的好。① 关于书简的内容，到的确有些写得极佳，可供阅读的，短简中如一九三三年寄黎烈文信，"烈文先生：晚间曾寄寸函，② 夜里又做一篇，原想嬉皮笑脸，而仍剑拔弩张，倘不洗心，殊难革面，真是呜呼噫嘻，如何是好，换一笔名，徒掩人目，恐亦无补，今姑且寄奉，可用与否？一听酌定，希万勿客气也。此上，即请著安。③ 干顿首"我们可以看出他虽处逆境而仍战斗的不屈挠的精神，我以为鲁迅，实在是天赋的抨击黑暗的作家，他的有价值的全部修辞你只有到他那痛骂丑恶现实的杂感中间才能领略，譬如南腔北调，二心集，准风月谈，就较之以前的像热风，像而已集那些好。他的讨厌龌龊的天性和他那凝④炼有力的文章笔调是不能分离的。看他这封给黎烈文的短信，就是最好的证明。鲁迅逝世时，罗隆基先生在天津益世报发表了一篇社论，大意说鲁迅的文章生硬，不美丽，不流畅，但他跟着申明，他并非自己研究文学的。其实真正地说来，所谓美学也并无一元⑤的标准，桑间濮上，靡靡之音，是动人的音乐，而鼓铜琶铁板，唱大江东去，谁又能⑥抹杀得了它，否认他之为艺术呢？和鲁迅的文章风格极相背驰的沈从文先生，他⑦便是反对鲁迅的有力的。他说：鲁迅，他不把宝贵的时间，使用在规矩的创造上，却被那些文坛上的争论消磨了。他认为鲁迅的杂感毫无价值，有价值是做诗，做小说，做散文，这才是正常的文学活动，然而作人先生的宋明小品，沈从文却没有说是杂感，而称为散文。若果散文⑧的注释是分为抒情的和说理的话，那么，说理的散文的正当解释，便当为理论演绎在艺术形式中，这里所谓演绎，便是形象化的意思，周作人先生以静美文体，取材于宋明残籍，便说他是散文，鲁迅先生以骑士般的精神，而取材于社会，于现实，便说他是

---

① 原文为逗号，系笔者所改。
② 原文此处衍一后引号，删之。
③ 原文此处衍一前引号，删之。
④ 原文此字漫漶不清，疑为"类"，或应为"凝"。
⑤ 原文作"完"，当误，径改之。
⑥ 原文此字漫漶不清，疑为"能"。
⑦ 原文作"她"，当误，径改之。
⑧ 原文作"又"，当误，径改之。

杂感，（杂感这词语，在有些文人的心目中是坏透了名词）这还不是文艺界的主观态度是什么？

我和鲁迅是莫有丝毫因缘的，这里所说，不过是我个人的观感，盖棺论定，现在恐怕无论讨厌他的，或者崇拜他的，都差不多要一致地认定他的写作，是树中国新兴文学之始基了，中国的划时代的文学，自胡适之而"革命"，①而中国的划时代的革命，则自鲁迅而"文学"。蒋光慈的鸭绿江上，郭沫若的短裤党，②到新文学在质上有了长足进展的今天，你看是多么幼稚不，简直是可笑的吧；但是，鲁迅，不但他的呐喊和彷徨完成了胡适之钱玄同诸人提倡的文学革命的启蒙工作，而他的二心集，三闲集，准风月谈，这些新时代产生的散文，还奠了新兴的革命文艺的初基，在新文学中的地位，把他比拟于诗辞溯源的屈灵均，谁也不会认为过誉的。

谈到这里，我回想起这一段设③记，好几年前，我在北平时，有一次为这瞻仰胡适之风采，去听他的中国文学史课程，谈吐中他还引用了鲁迅论过的那句"救救孩子"的话，而鲁迅对于胡适之呢，谁都知道，那是一点也不曾客过气。"五千一掷未为奢"的诗句，是骂他到湖南，受何健贿④赂⑤五千的事，这诗大概是搜入南腔北调中，我不大记得清楚了。

至于批评鲁迅，那是一件极其困难的工作，中国的作家，像沈从文，我曾经看见过苏雪林在过去的现代杂志上发表过一篇沈从文论颇为中肯。胡风文艺笔谈所收的张天翼论，也说得很不错。独于茅盾和鲁迅两人较难批评，特别是鲁迅。我所知道的只有开明书店活⑥页文选：选得有一篇鲁迅论，作者是谁，我忘掉了。但是他那篇东西，实在是除这奉承而外，什么都没有，就算鲁迅是毫无缺点的完璧罢，也应当指出那完璧的种类，

---

① 原文无逗号，系笔者所加。
② 原文如此，有误，《短裤党》也是蒋光慈作品。
③ 原文如此，或应为"札"。
④ 原文作"赌"，当误，径改之。
⑤ 原文此处衍一逗号，删之。
⑥ 原文作"合"，误，径改之。

性质，和发展才对。因此在纪念鲁迅的今天，我觉得有提出仔细地研究鲁迅的必要。

在纪念鲁迅的今天，我还要特别提出来说的是：发扬鲁迅精神。鲁迅不畏强暴，不攀附权贵，而又嫉丑恶如仇雠，有这三点，所以他永远没有升官发财的机会，永远如算命先生所说的"处逆境"，① 永远是一批一批的朋友离弃了他，一批一批的青年叛变了他，虽然如此，但由于他在文学上的优秀的才能，而他的周围仍然无比地簇拥着，成千万的崭新的群众。

这是值得发扬的，把笔当枪。文人也应当肩起重任，捍卫祖国，实现理想。

(十月七日)

此文一开篇关于北京大学鲁迅追悼会的回忆与微词，关于会上周作人及其方言的描写就颇有意思。随后的对鲁迅书简的狂爱与邮购而终不得的曲折追忆在当时的青年中也颇具代表性。其直言鲁迅书简编辑的两个缺点，建议另印一种普及本，广加搜求，以及对书简内容的评论，特别是对鲁迅杂感的推崇与对沈从文批评鲁迅的主观态度的反批评均颇有见地。其关于鲁迅在新文学中的地位的观点，关于胡适引鲁迅与鲁迅骂胡适的对比，关于批评鲁迅的艰难与"仔细地研究鲁迅"的倡导，以及对鲁迅"不畏强暴，不攀附权贵，而又嫉丑恶如仇雠"的精神的归纳与"发扬"之主张，也自有价值，可供致力于鲁迅研究史的专家参考。

《新新新闻旬刊》编者在此期《编辑后记》中说："本期的文艺栏除了续完《船夫曲》一稿外，全部地位作为纪念鲁迅先生逝世三周年的特辑，承光未然、欧阳文甫，董每戡，田禽、李束丝诸先生助其成，特此致谢"，落款是"二八，一〇，一八"，正是鲁迅忌日前夕。我们今日能看到这份"鲁迅先生逝世三周年纪念特辑"，当然也要感谢诸位作者的"助其成"，但更要感谢编辑者的成其事。其中田禽、董每戡、侯枫、李束丝均是《戏剧战线》月刊的成员，可见侯枫对自己人脉的调动与使用。同时，更为重

---

① 原文无逗号，系笔者所加。

要的是，还应注意到"特辑"横空出世的背景，注意到何以"特辑"成为这份非文学期刊的绝响，在此前的1938年，此后1940年到1943年都没有二周年、四周年、五周年……特辑。这个背景就是文协成都分会1939年的发动之力与组织之功。换句话说，这一特辑显示了《新新新闻旬刊》虽是非文学期刊，但编辑侯枫是文协成都分会的成员，与当时的成都文坛有着密切联系，积极地回应文坛动向，参与"文协"组织的活动，为成都文艺运动的发展做出了自己的贡献，对抗战文学、中国现代文学均产生了积极的影响。

这一点，在当时文协成都分会的重要人物如周文、萧军等的文字中都有记载。比如周文1939年10月25日写下的《鲁迅成都的纪念》就描绘了准备阶段的动人场景："在九月，我们就向各团体提议筹备。由中华全国文艺界抗敌协会成都分会，中苏文化协会成都分会，中国青年记者学会成都分会共同发起，邀请了木刻作者协会成都分会，东北救亡总会成都分会等等文化团体，共二十几个之多，共同筹备。市政府，市党部都派员来出席指导，并给予经济上的帮助。各团体是那么热烈地分担了各项工作……"，以及展览会现场"成都一共有十几家报纸，这一天大都出了纪念特刊，也在那些木刻作品之下贴着"①的盛况。这里的"十几家报纸"自然包括当时发行量大、影响面广的《新新新闻》报，而《新新新闻》报则会联动附属的《新新新闻旬刊》。再如《文艺新闻》1939年11月26日第5号刊出署名萧军的《成都纪念鲁迅续报》，也在向沪友（应为许广平）汇报"这纪念是由'文协'作主导，邀集其他十几个文化团体参加的……各报纸均有纪念文字，及特写"。② 这里的"各报纸"也应包括《新新新闻》报及其《新新新闻旬刊》。研究者在论及1939年成都的鲁迅纪念时也曾指出，"不但《笔阵》《通俗文艺》《流火》等杂志出了'纪念特辑'，而且成都各报的文艺副刊也出了'纪念特辑'。这在

---

① 周文：《鲁迅成都的纪念》，《文艺新潮》1940年第2卷第4期，2月1日出版。封面所印此文标题为《鲁迅，成都的纪念》，注明是"报道"，正文标题为"鲁迅成都的纪念"。后收入《周文文集》第3卷，作家出版社2011年版，两段引文分别见第339页，340页。

② 萧军：《成都纪念鲁迅续报》，《文艺新闻》1939年第5号，11月26日出版。此文《萧军全集》失收，已为宫立博士发现，撰写成《萧军致许广平的半封佚简》，刊《中华读书报》2014年3月19日，但《文艺新闻》1939年第5号的出版时间误录为11月2日。

全国，恐怕都是规模最大的纪念活动"。①核查原刊，果然《笔阵》1939年10月19日第12期有"鲁迅先生三周年纪念特辑"，《通俗文艺》1939年10月第11期有"纪念鲁迅先生特辑"，《流火》1939年11月第10期有"鲁迅先生逝世三周年纪念特辑"。周文先生哲嗣周七康的《永不忘却的纪念：周文心中的鲁迅先生》一文中还罗列了《华西日报》《四川日报》《新民日报》《国难三日刊》《捷报》等多种报都刊出"鲁迅特辑"②的情况，具体篇目如何，还有待查证。此外，资料显示，成都的《文艺堡垒》1939年10月创刊号也"基本上为鲁迅先生逝世三周年纪念号，有近一半篇幅为纪念文章"。③如果有心人能将这些成都1939年纪念鲁迅先生逝世三周年的各类报刊文字加以系统的收集整理，将是一件对于"鲁迅纪念研究"非常有意义的事情。

当然，放眼全国，成都的鲁迅纪念又只是各地鲁迅纪念中的一个方面军，还有不少值得注意的鲁迅先生逝世三周年纪念特辑。如重庆的《七月》1939年10月第4集第3期目录页明确标注有"纪念鲁迅先生逝世三周年"栏目，刊出墨画2幅，木刻1幅，欧阳凡海、力扬、力群、胡风的文章4篇，编辑人胡风在《排印前小记》称"原来准备在下一期的鲁迅先生逝世三周年纪念特辑就不能不提前在这一期发表"，可见也是又一"鲁迅先生逝世三周年纪念特辑"。④重庆的《国民公论》1939年10月第2卷第8期也有"鲁迅先生逝世三周年纪念特辑"，目录显示包括司马文森的《三年祭》、王鲁彦的《假如鲁迅没有死》、宋云彬的《鲁迅的战斗精神及其战略》、欧阳凡海的《我对于狂人日记的再认识》、陈紫秋的《谈鲁迅先生的诗》、艾芜的《认真，不苟且》等。所见上海的《野火》第1卷第3期（1939年11月6日出版）有"鲁迅先生逝世纪念三篇"；上海的《文艺新潮》第2卷第1期（1939年11月1日出版）封面标明"鲁迅先生逝世三周纪念 语文特辑"特大号；昆明的《南方》第3卷第1期（1939年10月20日出版）有"鲁迅先生逝世三周年纪念特辑"；山西的《西线文艺》第1卷第3期（1939年10月10

---

① 刘传辉：《成都抗战初期的文艺运动》，《抗战文艺研究》1984年第3期。
② 周七康：《永不忘却的纪念：周文心中的鲁迅先生》，《上海鲁迅研究》2006年第2期。
③ 吴俊等：《中国现代文学期刊目录新编》下，上海人民出版社2010年版，第2056页。
④ 同上书，第1126页。

日出版）有"鲁迅先生逝世三周年纪念"等。此外，谢常青的《抗战时期香港文学初探》论及1939年"10月18日《星岛日报·星座》刊出鲁迅先生逝世三周年纪念特辑，《立报·言林》《大公报·文艺》《大众日报·青年新地》和《文艺阵地》四卷一期都设有鲁迅纪念专号"。① 当我们看到仅1939年鲁迅逝世三周年纪念的内容就如此丰富，刊发在文学期刊者有之，登载于非文学报刊者有之，而且好些都少人论及，就会进一步认同王得后先生之鲁迅纪念研究"是一个非常撩人的题目"的判断。② 希望有更多同行一道把前景广阔的鲁迅纪念研究持续做下去。中国现代文学学科虽然"拥挤"，但总有一些地方人迹罕至。

与此同时，在大数据云储存时代，"鲁迅博物馆资料查询在线检索系统"提供的"鲁迅著作全编在线检索"与"鲁迅译作全编在线检索"，极大地方便了研究者。如果再组织力量开发一个全面的、可靠的"鲁迅纪念全编在线检索"，将是"鲁研"的福音！

（原载《鲁迅研究月刊》2019年第1期）

---

① 谢常青：《抗战时期香港文学初探》，谢常青《日出东方永向前——香港澳门文学研究论集》，暨南大学出版社1993年版，第191页。
② 王得后：《序二》，程振兴《鲁迅纪念研究（1936—1949）》，中国社会科学出版社2011年版，第4页。

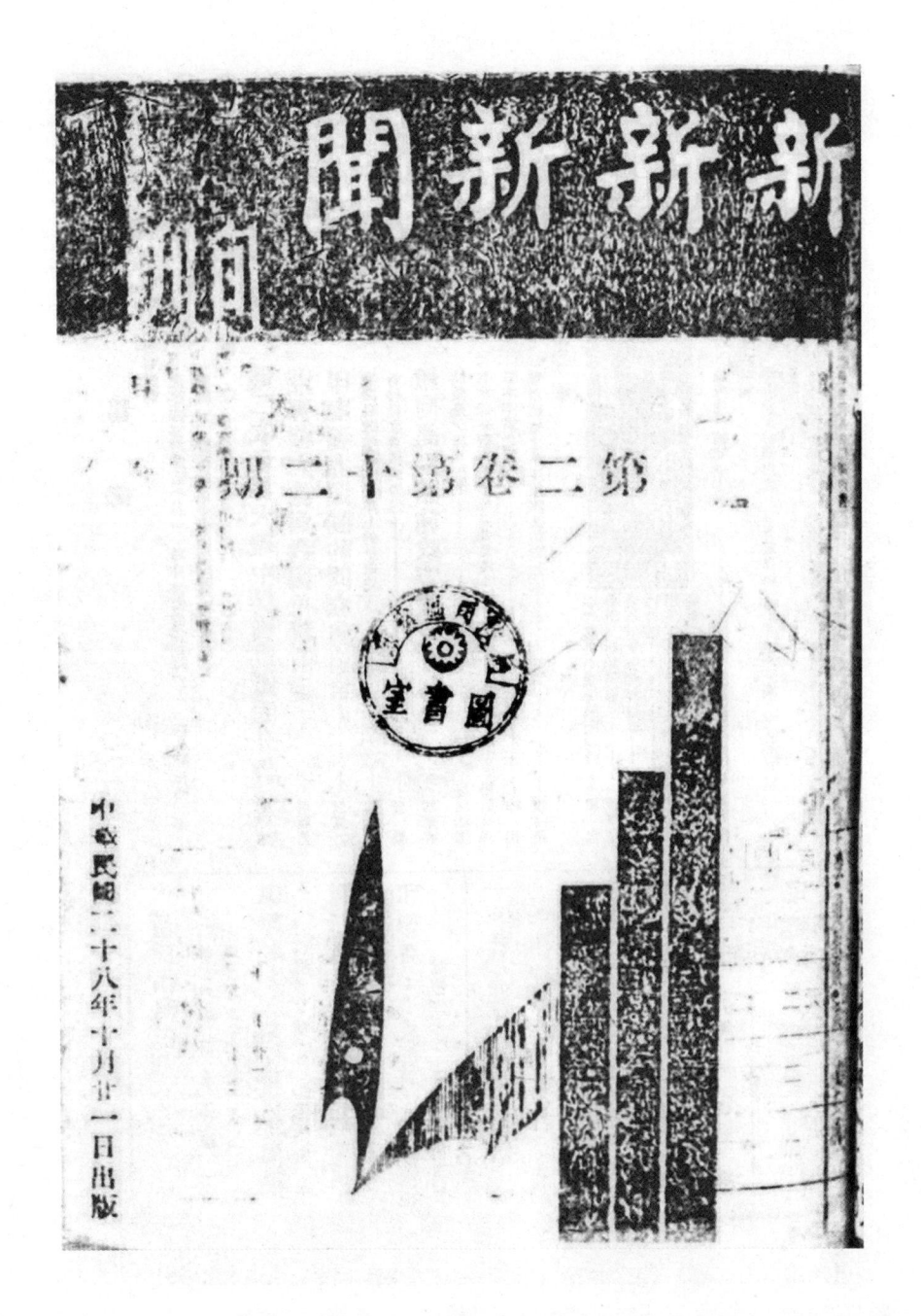

第四章 非文学期刊的鲁迅纪念佚文考

《新新新闻旬刊》第 2 卷第 12 期封面，1939 年 10 月 21 日出版

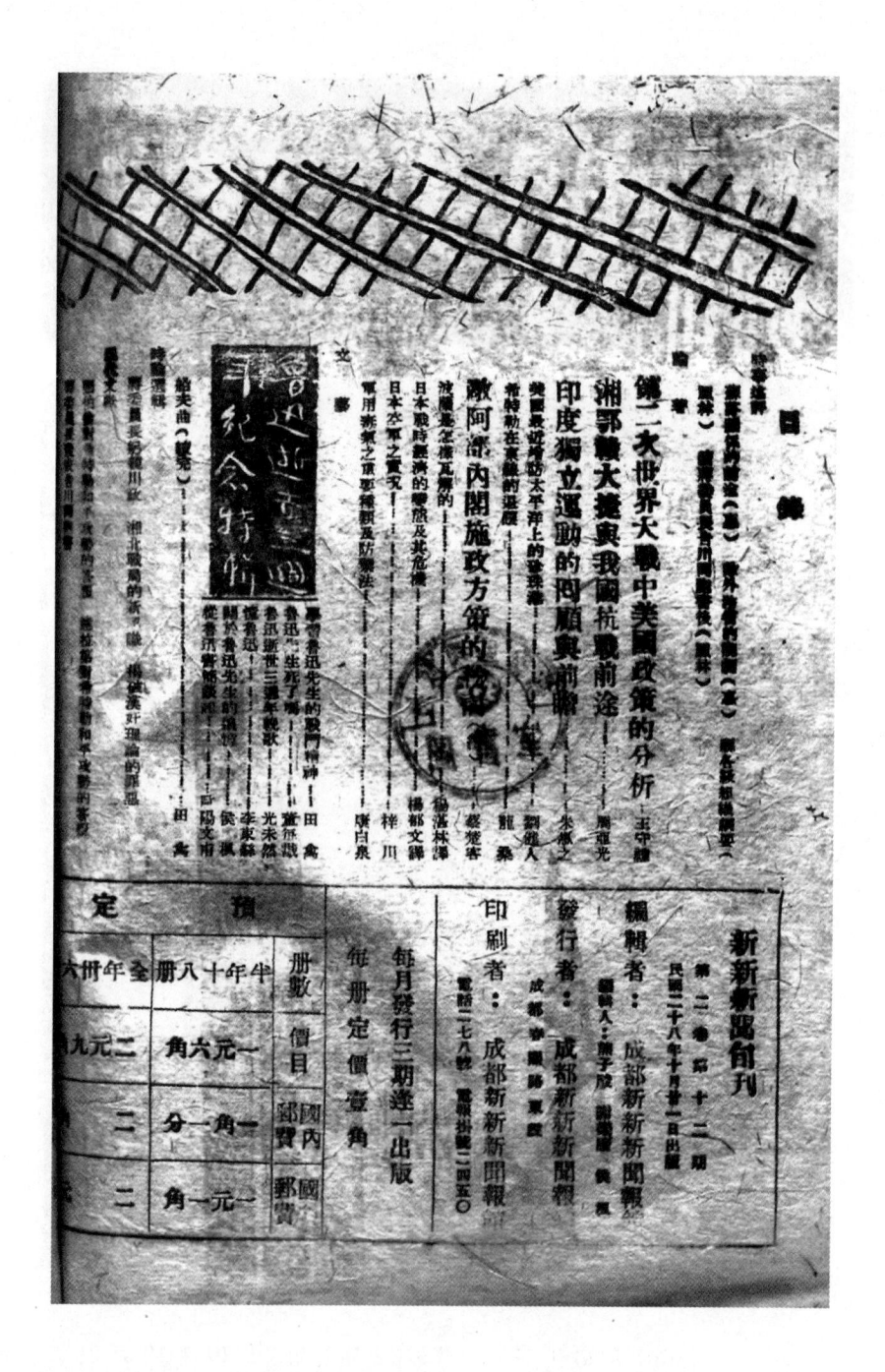

《新新新闻旬刊》第 2 卷第 12 期目录页及版权页，1939 年 10 月 21 日出版

第五章 名流集外文之整理问题与再识

辩证法告诉我们，任何事物的发展都不是一蹴而就的，都有一个由不完善到比较完善的过程。作家全集（文集）的编订以及集外佚文的发掘整理也是如此。就连《鲁迅全集》，也是在 1938 年出版第一个版本之后，经过 1958 年、1973 年、1981 年、2005 年的一次次新版修订，才得以不断完善的。即使 2005 年版，也不乏学人如韩石山[①]等的批评声音。所以新版作家全集（文集）往往既是汇总已有辑佚成果的阶段性终点，也是辑佚成果再认识和佚文整理再出发的新起点。本章第一节就是对人民文学出版社 2014 年新版《穆旦诗文集》增补诗文（已有集外文辑录成果）的补正，而第二节则是由新见穆旦集外文《这是合理的制度吗》引发的对穆旦"接近"鲁迅问题之再认识。至于第三节，则是对《沈从文全集》之《附录：有待证实的书》关于小说《一个舞女的通信》内容的进一步澄清，厘清了《信》与《舞女的白肉》之间的版本渊源。

第一节 《穆旦诗文集》增补诗文指瑕

由于穆旦与"穆旦现象"在中国新诗史上的重要地位，进入 21 世纪的穆旦已是"经典化"的穆旦。穆旦的"经典化"被视为"一次重要的文学史事件"的同时，又有学者强调"穆旦实际上只是在极少数知识分子中受推崇，尚不能称为经典诗人。文学经典并非少数专家所能决定，它的尺度掌握在多

---

① 韩石山：《这样的"全集"谁会买》，《文学自由谈》2006 年第 1 期。

数读者手中"。① 而让"多数读者"尽可能准确和完整地把握穆旦以验证其是否"经典诗人"的前提，就是穆旦诗歌文本的不断出版和广泛传播。现实往往没有想象的那么乐观，甚至在中国现代文学史教师推荐中文系大学生阅读收录穆旦诗歌较完整的《穆旦诗全集》《穆旦诗文集》时，学生都会抱怨图书馆里复本太少，新书市场遭遇缺货，旧书市场要价惊人。现实常常也在不经意间柳暗花明，《穆旦诗文集》2014年6月出版增订本，各大书店与图书销售网站有售，可谓穆旦爱好者的福音。《穆旦诗文集》增订本的出版首先要感谢的当然是编者李方先生。从《穆旦诗全集》（中国文学出版社1996年8月版，印9000册）到《穆旦诗文集》（人民文学出版社2006年4月版，印1000册；后列入"中国文库"，再有人民文学出版社2007年9月版，印4500册），再到而今摆在案上的《穆旦诗文集》增订本，在近20年时光中，李方先生"对穆旦之诗之人的景仰与偏爱，和无法割舍的情怀与难以推卸的责任"②已经融入他编写的一本本穆旦作品集，令万千阅读者感怀；李方先生"勉为其难偏又知难而进，别无选择"③的奋进者身影和担当者情怀已经随着其整理的一篇篇穆旦诗文流布四海，让无数受益者感佩。

当然，李方先生在2005年清明节改定的《编后记》中，就已经在自省两部诗文集的编纂"着实很是缓慢，很欠专业的细致"，"难以令自己满意，更难以令读者满意"。④初版《穆旦诗文集》问世以后，李章斌的《关于〈穆旦诗文集〉的纰缪和疏漏》（《博览群书》2007年第12期）、曹雪峰的《〈穆旦诗文集〉的一个纰漏：〈法律像爱情〉是译作而非创作》（《中国现代文学研究丛刊》2008年第6期）、李章斌的《现行几种穆旦作品集的出处与版本问题》（《中山大学学报》2009年第5期）等论文也的确先后不客气地指出其不少纰漏与问题。应当说正是这些问题的存在和披露，以及穆旦集外诗文的发掘与穆旦研究的发展，促成了李方先生"受穆旦家属和人民文学出版社的委托，2013年初对全书进行了全面而详尽的修订"，⑤让增订本向理想的令人满

---

① 方长安、纪海龙：《穆旦被经典化的话语历程》，《南开学报》2007年第3期。
② 李方：《编后记》，《穆旦诗文集》第2册，人民文学出版社2014年增订2版，第415页。
③ 同上。
④ 同上。
⑤ 编者：《修订说明》，《穆旦诗文集》第1册，人民文学出版社2014年增订2版，无页码。

意的《穆旦诗文集》迈进了一大步。《穆旦诗文集》增订本最大的亮点就是增补了以前遗漏和近年发现的一批穆旦的集外诗文作品,包括7首诗歌、7篇散文和若干日记。仔细翻检《穆旦诗文集》增订本,我们还是发现其中仍然存在不少错漏和遗憾,本节指出所增补诗文的若干瑕疵,以就正于李方先生及诸位读者同好。

一 增补诗歌瑕疵

增订本《穆旦诗文集》增补的7首诗歌是《我们肃立,向国旗致敬》《祭》《失去的乐声》《X光》《记忆底都城》《绅士和淑女》和《歌手》。这7首诗都不长,文字校对量小,辑校难度本来不大,但还是出现了一些瑕疵。

《我们肃立,向国旗致敬》原载1936年11月出版的《清华副刊》第45卷第3期。核查原刊,就会发现《我们肃立,向国旗致敬》之(一)的第三行作"晨曦里她在天空中飘展",而《穆旦诗文集》增订本作"晨曦里她在天空飘展",脱一"中"字。关于此诗写作时间,《清华副刊》署"廿五年十一月初",《穆旦诗文集》增订本作"二十五年十一月初"。如果说改"廿"为"二十"是为了通行和规范,那么最好在适当的地方予以注释说明,同时全书应该保持统一。但《穆旦诗文集》第2册之《生活的一页》的写作时间却保留着原刊之"廿五年十一月十一夜",明显不够统一。穆旦的这首佚诗是清华大学陈越博士和解志熙教授在《人与诗的成长——穆旦集外诗文校读札记》(《励耘学刊》2008年第1期)中最早发掘出来的。遗憾的是此文所附录的《穆旦集外诗文六篇》之《我们肃立,向国旗致敬》也作"晨曦里她在天空中飘展",同样脱一"中"字;写作时间也作"二十五年十一月初"且未加注释。莫非《穆旦诗文集》增订本是"遗传"了佚作发掘者的失误?莫非由于时间仓促或其他原因没有核对原刊?

《记忆底都城》初刊《文聚》第1卷第5—6期合刊《一颗老树》,是署名穆旦的《诗三首》中的第二首,前一首是《自然底梦》,后一首是《幻想底乘客》。《一颗老树》封面署"冯至等著",版权页上标明"民国卅二年六月出版",编辑人署"林元、马尔俄",发行人署"庄重",发行者署"昆明金马书店",出版者署"昆明联大文聚社",印刷者署"崇文印书馆"。对照原刊，我们发现与《穆旦诗文集》增订本之《记忆底都城》存在七处差异。其中最为重要的差异出现在第二行，原刊文字作"我们是你底居民弃在你门旁"，而《穆旦诗文集》增订本作"我们是你的居民却在你门旁"，原刊的"底"变成了"的"，"弃"录成了"却"。在"弃"和"却"之间，就表现力而言，有丢弃、遗弃、抛弃等丰富内涵的"弃"无疑要优于仅表示转折的"却"，《穆旦诗文集》增订本在增补此诗时不仅出现了明显的抄录失误，而且减损了诗歌的语言魅力。在"底"与"的"之间，虽然没有表现力的差别，但参照当时多数出版物往往都是二者同时出现，甚至有在同一句话同一行诗中出现的情况，为保存历史文本之真相，当然都不作更改为好。即使是追求当下之规范，则处理也应该统一。而《穆旦诗文集》增订本全书，包括《记忆底都城》之标题与正文也多处保留着"底"，所以这里的把"底"改成"的"是不必要的。其余五处差异，都是"底"径改为"的"之差异。具言之，就是第一节第四行"它自己底遗产"、第二节第一行"那爱情底咒语"、第三节第四行"看见你底形象"、第四节第二行"多少忍耐底旗帜"、第四节第三行的"只是你底遗迹"的"底"都被修改成了"的"。这样的处理既偏离了原刊文字，又缺乏统一规范，有欠谨严。《穆旦诗文集》增订本之原有诗歌中这样的瑕疵还不少，恕不一一列举。

《记忆底都城》的重新发现应该归功于云南师范大学文学院马绍玺教授，其《穆旦轶诗〈记忆底都城〉与"文聚丛刊"》（《中国现代文学研究丛刊》2011年第5期）不仅完整抄录了《记忆底都城》，而且在介绍"文聚丛刊"作为《文聚》杂志的特殊存在样式的相关情况后对诗作进行了独到解读。但遗憾的是马教授也把"弃"录成了"却"，把"它自己底遗产""那爱情底咒语"之"底"抄作了"的"。从三处共有的瑕疵看，《穆旦诗文集》增订本又有"遗传"佚文发掘成果的疏漏之嫌疑；从四处新增的微瑕看，《穆旦诗文集》增订本的文字处理仿佛有些随意。但从《穆旦诗文集》增订本《记忆底都城》末行左缩进一字的编排来看，又不同于佚文发掘成果的全部左对齐的方式而与原刊保持一致。编者很可能是找到并核查过原刊的。具体情况如何，只有编者自己清楚。此外，《记忆底都城》在《穆旦诗文集》增订本中没有注明创作时间，而且是作为1943年的第一首集外诗存入集的。但是，原刊总题《诗三首》之末尾署有创作时间"一九四二，十一月"，在通常情况下，同一作者的数首诗歌以某一总题在同刊某报刊时往往按时间先后顺序排列。也就是说，如果把这个时间理解为第三首《幻想底乘客》的创作时间，那么《记忆底都城》的创作时间不会迟于1942年11月；如果把这个时间理解为全部三首诗的创作时间，那么《记忆底都城》的创作时间就是1942年11月。从收入《穆旦诗集（1939—1945）》的情况看，第一首《自然底梦》署"一九四二，十一月"，第三首《幻想底乘客》又署"一九四二，十二月"。那么，《记忆底都城》的创作时间在1942年是可以确定的，而且正如马教授所说，"写于1942年11月左右应该是可以肯定的，即写于野人山战役之后"。[①]同时，由于《穆旦诗集（1939—1945）》是自印诗集，排印错漏不少，仅书后《正误表》列出的就有二十多处，我们甚至有理由怀疑《幻想底乘客》署的"一九四二，十二月。"是不是"一九四二，十一月。"之误。但无论如何，《记忆底都城》都不会作于1943年，《穆旦诗文集》增订本不应该把它作为1943年的集外诗存，而应该列入1942年的集外诗存。按照《穆旦诗文集》增订本之《修订说明》"考据诗歌的创作时间，并依此对个别作品编排的先后顺序作出调整"[②]之要求（按：实际调整有两处，《中国在哪里》提前到《华参先生的疲倦》前面，《隐现》提前至1943年），甚至有理由在《记忆底都城》后大胆地署上"1942年11月"。

增补的诗歌《绅士和淑女》其实在《穆旦诗全集》中已经收录，但不知何故在同一编者操刀的2006年版《穆旦诗文集》中却遗漏了！难道是因为诗中那句可能引起神经脆弱者过敏的"千万小心伤风，和那无法无天的共产党/中国住着太危险，还可以搬出到外洋！"？对读《穆旦诗全集》与《穆旦诗文集》增订本，就会发现两种文本存在几处明显的差别。（1）《穆旦诗全集》此诗第2行作"走着高贵的脚步，有着轻松愉快的"，《穆旦诗文集》增订本此诗第2—3行作"走着高贵的脚步，一步又一步——/端详着人群。有着轻松愉快的"，增加了近一行的内容；（2）《穆旦诗全集》此诗第5行"回来再

[①] 马绍玺：《穆旦轶诗〈记忆底都城〉与"文聚丛刊"》，《中国现代文学研究丛刊》2011年第5期。

[②] 编者：《修订说明》，《穆旦诗文集》第1册，人民文学出版社2014年增订2版，无页码。

洗洗修洁的皮肤"在《穆旦诗文集》增订本中增加"动人"二字,作"回来再洗洗修洁动人的皮肤";(3)《穆旦诗全集》此诗第6行"绅士和淑女"后面没有加逗号;(4)《穆旦诗全集》此诗第11行"哪能人比人,一条一条扬长的大街"在《穆旦诗文集》增订本中作"那能人比人,驰来驰去在大街的中央"。核查初刊此诗的《中国新诗》第4集,就会发现还是《穆旦诗文集》增订本的文字更接近原刊。再参阅《穆旦自选诗集:1937~1948》(查明传等编,天津人民出版社2010年1月版),可知第1—3处差别应当是《穆旦诗全集》编校失误所致,而第4处差别则来自穆旦后来的修改。这说明相对于《穆旦诗全集》,《穆旦诗文集》增订本在增补此诗时已有明显进步。但是,在进步的同时,还遗留了《穆旦诗全集》的个别瑕疵,又新增了一些问题。

遗留的瑕疵如《穆旦诗全集》与《穆旦诗文集》增订本之此诗倒数第6行文字都是"你们办工厂,我们就挤破头去做工",而此行原刊文字为"你们办工厂,我们就挤被头去做工","挤被头"被改成了"挤破头"。"被头"是《现代汉语词典》都有收录的词汇,义项之一是"缝在被子盖上身那一头上的布,便于拆洗,保持被里清洁",义项之二是方言"被子"。唐人韩偓诗《惆怅》云"被头不暖空霑泪,钗股欲分犹半疑"(见《全唐诗》卷六百八十三),金人董解元《西厢记》也有"被头儿上泪点知多少,媚媚的不干,抑也抑得着"(见卷六之【仙侣调】【醉落魄缠令】)。现代文人笔下也时有"被头"出现,如蔡元培《自写年谱》有"若屡诫不改,我母亲就于清晨我们未起时,掀开被头,用一束竹筱打股臀等处……",① 丰子恺名作《两场闹》有"我把它取出,再把被头叠置枕上,当作沙发椅子靠了……"②,等等。这样看来,《中国新诗》原刊上的"被头"一词可能并没有错,和"挤"搭配成动宾结构的"挤被头"可以表示多人挤在同一条被头下面睡觉,能很好地体现工厂做工条件的简陋与艰苦。如果是编辑者不经意的笔误,自当在以后修订时纠正;如果是有意为之,则即使径直改为"挤破头"有其理由,也应当顾虑到不充分尊重历史文献可能就会遮蔽甚至扭曲某些历史细节,还是加以说明为是。当然,如果穆旦后来留下来的手稿中的确是"挤破头",则又另当

---

① 中国蔡元培研究会编:《蔡元培全集》第17卷,浙江教育出版社1998年版,第427页。
② 丰陈宝、丰一吟编:《丰子恺散文全编》上册,浙江文艺出版社1992年版,第267页。

别论。因为既有可能穆旦一直没有修改过这个字,是《中国新诗》编排时因形近而误;也有可能是穆旦后来改动了这个字,初稿(刊)时就应当是"挤被头"。再如《绅士和淑女》在《中国新诗》第4集刊发时总题是"城市的舞(外二章)",外二章指的就是《绅士和淑女》与《诗》,且《绅士和淑女》是置于《城市的舞》和《诗》之间刊出的。这种排列方式一方面应该有其道理,另一方面已凝固为历史事实,理应得到尊重。但《穆旦诗全集》不知何故把排列顺序作了调整,把《绅士和淑女》放到了《诗》的后面。而《穆旦诗文集》增订本又延续了这种调整并同样缺乏必要的说明。莫非《穆旦诗文集》增订本删掉《穆旦诗全集》之《绅士和淑女》后面的创作时间"1948年4月"是因为有新的材料证明《绅士和淑女》不是创作于1948年4月,而是在1948年4月以后,所以要放在1948年4月创作的《城市的舞》和《诗》之后?新的证据是什么呢?

新增的问题如《穆旦诗文集》增订本为此诗加的注释是"原载《中国新诗》第4集《生命被审判》(1948年9月)",这种既标明刊物名称和期号,又注出该集题名与出版年月的方法是非常可取的,因为详细而全面的出处信息能够为读者提供极大的方便;但遗憾的是,《穆旦诗文集》增订本没能坚持这种注释形式,同集《中国新诗》上的《城市的舞》与《诗》又仅注明"原载《中国新诗》第4集(1948年9月)",没能做到注释体例的统一。要想体例统一,除了《城市的舞》与《诗》的注释要进行修改外,另外的刊于《中国新诗》第1集的《我想要走》《手》《世界》的注释要加上该集题名"时间与旗",刊于《中国新诗》第3集的《暴力》的注释要加上该集题名"收获期",而刊于《诗文学》第2辑的《被围者》也应加上该辑题名"为了面包与自由"。

诗歌《祭》同样在《穆旦诗全集》中已经收录,初版《穆旦诗文集》失收应当是明显的失误,好在而今的增订本可以增补修正。但增补后还是存在瑕疵。此诗的确是"原载1940年9月12日香港《大公报·文艺》",但题目是"'有钱出钱、有力出力'",而不是"有钱出钱、有力出力"。"有钱出钱、有力出力"是在当年可歌可泣的全民抗战时期响彻大江南北的铿锵口号,动员民众积极支持民国政府及其军队、出钱出力共同抗日。穆旦引用它作为诗歌标题，自当加上引号。而诗中工人阿大的劳作、贫穷、出力、战死台儿庄与年青厂主的慨叹、跳舞、喝酒、惊问为什么之间的反差，更是显示了穆旦的确"有许多人家所想不到的排列和组合"，① 显示出穆旦的复杂与深刻。加引号的标题引用社会上广为流行的相关人士（包括青年厂主）常常挂在嘴边的口号"有钱出钱、有力出力"，无疑强化了这种复杂与深刻，富有反讽色彩和智性特征。在这个意义上，标题的引号不是可有可无的，即使是出现在注释中也不能无视它的存在。此外，此诗第二节"而慨叹着报上的伤亡。我们跳了一点钟/狐步，又喝些酒。忽然他觉得自己身上"的"一点钟"在穆旦诗集《探险队》中作"一句钟"。"一句钟"意即"一点钟""一小时"。"×句钟"这种表达在明清小说、民国报刊和文人著述中时有出现。如叶圣陶1910年10月13日记就有"五句半钟晚膳，六句钟提灯列队出校。……及步月归家，已九句钟矣"② 的记载。《北京大学日刊》1918年10月17日第三版"本校琐闻"之"江西同乡会启事"，也称"江西职教学员全体同乡公鉴，兹定于本月十八日（即本星期五）晚六句半钟假马神庙前文科第一教室开第二次大会……"《竺可桢全集》之《日记编例》第十五条"疑是非规范用词"第三项"对个别旧词，加随文注释，用仿宋体"所举第一例，就是"句钟〔小时〕"。③ 及至改革开放以后，大陆文人笔下与出版物中仍有"一句钟"的说法，如贾植芳1985年3月19日日记云"下午由第二教育学院的中文科总支书记小丁同志驱车来接，与中文系的师生见面并讲了作协大会的观感，大约一句钟"。④ 香港、澳门的报纸中，更是不乏"一句钟"的表达，如2013年1月13日《澳门日报》有消息标题"广珠城轨快线行程一句钟"，2014年3月31日香港《文汇报》有新闻标题"占领一句钟 成交蚀百亿"等。可见穆旦诗集《探险队》中出现"一句钟"并不是编排错误，没有必要改为更为通行的"一点钟"。而且，查初刊《祭》在1940年9月12日香港《大公报·文

---

① 王佐良：《一个中国诗人》，穆旦《穆旦诗集（1939—1945）》，1947年初版，附录第5页。后以"一个中国新诗人"为题刊《文学杂志》1947年第2卷第2期，7月1日出，文字略有出入。同样作为附录收入增订本《穆旦诗文集》第1卷，保留《穆旦诗集（1939—1945）》版题目。

② 叶圣陶：《片段之一：开学第一个月》，《叶圣陶集》第19卷，江苏教育出版社1994年版，第7页。

③ 竺可桢：《竺可桢全集》第6卷，上海科技教育出版社2005年版，第14页。

④ 贾植芳：《贾植芳文集》书信日记卷，上海社会科学院出版社2004年版，第179页。

艺》中的表述，也作"一句钟"。比照《大公报》上的《祭》初刊本与收入《探险队》的《祭》初版本，已经有几处明显的差异，如初刊本未分节，没有初版本第二行的"了"与第四行的"中"，初版本第六行的"伤亡"在初刊本作"工潮"等。《穆旦诗文集》人为地改"一句钟"为"一点钟"而不加注释，就会产生一个既不同于初刊本又不同于初版本的新版本，让《祭》的版本更加复杂化。

增补诗歌《歌手》的注释标明"见穆旦致郭保卫信（1977年1月12日）"，而对照增订本《穆旦诗文集》第2册所收"穆旦致郭保卫信（1977年1月12日）"，却发现两处《歌手》的文本居然也有差别。末行在《穆旦诗文集》第1册中作"我恍惚自问：'生活为什么这样对我？'"，在《穆旦诗文集》第2册中作"我恍惚地自问：'生活为何这样对我？'"。① 虽然说"恍惚"与"恍惚地"的意义几乎没有差别，"为什么"和"为何"的含义也基本可以划等号，但是同一种作品集中这样前后自相矛盾，令人莫衷一是。穆旦的这封书信还存世吧？原文到底是什么呢？《穆旦诗文集》"为什么"或者说"为何"出现这样的失误呢？期待相关人士能够核对甚至公开这封书信影印件，并在再版时作必要的统一。

经核对，其余两首增补的诗歌《失去的乐声》《X光》未见与封面署"民国二十九年六月十六日出版"的《今日评论》第3卷第24期原刊存在差异。完美地辑校原刊文字，正是所有读者期盼的状态。

二 增补散文求疵

增订本《穆旦诗文集》增补的七篇散文是《山道上的夜》《生活的一页》《抗战以来的西南联大》《从昆明到长沙——还乡记》《岁暮的武汉》《从汉口到北平》和《回到北平，正是"冒险家的乐园"》。散文的文字段落明显多于诗歌，整理辑校的难度也比诗歌大，避免微瑕需要花费更多的心力。

《穆旦诗文集》增补的第一篇散文《山道上的夜》原载《清华副刊》第45卷第1期，与原刊的文本差异有以下几处：（1）第二段的"拿着一只电棒"原文作"拿着一只电捧"；（2）第三段的"忽而柏囔道"原文作"忽要

---

① 穆旦：《致郭保卫》，《穆旦诗文集》第2册，人民文学出版社2014年增订2版，第249页。

柏曩道";(3)第九段末尾"当做想象的武器"原文作"当做想像的武器";(4)第十段末尾"当我们看到他们的面孔时"原文作"当我看到他们的面孔时",衍一"们"字;(5)第十一段和第十二段之间原文在"一会儿,"后面分段,而不是增补本的在"……一会儿"前面分段;(6)倒数第三段开头"在这峰顶的一崦"原文为"就在这峰顶的一崦",增补本脱一"就"字。其中第1处和第2处的校改应该说是有道理的,与陈越博士和解志熙教授最早披露此文的《人与诗的成长——穆旦集外诗文校读札记》[《励耘学刊》(文学卷)2008年第1期]所附录的《穆旦集外诗文六篇》之《山道上的夜——九月十日记游》的前两条注释也一致,但加上注释会更显谨严。第3处的"想象"与"想像"是长期以来使用比较混乱的两个词汇,而20世纪30年代"想像"在使用上还一度稍占上风,从尊重原文的角度,可以不改。《穆旦诗文集》后面增补的《回到北平,正是"冒险家的乐园"》第三段有一处连用四个"你想像"的排比句,也没有改为"你想象",从保持统一的角度,这里也应当不改。第5处原刊的分段方式应当是将对话另起一段,这和全文别的几处对话的处理方式是一致的;而增补本的分段方式则打破了这种统一,窃以为还是应当以原文为准。第3处的衍文与第5处的脱字都明显是辑校不细所致。有意思的是衍文、脱字与第3处的"想象"都和《穆旦集外诗文六篇》一样,是殊途同归之举,还是因循沿袭之误?此外,还值得指出的是个别异体字和标点问题。副标题中的"游"原文作"遊",文中唯一一处省略号原文是两个连用的省略号。为存穆旦集外文之真,要么不改一字,要么还是应该在修改处作必要的说明。

《穆旦诗文集》增补的第二篇散文《生活的一页》原载《清华副刊》第45卷第10期,与原刊的文本差异还要稍多一些。依次是:(1)第一段段末"却相反的觉到加倍的烦躁了"原文为"却相反的觉到加倍的烦燥了";(2)第四段段中"前几天曾接到过他的信"原文为"前几天我曾接到过他的信",脱一"我"字;(3)第四段段中"他由信中跳进了我的脑子了"原文为"他由信中跳进我的脑子了",衍一"了"字;(4)第五段开头"我住在一条弄堂的顶楼上"原文为"我住在一条衖堂的顶楼上";(5)第五段段中"这些话又活在我的脑中"原文为"这些话句又活在我的脑中",脱一

"句"字;(6)第五段末尾的省略号原文是两个省略号连用;(7)第六段段中"吃、喝、赌,或者打架"原文为"吃,喝,赌,或者打架";(8)第六段段末"那是使人不得不掉眼泪的"原文为"那是使人不得不眼泪的",衍一"掉"字;(9)第七段开头"我在镇上闲走"原文为"我在镇里闲走";(10)第七段段中"她那哭号的疯样使我永远不能忘记"原文为"她那哭号的疯样便我永远不能忘记";(11)第七段末尾的后引号为原文所无;(12)第十一段开头"我不能摆脱环境所加于我的窒闷"原文为"我不能摆脱境境所加于我的窒闷";(13)第十二段开头"窒息了我的呼吸"原文为"窒息了我的呼息";(14)末段第一句"虽然明知道这解答是不会有长久效力的,"原文为"虽然明知道这解答是不会有长久效力,的"。其中第10处、第12处和第14处应当是原文排印有误,悉数为陈博士和解教授发现并在《穆旦集外诗文六篇》之《生活的一页》中加上注释予以说明,《穆旦诗文集》增订本相应地改"便"为"使"、易"境"为"环",逗号后移一字都是应该的,但不加注释恐有失谨严。第1处的"烦燥"与"烦躁"、第13处的"呼息"与"呼吸"的使用也比较混乱,当时的出版物中也不乏使用"烦燥""呼息"的例子,为存穆旦文字之真,也可以不改。而且参照"呼息"后面紧接着的"我的头脑在经过长时的斗争后,也似乎已经纷碎了"之"纷碎"都可以保留原样而持不处理为"粉碎"的辑校原则,"烦燥""呼息"自然就更有理由得到保留。第2处、第5处的脱字,第3处的衍文与第9处的误字不用再费口舌,而第8处原文不用"掉"字并不影响意思的传达和理解,还别有诗句般的意味。第4处原文中的"衖"乃是"巷"的异体字,"巷堂"一词虽有些冷僻,但也不乏使用。而把"衖堂"识别成"弄堂",虽然通顺,但明显偏离了原文,不管是疏忽还是有意。第6处、第7处和第10处均是标点问题,在我们看来都应该保持原样。因为第6处的两个省略号连用无伤大雅,现在的标点符号用法也可以连用两个省略号;因为第7处原文用逗号表示"吃""喝""赌"与"或者打架"四者是并列关系,而《穆旦诗文集》增订本用顿号表示"吃""喝""赌"三者是并列关系,然后再共同与"或者打架"形成上一层的并列关系,从文意和常识看,应该是四者并列,没有层次之分;因为第10处所引内容是在连续四段引文的中间,而独立成段的引文如果不止一段，就应该在每段开头仅用前引号，在最后一段末尾才用后引号，何况之前的两段引文末尾也没有用后引号。还值得指出的是，除第7处和第8处与《穆旦集外诗文六篇》之《生活的一页》在处理上稍有不同外，其他几处的文字如出一辙，这就更让人疑心是"遗传"性的瑕疵了。

《穆旦诗文集》增补的第三篇散文《抗战以来的西南联大》原载1941年1月10日出版的《教育杂志》第31卷第1期"抗战以来的高等教育"专号。由于此文内容比前两篇要长，计九段2100余字，与原刊的文本差异多一些也可以理解。但统计之后，竟然发现瑕疵多达36处，我们不得不惊异了。兹罗列如下：(1) 第二段第三行"教职员"后脱一逗号；(2) 第二段第六行"全国各大学学生几乎都有"之"都"应为"全"；(3) 第二段第七行"国难期间"后脱一"的"字；(4) 第三段首行"个人生活也大都"之"都"应为"多"；(5) 第三段第二行"有的同学"应为"有些同学"；(6) 第三段第四行"为患"应为"之患"；(7) 第三段第六行"汹涌全国"应为"蜂涌全国"；(8) 第三段第八行"梦想着大学毕业"之"着"为衍文；(9) 第三段第九行"暗淡"应为"黯淡"；(10) 第四段第二行首"校"字系衍文；(11) 第四段第四行"到教育部请愿"衍一"育"字；(12) 第四段第四行"一直攻击"应为"一致攻击"；(13) 第四段末行"很大"后脱一"的"字；(14) 第五段首行"海行者"后的逗号为原文所无；(15) 第五段末行"正式在滇上课"应为"正式在滇开课"；(16) 第六段第二行"概括起来"应为"总括起来"；(17) 第六段第三行"摧毁"应为"摧残"；(18) 第六段第六行"能买昆明的三四石米"前脱一"过"字；(19) 第六段第七行"然可见"应为"可想见"；(20) 第六段第九行"摧毁"应为"摧残"；(21) 第六段第十一行"一室中有四五人"衍一"有"字；(22) 第六段第十六行"两个月一迁居"衍一"个"字；(23) 第六段第十六行"就是"后面遗漏一逗号；(24) 第六段末行"必须让出来"应为"必得让出来"；(25) 第七段首行"以上所述"后面遗漏一逗号；(26) 第七段第七行"到一九三九年"应为"至一九三九年"；(27) 第七段末行"漪与盛哉"应为"漪欤盛哉"；(28) 第八段首行"校中课业"前脱一"学"字；(29) 第八段第四行"时事等等"后脱一"的"字；(30) 第九段首行"最有效的答复"原文为"最有效的答覆";（31）第九段第四行"一次"应为"第二次";（32）第九段第四行"是在"之"是"为衍文;（33）第九段第五行"不下百枚"应为"不下百个";（34）第九段第五行"炸弹"前脱一"重"字;（35）第九段第八行"就是轰炸的"应为"就在轰炸的";（36）第九段结尾"未有因轰炸而停止过一日"应为"未曾因轰炸而停止过一日"。

  上述微瑕绝大多数是脱字、衍文、增减逗号、更换字词等细节问题，只要核对原刊就一目了然，这里就不再赘述。但有几处瑕疵需要稍作分析。第 7 处原文作"蠭"，"蠭"是"蜂"的异体字，"湧"是"涌"的异体字，《穆旦诗文集》误作"汹涌全国"，当是未作专门查证所致；第 11 处"教部"实则就是"教育部"，是民国时期对教育部的简称，如《时事公报》1936 年 7 月 29 日、1938 年 5 月 22 日、1940 年 5 月 5 日先后有《教部切实废止小学儿童体罚》《教部令各省教厅增筹社教经费》《教部订定改进中学教育方案》的消息标题。如果专门把"教部"完整补充为"教育部"，显得有些画蛇添足；第 18 处所脱的"过"字意义重大，其有无能表达完全相反的意思，如果有"过"字，则表示月薪顶高的能买昆明的三四石米，如果没有"过"字，则表示月薪顶高的都不能买昆明的三四石米，不可不慎重；第 27 处原文作"漪歟盛哉"，"歟"的简体字是"欤"而不是"与"，"漪欤盛哉"是表示赞叹的套话，"漪欤"也作"猗欤"，赞叹词；第 30 处的"答复"与"答覆"也是关系演变比较复杂的异形词，虽然现在"答复"的通用性已占绝对优势并被公布为规范词形，但在整理民国文献的时候，还是应该保留"答覆"，以存穆旦文本之真。退而言之，即使要使用规范词形，也应该加以必要的注释说明。

  还值得注意的是，《抗战以来的西南联大》2011 年即收入《穆旦作品新编》（李怡编，人民文学出版社 2011 年 10 月版），所录文字和《穆旦诗文集》几乎完全一样。也就是说，前述 36 处瑕疵除第 6 处外，另外 35 处同样存在于《穆旦作品新编》中。据《穆旦作品新编》之前言，"《抗战以来的西南联大》一文电子版由易彬提供"，[①] 看来这些瑕疵是来自这份电子版。其实在此之前，易彬教授的《穆旦年谱》已经在 1939 年 12 月条目之下引用了《抗战以来的

[①] 李怡：《前言》，《穆旦作品新编》，人民文学出版社 2011 年版，第 10 页。

西南联大》前面四段，又在 1940 年 10 月 16 日条目之下摘录了《抗战以来的西南联大》后面四段，① 已经披露了除不足百字的第五段外的《抗战以来的西南联大》主要内容。核查其文字，也几乎和《穆旦作品新编》一样，只有开篇第一句的"南开"后面有顿号，第二段"七八百人而已"后面有逗号，倒数第二段倒数第二句"西南联大都是热心活动的一份子"保留了原文的"份"而不是《穆旦作品新编》径改了的"分"，末段首句"拿工作的成绩来给他们看"的"拿"并不是《穆旦作品新编》误植的"来"等几处小差别。也就是说，前述 36 处瑕疵除第五段的 2 处外，其余 34 处在《穆旦年谱》引用的《抗战以来的西南联大》中已经存在了。至于《穆旦作品新编》之《抗战以来的西南联大》产生了新瑕疵，则很可能是编辑排版产生的"手民之误"。综合起来分析，很可能是《穆旦年谱》作者整理《抗战以来的西南联大》产生的瑕疵传递给了《穆旦作品新编》，而《穆旦诗文集》增订本又沿袭了《穆旦作品新编》的瑕疵而没有作原刊文本的核对。

笔者曾将前段文字呈请易彬兄指正，2014 年 9 月 3 日，易彬在邮件中提到："2010 年初，本人查到了《教育杂志》上所载《抗战以来的西南联大》一文，随后自行整理成文，整理稿先后节录于本人所著《穆旦年谱》和《穆旦评传》，并全文转给《穆旦作品新编》作者李怡和《穆旦诗文集》（增订版）作者李方，因校勘不严，各处错误责任均在本人。真心感谢凌孟华兄的指正。也希望学界同仁在整理作家文献时，以此为戒，为后人提供更为扎实可靠的文献资料。"由此可见笔者此前的推测有误，《穆旦诗文集》增订本与《穆旦作品新编》关于此文的瑕疵，并不是"沿袭"关系，而是"共生"关系。易彬兄的坦诚也使笔者将这篇小文雪藏起来，希望有别的论者指出这些瑕疵，而不是笔者。然而，近年来穆旦《抗战以来的西南联大》一文的读者想必很多，但始终未见相关问题讨论。为了让更多读者了解到《抗战以来的西南联大》的原貌，也为了易彬兄这份雅量，我还是选择继续在本书收录这篇旧作，并应易兄"支持你的考订文章发表。也希望兄能增加一个注释，以给学界一个交代"之嘱，附上前述邮件内容。也算作家现代文献整理过程中的一小段插曲吧。

---

① 易彬：《穆旦年谱》，中国社会科学出版社 2010 年版，第 36—37、56—57 页。

其实，在《穆旦诗文集》增订本修订期间，已经有学人公开发表了瑕疵少很多的《抗战以来的西南联大》辑校成果。这就是刘奎辑校的《抗战以来的西南联大》，刊发于谢冕、孙玉石、洪子诚主编的《新诗评论》2012年第2辑。此辑2013年1月出版发行，《穆旦诗文集》增订本编者完全有时间有机会翻阅参考，修正瑕疵。但事情遗憾地并没有这样发展。当然，刘奎辑校的《抗战以来的西南联大》也有瑕疵，比如第六段4句"学校的设备经过一次摧毁，就更坏了一次"衍一"了"字，倒数第二段倒数第二句"西南联大都是热心活动的一份子"的"一份子"也径改为"一分子"，末段倒数第二句"同学财物损失一空"的"财物"误作"财务"以及其他几处径直修改了原文文字与标点而没有必要的注释等。刘奎辑校《抗战以来的西南联大》时，不知道有没有查阅过《穆旦作品新编》，不知道是不是出于修正其瑕疵的目的才重新发布此文。

也许是由于穆旦的影响力与学者的偏爱，近年办得很有特点与水准的《现代中文学刊》2014年第1期又刊发了王鹏程、鲁惠显的《穆旦西南联大时期佚文及〈隐现〉的最初版本》。此文"钩沉"的佚文正是《抗战以来的西南联大》，作者有注释说明"本文完成修改时，检索资料，发现易斌、陈璐二先生的《西南联大时期穆旦的写作境遇与个人形象》（《云南师范大学学报》2012年第6期）对《抗战以来的西南联大》的内容略有提及"，[①] 不仅把研究穆旦卓有成效的青年学者"易彬"误写为"易斌"，而且似乎没有检索到前面提及的《穆旦年谱》《穆旦作品新编》与刘奎的辑校文字，不知道自己的"钩沉"已经至少是第四度以后了。这是令人遗憾的，甚至觉得不合常理。更遗憾的是，此文整理的《抗战以来的西南联大》除了把第四段"教育部"录为"教部"，把倒数第二段"防空救护"录为"防控救护"，把末段"财物损失"录为"财务损失"等疏漏外，居然全文只有七段，原文的第三段和第四段被合为一段，原文的第六段和第七段也并为一段，实在有些离谱！同时，此文所谈的"《隐现》1943年版本的发现"问题，也早有解志熙先生的《一首不寻常的长诗之短长——〈隐现〉的版本与穆旦的寄托》和《穆旦

[①] 王鹏程、鲁惠显：《穆旦西南联大时期佚文及〈隐现〉的最初版本》，《现代中文学刊》2014年第1期。

长诗〈隐现〉初刊本校录》发现、辑校并进行了深入的分析。解先生的文字刊于北京大学出版社 2010 年 12 月出版的《新诗评论》2010 年第 2 辑，同时收入李怡、易彬主编的知识产权出版社 2013 年 1 月版《穆旦研究资料》，应当是不难查找到的资料。希望这仅仅是因为作者文献检索不到位，研究现状把握不准确，希望不会牵涉回避、隐藏等其他复杂问题。好在这样不太负责任的问题稿件在《现代中文学刊》是非常少见的，如此微瑕并不影响刊物的主流与声誉。刊物 2019 年成功入选"CSSCI 来源期刊（2019—2020）目录"，就是明证。

《穆旦诗文集》增补的后面四篇散文《从昆明到长沙——还乡记》《岁暮的武汉》《从汉口到北平》《回到北平，正是"冒险家的乐园"》均原载《独立周报》第三版"通讯"栏，第一篇署名"本报特派记者查良铮"，第二、三、四篇署名"本报特约记者查良铮"。第一篇刊 1945 年 12 月 24 日第五期，第二、三篇同刊 1946 年 1 月 24 日第七期，第四篇刊 1946 年 2 月 1 日第八期。这四篇文字也是陈越博士首先发掘出来的，撰有《再从军路上的〈还乡记〉——查良铮（穆旦）佚文四篇校读》和《〈还乡记〉——查良铮（穆旦）佚文四篇》，同刊北京大学出版社 2010 年 12 月版《新诗评论》2010 年第 2 辑，后以"《还乡记》四篇"为题收入《穆旦作品新编》（仅几处文字标点略有调整）。经核对三期《独立周报》原文，发现《穆旦诗文集》在增补这四篇散文时的处理同样存在不同程度的误差，留下了一些瑕疵。

《从昆明到长沙——还乡记》的瑕疵计 13 处。(1) 第三段第三句"上了闪亮的刺刀"原文作"上了闪亮亮的刺刀"，脱一"亮"字；(2) 第四段第二句"那是一辆日本驾驶兵"原文为"那是一个日本驾驶兵"，"个"误作"辆"，量词"辆"也不能和"日本驾驶兵"搭配；(3) 第七段第三句"三处因公路桥破坏"原文作"三处因为公路桥破坏"，脱一"为"字；(4) 第七段第三句"只有用渡船每日过渡百多辆车子"之"过渡"原文作"渡过"，字序颠倒；(5) 第八段首句"到芷江已是细雨霏霏的严冬了"之"霏霏"原文作"菲菲"，考虑到前面第六段第八句"孤另另"没有修改为更通行的"孤零零"，后面倒数第三段第三句的"生气溶溶"也没有处理为更常见的"生气融融"，则"细雨菲菲"也可以保持原状。陈越的辑校文字就三处都保持原文原状，而《穆旦作品新编》则三处都作了统一处理；（6）第八段第五句"空军SOS的牌示还插在路口和小巷中"后面的句号原文为逗号，而且用逗号才能解决紧接着的"表示这里曾经热闹一时"没有主语的问题；（7）第八段第八句×处长说的"我的腰都痛了"原文在痛前还有一个字，只是笔者所查报纸漶漫不清，无法辨认。陈越君所查也似乎如此，故有注释"原文此处字迹不清，可能为'痛'字"①予以说明。但其实"痛"字至少在笔者所查报纸上是很清楚的，不清楚的是"痛"前面那个字。《穆旦作品新编》保留了陈越的注释，但误把注释放在了"痛"前面，因为这样结合注释该句就成了"我的腰都痛痛了"，当年的处长应该不会这么萌的！一笑；（8）第八段第十三句"可是她们在抱怨"原文作"可是她们在报怨"，"报怨"一词，在当时小说报章中也时有出现；（9）第十段第二句之前半句中"在废墟上盖着茅草房子"原文作"在废墟上盖着芽草房子"。"芽草"虽然不如"茅草"常用，但保留也不影响阅读，如果视为别字进行修改，则也应该加注释。此处陈越文和《穆旦作品新编》失注，而易彬君在《穆旦年谱》中引用时改作"茅草"，在《穆旦评传》中又恢复为"芽草"；（10）第十段第二句之后半句中"而大家的情形都更穷，更苦，更可怜"的"可怜"原文作"可悯"，所见诸位穆旦研究者似乎都巧合而不应该地把繁体字"憫"转换成了简体字"怜"；（11）第十二段倒数第三句"胼手砥足"原文作"拚手胝足"，如果说原文误排了成语"胼手胝足"的第一个字，那么《穆旦诗文集》增补本则误排了成语"胼手胝足"的第三个字，把原来错的径直改了，却又把原来正确的改错了；（12）倒数第三段首句"从湘西芷江宝庆，湘潭一带走过"原文作"从湘西芷江，宝庆，湘潭一带走过"，加上"芷江"后面的逗号句子才通顺，才能体现三个地名的并列关系；（13）末段末句"这两天苏北鲁南正在枪炮厮杀"原文作"这两天苏北鲁南正在枪礮嘶杀"，"礮"是"炮"的异体字，自然可以处理，而"嘶杀"则是有一定通用性的词，应该予以保留。陈越文就保留了"嘶杀"，而《穆旦作品新编》已改作"厮杀"矣！短短一篇散文，就有10余处或明显或可商榷的瑕疵，而且除了前面说的第10处外，

---

① 陈越：《〈还乡记〉——查良铮（穆旦）佚文四篇》，《新诗评论》2010年第2辑，北京大学出版社2010年版。

其实第1、2、3、4、6、8、12等处的脱字、错字、字序颠倒及标点错漏问题，也是从陈越的辑校文字开始就存在了。这样的教训再次提醒我们，辑校作家集外文必须慎之又慎。

笔者所见的《岁暮的武汉》一文也有几处漶漫不清，所以非常理解陈越辑校时的难处和注释说明的方式。但《穆旦诗文集》在增补此文时删除了陈越关于可能排印有误和字迹不清之处的7条脚注和关于断句标点的1处夹注，直接校正了2个错字、补充了5个原文字迹不清的字并增加了一个逗号，并且具体的处理与陈越的意见完全统一，这就显得不够严谨。特别是补充的"感""又""航""郊""三"五个字，虽然目前看来很有道理，但如果他日找到清晰的报纸，核对发现其中有一两字补充错了，注释者能气定神闲，而径改者恐已无路可退。同时，此文第四段首句"天空铺满了云"原文作"天空铺佈了云"，"佈"是"布"的异体字，保留"佈"或者转换为"布"都是可以的，而变成"满"则明显是疏忽走眼了。此外，第六段第三句"用木板钉的桌凳"原文为"用木板钉的桌櫈"，"櫈"是"凳"的异体字之一，"桌櫈"作为"桌凳"的异形词曾经出现在不少书刊资料之中，所以这里陈越文和《穆旦作品新编》又失注，而《穆旦诗文集》增补时不作改动可能更符合穆旦的书写习惯。再有，第六段倒数第二句"可仍是兴高采烈的掷皮球玩"原文作"可仍是兴高彩烈的掷皮球玩"，"兴高彩烈"虽然现在几乎被"兴高采烈"取代，但20世纪30年代的报刊如《东方杂志》等的标题中就多有其身影，甚至20世纪60年代前的《人民日报》标题中也常有其位置。也就是说，穆旦20世纪40年代的文字中出现"兴高彩烈"是正常的，甚至不能认为是错误。这里陈越文和《穆旦作品新编》再失注，而《穆旦诗文集》在增补时其实可以保留"兴高彩烈"。

《从汉口到北平》一文在《穆旦诗文集》增补的几篇散文中篇幅最短，瑕疵也最少。除径直把原文第三段首句"由汉口到上汉"改为"由汉口到上海"而未作注释外，笔者发现的瑕疵仅两处。一是首段第二句"而等船的接收及公差人员，据统计就有八千多"在"而"后脱一"只"字；二是第七段首句"正在抱怨他"原文作"正在报怨他"。原文的"只"字可以进一步限定和明确统计的范围，可见穆旦思维的缜密与用语的精确，遗漏此字就会遗漏一丝穆旦的文采。而"报怨"的再度出现让我们更有理由相信这可能是当年穆旦用词的一个习惯，连同前面《从昆明到长沙——还乡记》的第8个瑕疵处的"报怨"，都更应该保持不变。此外，末段首句"我拿着批准的声请书去到中航订座位"倒是准确照录了原文，可是如果"声请书"可以不顾现在通行的"申请书"，可以因为当年的语言习惯而得以保留，那么我们前面举的好些处同样符合旧时用语习惯的地方就增加了得到保留的理由。由此观之，《穆旦诗文集》增补诗文时文字处理的尺度、规范和原则不够统一的问题就更明显了。

《回到北平，正是"冒险家的乐园"》是《穆旦诗文集》增补的最后一篇散文，文字相对比较准确。值得一提的有：（1）第三段第四句"笔直的田垄在雪中画了一个整齐的棋盘"之"田垄"原文作"田垅"，"垅"的解释是同"垄"，"田垅"也在资料文献中有较高的出现频率，也有理由得到保留；（2）第八段第二句"在敌人的统治之下"原文其实是"在敌人的统敌之下"，虽说原文明显出现了把"治"排印为"敌"的错误，但首次整理者不应该失注，而《穆旦诗文集》再修订时如果能加注释，也不能遗漏这个地方；（3）第八段倒数第二句"由吃配给面而吃棒子面窝头"原文其实是"由吃配给面而吃捧子面窝头"，出现了把"棒"排印为"捧"的失误，整理者加注也应注意此处。联系到前面《山道上的夜》把"电棒"排印为"电捧"，看来《独立周报》排字工人对"棒""捧"的差别可能也不够敏感而发生混淆。此外就是原文可能误排的第八段末句的"一纪耳光"改作"一记耳光"、第九段倒数第二句"交上这种荷刻的房捐"改作"交上这种苛刻的房捐"后当加注释的问题，以及第九段首句"小侄子侄女"原文为"小姪子姪女"、第九段末句"为此事哗然"原文为"为此事譁然"、第十段第四句的"仿佛还在间接推动"原文为"彷彿还在间接推动"等几处异体字问题。

三 关于瑕疵的说明与反思

虽然我们通过与原始报刊文字比较，不厌其烦、不避琐屑地罗列了《穆旦诗文集》增订本增补诗文的诸多瑕疵，但我们也深知原始报刊文字也有其历史的局限性，并不认为所有增补诗文与原报刊原文字不一致的地方都是瑕疵。编者有的修正就非常合理、恰当而有创意。比如《抗战以来的西南联大》第二段第三行"而已"后增加的逗号,就及时点断了句子,使之通顺流畅;而第六段段末的两行"租了几个疏散到乡间的中学的校舍的(农业学校,工业学校,昆华师范,昆华中学),",原文为"租了几个疏散到乡间的中学的校舍的,(农业学校,工业学校,昆华师范,昆华中学,)","昆华中学"后面的逗号明显应该置于括号外面,而括号前也一般不用逗号。特别是《回到北平,正是"冒险家的乐园"》把第十段首句原文"第一方面"改作"另一方面"的处理更是非常成功。因为原文"第一方面"之后并没有第二方面等与之呼应,读起来令人不解。而此处陈越的辑校文字和《穆旦作品新编》都只是简单地照录而没有发现其中的问题。《穆旦诗文集》增订本编者改"第"为"另",则不解之结一下就开了,文气一下就顺了。因为前面两段是一个方面,是谈北平的普通人民,而后面两段是另一方面,是谈北平的浑水摸鱼者,谈贪官污吏与奸商。不得不说,这样的处理就很见功底和水平。当然,为规范计,还是要加上注释才更完美。

注释问题,其实也是上述不少所谓"瑕疵"涉及的问题。《穆旦诗文集》增订本可不可以在因原文出现不常见的异体字、漶漫不清、排印错误等情况而做了必要修订的地方加上注释呢?是出于编辑体例的考虑吗?其实,《穆旦诗文集》增订本并不是不加注释的,其诗卷录1938年作品《祭》时就保留了三处作者原注,在收录1948年作品《世界》时又对德国诗人"那得申"的情况做了简要说明;其文卷录《从昆明到长沙——还乡记》时对英文"Bravado"的词义加有注释,录《评几本文艺学概论中的文学的分类》等文章时保留了作者原注,录书信和日记时也添加了必要的注释。也就是说,《穆旦诗文集》增订本在修订了原始书刊文字的地方也完全可以加上注释。这样既保持了历史之原始与真实,又体现了收录之规范与严谨,两全其美,何乐而不为呢?

至于脱字、衍文、标点文字错误与字序颠倒等问题,则主要是需要加强校对。一方面集外文的发掘者要加强校对,准确照录原文;另一方面文集的编辑者必须在参照发掘者辑校文字的基础上,仔细核对原始报刊,以免"遗传"瑕疵,以讹传讹。我们这个时代的节奏是太快了,不少识者都在倡导"慢生活",而作家佚文发掘与文集编订,更是越快就越容易出现问题、遗留瑕疵。《穆旦诗文集》增订本在增补诗文留下的瑕疵之外，其实原有诗文也有不少类似的细节问题，想必已为有心人发现。

李方先生认为"最了解穆旦，最珍惜穆旦创作价值，最渴望'完整的穆旦'早日展现于中国现代文学长廊的第一人"① 是杜运燮。其实，在后辈人物中，正是李先生自己接过了杜运燮的接力棒，在 20 世纪 90 年代以来的穆旦诗文整理出版与传播中居功至伟。我们指出《穆旦诗文集》增订本增补诗文的一些瑕疵，也是"仅仅出于完善之目的，而绝无问责之用心"。② 相信这些微瑕无损李先生的贡献与令名。冒犯之处，万望诸位先生海涵。毕竟一部更完善的《穆旦诗文集》，是所有穆旦爱好者的共同期待。莫砺锋先生《读〈吕留良诗笺释〉献疑》之结句说得好，"正因笔者对此书深为赏爱，故直陈己见，愿其剔除瑕疵，刮垢磨光，以成全璧"。③

附记：令人欣慰的是，在 2018 年 4 月人民文学出版社 "纪念穆旦（查良铮）百年诞辰"推出的第三版《穆旦诗文集》（增订版）中，本节指出的 2014 年 6 月人民文学出版社第二版《穆旦诗文集》（增订版）增补诗文之瑕疵，已经绝大多数得到修正。李方先生在《编后记》之《补记》中说，"在各方学者、穆旦诗歌爱好者和诗人子女的帮助下，此次修订博采众议又审慎考证，对诗文集共做了百余处修订……"，虽然无一"谢"字，也不曾列出相关人士姓名，但其中应该有本节文字之贡献。

具体而言，诗歌部分《我们肃立，向国旗致敬》所脱之"中"字，《记忆底都城》误植之"却"字，《祭》原载标题之引号与"一句钟"均作了修改，《歌手》也补充了注释"这里收录的诗文系根据家属所提供作者手稿勘定"，而《记忆底都城》之五处"底"之恢复与《绅士和淑女》之"挤被头"等，编者未作处理，看来持保留意见。还值得指出的是，此前关于《绅士和淑女》差异的比较着眼于对读《穆旦诗全集》与《穆旦诗文集》增订本，因而遮蔽了一处重要的问题，那就是第十六行，《中国新诗》初刊版为

---

① 李方：《编后记》，《穆旦诗文集》第 2 册，人民文学出版社 2014 年增订 2 版，第 415 页。
② 凌孟华：《1947 年冰心日本观感演讲之钩沉与补正》，《文艺争鸣》2013 年第 10 期。
③ 莫砺锋：《读〈吕留良诗笺释〉献疑》，《中华读书报》2016 年 3 月 2 日。

"请先生决定、会商、发起、主办",而不是"诸先生决定、会商、发起、主办",应当是《穆旦诗全集》整理时不慎因繁体"諸"与"請"形近而出现抄录错误,并延续至 2014 年第二版《穆旦诗文集》(增订版),又延续至 2018 年第三版《穆旦诗文集》(增订版)。

散文部分和本节意见一致的修正就更多了。《山道上的夜》指出的六处差异中,除前两处本来就有道理的校改外,另外四处均已修正。《生活的一页》指出的十四处差异中,除已有的三处改动外,另有九处均已修正,如果说关于原刊连用两个省略号的意见不予采纳尚属仁者见仁的话,那么第 4 条意见指出的明显衍一"了"字问题,恐怕是修正时又出现遗漏了。《抗战以来的西南联大》指出的三十六处差异中,只有四处未改,这四处除第 23 条之标点处理可以求同存异外,第 20 条之误植"摧残"、第 32 条之衍字"是"与第 36 条之脱字"曾",都是原刊印得清清楚楚的,没有理由继续保留瑕疵。《从昆明到长沙——还乡记》指出的十三处差异修正了九处,《岁暮的武汉》指出的三处差异修正了一处,《从汉口到北平》指出的两处差异修正了一处,《回到北平,正是"冒险家的乐园"》指出的失注与异体字加注问题均未采纳。这些未改未采纳之处,编者可能自有其理由,笔者也持保留意见,供读者诸君参考。

2019 年 5 月 11 日,笔者赴四川大学旁听王德威、王洞、宋明炜、季进等名家讲学,下午抽空和硕士室友袁洪权兄一起到四川师范大学柳堤小区拜访龚明德老师。在谈到学习《鲁迅〈野草〉文本勘订四例》[①] 所受的触动与启发时,龚老师谈及曾向人民文学出版社社长提出这些《野草》文本的"勘订权"问题,要求新出版的《野草》如果要修正这些"一错九十年"的误植,就得注明系龚明德勘订,否则就侵权了。窃以为这是尊重学术、尊重劳动的合理要求,值得学界同人重视。如此,《穆旦诗文集》的某些文本,也有"勘订权"乎?

(原载《中华读书报》2016 年 7 月 6 日第 9 版与
《广播电视大学学报》2016 年第 2 期)

---

① 龚明德:《鲁迅〈野草〉文本勘订四例》,《中华读书报》2015 年 11 月 16 日。

抗戰以來的西南聯大

查良錚

北大、清華、南開是戰爭開始後首遭蹂躪的三校。北大和清華的校舍被日人用為馬廄和傷兵醫院了，而南開大學則全部炸毀所以在一九三七年秋季大後方的許多學校仍在安然上課時，平津的學生們卻掙扎在虎口裏，他們有的留在平津祕密地做救亡工作的，幾乎是大部分則丟下了自己的衣服和書籍飽經飢寒和日人的搜查威嚇留難終於流浪到青天白日的旗幟下來了。

就是這些人們，在戰前掀起了轟轟烈烈的學生運動的，這時候流浪在全國各地方三校曾經在長沙復課，但到達長沙的學生和教職員總共不過七八百人而已於是租成長沙臨時大學借用授沙之聖經學校衡湘中學四十九樓營房等等校址其工學院暫附於湖南大學中文學院之一部則在南嶽山中當時借讀於長沙臨大的很多全國各大學學生幾乎有表面似混亂而實皆為一種國難期間的悲壯緊張空氣所包圍學校於十一月間正式上課不三月而學期結束。

這一時期教授幾乎沒有個人生活也大多無辦法有些同學甚至每日吃一角錢的香蕈度日！然而大家卻一致地焦慮着時局，有時軍事座談會等每次都有人滿之患南京陷落後大局危在旦夕長沙的情形也非常不安卻是肯用功的同學也覺無法安心讀書了又加以「投筆從戎」的浪潮遂使全國於是長沙臨大中乃有大批同學出走其中有入交輯學校的有的則結成小組到山西陝西漢口等地參加

各種工作團及軍隊，再沒有人夢想大學畢業了。這是學校進程中一個比較黯淡的時期，而就在這時期中學校當局決定了遷往雲南。人們把工作和讀書看為兩回事所以「救亡呢還是上學呢」的問題就成了「在長沙呢還是到雲南去」當時在長沙是容易加入救亡工作的，所以學生自治會反對學校遷移並派了代表到教部請當地的報紙也都一致攻擊認為大學生不該逃避云云是時有很多同學猶豫不決恰好學校當局請了兩位名人來演講一位是主席張治中先生是反對遷移的另一位是陳誠將軍他給同學們痛快淋漓地分析了當前的局勢而他的結論是學校應當遷移我這裏得說以後會有很多同學願隨學校赴雲南者陳誠將軍是給了很大的影響的。

一九三八年二月中旬長沙臨大分兩批離湘一批海行者經廣州香港海防而抵滇另有同學教授等約三百人自湘經黔步行而抵昆明凡三千三百里費時六十八日抵滇後長沙臨大學易名西南聯合大學於同年五月正式在滇開課。

直到筆者書此文時，西南聯大在滇已經兩年多了。兩年來的西南聯大，可以說是無日不在苦難中折磨成長總括起來說它的第一個困難是「窮」學校的設備器固然是在增添了然而和同學的需要仍不能按比例地提高教職員方面也是「窮」他們的月薪

查良铮著《抗战以来的西南联大》，《教育杂志》第31卷第1期，1941年1月10日出版，第1页。

查良铮著《抗战以来的西南联大》,《教育杂志》第 31 卷第 1 期,1941 年 1 月 10 日出版,第 2 页。

第二节　穆旦"接近"鲁迅问题之再识

　　穆旦与鲁迅之间的传承与"接近",已是一个相当引人瞩目的学术话题。早在20世纪40年代,穆旦的同学和最重要的推荐者与研究者王佐良先生在论及"是这一种受难的品质,使穆旦显得与众不同的"时,就把穆旦和鲁迅并置讨论,指出"除了几闪鲁迅的凶狠地刺人的机智和几个零碎的悲愤的喊叫,大多数中国作家是冷淡的",① 敏锐地发现穆旦与鲁迅与众不同的有别于"冷淡"的相似性。20世纪80年代以来,李怡、李方、张同道、段从学、易彬等学者都先后论及这个话题,或发现穆旦与鲁迅"有着非常多的契合之处:共同的话题、共同的苦恼、共同的选择",② 或指出穆旦诗中的"'被围者'对茫然的前途有着超常的清醒。犹如鲁迅笔下'困顿倔强'的'过客'",③ 或认为"穆旦的诗正是《野草》传统的暗接与赓续,展示了迷暗沉郁的灵与肉的搏斗",④ 或是从新文学的现代性的角度"将穆旦在与鲁迅的比较中直接拉进文学史和思想史",⑤ 或是指出"穆旦对于鲁迅更明确的指涉出现在晚年"并通过"'死火'与'死的火'"等"几组对照性的词汇……呈现两者内在的精神勾连及歧异之处"。⑥ 钱理群先生在专著与报章中也多次论述"鲁迅与穆旦",其"中国的大多数知识分子尽管声称是鲁迅的'学生',而事实上却根本不能理解(接受)鲁迅。穆旦是少数经过自己的独特体验与独立思考,

---

　　① 王佐良:《一个中国诗人》,穆旦《穆旦诗集(1939—1945)》,1947年初版,附录第5页。后以"一个中国新诗人"为题刊《文学杂志》1947年第2卷第2期,7月1日出,文字略有出入。同样作为附录收入增订本《穆旦诗文集》第1卷,保留《穆旦诗集(1939—1945)》版题目。
　　② 李怡:《黄昏里那道夺目的闪电——论穆旦对中国现代新诗的贡献》,《中国现代文学研究丛刊》1989年第4期。
　　③ 李方:《悲怆的"受难的品格":穆旦诗歌的审美特质》,《天府新论》1995年第3期。
　　④ 张同道:《带电的肉体与搏斗的灵魂:论穆旦》,《诗探索》1996年第4辑。
　　⑤ 段从学:《跋涉在荒野中的灵魂——穆旦与鲁迅之比较兼及新文学的现代性问题》,《鲁迅研究月刊》2000年第6期。
　　⑥ 易彬:《杂文精神、黑暗鬼影与死火世界——鲁迅与穆旦比较论》,《鲁迅与"左联"——中国鲁迅研究会理事会2010年年会论文集》,湖南师范大学出版社2011年版,第224—226页。

真正接近了鲁迅的作家"① 之论断保持着一贯的犀利与深刻。1918年4月5日（阴历二月廿四）穆旦出生，其时37岁的鲁迅已有不少著述，《狂人日记》已于3日前写成。② 1935年8月21日清华大学校长办公处（非易彬《穆旦年谱》《穆旦评传》所称之"校长办公室"）发布校长梅贻琦签发的第186号通告，公布"本届录取新生名单"，查良铮在318名新生中名列第115位。③ 其时著作等身的鲁迅已进入晚年，生命仅剩425天。穆旦作品中提及鲁迅之处到底有多少？穆旦究竟是怎样"接近"鲁迅的？是通过什么样的"中介"得以实现的？穆旦求学、读书与成长过程中接触和接受了鲁迅的哪些作品？其实都是有待更多史料发掘与深入研究的问题。以下从三个方面谈谈我们的再认识。

一　穆旦本人涉及鲁迅的文字疏记

目前已发现的穆旦本人涉及鲁迅的文字其实并不多，除个别诗句出现"鲁迅"外，主要是晚年致友人书信中数次出现"鲁迅"以及在几种自用鲁迅著作上的题签。如果再发现新的穆旦佚文关涉鲁迅，自然另当别论。

穆旦诗歌创作中唯一出现"鲁迅"二字之处，是诗歌《五月》中"无尽的阴谋；生产的痛楚是你们的，／是你们教了我鲁迅的杂文"。这里的"鲁迅"明显不仅仅是随手写出的"鲁迅"字样，甚至也不仅仅是那个原名周樟寿改名周树人的作家之笔名。它的重要性不仅在于呈现了穆旦诗歌与"鲁迅"在字面的关联和结合，更在于和"杂文"组合在一起显示的穆旦的诗思与"鲁迅的杂文"在精神上的承续和融合。鲁迅的杂文无疑是鲁迅20世纪30年代最重要的思想艺术成就，代表着"投枪"和"匕首"，代表着无情的揭露、冷酷的解剖和令人毛骨悚然的深刻，代表着犀利的批判眼光、清醒的理性精神和深邃到抉心自食的文化反思，是"对于有害的事物，立刻给以反响或抗

---

① 钱理群：《丰富的痛苦——堂吉诃德和哈姆雷特的东移》，时代文艺出版社1993年版，第313页。

② 《鲁迅生平著译简表》，《鲁迅全集》第18卷，人民文学出版社2005年版，第12页。

③ 《本届录取新生名单》，《国立清华大学校刊》第676号，清华大学校史研究室编《清华大学史料选编》第2卷，清华大学出版社1991年版，第869—873页。

争,是感应的神经,是攻守的手足"。① 而当"你们"教了穆旦"鲁迅的杂文",当穆旦以鲁迅杂文的思维和方式观察社会,倚在鲁迅杂文的特殊窗口,透过鲁迅杂文的高倍望远镜,清晰看到的就是暴力与"绝望后的欢乐",就是"漆黑的枪口"与"无尽的阴谋",就是"谁也不会看见的""火炬行列叫喊过去以后"的"倾出"与"报上登过救济民生的谈话后"的"愚蠢的人们就扑进泥沼里",就是"谋害者,凯歌着五月的自由/紧握一切无形电力的总枢纽",就是"一个封建社会搁浅在资本主义的历史里"……其间对反人性的现代枪支的反讽,对被利用的群体激情的反思,对虚假的政治谎言的揭露,对虚伪的自由口号的讽刺,对古老的社会体制的反抗,的确具有鲁迅杂文式的深刻、形象与犀利。

诗中的"你们"的确是与"我""他们"等形成矛盾关系的重要"关节点"之一,初清华博士对此有细致的分析,其"虚伪的囚禁自由者""权力的掌控者""谋杀者""'我'的二次诞生,是'你们'阴谋的结果"② 等阐释都不无道理。此前研究者关于"强权阶级的化身,也就是把持与操纵话语霸权的主控机构"③ 的有效解读也是试图在赏析的实与虚之间寻找平衡。其实"权力"也好,"强权阶级""主控机构"也罢,可能都是"你们"某些具体的局部体现。"你们"应当有更宽广的内涵,代表着整套的体制力量,包括政治体制、经济体制、文化体制、教育体制等。"你们"和"我"的关系既复杂又紧张:"你们"教给"我"的"鲁迅的杂文",却成了我揭露"你们"、批判"你们"的有力武器;"你们"的"阴谋"谋害了旧有的"我",却又生产出"二次的诞生"之新"我";你们"敌视"我,我就和你们"交换着敌视",而且"要在你们之上,做一个主人";你们"提审"我,"知道"我的怀里"藏着黑色的小东西",而我已经和"流氓,骗子,匪棍"形成"我们","在混乱的街上走——"。正如有论者分析的"'是你们教了我鲁迅的杂文'象征着:在充满黑暗、阴谋的世界里,'我'被迫学会了去努力看清事实

---

① 鲁迅:《且介亭杂文·序言》,《鲁迅全集》第 6 卷,人民文学出版社 2005 年版,第 3 页。
② 初清华:《穆旦〈五月〉的"知识场"批评——兼探现代汉诗批评》,《苏州科技学院学报》2010 年第 6 期。
③ 杨亭:《古典情怀在现代话语霸权下的消解——解析穆旦的诗〈五月〉》,《名作欣赏》2006 年第 12 期。

的真相"。① "你们"就这样是培养（生产）了"自身的掘墓人"，② 一如"你们"生产了"绅士阶级的逆子贰臣"③ 鲁迅，生产了"鲁迅的杂文"。此诗作于 1940 年 11 月，联系到穆旦年前创作的《一九三九年火炬行列在昆明》，应当有比较切近的鲜明现实指涉性，可能不是初博士分析的"一二·九"运动的记忆，而是《国立西南联合大学大事记》中的"1939.5.4，本校学生参加云南青年'五四'纪念活动，并举办救国献金，夜间举行火炬游行"，④ 是"1939 年 5 月 4 日晚，联大青年学生参加了全市大、中学生的火炬游行。游行队伍在云南大学操场接过火种，由北门进入城区，经华山南路、正义路、金碧路、得胜桥、护国门等处，万余人沿途高唱抗战歌曲"这一"穆旦所写的《五月》所从出的现实情况"。⑤ 这种直接针对现实发言的立场，正是鲁迅杂文的立场；其"二次的诞生"，是"绝望后的抗争，鲁迅哲学之精髓在此得到了响应"，⑥ 其从"报上登过救济民生的谈话后"谈起的方法，也是鲁迅惯用的利用报纸文字展开批判的方法；特别是随后看到"愚蠢的人们就扑进泥沼里"，正是鲁迅推赏的"正面文章反看法"——"从反面来推测未来的情形"的"推背"⑦ 法的灵活运用。

据统计，现存穆旦书信中先后五次出现"鲁迅"。依次是：例①"从那些骂我的话看来，只要他们有一天得势，我是一定要受他们'训练'的。我实在想写一些鲁迅杂文式的诗，把他们也反扫荡一下，我实在看不惯这种'文化法西斯'的逐渐兴起"；⑧ 例②"写东西最怕等，一等就没了。你有什么活跃的思想，只能趁热打铁……当然形式要求完整，但也只能在实践中去找完

---

① 邹秀子：《穆旦诗〈五月〉的新批评解读》，《时代文学》2013 年第 4 期。
② 马克思、恩格斯：《共产党宣言》，中共中央马克思恩格斯列宁斯大林著作编译局编译《马克思恩格斯全集》第 4 卷，人民出版社 2016 年版，第 497 页。
③ 瞿秋白：《〈鲁迅杂感选集〉序言》，《瞿秋白文集》第 2 卷，人民出版社 1953 年版，第 997 页。
④ 西南联大北京校友会：《国立西南联合大学校史——1937 至 1946 年的北大、清华、南开》，北京大学出版社 1996 年版，第 498 页。
⑤ 姚丹：《误读与传承——奥登〈在战时〉与 40 年代中国诗歌》，谢冕、孙玉石、洪子诚主编《新诗评论》2012 年第 1 辑，北京大学出版社 2012 年版，第 118 页。其原始出处当是《昆明日报》1939 年 5 月 5 日《昨日全省青年举行五四扩大纪念》等内容。
⑥ 冯金红：《穆旦诗〈五月〉分析兼论穆旦诗思》，《中国现代文学研究丛刊》1995 年第 2 期。
⑦ 鲁迅：《推背图》，《鲁迅全集》第 5 卷，人民文学出版社 2005 年版，第 97 页。
⑧ 梁再冰：《关于我所了解的查良铮的一部分历史情况以及查良铮和杜运燮解放后来往的情况》，转引自易彬《穆旦评传》，南京大学出版社 2012 年版，第 246 页。

整。在读书中去求模特儿是可以的,但有个大致的概念和模式就可以了,太胆小就什么也完不成。你读过鲁迅吧?学学他的小说如何";①例③"我近来读鲁迅,看到'集外集'有一篇'文艺与政治的歧途'(1927),其中有些话很有意思,不知如何理解,如'惟政治是要维持现状,自然和不安于现状的文艺处在不同的方向','政治想维系现状使它统一,文艺催促社会进化使它渐渐分离;文艺虽使社会分裂,但是社会这样才进步起来','革命成功以后……有人恭维革命,有人颂扬革命,这已不是革命文学。他们恭维革命颂扬革命,就是颂扬有权力者,和革命有什么关系?这时,也许有感觉灵敏的文学家,又感到现状的不满意,又要出来开口。从前文艺家的话,政治革命家原是赞同过;直到革命成功,政治家把从前所反对那些人用过的老法子重新采用起来','即共了产,文学家还是站不住脚'";②例④"关于做官,我相信有人家世代为官,那是遗传之故。性格决定人能否当官,而性格是遗传的……鲁迅是另一个范例。他爱一吐为快,则生活不会舒服,而求生活舒服者,则必须在嘴巴上吞吞吐吐或完全不畅言";③例⑤"有人过二三十年,变得世故而呆板(多半官也不高),你和他一提过去好玩的少不更事,他好像漠然无感,像批评别人似的贬几句,弄得你倒不好意思,好像受到申斥。这样的人就像鲁迅所写的闰土,虽不叫过去的好友为'老爷',却完全无法和他谈什么,只觉得你脑中的过去的'他'已经不存在了"。④

例①内容据易彬判断,"约写于1949年前期曼谷生活期间",⑤一方面显示了穆旦对某些批评者的警觉和反感,另一方面表达了穆旦对鲁迅杂文力量(效果)的认同与欣赏,希望能够写出"鲁迅杂文式的诗"进行"反扫荡"。从流传下来的诗歌创作情况看,这些反批评的"鲁迅杂文式的诗"似乎并没有写成,但这则信件摘录无疑表露了穆旦一度具有借鉴鲁迅杂文的方式写诗的主观愿望和诗学追求。而穆旦在之前和之后的一些诗作,如前面提及的《五月》,1948年的《绅士和淑女》,1951年的《感恩节——可

---

① 穆旦:《致郭保卫》,《穆旦诗文集》第2册,人民文学出版社2014年增订本,第233页。
② 同上书,第234页。
③ 同上书,第201—202页。
④ 同上书,第197页。
⑤ 易彬:《穆旦评传》,南京大学出版社2012年版,第246页。

耻的债》，1957 年的《九十九家争鸣记》等，在讽刺、揭露、批判等方面还真有些"鲁迅杂文式"的风格。例②内容一方面表现了穆旦对写作需"趁热打铁"、要形式完整、要勇于实践的认识，另一方面透露了穆旦对鲁迅小说的肯定与推崇。仅举鲁迅一人的"学学他的小说如何"的建议，既表明了穆旦认为鲁迅小说是值得向青年友人推荐学习的，也隐含着鲁迅小说形式完整，可以从鲁迅小说阅读中求得模特儿的判断。例③的《文艺与政治的歧途》本是鲁迅 1927 年 12 月 21 日在上海暨南大学的讲演，其不少内容多少年来就反复被人引述并作出头头是道的阐释，似乎并没有巨大的理解障碍。而穆旦一方面认为"其中有些话很有意思"并且不厌其烦在书信中抄录，另一方面却明确表示"不知如何理解"，这是颇有些出人意料的。抄录无疑是因为其"有意思"，大段抄录更可以看出穆旦对鲁迅此文的看重；但"不知如何理解"未必是真的不理解，甚至"不知如何理解"也是一种理解，而且从后文穆旦质疑"文艺家的敏感哪里去了呢"约略可以看出其理解可能既独到而深入，可惜具体是如何理解的已不可考。如果说例④的以鲁迅为"另一个范例"体现了穆旦对鲁迅的"生活不会舒服"状态与"爱一吐为快"风格的了解，那么例⑤的以闰土为例说明友人的变化则确证了穆旦对鲁迅小说如《故乡》中的人物与细节的熟悉，穆旦应当有一个漫长的阅读鲁迅、理解鲁迅、学习鲁迅的过程，只是现有的穆旦文字没有具体记述，而学界对相关外围材料缺乏集中梳理而已。

梳理穆旦的鲁迅阅读之另一重要线索就是整理他留下的藏书。这个工作已经有穆旦家属及研究者做过了。易彬大著《穆旦评传》指出，"穆旦遗留下来的藏书之中，即有不少鲁迅的著作，包括《热风》《野草》《集外集》《且介亭杂文末编》《二心集》《三闲集》《朝花夕拾》《且介亭杂文》《且介亭杂文二集》《伪自由书》，等等，差不多都购齐了"。[①] 正如李怡教授所说，"易彬先生是近年国内在穆旦研究方面用力最勤，成果最突出的青年学者"，[②] 其上述穆旦藏书中的鲁迅著作是做过专门整理且值得采信的。但所谓"差不多"还是有些模糊，如果像鲁迅的书帐似的开列穆旦藏书中全部鲁迅著作清单，

---

① 易彬：《穆旦评传》，南京大学出版社 2012 年版，第 464 页。
② 李怡：《后记》，《穆旦研究资料》，知识产权出版社 2013 年版，第 968 页。

就会不言自明。

这些鲁迅著作中穆旦可能有不少题签和批注，目前公开的有两处。其一为1975年在《热风》扉页写下鲁迅名言"有一分热，发一分光"。由于这则材料流传已久，就产生了一些需要追问和辨析的问题。杜运燮先生的回忆是"穆旦从青年时代起最喜欢的一条语录，是鲁迅的话：'有一分光，发一分热。'他经常写在本子上"，① 把穆旦喜欢鲁迅这句话的时间定位到"青年时代起"，程度表达为"最喜欢"，抄录频率描述为"经常"，这对强调鲁迅之于穆旦的影响无疑是有力的。但遗憾的是鲁迅原话为"有一分热，发一分光"。这是杜运燮的笔误，还是记忆错误？或是杜运燮看到穆旦"经常写在本子上"的就是"有一分光，发一分热"，是穆旦的抄写失误？如果是后者，则可以追问杜运燮是没有发现穆旦的错误，还是为诗友讳而避之不谈？而穆旦的失误又有没有什么值得推究的原因？如果是前者，则有理由进一步怀疑杜运燮回忆的准确性，推测其表述中演绎的成分，有没有放大鲁迅这句名言对穆旦的影响。李方先生"1995年岁末经周与良先生、杜运燮先生审阅"的《穆旦（查良铮）年谱简编》与"甄选整合了十年来穆旦史料研究的成果，汲取了穆旦家属亲友的鉴别补正，修订了原编的差错，重新编撰而成"的《穆旦（查良铮）年谱》1975年入谱的第一件事都是"在鲁迅文集《热风》的扉页题写：'有一分热，发一分光，就像萤火虫一般，也可以在黑暗里发一点光，不必等候炬火'"。② 易彬《穆旦年谱》第246页与《穆旦评传》第464页也有"国内形势好转，在鲁迅杂文集《热风》的扉页上写下：'有一分热，发一分光，就像萤火虫一般，也可以在黑暗里发一点光，不必等候炬火'"的记载。但是，出自《随感录》（四十一）的鲁迅这段话，原文为"有一分热，发一分光，就令萤火一般，也可以在黑暗里发一点光，不必等候炬火"。③ "就令萤火一般"怎么就变成"就像萤火虫一般"了呢？什么时候改"令"为"像"、易"萤火"为"萤火虫"的呢？穆旦在扉页题写这句话的《热风》是哪个版本的《热风》？会是书中原文有误么？人民文学出版社1973年5月

---

① 杜运燮：《穆旦著译背后》，《穆旦诗文集》第2册，人民文学出版社2014年增订本，第333页。
② 李方：《穆旦（查良铮）年谱简编》，《穆旦诗全集》，中国文学出版社1996年版，第402页；李方：《穆旦（查良铮）年谱》，《穆旦诗文集》第2册，人民文学出版社2014年增订本，第402页。
③ 鲁迅：《随感录》，《鲁迅全集》第1卷，人民文学出版社2005年版，第341页。

版《热风》没有问题啊！是穆旦的抄录错误么？周与良先生1984年4月为查良铮译《普希金叙事诗选集》所作后记里回忆"在那人妖颠倒的年月里，他明知译诗没有出版的可能，但他在重读鲁迅杂文集《热风》时曾摘写道：'有一分热，发一分光，就令萤火一般，也可以在黑暗里发一点光，不必等候炬火'"，① 陈伯良先生《穆旦传》也说"他在鲁迅的杂文集《热风》的扉页上，工工整整地写下了一段鲁迅的名言：有一分热，发一分光，就令萤火一般，也可以在黑暗里发一点光，不必等候炬火"，② 相关内容和原刊《新青年》与文集《热风》又完全一样。从后两则材料看，穆旦似乎又没有抄错。当然，也有可能是周与良、陈伯良或相关编辑直接核对鲁迅原文并进行了校改。穆旦到底有没有抄错呢？最有效的办法就是核对穆旦抄录有鲁迅名言的那本《热风》了。此本特殊的《热风》应当还在穆旦家属手中吧？有没有影印公开的可能呢？能作为插页图片收入以后的穆旦作品集吗？史料的细节出入与矛盾虽然是小问题，却有一定的普遍性，值得警惕与反思。周与良回忆中的"重读"二字也需注意，因为它意味着穆旦曾不止一次阅读"鲁迅杂文集"，可以佐证穆旦之前有过漫长的鲁迅阅读过程。但随着周先生谢世，穆旦是怎样重读的？是在什么时候什么情况下重读的？具体读了几次等问题可能永远无解了。

其二为1976年12月，穆旦新购《且介亭杂文》三册，并在《且介亭杂文》扉页写上"于四人帮揪出后，文学事业有望，购且介亭杂文三册为纪"。③ 由于此则材料目前仅见于易彬著作，自然没有内容不一致问题。而且著者"事业有'希望'而购买鲁迅著作，可见对晚年穆旦而言，'鲁迅'具有精神支柱的效应"的评论也深得我心，就不再啰唆了。只是"为纪"似乎表示此时购买鲁迅《且介亭杂文》更多是为了纪念揪出"四人帮"这一与自己切身相关的重大历史事件，而不仅仅是为了阅读。也就是说，《且介亭杂文》可能是早已读过的甚至是比较熟悉的作品。

从诗句中的"鲁迅"，到书信的"鲁迅"，再到鲁迅著作与题签，这些已

---

① 周与良：《后记》，查良铮译《普希金叙事诗选集》，四川文艺出版社1985年版，第399页。
② 陈伯良：《穆旦传》，浙江人民出版社2004年版，第135页。
③ 易彬：《穆旦年谱》，中国社会科学出版社2010年版，第269页；易彬：《穆旦评传》，南京大学出版社2012年版，第464页。

公开的穆旦本人涉及鲁迅的文字就是穆旦"接近"鲁迅最重要的直接材料了。以上疏记也许有助于丰富和深化对穆旦"接近"鲁迅问题的认识，但尝试对一些外围材料如相关学生刊物及教科书进行梳理无疑也是非常必要的。

二 穆旦相关学生刊物的鲁迅传播

所谓穆旦相关学生刊物，是指穆旦学生时代刊发过文章的学生刊物，或是穆旦学生时代就读学校印行的其他穆旦可能阅读并受其影响的学生刊物。前者如《南开高中学生》《清华周刊》《清华副刊》，后者如《南开双周》《南开高中》《清华暑期周刊》等。我们的初衷，是通过梳理这些当年穆旦身边的刊物上的鲁迅传播（介绍、研究或纪念）文字，勾勒穆旦"接近"鲁迅的另一条线索或路径。就笔者查阅的这些刊物（均因多家图书馆缺藏而有数期没能寓目）而言，它们对鲁迅的介绍和关注没有预想的那么多，但还是有一些收获，可以为穆旦"接近"鲁迅提供外围佐证。

其一，《南开双周》1931年第7卷第4期（5月21日出版）刊有署名"宋峦"的《关于呐喊》。此文先给文艺下定义"是时代的产儿"，然后"以此眼光看鲁迅的呐喊"，认为是"中国著名短篇小说之一，由它的销售至十数版之多，可以看出它是非常迎合社会心理，得一般智识阶级赞许的"，继而在批评之前先"看一看作者家庭的背影和当时社会的环境"，论及《阿Q正传》《孔乙己》《药》《狂人日记》等作品，指出鲁迅"是第三阶级的代言者"，要求现代的文学家"体会平民阶级所受苛酷待遇的痛苦，当代他们呼喊、引路"，宣称"我们现在不必如鲁迅那本呐喊一般，去代小资产阶级去呼喊。时代变了，我们要随着时代前进，决不愿落在时代车轮的背后"。[①] 虽有从阶级斗争的角度贴上小资产阶级标签PASS鲁迅的味道，但关于《呐喊》在社会上的广泛影响，自然也是包括南开校园的，而作者也是比较熟悉鲁迅作品的。这无疑是当时南开中学学生接受鲁迅情况的某种折射，而此时的穆旦，正身在南开校园上初中三年级，正是南开中学学生中的一员。也就是说，在这样的中学校园中成长起来的穆旦也应当受到鲁迅的影响，也可能熟悉鲁迅作品。当然，关于鲁迅在南开中学的影响，还可以补充一种材料，就是鲁迅逝世后

---

① 宋峦：《关于呐喊》，《南开双周》1931年第7卷第4期，未见具体出版日期。

《南开高中》的悼念文字。此刊 1936 年第 11 期（11 月 18 日出版）"杂俎"栏刊出江瑞熙的《悼鲁迅先生》与于长振集的《关于鲁迅》，文前还专辟一页（第 59 页）刊出"鲁迅先生遗容"，旁批"精神不死"四个宋体大字，第 60 页居中加框专页说明此遗容画像情况："《鲁迅先生遗容》，系刘秉庸君绘，蒙初中出版干事会转赠本刊，谨此致谢！"江瑞熙即后来的穆旦同学，西南联大诗人群诗人，翻译家罗寄一。《悼鲁迅先生》为罗寄一创作的散文作品，似不为学界所知，值得感兴趣者继续关注。于长振后来考入中央航空学校，长空中对日作战洒尽热血。《关于鲁迅》署名"于长振集"，其用意是"想引起同学们对我们这位青年的导师的研究……使同学们以后看起来更方便一点"。①这些文字、绘画和编辑处理都是南开学子表达多年积累起来的对鲁迅深厚感情的特殊方式，也是鲁迅对南开学子产生深刻影响的原始证据。做了六年南开学子的穆旦自然难免受到这样的校园文化滋养，从而渐渐"接近"鲁迅。

其二，《清华副刊》1936 年第 44 卷第 8 期（5 月 30 日出版）刊有署名"家感"的《鲁迅的杂感》。此文指出"提起杂感，就不免想起鲁迅来。他是杂感的能手。杂感也因为他才在文艺园地占上一个光荣的地位的"，认为鲁迅杂感"为许多人所欢喜，也为许多人所憎恶"是因为它"抉发暗黑"，强调"鲁迅式的杂感不是好写的，该有它深的根底……"，②在八十多年后的今天看来也并不过时。这篇文章的重要性不仅在于表达了其时清华学子对鲁迅的理解和评价，不仅在于反复强调"很多人喜欢鲁迅的杂感"，还在于披露了"编辑者对投稿者说：'你来一点鲁迅式的杂感吧'"的信息。如果可以把这里的编辑者理解为《清华副刊》的编辑者，或者理解为包含了《清华副刊》的编辑者，那么投稿者则可以既包括"家感"，也包括"穆旦"，而穆旦"接近"鲁迅又多了一条线索——刊物编辑的倡导。《清华副刊》无疑是穆旦喜欢的校园刊物之一，多次在上面发表作品，已收入《穆旦诗文集》（增订版）的就有署名"慕旦"的作品三篇：散文《山道上的夜——九月十日记游》（1936 年第 45 卷第 1 期）、诗歌《我们肃立，向国旗致敬》（1936 年第 45 卷第 3 期）和散文《生活的一页》（1936 年第 45 卷第 10 期），对它们与原文的

---

① 于长振集：《关于鲁迅》，《南开高中》1936 年第 11 期，11 月 18 日出版。
② 家感：《鲁迅的杂感》，《清华副刊》1936 年第 44 卷第 8 期，5 月 30 日出版。

差异，笔者上一节已专门讨论，此不赘言。穆旦应当会读到《鲁迅的杂感》，丰富对鲁迅的认识和了解，继续"接近"鲁迅之旅程。更为重要的是，此期《清华副刊》上还刊出了穆旦一篇近1100字的集外文——《这是合理的制度吗？》。笔者2013年就辑校此文并进行了初步的探讨，先后蒙解志熙先生、易彬学兄和业师王本朝先生指正并提出中肯的修改意见。有些意外而又可以理解的是，在刊物编辑审稿排队的过程中，一向勤奋、敏锐、高效的学友宫立博士也发现了这篇穆旦集外文并捷足先登，在《东方早报·上海书评》（2014年8月10日）刊出《穆旦质疑清华课程设置》，照录全文并进行简要分析。有鉴于此，本书不再刊出辑校文字。

当然，对宫博士的几处遗憾的"照录"失误及可商榷处，似可饶舌几句。兹按先后顺序列次：（1）"读后不觉深深有感"之"觉"误作"得"；（2）"比较适当的教材应该是像《科学概论》"之"科学概论"因为是教材，以加书名号为宜；（3）"采用的生物学物理学化学地质学的其中之一"之"物理学"三字脱，误；（4）"只有这门比较轻松些"后多加了逗号，为原文所无；（5）"我简直惊异了。那时，我是替学校自设的矛盾制度而惊异的"作"我简直惊异的"，脱"惊异了。那时，我是替学校自设的矛盾制度而"，也就是脱原文近一行内容；（6）"就以那位同学来做个例子吧"之"那"误作"这"；（7）"是因为欠缺努力"作"是因为欠努力"，脱一"缺"字；（8）原文6段，误分7段，原文"好像甲课程的学分是属于甲的，乙课程的学分是单属于乙的，两种。"后未分段。史料发掘者与编辑人员在"照录"原文时，一定得加倍小心，反复对校，以免差池。

此外，正是这篇集外文引发了笔者关于穆旦"接近"鲁迅的初步思考，进而爬梳资料，形成本节文字。这里先粘贴当时的几点初步思考供批评参考。《这是合理的制度吗？》不乏"鲁迅式"特征。首先，在形式上，"问题小说"式的以问句作为标题也是鲁迅文章常用的标题方式之一，如《我们怎样教育儿童的？》《谁在没落》《中国人失掉自信力了吗？》等。特别是《中国人失掉自信力了吗？》蕴含的否定之观点与《这是合理的制度吗？》表达的否定之态度可以说是如出一辙；甚至在鲁迅作品中也不难找到与"这是××的××吗"类似的句子，如"这是二十世纪的美术么？这是新艺术真艺术么?"①

其次，在内容上，集外文中对昧竹君"这自然科学的课程，向不为文法学生感到兴趣"的"完全赞同"与"因为感到无趣，便彼此谈起话来了"的自述，是暗含着在学习、生活中对"兴趣"的强调与追求的，与鲁迅可以说不谋而合，也可以说一脉相承。鲁迅的杂文、序跋和书信作品中就反复出现"兴趣"一词，在读书、论人、就业等方面也时见对"兴趣"的追求或强调。如"但后来竟也慢慢的认识字了，一认识字，对于书就发生了兴趣，家里原有两三箱破烂书，于是翻来翻去，大目的是找图画看，后来也看看文字"，②"通观全体，他于政治经济是没有兴趣的……所以对于日本常常发出身受一般的非常感愤的言辞来"，③"我这次回来，正值暑假将近，所以很有几处想送我饭碗，但我对于此种地位，总是毫无兴趣"④等等。密集出现"兴趣"一词，而且体现了鲁迅一贯的辩证与深刻的例子，当数《安贫乐道法》中一段文字："一种是教人对于职业要发生兴趣，一有兴趣，就无论什么事，都乐此不倦了。当然，言之成理的，但到底须是轻松一点的职业。且不说掘煤，挑粪那些事，就是上海工厂里做工至少每天十点的工人，到晚快边就一定筋疲力倦，受伤的事情是大抵出在那时候的。'健全的精神，宿于健全的身体之中'，连自己的身体也顾不转了，怎么还会有兴趣？——除非他爱兴趣比性命还利害。倘若问他们自己罢，我想，一定说是减少工作的时间，做梦也想不到发生兴趣法的。"⑤ 短短几句话，竟然出现"兴趣"达五次之多。除了"兴趣"本身外，鲁迅笔下还多有与"兴趣"相关的词出现，如"雅趣""意趣""诗趣""乐趣""风趣""有趣""趣味""深趣""旨趣""兴味"等。

更为重要的是，穆旦中学阶段学习的鲁迅文字如《读书的方法》《读书杂谈》中，就不乏"因为常写备忘录的努力，很有减少我们读书的兴味，读书

---

① 鲁迅：《随感录》，《鲁迅全集》第1卷，人民文学出版社2005年版，第358页。
② 鲁迅：《随便翻翻》，《鲁迅全集》第6卷，人民文学出版社2005年版，第140页。
③ 鲁迅：《〈狭的笼〉译者附记》，《鲁迅全集》第10卷，人民文学出版社2005年版，第217页。
④ 鲁迅：《两地书》，《鲁迅全集》第11卷，人民文学出版社2005年版，第302页。
⑤ 鲁迅：《安贫乐道法》，《鲁迅全集》第5卷，人民文学出版社2005年版，第568页。

变成一种苦工之虑的",①"凡嗜好的读书,能够手不释卷的原因也就是这样。他在每一叶每一叶里,都得着深厚的趣味……如果一本书拿到手,就满心想道,'我在读书了!''我在用功了!'那就容易疲劳,因而减掉兴味或者变成苦事了。我看现在的青年,为兴味的读书的是有的……倘只看书,便变成了书橱,即使自己觉得有趣,而那趣味已在逐渐硬化,逐渐死去了"②等内容。这种种"兴味""趣味"和"有趣",无疑会对穆旦产生一生的影响。其他穆旦文字中也不乏"兴趣"的身影,从早年作品中的"与其说,这是它本身的好或坏,毋宁说,是自身的兴趣问题。能对自己发生兴趣的诗,才去鉴赏,这是应该认清的第二要点","如果生活是需要些艺术化或兴趣的,那你最好便不要平凡地度过它。你正在尝着甜的滋味也好,苦的滋味也好,但你须细细地咀嚼它,才能感出兴趣来""然而如果也有一点是值得窃喜的,那恐怕要算是对读书发生兴趣这一回事了",③到晚年书信中的"由于你和实京的兴趣,我索性再把冬③④抄寄你们,再次抛砖引玉","四人帮的丑事太多,你在上海所闻当然不少。但何以这类事是可能的,根由何在,却没有人有这种学术兴趣","现在写东西顶好按照要求写,听听编者要什么,否则大概是碰壁而回。因此我兴趣不大"④都是如此。同样,穆旦笔下与"兴趣"相关的词汇也有"趣味""有趣""乐趣""闲趣""逗趣""打趣""生趣""情趣""意趣""兴味"等。当然,值得指出的是,对"兴趣"的追求其实在中国文化血脉里源远流长,现代文人也不仅鲁迅一人在强调"兴趣",穆旦"兴趣"观的来源应当是复杂而且多元的。但即便如此,鲁迅也是重要一元。

其三,《清华副刊》1936 年第 45 卷第 1 期推出"追悼鲁迅先生特辑",刊发署名"鲁特"的散文《悼鲁迅先生》、署名"伟华"的诗歌《献给伟大

---

① 鹤见祐辅著,鲁迅译:《读书的方法》,《南开中学初三国文教本》上册,1931 年秋自印,第 54 页。
② 鲁迅:《读书杂谈》,《南开中学初三国文教本》下册,1930 年春自印,第 203—208 页。
③ 穆旦:《诗经六十篇之文学评鉴》,《穆旦诗文集》第 2 册,人民文学出版社 2014 年增订本,第 31 页;穆旦:《梦》,《穆旦诗文集》第 2 册,人民文学出版社 2014 年增订本,第 42 页;穆旦:《谈"读书"》,《穆旦诗文集》第 2 册,人民文学出版社 2014 年增订本,第 45 页。
④ 穆旦:《致杜运燮》,《穆旦诗文集》第 2 册,人民文学出版社 2014 年增订本,第 171 页;穆旦:《致董言声》,《穆旦诗文集》第 2 册,人民文学出版社 2014 年增订本,第 193 页;穆旦:《致郭保卫》,《穆旦诗文集》第 2 册,人民文学出版社 2014 年增订本,第 242 页。

的导师》与署名"俪"的消息《鲁迅先生追悼会记》。不必说"写于鲁迅逝世翌日"的诗歌中"黑了心的人们还在批评你哩!/说你没有伟大的文艺建设,/说你把宝贵的晚年消耗在吵嘴上,/说你太激烈……/那些人,却不去追问:/谁在一刻不停地破坏你的建设?/谁在拼死挡住大众进路和你诡辩?/谁在拖着狐狸尾巴行骗?"①满载的辩护与真情;不必说"一九三六,十,二十二新斋"完成的散文中"统治阶级,无论专制或共和,莫不嫉忌他。小资产阶级,无论保守或民主,莫不竞事谗害他……如今他死了——在……热爱,景仰和哀悼中,从这世界五分之一的土地上消逝了!我们可以大胆地说,鲁迅先生虽有许多的敌人,但是他绝没有个人的仇敌。他的令名将与他的巨著同垂不朽"②蕴含的深刻与哀思;单是《鲁迅先生追悼会记》中记录的场景:"廿四日下午,园子里爱好文艺的师生聚集起来举行了一个惨淡的仪式,去追悼一位伟大的导师的死亡;他们好像忘却了平素的欢笑和嬉戏,都严肃而沉默地进行着会序;这告诉我们,对于这位导师的永逝,在每个人的心上都有着剧大的创痛的",和同方部会场高悬的清华文学会挽联:"树新兴文艺之教育,教育青年,教育大众 为民族解放而战斗,战斗到底,战斗到死",以及主席致辞、学生会跟救国会代表的话、朱佩弦先生跟闻一多先生的演讲、李长之赶来的演讲,以及"人们都带了抑郁的心,低着头踱出会场去"③的剪影,就已经充分表现了清华爱好文艺的师生对鲁迅的深挚爱戴与沉痛悼念。1936年10月24日的穆旦正是"园子里爱好文艺的师生"之一,很可能也参加了鲁迅悼念活动。即使他没有出现在追悼仪式现场,但校园内外声势浩大的鲁迅悼念活动与形形色色的鲁迅纪念文章,无疑会触动诗人敏感的神经,留下深刻的印象,推动其继续"接近"鲁迅。如果说鲁迅逝世是其以肉身发言并影响青年的终点,那么鲁迅逝世后各地广泛开展的追悼活动则是其以精神发声并给青年以情感和人格洗礼的新起点,随后延续到历年的鲁迅纪念活动之中,给青年以滋养和引导,吸引着读者不断地"接近"鲁迅。这些读者既包括当年18岁的穆旦,曾经18岁的笔者,也包括现在

---

① 伟华:《献给伟大的导师》,《清华副刊》1936年第45卷第1期,11月1日出版。
② 鲁特:《悼鲁迅先生》,《清华副刊》1936年第45卷第1期,11月1日出版。
③ 俪:《鲁迅先生追悼会记》,《清华副刊》1936年第45卷第1期,11月1日出版。

18岁的21世纪青年。

　　同时，更有影响的《清华周刊》1936年第45卷第1期虽没有标明"追悼鲁迅先生特辑"，却同样刊出了纪念鲁迅先生的文字，而且是更多篇幅更多样化的纪念鲁迅先生文字。其落款"十月三十日"的"编后琐记"云："正在本卷周刊筹备出版的时候，传来了鲁迅先生逝世的消息，对于这一代文化巨人的死，我们当然不能不表示深深的哀悼。遂于本期篇首略加一点关于纪念鲁迅先生的文章，我们不打算标出甚么特辑的名目，原因是若要故意凑个特辑，反容易编不好，而且像鲁迅小传和著作目录等材料也都是读者所熟知的事实，用不着拿来凑篇幅。但我们也不是说只要一篇纪念的文章就够了，有好的时候我们随时都可照普通方法编入，不过不标出特辑的名目来罢了。就如本期里的散文，杂文，诗，书评和补白中都有关于鲁迅的话，这样倒比较好点。因为若要硬凑的话反容易千篇一律的只空洞地喊喊'伟大的'了。"① 这就不仅令人信服地解释了为什么不标出"特辑"，而且简要地总结并提醒读者本期"关于鲁迅的话"的多样化，同时还预告今后对好的纪念文章的开门态度，隐含的信息是鲁迅纪念不是短暂的、跟风的、凑数的，而应该是长期的、持续的、内在的。作为学生刊物的编者，能有这样不温不火不乏远见卓识的表态可谓难能可贵，从中也可以看出清华园内的鲁迅影响以及学子与鲁迅的"接近"。特别是其中一句"像鲁迅小传和著作目录等材料也都是读者所熟知的事实"，更是表明鲁迅及其作品在校园内的普及和盛行，表明包括穆旦在内的学子"接近"鲁迅的良好文化土壤。《编后琐记》提及的"篇首略加一点关于纪念鲁迅先生的文章"应当是指"鲁迅先生的遗像及签名"（配有文字：宋庆龄先生说："鲁迅先生的死是中华民族的一个大损失"），署名"瑛"的两节22行新诗体《挽诗》和王瑶的《悼鲁迅先生》；"散文"指署名"君宜"的《哀鲁迅》，杂文指署名"古顿"的《盖棺论定》，诗指署名"罗白"的新诗《悼鲁迅诗》，书评指署名"李可宗"的《鲁迅杂文集（1935—1936）》，补白指题为《鲁迅对新文字的意见——对访问记者谈》的摘录芬君《鲁迅访问记》之部分内容。

　　《清华副刊》和《清华周刊》上这些展示清华学子对鲁迅的熟悉程度、

---

① 《编后琐记》，《清华周刊》1936年第45卷第1期，11月1日出版。

情感态度和研究深度的鲁迅纪念文字，除王瑶的《悼鲁迅先生》为学界熟知外，其他文字大多湮没无闻，有的仅仅是列入相关资料的目录，更多的却似乎失去了列入目录的资格。其实这些都是研究鲁迅的第一手宝贵资料，值得进一步认真梳理和研究。其中作者署名多系笔名，如"伟华"是后来的"将军音乐家"李伟，"俪"是后来的著名历史学家赵俪生，"罗白"就是当时清华园的"左联"领头人赵德尊，"君宜"就是韦君宜，"古顿"就是王瑶。"鲁特"与"李可宗"的情况目前还所知甚少，有待查证。

三 穆旦中学时期国文教材的鲁迅作品

如果说阅读鲁迅、学习鲁迅是穆旦"接近"鲁迅的必由之路，那么不管是阅读报刊上的鲁迅传播，还是阅读自购来的鲁迅著述，都是基于鲁迅的吸引和魅力，都是出于自身的兴趣和爱好。按照前面也提及过的鲁迅1927年7月16日在广州知用中学讲《读书杂谈》之"一是职业的读书，一是嗜好的读书"[①]两分法，这些大约都应归为"嗜好的读书"。而穆旦阅读中学阶段使用的相关教材资料上的鲁迅作品，就可以相应地归入"职业的读书"，因为这正是鲁迅该文中讲的"学生因为升学，教员因为要讲功课，不翻翻书，就有些危险的就是"的情况。当然，如果彼时穆旦已经渐渐地喜欢鲁迅的作品，那课堂上学习鲁迅就是"职业和嗜好不能合一而来"的反例了，就是"做爱做的事"，而"那是多么幸福"！

穆旦在南开中学的六年时间里都使用过哪些选录鲁迅作品的教材呢？公开的穆旦个人资料缺乏相关记载。而南开中学当年使用的教材坊间流传的也不多，经过努力，淘到涉及四个年级的五本国文教本，姑且作为样本试作梳理。这五本南开中学国文教本供初一、初二、初三和高一年级使用。其中一套初三国文教本分上、下两册，上册封面靠上分三行排列"南开中学/初三国文教本/上册"，下部署印制时间"中华民国二十年秋"；下册封面相似，也是靠上分三行排列"南开中学/初三国文教本/下册"，但所署印制时间更早，是"中华民国十九年春"。民国十九年编印的教材，自当援用一段时间；而民国

[①] 鲁迅：《读书杂谈——七月十六日在广州知用中学讲》，《鲁迅全集》第3卷，人民文学出版社2005年版，第457页。

二十年秋,也就是1931年秋季,穆旦正好升入南开中学初中三年级。也就是说,穆旦初中三年级使用的完全有可能就是这套教材。这套教材上册四个单元选文42篇,下册六个单元选文79篇,拉通排序,共计十个单元121篇,有不少新文学作家作品,如胡适、周作人、郁达夫、朱自清、冰心、俞平伯、汪静之、宗白华、刘大白、刘半农、冯雪峰、徐志摩、焦菊隐、于赓虞、杨骚、小鹿(陆晶清)等。其中第7篇《读书的方法》、第33篇《故乡》、第114篇《聪明人和傻子和奴才》、第115篇《读书杂谈》都是鲁迅的作品,涉及翻译、小说、杂文和演讲,分布在第一、第四和第十单元(后两篇)。《读书的方法》署"日本鹤见祐辅著 鲁迅译",《故乡》《聪明人和傻子和奴才》《读书杂谈》均署"鲁迅"。《故乡》还删去"豆腐西施"从"哈,这模样了"到"顺便将我母亲的一副手套塞在裤腰里,出去了"一节。

从入选这套初三教本的篇目数量上讲,鲁迅的4篇显然少于胡适与周作人的8篇,也不及朱自清与俞平伯的6篇,但无疑还是具有相当的重要性。穆旦的相关研究资料,特别是早年的自我阐释材料确实是太少了,我们甚至不知道其就读的多数班级情况,也不知其国文是哪位或哪几位先生讲授。友人回忆如同窗六年的赵清华先生《忆良铮》也只是说及"6年间这些班有分有合。我记得和良铮同过两次班,一次是1930—1931年初二(3)班……那一年教我们国文的是一位梳着平头的张老师,年纪也只有20来岁吧……"①升入初三的穆旦还在不在三班,国文教师还是不是这位只知其姓不知其名的张老师,都不得而知。至于这位老师对国文教本的把握取舍,其授课的风格效果,其对鲁迅的认识评价等,更是无从谈起。但是,按常理推测,这位先生在课堂自然会讲到教材中鲁迅作品,而且会介绍作为课文作者的鲁迅。从教本的编目选择来看,这些南开中学的老师无疑有相当的新文学修养和艺术品格。《南开教学》第一卷第四号(1931年6月出版)刊有邵存民先生《初一〈国文自修书〉编辑旨趣及方法》一文,其"参考"部分设计"作者略历"就要求"'作者略历'着眼于作者的'个性''生活'及其'在文学史

---

① 赵清华:《忆良铮》,杜运燮等编《丰富和丰富的痛苦——穆旦逝世20周年纪念文集》,北京师范大学出版社1997年版,第192—193页。

上的位置'。词句力求浅显，便于初学阅读；事实不求过详，惟取其较重要者"，①从中应该可以部分参知穆旦初中就读南开时的国文教学情况。如果国文教师在讲授教本中反复出现的鲁迅作品时，能从"'个性''生活'及其'在文学史上的位置'"等角度介绍鲁迅其人，那么穆旦在初中阶段对鲁迅应该就有较多的了解并为以后"接近"鲁迅打下了良好的基础。

另外三本南开中学国文教本分别是《南开中学初一国文教本》（上册）、《南开中学初二国文教本》（上册）与《南开中学高一国文教本》（上册）。其中两本初中教本均标明"二十四年秋印"，高中教本标明"二十三年秋印"。《南开中学初一国文教本》（上册）第一单元选有鲁迅翻译的鹤见祐辅作品《北京的魅力》（出自《思想·山水·人物》，选"皇宫的黄瓦在青天下"节），此单元"教学纲要"显示其"单元中心"是"记叙文作法之探讨"，"教材内容"是"名胜古迹与乡野景物"；②《南开中学初二国文教本》（上册）第三单元第一篇课文就是选自鲁迅《野草》的《雪》，此单元"教学纲要"显示其"单元中心"是"抒情文及其作法的探讨"，"教材内容"是"天象变化及四时感兴的抒情文"；③《南开中学高一国文教本》（上册）第三单元选有鲁迅翻译的厨川白村作品《两种力》（《苦闷的象征》之"创作论"的前三节），此单元"教学纲要"显示其"单元中心"是"记载文作法之探讨"，其"教材目录"表显示是将《两种力》归入第4组，其"体性"是"中心记载"，同组文章还选有梁启超的《墨子之根本观念——兼爱》。④我们列出相关"教学纲要"的部分内容，是因为从中大致可以看出教材编者选择这些鲁迅翻译或著述文字的着眼点，也就可以推知教师讲授时的着力处。当然，这三本教材印出的时候，穆旦已经升入了更高的年级，是不会使用到它们的。但在找不到对应的穆旦使用过的教材时，它们还是可以作为退而求其次的参考。因为正如《南开双周》1930年第五卷第五期"校闻"栏之《初三高一国文会议》记录"四月廿五日任教初三高一国文诸同人举行会议"讨论"编辑下学年高一国文教本问题——拟定

---

① 邵存民：《初一〈国文自修书〉编辑旨趣及方法》，《南开教学》1931年第1卷第4号，6月出版。
② 《第一单元教学纲要》，《南开中学初一国文教本》上册，1935年自印，第1页。
③ 《第三单元教学纲要》，《南开中学初二国文教本》上册，1935年自印，第47页。
④ 《第三单元教学纲要》，《南开中学高一国文教本》上册，1934年自印，第91—92页。

选辑标准酌留旧文并介绍新文"① 所示，下一年级的教本编写固然有变化，会"介绍新文"，但旧文也会"酌留"。换句话说，对于我们梳理穆旦通过国文教材学习鲁迅的情况而言，不同年级的教材因为可能选录相同的鲁迅篇目而具有参考价值。同时，在发生变化的年度教本背后，学校的校园文化其实有很强的延续性，体现相似的校风教风学风。所以从已过目的五本南开中学国文教本都注重新文学作品，都入选鲁迅文章看，很可能穆旦当年使用过的其他国文教本也会入选鲁迅文字。也就是说，穆旦以中学国文教本为"中介"的鲁迅学习应该是持续的、持久的，无形中推动着穆旦不断"接近"鲁迅。

至于穆旦大学时代国文教材中选入的鲁迅作品，倒变得比较简单了。因为穆旦1935年考入清华大学后虽然一年级必修"国文"课程，但其中并没有新文学作家的位置。多年担任清华大学大一国文教授的朱自清先生在《论大学国文选目》中就指出"重今的选本……办不到……和现行大学国文教材也冲突"，所以"无论那个大学都还不愿意这样标新立异"，而西南联合大学"虽然开了风气将一些语体文收在'国文选'里，但也没有清一色的做去"。② 而且就是西南联合大学的"国文选"，所选鲁迅作品也仅《示众》一篇，反不及南开中学国文教材中丰富。就算后来的《国立西南联大语体文示范》，也只是在《示众》之外补充了《狂人日记》而已。当然，大学阶段穆旦的自学能力也不可小觑，在已提及的清华大学学生刊物之外，他自发的鲁迅阅读如何呢？这又是另一个目前难以展开的问题。

总之，经过我们不避琐屑的梳理和分析，算是从诗歌、书信和题签等方面具体回答了穆旦作品提及鲁迅情况问题，从校园刊物与国文教本方面初步回应了穆旦怎样"接近"鲁迅及其"中介"问题，部分落实了穆旦求学、读书与成长过程中接触和接受的鲁迅作品。由于相关的资料信息盲点还有很多，已有材料的爬梳和讨论也远非完备，穆旦"接近"鲁迅问题还有不少空白与空间，值得继续关注。

(原载《鲁迅研究月刊》2017年第8期)

---

① 《初三高一国文会议》，《南开双周》1930年第5卷第5期《耻辱的五月》，未见具体出版日期。
② 朱自清：《论大学国文选目》，朱乔森编《朱自清全集》第2卷，江苏教育出版社1988年版，第19页。

附记：此节文字虽然 2017 年就有幸在《鲁迅研究月刊》发表，但文中"如果再发现新的穆旦佚文关涉鲁迅，自然另当别论"之说，一直萦绕于心。期待发现穆旦佚文，期待关涉鲁迅。

2018 年 4 月 5 日，蒙易彬兄举荐，受邀参加南开大学"纪念查良铮（穆旦）诞辰百年暨诗歌翻译国际学术研讨会"，会场发表论文《穆旦 1946 年的"双城记"——谨以新见佚文纪念先生百年诞辰》（提要），披露了抗战胜利后上海复刊的《世界晨报》发表的穆旦两篇佚文，一题《北京城 垃圾堆》，刊 1946 年 3 月 2 日星期六第二版，落款二月十五日；一为《初看沈阳》，刊 1946 年 4 月 7 日星期日第二版，题注查良铮三月二十八日寄。指出北京与沈阳，正是 1946 年穆旦奔走其间的两个重要城市。《北京城 垃圾堆》可视为《回到北平，正是"冒险家的乐园"》的姊妹篇，是穆旦北京书写的延续，由"城内的垃圾"写到"心里的垃圾"，颇具特点，而引用鲁迅文字，也值得研究。《初看沈阳》则填补了穆旦沈阳书写的空白，穆旦记录的"没有灵魂""没有文化""养成不负责的习惯""沾染上了一点俄国颜色""痛苦的后面，又全是罪恶"的沈阳，显示着作者的敏感与选择，隐现着诗人的形象与情怀。其中《北京城 垃圾堆》末段就直接引用了鲁迅先生的感慨，抄录如下：

> 大概是民国十几年吧，鲁迅先生住在北京的时候，就曾写过，"我的周身全是灰土，灰土，灰土……"廿年已经过去，北京城该到消除的时候了。

这段话出自鲁迅先生 1924 年 9 月 24 日完成的《求乞者》之末尾，原文为：

> 微风起来，四面都是灰土。另外有几个人各自走路。
> 灰土，灰土……
> …………
> 灰土……

这无疑正是期待中的关涉鲁迅的穆旦佚文，可见 1946 年身处北京的穆旦与 1924 年身处北京的鲁迅之间的共鸣，或者说借助"四面都是灰土"的相隔二十二年的对话。其时鲁迅已逝，世间再无鲁迅，但世间流传着鲁迅的文章，包括《野草》与《求乞者》。穆旦的共鸣与对话，取决于自身对鲁迅及其文章的阅读与熟悉，也显示了穆旦对鲁迅的理解与认同。也就是说，《北京城垃圾堆》提供了穆旦在散文中引述鲁迅及其作品的新材料，其意义不容小视。

回渝之后，由于所见《世界晨报》有几个地方漫漶不清，笔者没有急于完成论文投稿发表，而是努力查找不同版本，争取解决问题。待找到《中央日报》（昆明版）1946 年 6 月 9 日刊发的版本，能够准确辨识全文之后，笔者联系《新文学史料》主编郭娟老师，被告知"已有人先写了"。随后通过其他渠道辗转联系上作者司真真博士，了解到她也"有字迹不清的地方"且"没查到《中央日报》"之后，顺手便将自己的提要与《中央日报》相关内容截图一并奉赠。待司博士大作《穆旦佚文七篇辑校》在《新文学史料》2018 年第 4 期刊出后，马上展读，《世界晨报》版漫漶不清之"也许可以算是遗风"之"遗"，"北平人正忧虑今春的传染病可能大规模的蔓延"之"虑"，"然而这里还有人心里的垃圾需要扫除的"之"垃圾"已经清清楚楚。引用鲁迅文字之特点，也得到重视，称"文中甚至还引用了鲁迅的话，可见穆旦与鲁迅的精神联系"。虽又一次被捷足先登，但贡献了心力，结识了朋友，推进了穆旦佚文整理，心中依然很是高兴。

第三节 《信》与沈从文的瓜葛及正误

十年前初读《沈从文全集》的时候，就注意到沈虎雏编《沈从文著作中文总书目》附有《附录：有待证实的书》。其中第 5 种是 " 《一个舞女的通信》（小说）"，指出"约1928 下半年至1929 年初出版。原书未见到。此书与戴一鹤所编，1933 年 12 月上海大众书局出版《名家短篇创作选》下册所收的《信》，是否即同一作品，尚待核实。《信》的作者虽署名沈从文，但疑点颇多，在事实未澄清的情况下，全集没有将《信》编入"。① 当时就一方面感叹沈从文著述之丰赡与全集之不易，虽为至亲子嗣，犹有 19 种"有待证实的

---

① 《沈从文全集》编委会编：《沈从文全集》附卷，北岳文艺出版社2003 年版，第164—165 页。

书";另一方面也感佩虎雏先生这种处理颇为可取,既有慨然留下线索的大方,又有决不贸然入集的谨严。北岳文艺出版社 2009 年 9 月出版《沈从文全集》修订版之后,笔者翻阅一过,发现这些文字都没有变化,显示"核实"似乎仍然没有进展。基于对沈从文先生文字的喜爱,虽然不曾涉足沈从文研究,但在读书问学过程中也随时留意相关的资料信息,想知道 1933 年 12 月上海大众书局出版《名家短篇创作选》下册所收的《信》是不是沈从文的作品?甚至想到能不能为事实的"澄清"做点什么?侥幸的是,2015 年翻阅了几种资料之后,似乎可以有助于事实的逐步"澄清"了,于是敷衍成文,编在这里,作为本章第三节。

一 关于《信》

笔者所见上海大众书局出版之《名家短篇创作选》版权页标注的出版时间是"中华民国二十三年十月出版","全二册",题名是"创作选",编辑者"戴一鹤",发行人"樊剑刚",印刷者、发行者均署"大众书局",总发行所署"上海四马路大众书局",标明"此书有著作权 翻印必究",定价"大洋二元"(外埠酌加邮费汇费),上册选文 21 篇,262 页,下册选文 14 篇,连续编排页码,共计 555 页,其中最末两篇即是《猎野猪的人》与《信》,均署名"从文"。也就是说,虽然我们难以确认沈虎雏先生是否寓目过《名家短篇创作选》,但我们有理由指出《沈从文全集》(附卷)的前述相关内容可能存在不确之处。其一,上海大众书局《名家短篇创作选》的出版时间应该在 1934 年 10 月,而不是 1933 年 12 月。查《民国时期总书目(1911—1949)》,其《文学理论·世界文学·中国文学》(下册)著录有《名家短篇创作选》(上、下集),也注明是"戴一鹤辑 上海 大众书局 1934 年 10 月初版,1935 年 9 月 3 版 2 册(555 页)";[①] 其二,《名家短篇创作选》下册所收的《信》的作者署名是从文,而不是沈从文。同时,值得指出的是,此书版权页和正文绝大多数偶数页页眉(有选文标题的偶数页无页眉)上出现的均是"创作选"三字,封面页和目录页上虽是出现了分行排列的"名家短篇"和"创作选",

---

[①] 北京图书馆编:《民国时期总书目(1911—1949)文学理论·世界文学·中国文学》下册,书目文献出版社 1992 年版,第 862 页。

但"创作选"三字的字号要大得多，醒目得多。也就是说，书名可能就是《创作选》，而"名家短篇"只是表限定与修辞。

作为普通读者，我们很难得知导致"全集没有将《信》编入"的"疑点颇多"之具体所指，但通阅《名家短篇创作选》（下集），还是可以自行找到关于《信》一些可疑之处。比如《信》的特殊编辑处理问题。之前的13篇作品均一一在正文篇名后标注作者，篇末注明出处，但《信》的作者"从文"仅在目录页中出现，在正文中既未标明作者，也未注明出处。前13篇作品依次为《法味》，丰子恺，《一般》第一卷第二号；《姊嫁之夜》，叶灵凤，《洪水》一卷；《爱国》，川岛，《语丝》第三十二期；《绿霉火腿》，张资平，《东方》第二五卷第四号；《婚姻的一长二短》，青青，《贡献》第一号；《病》，适夷，《一般》第三卷；《小折磨》，钢君，《学生杂志》；《强盗》，若吾，《无名》第六卷第八号；《号声》，王统照，《文学周报》第五卷；《莺哥儿》，川岛，《文学旬刊》第七号；《疯妇》，钦文，《晨报附刊》第二九三至二九五号；《写在枫叶上的日记》，凝秋，《泰东月刊》第五号；《猎野猪的人》，从文，《现代评论》第一三三期。这些出处大都准确，是经得起核查的。笔者除《无名》第六卷第八号没有查找到以外，其余的都已找到原刊或原刊影印件，两相对比，发现仅《写在枫叶上的日记》的刊期稍有出入，应是出自《泰东月刊》第七号，其余都没有错讹，可知编者的谨严。当然从更准确和规范的角度来说，叶灵凤的《姊嫁之夜》、适夷的《病》与王统照的《号声》还可以补充出期号，分别出自《洪水》第一卷第二期、《一般》第三卷第四期与《文学周报》第五卷第二二期；钢君的《小折磨》还可以补充出卷号和期号，出自《学生杂志》第十二卷第二期。也就是说，《信》的编辑处理在整本作品选中是特殊的，这是编者一时的疏忽，还是有意的模糊？由于目前对编者戴一鹤的信息所知甚少［常熟人，另编有《初等国语文范》（与嘉定吕云彪合作，全3册，上海大东书局发行），《国语笔法百篇》（上海中国书局发行）等］，几乎是一片空白，暂时还难以判断。但不排除这样一种可能，"手民"排印目录页时，发现末篇作者信息缺失，就直接搬用了前面一篇小说的作者"从文"。然而，很可能就是这一特殊的处理，让《信》和沈从文产生了80多年的瓜葛。

再如《信》的篇幅体例问题。《信》由小芹写给爱人阿冰的 50 封书信组成，以篇幅计，占据了《名家短篇创作选》（下集）第 431—555 页，长达 125 页，占下册全部页码四成有余，相当于此前从《绿霉火腿》到《猎野猪的人》的 10 篇作品的总篇幅，似乎已经不宜称为短篇创作了。从字数看，《名家短篇创作选》横排每页 19 行，每行 23 字，125 页已超过 5 万字，也超出了通常意义上的短篇范围。是什么原因导致编者难以割爱，宁愿违背"短篇创作选"的编辑初衷，也要选入《信》呢？这又是一个依据目前的资料难以回答的问题。

更为重要的是《信》的出处与作者问题。既然是《名家短篇创作选》，那么《信》选自哪里？其作者究竟为谁？编者没有注明出处是不是因为此作没有在当时报刊上发表过呢？《信》会是从已出版的单行本中选出来的吗？它的题名有改动么？作者情况如何？这些问题相信有不少的有心人思考过，笔者也曾深感困扰，直至后来读"中国现代文学研究小组"QQ 群群友廖久明兄大著《高长虹年谱》，才偶然找到一点线索。

二　关于《舞女的白肉》

《高长虹年谱》1929 年 1 月 26 日谱文曰：作《舞女的白肉》《创造社落后》，发表在本该 1 月 5 日出版的《长虹周刊》第 13 期《每日评论》栏。高长虹认为小说《舞女的白肉》"文字倒很流畅，内容也还新鲜，的确使人总想一看便看完"。[①] 其中反复出现的"舞女的白肉"几个字，唤醒了笔者的阅读记忆，《名家短篇创作选》中《信》的最后一封信，就是在谈这个话题，反复咏叹作为舞女的"白肉"的悲催遭遇。随手就可以引出两段：

> 唉，丧心病狂的 Mrs. F 为了要讨好观众起见，增加收入起见，出售伪艺术骗人起见，所以就不惜牺牲了我们同学们的晶晶莹莹洁净而无暇的白肉！真可杀！真该杀！

> 穿了短的舞衣，露着下部处女美的肌肉，唉！哥哥啊，我最后呼喊

[①]　廖久明：《高长虹年谱》，人民出版社 2011 年版，第 269 页。

的哥哥啊，我的白肉牺牲了！①

《舞女的白肉》和《信》之间会不会有什么关联呢？蒙久明兄传来高长虹评论《舞女的白肉》的全部文字，相关内容如下：

> 我从题目考验书的内容，结果我买了一本小说，书名叫做《舞女的白肉》。舞女也罢，白肉也罢，同样是最时髦的，看了使人心跳，心跳了人还想看。是一本小说，我拿了躲在夫子庙的一家茶馆里去看。文字倒很流畅，内容也还新鲜，的确使人总想一看便看完。那位女主人翁爱了一个青年，她从失学而又入了歌舞学校，将这中间的悲欢离合，都用书简写给她爱人及天下的读者。我们总觉得这样女子还不多有。一般的舞女，也许她们的白肉都一样是廉价的。那位女主人翁因为爱惜她的白肉，她的结果似乎不好，因为我没有看完它，我把那本书失掉了。我以后常想象这本小说的结局，我并且想，在舞女中是少有她那样的结局的。②

这段文字的确"看了使人心跳"，因为"那位女主人翁爱了一个青年，她从失学而又入了歌舞学校，将这中间的悲欢离合，都用书简写给她爱人及天下的读者"不正是《信》的主要内容么？莫非《信》还有一个名字叫《舞女的白肉》？在1929年1月26日就已经出版？如果属实，那么作者是不是也可以确认了？与沈从文的瓜葛也可以澄清了？想到这些，越发"使人心跳"！

于是赶紧仿效傅斯年先生的做法，"上穷碧落下黄泉，动手动脚找东西"。③ 翻检《民国时期总书目》《中国现代文学总书目》等工具书，没有相关记载；访问国家图书馆数据库，一无所获；检索上海图书馆全国报刊索引，仅有《长虹周刊》的前述评论《舞女的白肉》；借助超星数字图书馆，读秀中文学术搜索，瀚文民国书库，高等学校中英文图书数字化国际合作

---

① 戴一鹤编：《名家短篇创作选》，大众书局1934年版，第553页。
② 高长虹：《〈舞女的白肉〉》，《长虹周刊》1929年第13期，1月5日。标题中的书名号系参照《高长虹年谱》所加，原文标题无书名号。引文中的书名号系笔者所加。
③ 傅斯年：《历史语言研究所工作之旨趣》，《国立中央研究院历史语言研究所集刊》1928年第1卷第1期，10月出版；《傅斯年全集》第3卷，湖南教育出版社2003年版，第11页。

计划（CADAL）、中国历史文献总库之"民国图书数据库"等，都没有新鲜的信息……

最后还是在距蜗居约七公里的重庆图书馆之书目查询系统中，检索到了《舞女的白肉》，真是喜出望外！检索结果显示此书系"赵林少著"，"上海民治书店1928年版"。仰仗友人相助，拿到《舞女的白肉》，便迫不及待地展读起来。此书封面有三位不同姿态的短发舞女剪影，系"央社丛书之一"，为"青年创作集"，作者"赵林少"，"上海民治书店印行"，价目"实洋四角五分"，1928年7月出版，仅印1000册。其后是题词页，"朋友：请你带了我这本书，走进乔皇馨甜的舞场！"署名"林少"。随后是另页一段类乎引言的文字，"小芹给我的信很多，可惜她前年所给我的，受了战事的影响，都毁弃了。所以我现在只得把去年二月四日的那封，开始公开。——就把这封权做第一信了。"之后便是次第排开的文字情感摇曳生姿、称谓表达变化多端的信件了。遗憾的是，信件到第四十九信就结束了，因为馆藏是残本，缺最后的第五十信与封底等页面。仔细核查对读这些书信，发现除了版式编排的不同与个别细微的差别（如第五信末尾落款，《舞女的白肉》作"15，芹"，《信》作"十五日芹"）外，顺序内容和《名家短篇创作选》中收录的《信》几乎完全一致。

这就以不容置疑的事实证明了《名家短篇创作选》中《信》其实是来自《舞女的白肉》，其原作者是而今已然少为人知的赵林少。这样看来，《名家短篇创作选》目录中的"从文"二字，就应当是误植。也就是说，《信》与传说中的《一个舞女的通信》不是同一作品，《信》的作者不是沈从文，没有编入《沈从文全集》是正确的抉择。

《名家短篇创作选》中的《信》什么时候和沈从文联系起来的具体情状虽难以考证，但"国外沈从文研究第一人"金介甫先生及其1987年于斯坦福大学出版社出版的名作《沈从文传》所附《沈从文著作年表》无疑起到了重要作用。此书由符家钦先生译为中文后，在国内数家出版社先后出版。其中1992年湖南文艺出版社推出的《沈从文传》（全译本）之《沈从文著作年表》1933年相关内容为："《信》（即《一个舞女的通信》）1933年12月刊。收入上海大众书局出版的戴一鹤编《名家短篇创作选》第二卷。在此以前曾以

《一个舞女的通信》为书名出过单行本",① 对此前1990年时事出版社的瑕疵（如"刊"与"作","大众书局"与"大学书局"）进行了修正。

这样的表达直接将《信》与《一个舞女的通信》等同起来，现在看来无疑是出现了失误，应当在再版时进行修订。与此同时，邵华强先生的《沈从文年谱简编》之1928年5月9日谱文"作完中篇小说《一个舞女的通信》（收《名家短篇小说选》下册）",②《沈从文总书目》之1928年"《一个舞女的通信》（书信体中篇小说）编者未找到此作单行本。据沈从文先生回忆，此作单行本约于1928年下半年至1929年初出版，后改名为《信》收戴一鹤编、1933年12月上海大众书局版《名家短篇创作选》下册"③ 也应相应调整。至于21世纪以来的《沈从文年谱》（天津人民出版社）、《沈从文全集》（北岳文艺出版社）等研究资料的相关内容，自然也须进行局部改写。

此外，所谓"沈从文先生回忆"，则可以追问是何年何月回忆的？属实吗？准确吗？哪些是沈从文回忆的内容？哪些是邵先生编写的文字？真有《一个舞女的通信》存世吗？面对浩如烟海的民国图书资料，我们相信，只要学界留心，只要这些"有待证实的书"确实存在，那么能够被证实的终将得到证实！甚至《一个舞女的通信》何以与沈从文产生瓜葛之疑团，都会拨云见日，水落石出。

（精简版曾载《中国社会科学报》2015年8月31日"文学"版）

---

① ［美］金介甫：《沈从文传》（全译本），符家钦译，湖南文艺出版社1992年版，第401页。
② 邵华强：《沈从文年谱简编》，《沈从文研究资料》下册，花城出版社、生活·读书·新知三联书店香港分店1991年联合编辑发行版，第935页。
③ 邵华强：《沈从文总书目》，《沈从文研究资料》下册，花城出版社、生活·读书·新知三联书店香港分店1991年联合编辑发行版，第1016页。

第六章　现代文学经典名作的版本问题

随着中国现代文学研究的纵深推进与中国现代文学学科的规范化发展，广大现代文献研究者的版本意识有了明显提高。这一方面表现在学院派研究者大都要求自己与门下弟子在引用文本时选择恰当的版本并加以规范的注释说明，另一方面表现在以金宏宇先生的《中国现代长篇小说名著版本校评》（人民文学出版社2004年版）为代表的大批现代文学版本研究成果持续问世。材料是版本研究的基础，版本研究靠材料说话。但材料有习见的旧材料，也有稀见的新材料。由此对应两条版本研究的不同路径，一是通过梳理比对旧材料讨论此前关注不够的版本问题，二是结合新材料重新考量旧材料并研究背后的版本问题。而研究者从民国报刊中打捞出来的作家佚文，有的是全新作品，与已知的作者文字关系不大，为别开生面之遗珠，有的则既与已有文本在同一版本系列，又有明显差异，正好成为版本研究的新材料。

本书前五章部分内容已有多处版本研究讨论，但比较零散，本章将选取诗歌翻译、诗歌创作和自编文集之典型个案，集中考察其中的版本问题。三个个案为冰心三十首译诗、戴望舒一首《烦忧》及张爱玲一部《流言》。也希望能通过"对特定文本的上下文及与其相关的各种文献材料进行广泛细致的参校、比勘和对读，以观其会通、识其大体"，可以"细心揣摩文学文本的语言修辞特点、努力倾听作家的话里话外之音"。至于"穿透作家言说的表面意义并突破单一文本语境的封闭性，达致'读书得间'、'别有会心'的发现和'照辞若镜'、'鞭辟入里'的分析"[①] 则尚不敢奢望。

[①] 解志熙：《老方法与新问题——从文献学的"校注"到批评性的"校读"》，解志熙《考文叙事录：中国现代文学文献校读论丛》，中华书局2009年版，第20页。

第一节　冰心译《吉檀迦利》初刊本刍议

毫无疑问，第一位获得诺贝尔文学奖的亚洲作家泰戈尔（Rabindranath Tagore）的获奖诗集《吉檀迦利》是世界文学宝库中的经典和明珠，拥有众多跨越国境、超越语言、穿越时空的读者和知音，对世界文坛曾经产生过并持续产生着广泛而深远的影响。《吉檀迦利》是 Gitanjali 的音译，Gitanjali 是"歌"（Gita）和"献"（Anjali）两个孟加拉文单词组成的合成词。①《吉檀迦利》有孟加拉文原著和英文翻译两个版本，二者在形式和内容上都存在较大的差别。由 103 首散文诗组成的英文版的《吉檀迦利》自 1912 年问世以来，先后被译为瑞典语、丹麦语、德语、法语、荷兰语、意大利语、俄语、捷克语、汉语、西班牙语、南斯拉夫语等数十种语言出版。在中文翻译方面，自陈独秀 1915 年在《青年杂志》第 1 卷第 2 号以"赞歌"为题用五言古体译出"达噶尔作"英文版《吉檀迦利》的第 1 首、第 2 首、第 25 首和第 35 首以来，② 1949 年以前计有刘半农、郑振铎、王独清、陈南士、赵景深、李金发、张炳星、施蛰存等现代作家选译或全译过《吉檀迦利》。③ 中华人民共和国成立以后，又有多家出版社出版了冰心、吴岩、林志豪、王勇、白开元、张炽恒、李杰、王勋、深幻、王立、孙达、杨晓芳、北塔、韩芳、房娟、玲子等翻译的中文版或中英文对照版《吉檀迦利》。但是其中最具权威性，最有影响力，流传最广，发行最多的无疑还是冰心的译本。

一　冰心与《吉檀迦利》的翻译与传播

冰心译《吉檀迦利》自 1955 年 4 月人民文学出版社初版发行以来，据不完全统计，先后有湖南人民出版社、漓江出版社、河北教育出版社、浙江文艺出版社、中国工人出版社、广西民族出版社、安徽文艺出版社、新蕾出版

---

① 刘建：《论〈吉檀迦利〉》，《南亚研究》1987 年第 3 期。
② 陈独秀译：《赞歌》，《青年杂志》1915 年第 1 卷第 2 号，10 月 15 日出版。
③ 曾琼：《世界文学中的泰戈尔：〈吉檀迦利〉译介与研究》，《外国语》2012 年第 7 期。

社、人民日报出版社、内蒙古人民出版社、北京燕山出版社、中国戏剧出版社、译林出版社、长征出版社、新世界出版社、山东文艺出版社、外语教学与研究出版社、中国国际广播出版社、中国书籍出版社等数十家出版社出版，总发行量应有百万册之巨。其中人民文学出版社1955年4月版《吉檀迦利》在1992年2月北京第5次印刷时，版权页标注的印数已达172400册，人民文学出版社1994年5月发行的增订2版《泰戈尔诗选》至2000年10月第6次印刷时版权页标注的印数已是101000册，人民文学出版社2002年1月版的《泰戈尔诗选》至2012年6月第12次印刷时版权页标注的印数也有105000册；湖南文艺出版社1982年1月出版的《吉檀迦利 园丁集》在1986年6月第4次印刷时版权页标注的印数已达279000册；浙江文艺出版社1991年12月出版的《吉檀迦利——泰戈尔散文诗选》1版1次印数就达100000册。可以说冰心的译本左右了《吉檀迦利》在中国的传播和地位，影响了一代又一代中国读者对泰戈尔的阅读和接受。

但值得关注的是，在1955年4月人民文学出版社初版发行冰心译《吉檀迦利》之前，冰心翻译的《吉檀迦利》（1—30）已经在抗战胜利后的期刊上公开发表。有意思的是冰心本人似乎都已忘却此事，以至于她1997年6月香港回归前夕于北京医院为《冰心译文集》写的《序》中回忆从英文译纪伯伦诗集《先知》时说道："这本译著从一九三〇年四月十八日起，陆续在天津《益世报》文学副刊上连载，后来因副刊半途停办而中断。该书于一九三一年九月由上海《新月社》出版"，而关于《吉檀迦利》则仅称"一九五〇年我应人民文学出版社之约，还翻译了印度诗人泰戈尔的诗集《吉檀迦利：献歌》（Jitanjali: Song of Offerings, 1912）和《园丁集》（The Gardener, 1913）"，[①]没有提及在刊物连载的情况。而在之前1983年10月12日写就的《我也谈谈翻译》中更是笼统地说"这以后，大概是五十年代中期吧！我又翻译了印度哲人泰戈尔自己用英文写的散文诗《吉檀伽利》和《园丁集》，还有几篇短篇小说"，[②]也没有说到40年代翻译刊出的情况。1985年3月20日作的《我

[①] 冰心：《序》，《冰心译文集》，译林出版社1998年版，第1页；冰心：《〈冰心译文集〉自序》，卓如编《冰心全集》第6册，海峡文艺出版社2012年版，第449页。

[②] 冰心：《我也谈谈翻译》，王寿兰编《当代文学翻译百家谈》，北京大学出版社1989年版，第253页；卓如编《冰心全集》第6册，海峡文艺出版社2012年版，第195页。

为什么翻译〈先知〉和〈吉檀迦利〉》也只谈到"一九五五年,我又译了印度诗人泰戈尔的'献诗'——《吉檀迦利》"。① 与之相应的是,初刊本的《吉檀迦利》(1—30)也几乎被学界遗忘,不见于各种版本的《冰心全集》《冰心译文集》和《冰心选集》,也不见于众多学者的《冰心传》《冰心评传》《冰心图传》《冰心全传》。这种遗忘甚至已经误导了一些学者的研究工作,比如治学严谨的熊辉教授之所以会有"20世纪50年代,冰心也走上了翻译泰戈尔诗歌的道路……"② 的判断,应当就是过于相信冰心的自述了。基本史实之外,更引人注目的是初刊本《吉檀迦利》(1—30)在文字内容、标点符号甚至分行处理等方面都与目前的通行版本存在相当大的差别,呈现出明显的修改痕迹和版本变迁,蕴含着丰富的文字艺术推敲和翻译二度创作的信息。毫无疑问,初刊本《吉檀迦利》(1—30)是不该被遗忘的从事冰心翻译研究的重要原始资料。笔者不揣浅陋,本节拟从冰心译《吉檀迦利》初刊本(1—30)的版本背景叙录,版本差异比较方面做一些考证梳理,以期为冰心研究与《吉檀迦利》研究提供版本文献支持。为了表述方便,以下冰心译《吉檀迦利》(1—30)初刊本简称"《吉檀迦利》初刊本"。

二 冰心译《吉檀迦利》初刊本的版本背景叙录

冰心翻译的《吉檀迦利》初刊《妇女文化》杂志1946年第1卷第1期、第3期和第4期。《妇女文化》1946年第1卷第1期的封面和版权页均标明"民国三十五年元月出版",其第21—22页刊出《吉檀迦利》第1—10首,题为"吉檀伽利",标注"太戈尔(R. Tagore)著 冰心译",每首序号为加括号的汉字"(一)""(二)""(三)",但没有像同期刊出的陆勉余的《八年纪》那样说明"长篇连载";第1卷第3期的封面和版权页均标明"民国三十五年三月出版",其第112—113页刊出《吉檀迦利》第11—20首,标题、著者和译者信息同第一期,每首序号为不加括号的汉字"十一""十二""十三";第1卷第4期的封面和版权页均标明"民国三十五年四月出版",其第163—

---

① 冰心:《我为什么翻译〈先知〉和〈吉檀迦利〉》,卓如编《冰心全集》第6册,海峡文艺出版社2012年版,第388页。
② 熊辉:《两支笔的恋语:中国现代诗人的译与作》,西南师范大学出版社2011年版,第213页。

164页刊出《吉檀迦利》第 21—30 首，标题、著者、译者信息和序号格式同第一期，也没有像同期刊出的陆勉余的《八年纪》那样说明"续"。另外，这三期《妇女文化》均在封面的"本期要目"中列出了"吉檀伽利"，但第 1 期和第 3 期标明"冰心"，第 4 期才准确标明"冰心译"。

刊发冰心译《吉檀伽利》的《妇女文化》既不同于赵清阁主编的 1936 年在南京创刊的《妇女文化》，也有别于先后由吕晓道、徐闾瑞等主编的 1937 年汉口妇女文化社发行的《妇女文化》（战时特刊），而是抗战胜利后 1946 年 1 月在重庆（地址署重庆复兴关青村三号）创刊并出版创刊号的国统区重要妇女刊物。此种《妇女文化》为月刊，第 1 卷第 1—5 期均能按时出版，第 6 期目前没有见到，第 7—10 期"因还都关系……不拟出版"；① 第 2 卷第 1 期 1947 年 1 月出版（已迁至南京，地址先后署南京碑亭巷慕慈里五号和南京中山路三七五号），第 2 卷第 2—4 期 4—6 月出版，第 2 卷第 5—6 期、第 7—8 期和第 9—10 期都为合刊，分别于 8 月、11 月和 12 月出版，1948 年 4 月出版第 3 卷第 1 期后终刊。《妇女文化》创刊号编辑顾问署陈衡哲、谢冰心两人，从第 3 期起因陈衡哲将启程赴美并提出辞职而仅署谢冰心一人，至第 2 卷第 2 期不再署编辑顾问及姓名。《妇女文化》创刊号编辑署李曼瑰、吴元俊、陆庆，至第 2 卷第 2 期起编辑者署妇女文化月刊社，不再署具体编辑名字。《妇女文化》的发行者创刊时署妇女文化月刊社，至第 2 卷第 2 期改署"新生活运动促进总会妇女指导委员会"（地址署南京鼓楼头条巷二号），并刊出《本刊启事》称"本刊近因社长李曼瑰女士应蒋夫人之聘重长妇女指导委员会文化事业组……，故商决将本刊改由妇女指导委员会出版"，但第 3 期又改回了妇女文化月刊社。《妇女文化》先后由军事委员会政治部印刷厂、嘉陵印刷公司、中央日报承印部、中国日报印刷厂、四达印刷厂和中央青年出版社印刷，除第 2 卷第 1 期由中国文化服务社经售外，其余各期均由全国各大书局经售。

《妇女文化》的理论基础、编辑理念和办刊宗旨从其《创刊词》中可见一斑。《创刊词》坦陈"感到一种缺陷，便是千百年史页上所记载的文明创作者难得有几个是女性"，指出"人类的文化列车，历代只是靠单轮的力量，颠

---

① 《妇女文化月刊扩大征求订户启事》，《妇女文化》1947 年第 2 卷第 1 期，1 月出版。

簸而前"，强调"我们更相信人类的文化是需要妇女的成绩去叠砌建筑的"，质疑"男性统治的社会也还是千疮百孔。为什么不让妇女也参加合作，贡献成绩，增进文明"，认为过去的"妇女的解放运动到了今日应该作一个结束"，号召"需要一个新的运动，策动妇女向那积极的目标努力。那便是妇女的造诣、妇女的创作、妇女对文化的贡献"，宣称"本刊同人愿作这个新运动的宣传者，因创办这个刊物，为凡参加这个运动的妇女表扬成绩，为赞助这个运动者贡献资料"。① 《妇女文化》的版面内容十分丰富，社会科学论文中穿插自然科学成果，文学作品及艺术创作里编排妇女动态及史话资料，长篇连载和多幕话剧同处，白话新诗与文言旧诗共存，原创和翻译兼顾，谜语与漫画并列，常设栏目还有妇女消息、文化消息、读者信箱、书刊介绍、文化日历、文摘、杂俎、补白，等等。作者群体包括陈衡哲、冰心、苏雪林、冯沅君、李曼瑰、陈瘦竹、吴元俊、陆庆、费孝通、陆勉余、许令德等知名人士。其中陈衡哲的《说好名》、冯沅君的《关汉卿及其所创造的女性》、李曼瑰的四幕戏剧《时代插曲》、陆勉余的长篇连载《八年纪》、苏雪林（绿漪）的《腊翅》、陈瘦竹的《悲剧精神》、费孝通的《悼爱玲·魏金生》等都是值得关注的重要作品。

值得指出的是，冰心译的初刊本《吉檀迦利》其实也并没有被历史尘埃完全湮没，而是在一些著述中和冰心年表难能可贵地联系在一起。今按版权页标注的出版时间顺序把手边的十种相关著述编号列次：

①1984 年范伯群先生编《冰心研究资料》之《冰心著译年表》（北京出版社 1984 年 12 月版，第 439 页）；

②1992 年李保初、李嘉言等选编的《冰心选集》（第六卷：书话 评论 附录）之范伯群、郭彦勤辑录的《冰心著译出版目录》（1923—1990）（河北教育出版社 1992 年 8 月版，第 718 页）；

③1994 年王炳根先生著《永远的爱心·冰心》之《冰心生平著作年表简编》（山东画报出版社 1994 年 10 月版，第 227 页）；

④1994 年卓如先生编《冰心全集》第 8 卷之《冰心生平、著作年表简编》（海峡文艺出版社 1994 年 12 月版，附录第 14 页）；

---

① 《发刊词》，《妇女文化》1946 年第 1 卷第 1 期，1 月出版。

⑤1999 年卓如先生编《冰心全集》第 9 卷之《冰心生平、著作年表简编》（海峡文艺出版社 1999 年 4 月版，附录第 14 页）；

⑥1999 年卓如先生编《冰心年谱》（海峡文艺出版社 1999 年 9 月版，第 110 页）；

⑦1999 年李朝全、凌玮清主编《世纪之爱：冰心》附录一之卓如编《冰心生平、著作年表简编》（团结出版社 1999 年 10 月版，第 528 页）；

⑧2006 年段慕元编《一个真实的冰心》之《冰心年表》（东方出版社 2006 年 3 月版，第 332 页）；

⑨2011 年陈恕教授著《冰心全传》之《冰心生平、著作年表简编》（中国青年出版社 2011 年 8 月版，第 502 页）；

⑩2012 年卓如先生编《冰心全集》第 10 册之《冰心生平著作年表简编》（海峡文艺出版社 2012 年 5 月版，第 391 页）。

这些年表的相关表述或繁或简，繁者按不同刊期详细标明所刊载的《吉檀迦利》的篇数、体裁、国别、作者，见何年何月出版的《妇女文化》几卷几期及译者署名情况——如"吉檀迦利 1—10 篇（诗，印度 泰戈尔著）载 1946 年 1 月出版的《妇女文化》第 1 卷第 1 期，署名冰心译"，简者仅标注何月《妇女文化》哪几期刊登《吉檀迦利》——如"1 月，《妇女文化》第一卷第一、三、五期刊登译诗《吉檀迦利》"。虽然著者按照各自的年表体例进行相应的处理无可厚非，但其中关于冰心译《吉檀迦利》（21—30）刊登在《妇女文化》第几期这一关键信息却有明显的不同，呈现两个系列，即繁者①②标注为第四期，其余简者均标注为第五期。而且除④⑤⑥⑦⑩卓如的五种著述的表述基本一致外，③⑧⑨不同专家的三种著述的文字竟然也完全一样。另外，1 月刊出的译诗《吉檀迦利》不一定是 1 月翻译的，而《冰心年谱》之"1 月 译诗《吉檀迦利》……"的表达则取消了这种不一定，坐实了是 1 月翻译《吉檀迦利》，这就可能需要更多的材料来支撑。同时，1 月也是不可能刊出"第一、三、五期"的，加一"起"字，改为"1 月起"就严密一些。当然，从我们前文核查《妇女文化》原刊的结果来看，标注为第五期的成果无疑都出现了疏漏，误把 4 月出版的第四期著录为 5 月出版的第五期。其间原委是因为抄录失误，还是因为没有找到原刊核对，还不得而知，但前后出版的成果之间存在令人遗憾的因循之误却是极有可能的!

此外,在日渐丰富的冰心翻译研究成果中,我们还发现王友贵教授的《翻译西方与东方:中国六位翻译家》之第四篇《翻译家冰心:与世纪同行》也敏锐地关注到冰心译《吉檀迦利》的初刊本,而且直言"冰心的回忆有时也不完全,她自述1950年应人文社之约译《吉檀迦利》,但资料显示,她在1946年的《妇女文化》上连续三次刊载她译的《吉檀迦利》1—30篇诗",①这是颇令笔者感佩的。当然,王教授在注释中也明确表示"参见范伯群编《冰心研究资料》",也许是基于某种原因来不及核查原刊,再次与冰心译《吉檀迦利》初刊本的版本差异擦肩而过,让它们多等待了几度春秋,也给笔者留下了一段机缘。

三 初刊本与单行本的版本差异比较

纵观笔者掌握的冰心译《吉檀迦利》诸多版本,最大的变化和差异呈现在《吉檀迦利》初刊本与1955年人民文学出版社单行本之间。我们以《吉檀迦利》(1—30)在《妇女文化》的初刊本(以下简称"初刊本")为底本,与1955年人民文学出版社单行本(以下简称"单行本")进行对校,就会发现大小修改与变化的范围、程度和次数都是相当惊人的。据初步统计,修改与变化的次数多达532处,平均每首都有约18处(次数统计大致遵循以下原则:①凡某一具体的标点、字、词、断句和分段的变化均计1处,②一组短语、一个句子或一个段落的改译如果存在连续的分开后不便于表述的变化也计为1处)。其中最多的是第17首多达30处,最少的第10首也有8处。当然,值得指出的是,由于30首诗的篇幅长短不一,内容多少有别,在分段方面少者2段(第7首),多者7段(第13首),在字数方面短者83字(第25首),长者241字(第27首),次数的多少并不能完全反映一首诗的修改程度。比如第10首的4段中有超过两段的语言都是经过重新组合的,但仅计为3处,而实际上该诗译文的修改幅度相当大。

就具体的修改变化而言,有段落的合并1处:第3首初刊本分4段,单行本分3段,将初刊本的第3段"我的心渴望和你合唱,而徒然只挣扎出一点

---

① 王友贵:《翻译西方与东方:中国六位翻译家》,四川人民出版社2004年版,第295页。

声音。我要说话，但言词不成歌曲，我喊不出来。"和 4 段"呵，你使我的心做了你音乐无尽罗网中的俘虏，我的主人！"合为一段；有标点的移动 2 处：第 11 首第 1 段"睁开眼，你看上帝不在你的面前！"的逗号在单行本中后移至"上帝"前和第 25 首第 3 段"使这眼神，在苏醒时清新的喜乐中更新。"的逗号在单行本中也向后移至"中"后；其他的 529 处大致可以分为四类：标点、字词的删除，标点、字词的增加，标点、相近字词的更换，字词、句子和段落的改译。

（一）标点、字词的删除

标点、字词的删除是指单行本将初刊本某句译诗中的某一标点或字词删去的修改行为，共计 55 处，今将代表性的 10 处列次：

①在歌唱中的欢醉，我忘却了自己（第 2 首），删除了"却"；

②你音乐的生命的气息穿过诸天（第 3 首），删除了"生命的"；

③我将要努力在我的行为上来表现你（第 4 首），删除了"将"；

④在这沉默和洋溢的闲暇里，我来唱生命的呈献（第 5 首），删除了逗号和"我来"；

⑤只应该领受从神圣的爱里所付予的东西（第 9 首），删除了"应该"和"里"；

⑥天刚破晓，我就驱车起行，我的旅程，穿过广漠的世界（第 12 首），删除了"我的旅程"；

⑦我就真不知道将如何度过这悠长的雨天（第 18 首），删除了"我就"；

⑧不要像梦一般的走过（第 22 首），删除了"像"；

⑨粮袋已经空了（第 24 首），删除了"经"和"了"；

⑩但为希望自由，我却觉得羞愧（第 28 首），删除了"但"和逗号。

从中不难看出冰心译《吉檀迦利》在初刊本向单行本修改演变的过程中，译者在忠实于泰戈尔英文原作与最优化自己的中文译文之间的选择与斟酌，在假托宛因写的第十封《遗书》中说过的"因为太直译了，就太生拗；太意译了，又不能传出原文的神趣"① 之间的取舍和徘徊，以及对简洁、通顺、通

---

① 冰心女士：《遗书》，《小说月报》1922 年第 13 卷第 6 号，6 月 10 日出；卓如编《冰心全集》第 1 册，海峡文艺出版社 2012 年版，第 434 页。

俗的追求。例②与原文之"life"、例⑥与原作之"my voyage"的由初刊本的对应到单行本的省略,例⑩与原诗"but to hope for it I feel ashamed"的由初刊本的断句到单行本的复归等。

(二)标点、字词的增加

标点、字词的增加是指单行本在初刊本的基础上在某句译诗中增加某一标点或字词的修改行为,共计110处,今也将代表性的10处列次:

①从管里吹出永新的音乐(第1首),"管"前增加"笛";

②你命令我歌唱的时候(第2首),"你"前增加"当";

③知道你的生命的摩抚(第4首),"知道"前增加"因为我";

④但请以你手采折的痛苦给它光宠(第6首),"以"前增加"你采折它"和逗号;

⑤我的诗人的虚荣(第7首),"虚荣"后增加"心";

⑥像他一样的走到泥土里(第11首),"像"前增加"甚至";

⑦命令我,我的主人,站在你面前歌唱(第15首),"命令我"后增加"罢","站"前增加"来";

⑧我的眼睛看见了,我的耳朵也听见了(第16首),"看见了"后增加"美丽的景象","听见了"后增加"醉人的音乐";

⑨来准备你的礼拜(第25首),"准备"后增加"一个对","你"后增加"敷衍";

⑩在这道墙高起接天的时候(第29首),"墙"前增加"围"。

从中也可以感知冰心20世纪50年代在修改或者说重译《吉檀迦利》时,在遵从与不拘之间灵活运用翻译之"信"原则,努力追求中文译本的优美、通俗和方便阅读。作为翻译家的冰心是深知翻译的"信"原则并以之为翻译对象选择基础的。冰心在1985年1月为《冰心著译选集》写的《序》中,就说及"这两位诗人(纪伯伦和泰戈尔)的作品,都是他们自己用英文写的,而不是经过别人从孟加拉文和阿拉伯文译成英文的,我译起来在'信'字上,就可以自己负责"。① 比如例②与原诗之"when"、例④与原

---

① 冰心:《序》,卓如选编《冰心著译选集》,海峡文艺出版社1986年版,第1—2页;冰心:《〈冰心著译选集〉自序》,卓如编《冰心全集》第2册,海峡文艺出版社2012年版,第362页。

文之"pluck it"、例⑥与原作之"even"、例⑨与原句的"a poor"之间就存在"信"的追求,就验证了冰心主张的"诚然,在翻译中看来可以做到的,而且希望能够做到是要逐字精确地翻译"① 之观点。同时,这种"信"原则的遵从并不是机械的、僵化的,而是灵动的、存乎一心的,比如例①③⑤⑩的变化就很可能是基于通俗和方便阅读的需要而作的调整,而例⑧更是在原文"My eyes have seen and my ears have heard"的基础上加以大胆的想象,补充出具体的宾语,以更符合中文表达习惯。至于修改的效果如何,却可能仁者见仁。

(三)标点、相近字词的更换

标点、相近字词的更换是指初刊本的某句译诗的某一标点或字词在单行本中更换为其他标点或相近字词的修改行为,共计201处,今再将代表性10处列次:

①这样做是你的快乐(第1首),"快"更换为"欢";

②他的衣妆绊着他的步履(第8首),"妆"更换为"服";

③呵,愚人,想把自己背在自己的肩上(第9首),"愚人"更换为"傻子";

④我想向你俯伏(第10首),"俯伏"更换为"鞠躬";

⑤也没有听到他的语声(第13首),"语声"更换为"声音";

⑥市廛已过,忙人的工作都完毕了(第17首),"廛"更换为"集";

⑦我必须放出我的船去(第21首),"放"更换为"撑";

⑧我今夜失眠(第23首),"失眠"更换为"无眠";

⑨他在静夜时来了!手里提着琴(第26首),叹号更换为分号,"提"更换为"拿";

⑩在我的视线上抛下一道更深的幽暗(第27首),"幽暗"更换为"黑暗"。

从中显然能够窥见冰心在翻译修订《吉檀迦利》时对标点的反复推敲和对词语的仔细斟酌,甚至在眼前浮现出冰心为改定一个对应的、规范的、意

---

① 冰心:《李易安女士词的翻译和编辑》,卓如编《冰心全集》第2册,海峡文艺出版社2012年版,第280页。

味深长的标点,选择一个准确的、浅易的、恰如其分的妥帖词语而掩卷沉思、辗转吟咏的画面。冰心非常重视翻译时的词汇选择,在1983年完成的《我也谈谈翻译》中,冰心就指出——

> 我觉得要译好外国文学作品,必须比较丰富地掌握一些本国的文学词汇。在遇到好句的时候,词汇多了才有斟酌选择的余地。在选择到一个适当的字眼,来移译某一个好句的时候,往往使我欢欣累日。这快乐比自己写出一篇满意的作品还大,可惜的是这种快乐的享受并不常有!①

我们已无法推断这10个词汇更换的例子有没有带给冰心"快乐的享受",但无疑它们都是冰心对词汇进行"斟酌选择"的铁证。而在两年后的1985年写就的《我为什么翻译〈先知〉和〈吉檀迦利〉》中,冰心更坦言"为了要尽情传达出作者这'歌鸟'般的飞跃鸣啭的心情,使译者在中国的诗歌词汇的丛林中,奔走了好长的道路!"② 在这个意义上,它们还都是冰心为翻译《吉檀迦利》而在中国诗歌词汇的丛林中努力奔走时留下的一个又一个清晰脚印,近一个甲子以后,似乎还存有余温。

(四) 相异字词、句子和段落的改译

相异字词、句子和段落的改译是指初刊本的某些字词、句子和段落经过语义、词序和表达方式等方面的大幅修订和处理才出现在单行本相应位置的修改行为,共计163处,同样将代表性的10处列次:

①这脆弱的杯,你倾了又倾(第1首),"倾了又倾"改译作"不断的把它倒空";

②我的心渴望和你合唱,而徒然只挣扎出一点声音(第3首),"徒然只挣扎出一点声音"改译作"挣扎不出一点声音";

③我要从我心中驱走一切的丑恶,在花朵上寄托爱情(第4首),"在花

---

① 冰心:《我也谈谈翻译》,王寿兰编《当代文学翻译百家谈》,北京大学出版社1989年版,第254页;卓如编《冰心全集》第6册,海峡文艺出版社2012年版,第196页。

② 冰心:《我为什么翻译〈先知〉和〈吉檀迦利〉》,卓如编《冰心全集》第6册,海峡文艺出版社2012年版,第389页。

朵上寄托爱情"改译作"使我的爱开花";

④母亲，这不是一种利益（第8首），"不是一种利益"改译作"是毫无好处的";

⑤我的心永远找不出门路，来走到你和那无伴的最贫最贱最无望的人们作伴的地方（第10首），整段改译作"你和那最没有朋友的最贫最贱最失所的人们作伴，我的心永远找不到那个地方";

⑥穿过广漠的世界，让星辰来引路（第12首），"让星辰来引路"改译作"在许多星球之上，留下辙痕";

⑦这坚忍的恩慈，在我的生命中澈底的工作（第14首），改译作"这刚强的慈悲已经紧密的交织在我的生命里";

⑧你用秘密的脚步行走，像夜一般的静悄，躲过更夫（第22首），"更夫"改译作"一切的守望的人";

⑨在幽暗纷乱中（第23首），改译作"是穿过昏暗迂回的曲径";

⑩但我不忍把光塞进我房里的金练扫尽（第28首），改译作"但我却舍不得清除我满屋的俗物"。

值得说明的是，以上列出的10处修改变化是我们精选之后呈现的，至于全部532处之详情，可以参阅笔者的《冰心译〈吉檀迦利〉（1—30）汇校》，① 只是为避免校记的零碎和500多个差异序号的冗长，涉及某句者，简称"此句"，涉及某段者，简称"此段"。

这些大幅度的改译更是昭示着冰心在《吉檀迦利》的翻译和修订中对英文原作的咀嚼品味和对中文译本的精雕细琢，凸显着译者为尽最大努力接近原文的词句和精髓、追求译作的准确和通俗的殚精竭虑。冰心的翻译思想或者说翻译理论有着鲜明的读者指向，对译文的通俗和方便读者阅看诵读都有明确的要求。早年在《译书的我见》一文中，她就指出"我们为什么要译书？简单浅近的说一句，就是为供给那些不认得外国文字的人，可以阅看诵读；所以既然翻译出来了，最好能使它通俗"，一方面批评"翻译的文字里面，有时太过的参以己意，或引用中国成语"的做派，另一方

---

① 凌孟华：《冰心译〈吉檀迦利〉（1—30）汇校》，《华中学术》第11辑，华中师范大学出版社2015年版。

面也主张"太直译了,往往语气颠倒,意思也不明了。为图阅者的方便起见,不妨稍为的上下挪动一点",强调"译者和作者如处处为阅者着想,就可以免去这些缺点了"。① 熊辉教授也明确指出"强调'读者的体会'和'以阅者为中心'"是"冰心翻译理论的核心"。② 这里的例①②④⑤⑦都在把握原诗内涵的基础上有着明显的通俗化处理,比如例①的"倾了又倾"对应原文"thou emptiest again and again",虽然在"again"与"倾"的反复上能巧妙地一致,但改译作"不断的把它倒空"还是更加地通俗准确,更方便普通读者阅看;例④的"不是一种利益"对应原文"it is no gain",虽然并不存在错误,却明显不及"是毫无好处的"通俗且符合中文的表达习惯;例⑤把原文的主句加宾语从句的结构之从句内容在译文中"挪动"到主句前面,正是冰心"稍为的上下挪动一点"的翻译思想的有力注脚;例⑥⑨⑩则体现了冰心不断接近泰戈尔原文的努力,如例⑩改译后的句子就无疑与原诗"sweep away the tinsel that fills my room"更加吻合;而例③和例⑧则是显示冰心灵活把握泰戈尔原文的尺度的好例;例③的"在花朵上寄托爱情"其实与原文"keep my love in flower"更加对应,而改译作"使我的爱开花"则更加的通俗且富有诗意,冰心选择了后者,在把握神韵的基础上进行二度创作,而不拘泥于原文;例⑧的"更夫"对应原文"all watchers",应该说也是没有问题的,而且非常切合中国文化语境,但冰心还是选择了更忠实于原文也更普通的"一切的守望的人",选择了复归,选择了不像自己批评过的译者那样在翻译文字中杜撰出"寿烛上刻着'福如东海,寿比南山'"这样的"分明是中国的习惯"的内容,杜绝"译者对于著者未免太不负责任了"的弊病。③

四 初刊本与单行本的版本短长蠡测

通览《吉檀迦利》(1—30)在《妇女文化》的初刊本与1955年人民文

---

① 冰心:《译书的我见》,《燕大季刊》1920年第1卷第3期,9月1日出版,署名谢婉莹;卓如编《冰心全集》第1册,海峡文艺出版社2012年版,第127—130页。
② 熊辉:《两支笔的恋语:中国现代诗人的译与作》,西南师范大学出版社2011年版,第214页。
③ 冰心:《译书的我见》,《燕大季刊》1920年第1卷第3期,9月1日出版,署名谢婉莹;卓如编《冰心全集》第1册,海峡文艺出版社2012年版,第128页。

学出版社《吉檀迦利》单行本相应篇目之间的 500 余处修改变化,我们发现在总体上单行本要优于初刊本,但并不是每一处修改都是单行本长于初刊本,有的地方可能初刊本反而略胜一筹。今按照我们的理解对这两种情形也各举代表性的 10 处稍作分析。由于译文的好坏本身就是智者见智的问题,加之散文诗也同样存在"诗无达诂",所以只是聊备一说。

(一)初刊本较单行本稍逊风骚

20 世纪 50 年代的冰心较之 40 年代的冰心,在翻译思想与技艺上可以说更加成熟、老到,在生活环境与待遇上也更加安定、优厚。冰心 1953 年加入中国作协,1954 年待遇被定为文艺一级,"政治行政待遇上套靠行政八级,但工资收入上其实比行政七级还要高……当时文艺三级,就相当于正局级干部的待遇"。① 这就给冰心在翻译《吉檀迦利》初刊本的经验之上补充、修订和完善单行本译文提供了有利的条件,因而初刊本较单行本译文稍逊风骚的地方很多,占了相当大的比例。今列举代表性的 10 处如下:

① "这脆弱的杯"与"这脆薄的杯儿"(第 1 首);

② "我用我歌曲的远伸的翅端,触到你的脚"与"我用我的歌曲的远伸的翅梢,触到了你的双脚"(第 2 首);

③ "知道在我心的深处有你座位"与"因为我知道你在我的心宫深处安设了座位"(第 4 首);

④ "也许在你的园中没有它的地位"与"它也许配不上你的花冠"(第 6 首);

⑤ "我的敬礼,不能达到你在最贫最贱最无望的人群,歇足地方的最深处"与"我的敬礼不能达到你歇足地方的深处——那最贫最贱最失所的人群中"(第 10 首);

⑥ "这是离你最近的,最远的路程,这训练是最奥妙的,而且引成最单纯的音调"与"离你最近的地方,路途最远,最简单的音调,需要最艰苦的练习"(第 12 首);

⑦ "如今在枯残的花朵的负累下,我等候而又留连"与"如今落红遍地,

---

① 张僖:《只言片语:中国作协前秘书长的回忆》,北京十月文艺出版社 2002 年版,第 34—35 页。

我却等待而又留连"（第21首）；

⑧"把他的生命再新起来，像一朵花，在你的仁慈的黑夜笼盖之下"与"使他的生命像花朵一样在仁慈的夜幕下甦醒"（第24首）；

⑨"我不住忙忙的筑起一道围墙"与"我每天不停的筑着围墙"（第29首）。

⑩"每一个字我说的，他都添上的高语"与"我说出的每一个字里，都掺杂着他的喊叫"（第30首）。

例①中的"脆薄"就比"脆弱"更切合"杯"之特征，"杯"后增加"儿"，单音节变成了双音节，则使音韵更加和谐，译文更加通俗，在典雅中不乏俏皮与举重若轻之感；例②的"梢"能够和"脚"押韵，形成音韵的回环之美，而"双脚"比"脚"一方面更吻合原文之复数的"feet"，另一方面扩大了"触到"的范围且有效地使译文更加朗朗上口；例③的"心宫"比"心"要内涵丰富得多，且对应了原文之"shrine"，将心之空间的深广形象化和具体化了；单行本还突出了座位的安设者是"你"，更能表现梵天至高至圣的伟力，而这种合理的补充无疑是来自冰心对《吉檀迦利》精髓的理解；例④的"花冠"更符合原文"garland"之释义，而且用"配不上"来翻译"not find a place"也更符合汉语的表达习惯；例⑤用来翻译原文"lost"的"失所"和"无望"应该说都是颇见功力的，但"失所"更能表现最贫最贱的人那种流离失所的生活状态，明确指向他们的无处安身与到处流浪，既呼应了歇足的"地方"，又给了读者关于什么样的地方的丰富想象空间，比如桥梁下、破庙里、山洞中……而语序的调整也使得所谓"深处"就是"那最贫最贱最失所的人群中"，而不是他们"歇足地方的最深处"，语意更加平和，译文更加通顺；例⑥的改动更是可以作为翻译教学的典型案例，初刊本的"这是离你最近的，最远的路程"的语意含混、令人费解，"这训练是最奥妙的，而且引成最单纯的音调"这种直译原文的先译主句再译从句的办法就不如"稍为的上下挪动一点"原文，将英语强调句的语序还原，先译从句再译主句的做法来得既通顺又便于理解而且内涵深刻；单行本不仅用语简洁、语意简明，而且"最近"与"最远""最简单"与"最艰苦"之间极具张力，饱含哲思，读来令人怦然心动，感觉余香满口；例⑦的"落红遍地"虽然不及"在枯残的花朵的负累下"那么在文字上与原文的"with the burden of faded futile flowers"对应,但其神韵却是那么的高度吻合;"burden"虽然没有翻译出来,但汉语文化语境中的"落红遍地"却是那么自然而然地使人产生某种心理的负担,既微妙而又难以言说;就这样,冰心成功地将烙有鲜明的中国文化印迹的诗歌意象"落红遍地"无间地融入翻译泰戈尔的诗行中,成为研究冰心诗歌翻译风格的典型案例,引起诸如《冰心诗歌翻译的风格及成因》①等研究成果的讨论;例⑧的初刊本翻译将原文的一个分句再分成三个小分句,既显得琐碎又有明显的"硬译"痕迹,语言有些欧化生涩;而单行本的译文就既复归为原文的一个分句,又打磨成通顺畅达的地道现代汉语;例⑨的初刊本译文也有逐字翻译及简单堆砌之嫌,句子臃肿而不规范;而单行本的翻译在理解原诗的基础上用"每天"加以意译就使句子通顺了,更加符合汉语语言习惯;此外"筑着"才能表达原文"building"之进行时态,而"筑起"更多的是完成意味;例⑩初刊本的"他都添上的高语"更是显得粗粝生硬,只是机械地翻译"he adds his loud voice",令未见原文或不通英语的中国读者难以理解何谓"高语",从而产生阅读障碍;单行本则不但"掺杂"比"加上"来得典雅,"喊叫"也比"高语"明晰得多,有效地修正了初刊本存在的问题。

当然,限于篇幅,这里只就笔者初步选出的单行本修正、完善了初刊本,使译文的艺术性和感染力明显增强的10个例句进行简单的分析,更多的内容还需仔细对读两种译本并进行更翔实更深入的分析。

(二)初刊本比单行本略胜一筹

同时,和当时的大批知名作家一样,20世纪50年代归来以后的冰心也在政治意识形态和文学体制的影响下真诚而又简单地反思过去,调适自己。在主观上,她认同"社会主义现实主义的创作原则,像一块大磁石,号召吸引着千万条文艺的钢针,向着它直指,跟着它转动",表示"我深深地感觉到,我过去的创作,范围是狭仄的,眼光是浅短的,也更没有面向着人民大众。原因是我的立场错了,观点错了,对象的选择也因而错了"。② 在客观上,

---

① 胡娟娟:《冰心诗歌翻译的风格及成因》,硕士学位论文,中南大学,2009年,第27页。
② 冰心:《归来以后》,作家出版社1958年版,第2页;卓如编《冰心全集》第3册,海峡文艺出版社2012年版,第222页。

1954年全国开展的对《红楼梦》研究的批判、对胡风文艺思想的批判以及身边发生的对《文艺报》的批判运动都必然对冰心的思想和行为产生影响,正如王本朝教授指出的那样,作为"体制中的一员,虽没有生存压力,但却有创作和思想压力"。① 这就使冰心在修订《吉檀迦利》译文时小心翼翼,字斟句酌,努力实现"在我的作品中,我要努力创造正面艺术形象,表现新型人物,让新中国的儿童看到祖国的新生的,前进的,蓬蓬勃勃的力量,鼓舞他们做一个有教养的,乐观的,英勇刚毅的社会主义社会的建设者"② 之创作目的,一方面加强有利因素使之越发语言通俗、思想光明、政治正确,另一方面弱化剔除可能产生的不利影响使之远离宗教迷信、灰暗颓废、小资情调。再加上所谓"智者千虑必有一失"以及个人的偏爱,我们以为还是存在少许初刊本比单行本略胜一筹之处。这里也列举代表性的10处如下:

① "在你圣手的摩触下"与"在你双手的不朽的按抚下"(第1首);

② "在歌唱中的欢醉,我忘却了自己"与"在歌唱中的陶醉,我忘了自己"(第2首);

③ "我请求一霎时的忍肆来坐在你的旁边"与"请容我懈怠一会儿,来坐在你的身旁"(第5首);

④ "丢开了歌赞和数珠的捻弄罢"与"把礼赞和数珠撇在一边罢"(第11首);

⑤ "但你总是忍心的隐藏起来"与"但是你却忍心地躲藏起来"(第14首);

⑥ "那时你的话语,在我的一切鸟巢中生翼"与"那时你的话语,要在我的每一鸟巢中生翼发声"(第19首);

⑦ "在莲花开放的那天,可怜呵,我的心情在飘荡,我竟毫不知晓"与"莲花开放的那天,唉,我不自觉地在心魂飘荡"(第20首);

⑧ "天空像绝望者在哀号"与"天空像失望者在哀号"(第23首);

---

① 王本朝:《中国当代文学制度研究(1949—1976)》,新星出版社2007年版,第54—55页。
② 冰心:《归来以后》,作家出版社1958年版,第3页;卓如编《冰心全集》第3册,海峡文艺出版社2012年版,第222页。

⑨"而且温柔地将残萎的莲瓣合上"与"又轻柔地将垂莲的花瓣合上"（第24首）；

⑩"光明，光明在哪里呢？用欲望之火把它点上罢"与"灯火，灯火在哪里呢？用熊熊的渴望之火把它点上罢"（第27首）。

例①的"圣手"比"双手的不朽"更简约而有意味，且更符合梵天的神圣身份，"摩触"则比"按抚"更简单而随意，只须赐予接触，就滋生无边快乐，更能体现梵天的无上法力，与英文原文"touch"也有更好的对应；例②中的"欢醉"就比"陶醉"更直接、更动感、更忘乎所以，而且更常在中国古典诗词中出现，如唐诗中"短促虽知有殊异，且须欢醉在生前"（朱子真《对赵颖歌》）、宋词中的"庆相逢，欢醉且从容"（晏殊《望仙门》）等，而"忘却"也不会比"忘"艰涩，倒是双音节使节奏变得舒缓，仿佛忘得更加持久与彻底；例③的"我请求"比"请容我"更口语化，更通俗易懂，更切合原文之"I ask for"；"一霎时"比"一会儿"更短暂，更低的要求显得更加虔诚，更加知足；"恣肆"比"懈怠"多了一层放肆、放纵之意，内涵更加富有诗意，而原文之"indulgence"正有放纵的含义；初刊本句内不再断句的方式也和原作一致；例④的"丢开"与"撇"对应的原文都是"leave"，但在汉语中"丢开"更口语化一些，初刊本在本首第四段"leave aside thy flowers"处为避免重复"丢开"也使用了"撇开"，译为"撇开供养的香花"，而单行本则做了对调，第一段用"撇"，第四段用"丢开"。在我们看来，两处"丢开"重复又何妨呢？另外，此例中初刊本"捻弄"一词非常形象，状"telling of beads"如在眼前，丰富了译文的内涵，也堪称神来之笔！例⑤的"隐藏"和"躲藏"在很多时候可以互相解释，但"隐"有"不显露"之意，可以是就地的，而"躲"常有"避开"之意，多需要发生位移。在这个意义上，"隐藏"就更能显示"你"的无上法力，可以就地"隐藏"起来关注"我"拯救"我"，更值得渴求你"完全的接纳"。而初刊本的"总是"意味着这种"隐藏"的关爱的反复出现，更有表现力，且与原作前文之"There are times"的复数形式形成更好的对应；例⑥的"一切鸟巢"与"每一鸟巢"在翻译效果上可能旗鼓相当，但"生翼"与"生翼发声"比较起来还是前者稍好一点，一在简略，二在可以更凸显"生翼"之巧妙，三在"发声"之于"话语"似无必要,"话语"自然"发声";例⑦的语意明晰的形容词加叹词的组合"可怜呵"较之笼统含混的单独叹词"唉"的诗意更加丰盈,而且可以和第十五首的"可怜"形成回环与呼应;同时"我竟毫不知晓"以强烈的转折饱含了内心的懊悔与惋惜,而"不自觉地"虽然在连贯性上可能略胜一筹,但在表现力上失之平淡与普通;例⑧的"绝望者"同样比"失望者"在失望的程度上更深,在哀号的强度上更烈,在诗情的张力上更大,且原文之"despair"就是"绝望"之意,冰心也许正是基于前述"正面""乐观"的考虑而令人遗憾地将"绝望"弱化成了"失望";例⑨的"温柔"与"轻柔"虽然含义相似,但前者多一些温暖,后者多一些轻悄,从呼应"你"用"睡眠的衾被裹上土地"的用心的角度看,前者无疑更加妥帖;而"残萎"和"垂"对应的都是原文的"drooping",单从译文中这两个词的替换看,似乎无可厚非,但和"莲"结合起来之后,"残萎的莲瓣"的表达是清晰的,而"垂莲的花瓣"就有些问题,"垂莲"很容易被理解为莲之品种而不是莲的残萎下垂的状态,特别是汉语习惯中很少"垂莲"的搭配而时见"睡莲"之名称,"垂莲"一不留神就会被误读为"睡莲",单行本之后的1982年湖南本、1991年浙江本、1994年诗选本、2000年译林本和各全集本均不加考证自以为是地径作"睡莲",很可能就是这个原因;例⑩的"光明"与"灯火"之间有种属关系,"光明"是泛指的通称,而"灯火"是特指的专类,把"light"译作"光明"自然内涵更丰富;而"欲望"与"渴望"之间也有细微的差别,二者虽然都可以表示强烈的向往或迫切地希望,但"欲望"还有"肉欲或性欲"之意,这个意义上的"欲望"往往意味着低俗、羞耻和颓废,冰心很可能是基于与例⑧相同的原因而不惜以诗意张力的损耗为代价将"光明"具体化为"灯火",把"欲望"洁化为"渴望"。

此外,其实还有不少初刊本与单行本各有千秋的情况,比如:"把你的负担脱卸在那能担负一切者的手中,永不要忏悔的回顾"与"把你的负担卸在那双能担当一切的手中罢,永远不要惋惜地回顾"(第9首);"只是现在常常有一段幽愁笼盖了我"与"不时地有一段的幽愁来袭击我"(第20首)等等。

还值得注意的是,刘涛学兄大作《冰心四十年代散佚诗文辑说》发掘了冰心应《建国青年》编者约稿写的散文《一篇祈祷》，文中不仅完整引用了《吉檀迦利》第35首（文本与1955单行本同样存在明显差异），而且披露了冰心在抗战胜利前后的微妙而特殊的心理变化——

> 八年抗战之中，生活是不安定的，但似乎还有一种希望，一种努力，一种忍受，一种为着不安定而生的自喜和自慰。胜利以后，相反的，这种希望是消灭了，努力是无用了，忍受也没有了力气，自喜和自慰的心情，也受了大大的打击。许久许久，拿不起笔来。①

这就表明《吉檀迦利》（1—30）初刊本保留了冰心"有时在友人敦促之下，勉强翻译些富于哲学意味，宗教色彩的诗文，例如太戈尔的《吉檀迦利》，想以哲学冷静的言语，来镇压自己不安定的心"② 的原初记录，具有重要的文献史料价值和文学艺术价值。特别是和20世纪50年代的修改版本对比起来，在冰心对标点符号和文字词语的增、删、换、改的过程中，蕴含着丰富的值得进一步揣摩和品读的冰心如何翻译和修改作品的信息，是研究冰心翻译思想的宝贵原始资料。

最后，冰心译《吉檀迦利》初刊本（1—30）的发掘一方面提供了新的史料，另一方面也产生了一些新的问题。比如冰心20世纪40年代因为什么原因中断了《吉檀迦利》的翻译？中断之前已经完成的篇目有多少？1955年单行本出版之前已经发表的又有多少？冰心保存有自己20世纪40年代的《吉檀迦利》译本么？冰心"忘却"《吉檀迦利》初刊本的原因何在？是客观使然，还是有意回避？是什么样的客观？为什么要回避？这就需要学界更多的史料发掘和更深的专门研究。

（原载《中国现代文学研究丛刊》2014年第4期）

---

① 刘涛：《冰心四十年代散佚诗文辑说》，《新文学史料》2012年第4期。
② 同上。

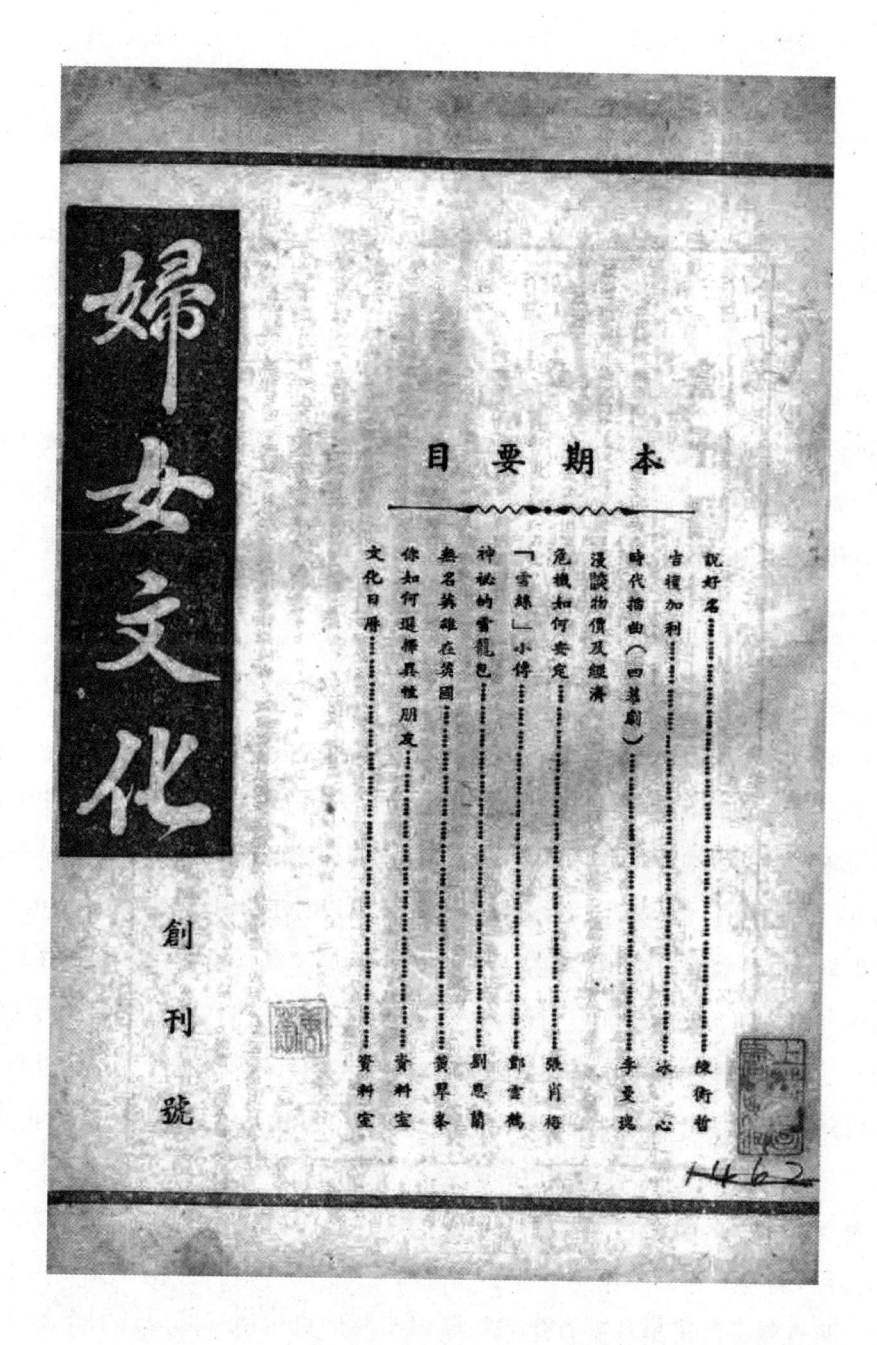

第六章 现代文学经典名作的版本问题

《妇女文化》创刊号封面，1946年1月出版

第二节 戴望舒经典《烦忧》的版本演变

2016年读"中国现代文学馆作家文库"之《徐迟文集》(作家出版社2014年10月版),在第9卷《江南小镇》(上)偶遇一段怦然心动的文字,那就是徐迟回忆自己在孤岛编《纯文艺》旬刊时,称"第一期上发表了陈江帆两首诗作为头条……还发表有戴望舒的《烦忧》一诗,陈歌辛作曲,五线谱排印"。[1] 这段文字当然也曾出现在徐迟的《我的文学生涯》(百花文艺出版社2006年10月版)之中,只是当年翻阅时并没有留心。笔者为什么此番这般在意这句话呢?那是因为2015年春天的中国现代文学课程教学中曾注意到这首戴望舒诗歌经典的版本问题。

一 《戴望舒全集》的注释错误

当时为给文学院2013级汉语言文学教育专业1班和2班的学生介绍讲授此诗,翻阅《戴望舒全集》,发现所录并不是广为流传的起句为"说是寂寞的秋的清愁"的版本,而是起句为"说是寂寞的秋的悒郁"的《新文艺》1929年10月初刊本。《新文艺》由水沫书店发行,其创办和编辑都有戴望舒参与。关于戴望舒诗歌的版本差异,早已为戴望舒的朋友和读者关注,施蛰存先生1981年前后就"费了三个月时间,从二十年代、三十年代的报刊中检阅望舒每一首诗的最初发表的文本,和各个集本对校之后,发现有许多异文,有些是作者在编集时修改的,有些是以误传误的,因此,我决心做一次校读工作,把重要的异文写成校记",[2]《校记》及《戴望舒诗校读记引言》均收入施先生编的"中国现代作家选集"之《戴望舒》,有香港三联书店繁体竖排版和人民文学出版社简体横排版。

而《戴望舒全集》编者在《出版说明》中也指出"戴望舒创作态度严

---

[1] 徐迟:《徐迟文集》第9卷,作家出版社2014年版,第213页。
[2] 施蛰存:《戴望舒诗校读记引言》,施蛰存、应国靖编《戴望舒》,人民文学出版社1993年版,第261页。

谨、精益求精，同一篇作品（特别是诗歌）往往留下不少异文"，因而"以诗人按创作先后自编的《望舒诗稿》和《灾难的岁月》两本诗集为编排线索（集外佚诗依其发表先后插入其间），以第一次收入诗集的作品为本，注释中保留了出版前在报刊上发表和再次收集出版的异文"，① 应该说设想是非常谨严的。但遗憾的是，其关于《烦忧》的几条注释却出现了问题，称收入《望舒诗稿》时，"秋的悒郁"改为"秋的清愁"，"海的怀念"改为"海的相思"，"假如有人问我烦忧的原故"句改为"假如有人问我的烦忧"。事实上，核查《望舒诗稿》（上海杂志公司1937年1月初版），《烦忧》文本与《望舒草》初版本、《新文艺》初刊版都是一致的，并没有注释所称的修改。《戴望舒全集》出现了明显的失误。当然，作为戴望舒的第一套全集，《戴望舒全集》难免存在一些问题，已有研究者如苟强诗、熊婧等进行过有价值的补正，② 但其辑录、整理、传播戴望舒作品的意图、功绩与经验，都值得总结、反思和致敬。

既然《望舒诗稿》版《烦忧》仍然没有修改，那么值得追问的就是，《烦忧》到底是什么时候修改的呢？施蛰存先生的《校记》曾指出周良沛编《戴望舒诗集》的《烦忧》文本不同于《望舒草》与《望舒诗稿》中的文本。查《戴望舒诗集》（四川人民出版社1981年版），果然收录的是我们熟悉的修改本，起句为"说是寂寞的秋的清愁"。那么，《戴望舒诗集》之前有更早的《烦忧》修改本吗？《戴望舒诗选》如何呢？

二 《戴望舒诗选》的缺乏交代

查《戴望舒诗选》（人民文学出版社1957年版），所收《烦忧》正是起句已改为"说是寂寞的秋的清愁"的修改本，可见《戴望舒诗集》不仅"按照卞之琳同志特别提出"的意见，"保留五七年出的《戴望舒诗选》上的艾青的序"③，而且诗歌文本也有沿用。但问题在于，《戴望舒诗选》1957年4月正式出版之际，戴望舒已经去世7年有余，他是什么时候修改《烦忧》的呢？

---

① 《出版说明》，王文彬、金石主编《戴望舒全集》诗歌卷，中国青年出版社1999年版，第2页。
② 苟强诗：《〈戴望舒全集·诗歌卷〉补正及其他》，《现代中国文化与文学》2012年第11辑；熊婧：《〈戴望舒全集〉补正》，《中国现代文学研究丛刊》2015年第3期。
③ 周良沛：《编后》，戴望舒《戴望舒诗集》，四川人民出版社1981年版，第168页。

不仅《戴望舒诗选》第26页《烦忧》的标题与诗行均没有任何注释，而且艾青的序《望舒的诗》也没有涉及此诗选的底本问题，署名"人民文学出版社编辑部"的《出版说明》也只是交代"这本集子，是从作者遗著'望舒诗稿'（1937年刊行）和'灾难的岁月'（1948年星群出版社出版）两本诗集八十余首作品中选辑出来的……在选辑本书的过程中，艾青、徐迟、冯亦代等同志给了我们不少帮助，特在这里并致谢意"。① 也就是说，当我们明确《出版说明》指出的两种版本来源之《望舒诗稿》收录的不是修改本，之《灾难的岁月》编入的25首诗歌中没有《烦忧》，就可以得出结论，《戴望舒诗选》对《烦忧》的修改问题及版本差异其实缺乏应有的交代。

到此为止，沿着戴望舒诗集的出版历程追溯《烦忧》修改情况的线索中断。在一时找不到其他线索的情况下，笔者推想至少有两种可能。一是戴望舒生前修改过此诗，有另外的发表版本或手稿存世，《戴望舒诗选》据以收录，但1980年周良沛提及的只是"现在保存下来部份《灾难的岁月》的手稿，是很工整的抄在一个西式活页笔记本上的。一般手稿能誊抄得那么干净，大概是定稿了。可是许多铅笔记号仍然可以看到诗人在文字上一再推敲的痕迹"，② 按理不应该包含《烦忧》。二是诗友代为戴望舒修改过此诗，如施蛰存编戴望舒的《洛尔伽诗钞》，虽在1955年9月5日完成的《编者后记》中称"我只在语文上稍稍做了些润色工作而已"，③ 但实则不然，对照戴望舒发表在民国报刊上的洛尔伽诗，就会发现部分译诗已有大幅度修改，个别诗行甚至可以说是重译，熊婧博士的《〈戴望舒全集〉补正》④ 就此进行过文本比对。虽然前者的可能性无法完全排除，但毕竟缺乏新的线索。如果是后者，又会是谁呢？艾青？徐迟？同样没有找到史料的支撑。无奈之下，只有存疑并待以时日，直至读到本节开头所引的徐迟回忆文字，发现《烦忧》重刊于《纯文艺》的线索。

---

① 《出版说明》，戴望舒《戴望舒诗选》，人民文学出版社1957年版，版权页。
② 周良沛：《编后》，戴望舒《戴望舒诗集》，四川人民出版社1981年版，第173页。
③ 施蛰存：《编者后记》，戴望舒译、施蛰存编《洛尔伽诗钞》，作家出版社1956年版，第140页。
④ 熊婧：《〈戴望舒全集〉补正》，《中国现代文学研究丛刊》2015年第3期。

三 《纯文艺》重刊的歌词版本

顺藤摸瓜，很快就在上海图书馆"民国时期期刊全文数据库"中得以"整本浏览"1938年3月15日出版的《纯文艺》创刊号，惊喜地在目录中看到果然有《烦忧》，署名"戴望舒诗 陈歌辛曲"。但这里重刊的《烦忧》会是修改本吗？起句会是"说是寂寞的秋的清愁"吗？在希冀与忐忑中迅速翻页，很快在第47页和第48页看到了"五线谱排印"的《烦忧》，而且歌词起句正是"说是寂寞的秋的清愁"，不由得喜出望外！这种状态，庶几近乎陈子善先生所谓"发现的愉悦"，① 而由读《江南小镇》触发的再度发掘《烦忧》修改版之旅，也算是解志熙先生所谓"不期而遇的意外收获"。②

高兴之余，细读《纯文艺》重刊的《烦忧》歌词，发现其内容与《戴望舒诗选》所录的《烦忧》修改本虽然主体相同，但仍有不一致的地方。一是第二行和第七行均作"说是辽远的<u>云的想思</u>"，不是"说是辽远的<u>海的相思</u>"；二是第五行作"不敢说出你的名字"，不是"<u>我</u>不敢说出你的名字"。这两处差异之中，"想思"一词虽不常用，但也是古已有之，并延续至今，比如从《管子》的"精想思之"到《全唐诗》之"想思重回首，梧叶下纷纷"（李山甫《寄太常王少卿》），从民国时期《晨报副刊》1925年7月11日所刊新诗《想思》（署名：默森）到多种期刊发表过的金玉谷（黎锦光）选曲、周璇演唱的民歌《四季想思》，乃至共和国时代的诗词出版物如2010年第12期《中华诗词》之《长想思·变》（署名：王宝琼）与2014年第6期《诗词月刊》之《长想思·怀念妹妹》（署名：李淑芳），等等。"想思"的一个义项可以表示"想"和"思"的意义集合，而另一义项则大致等同于"相思"，比如民歌《四季想思》今人都整理为《四季相思》，而词牌"长想思"也多作"长相思"。在这个意义上，可能是《戴望舒诗选》选录《烦忧》时将"想思"替换成了更通行的"相思"，二者之间的差别几乎可以忽略不计。而"云"与"海"之间，有"我"与无"我"之间，差别就很大了。特别是如果无"我"，则本诗的回文之美就被破坏了，这该如何解释呢？是因为手民之

---

① 陈子善：《发现的愉悦》，湖北人民出版社2004年版。
② 解志熙：《现代文学研究论衡》，河南大学出版社2005年版，第266页。

误而有脱字吗？果然，《纯文艺》第二期刊有《编后谈》，第二段谈及"关于陈歌辛先生的乐曲，上期的《烦忧》中，在第二页第一行第二小节 A 音符之下，脱落一'我'字"。这就坐实了修改版的《烦忧》第五行还是有"我"的，《烦忧》仍是一首精美的不可多得的经典回文新诗。同时，《编后谈》已经在校正《烦忧》的手民之误，却仍没有提到"云的想思"有误，可以断定此版《烦忧》第二行、第七行行末就是"云的想思"。因为短短一首只有72个字的新诗，排印时脱落一字当是特例（可能与"五线谱排印"有关），再度经过年轻、热情、编辑经验颇丰富而与作者关系很密切的徐迟在出版之后的"回头看"，仍出现文字错误的可能性几乎为零。

由此观之，《纯文艺》重刊的歌词版本《烦忧》与《戴望舒诗选》所录的《烦忧》无疑是同一个修改版本系列，真正值得注意的异文只有一处，就是"云"与"海"之别。《纯文艺》第一期还刊有戴望舒翻译的西班牙小说家阿索林的小说《好推事》，第二期刊有戴望舒翻译法国作家纪德的报告文学《奥斯特洛夫斯基》，第三期刊有同样"五线谱排印"的《水风车》（陈歌辛曲、徐迟诗），还从第一期到第三期都在预告"将在本刊发表之作品"，其中有戴望舒的"玛拉美诗钞（附诗注释）"，可知戴望舒与陈歌辛都是该刊的重要作者。同时，也在回忆录《江南小镇》中，徐迟还描述了1938年春在上海与戴望舒、陈歌辛的亲密关系。感觉没法劝阻沉浸在丧母之痛中的夫人陈松了，就"立刻打电话给住得较近的陈歌辛"，又"赶快打电话给穆丽娟和戴望舒"，而且他们都"赶来了"。虽然最终"也没有用"，但过从之密切，友谊之深厚可见一斑。至于陈松临盆与产后，陈歌辛关于医院"以生命为赌博"的俏皮话与戴望舒给新生儿喂奶，"搭救了我女儿，取得成功，这位大诗人非常得意，两个鼻孔一掀一掀的，这是他得意时常有的表情"[①] 的记述，也给人留下深刻的印象，显示着音乐家的机智与大诗人的另一面，洋溢着朋友间的相得与温暖。还原刊物编辑徐迟，曲作者陈歌辛与词作者戴望舒之间亲密的人际关系，就可以推知《烦忧》修改版的产生、发表过程，那应该是朋友之间弹奏旋律、切磋诗艺、激扬文字的产物，是沟通、协商、合作的结果。也就是说，作为歌词的《烦忧》在初刊版基础上的数处修改，很可能是戴望舒

[①] 徐迟：《徐迟文集》第9卷，作家出版社2014年版，第218页。

本人为适应歌词风格而亲自进行了调整。退一步讲，即使不是亲自操刀，至少也是知情的、清楚的，认可的。否则，《烦忧》不会以这样的面貌出现在《纯文艺》创刊号上。

《纯文艺》重刊的歌词版本《烦忧》的重新发现，无疑有助于回答关于《烦忧》到底是什么时候修改的问题，其修改时间至迟不会晚于《纯文艺》创刊号的出版时间，不会晚于1938年3月15日。至于上限，则应当在1937年1月初版的《望舒诗稿》编印之后。至于更准确的时间，则还有待更多的资料发掘。与此相关的问题是，歌词版本《烦忧》第二行和第七行的"云"是怎样变成，或曰回归到初刊版之"海"的？是还潜藏着一个不为人知的版本，还是《戴望舒诗选》的编辑者进行了处理？修改版本《烦忧》是经由徐迟之手刊发的，而《戴望舒诗选》选辑过程中徐迟又给了"不少帮助"，我们似乎有理由推测是徐迟将修改版本《烦忧》提供给人民文学出版社编辑部，才有我们熟悉的"说是辽远的海的相思"广为传播。而提供的方式是《纯文艺》原刊（影印件），还是手抄件，已经无法求证徐迟先生了。若是手抄件，则就存在有意无意地将"云"抄录为"海"的可能。事实上，从诗歌艺术上讲，这里"云"意象的表现力无疑不及"海"意象。"云"的特点是可远可近，忽远忽近，当它触手可及的时候，自然就说不上"辽远"了；而"海"不同，无论是在内陆遥想，还是在海上近观，它都是"辽远"的，更能体现那份"我不敢说出你的名字"的似淡还浓的相思。如果是这样，那么就是徐迟成就了《烦忧》的最优化版本，功不可没。当然，这目前还只是大胆的猜测。至于《烦忧》修改版本与初刊版之间的美学效果差别，已有诗人西渡作过精彩的细读分析，题曰《好诗与坏诗的距离》，收入其批评随笔集《灵魂的未来》，其结论"从整体效果上看，初稿也就是一首过得去的习作，而定稿则是不可多得的好诗"[①] 可谓一语中之高论，读后心有戚戚，有兴趣的师友可以自行参阅，此不赘述。

此外，除了《烦忧》，戴望舒和陈歌辛还有一次合作值得注意，那就是1938年4月为艺华新片《初恋》谱写的主题歌《初恋女》。此曲不仅随着电影在各地传唱，而且还在刊物如《银花集》月刊1938年第2期刊出，署名

---

① 西渡：《好诗与坏诗的距离》，《灵魂的未来》，河南大学出版社2009年版，第385页。

"陈歌辛曲 戴望舒词"。此曲歌词改编自戴望舒诗歌《有赠》，不同时期有众多歌星演唱过，至今仍不乏流行度与生命力。但在《有赠》与《初恋女》之间，改编的幅度很大，以至于是出自戴望舒，还是来自陈歌辛，都尚有争议。即使收入前述《戴望舒诗集》《戴望舒全集》或《戴望舒作品新编》（长江文艺出版社 2014 年版）等各类诗集，也是作为《有赠》之注释出现。必须指出的是，因为《戴望舒诗集》版歌词是"根据当时制录的唱片《初恋》记录的"，① 而后出的诗集又都沿用《戴望舒诗集》的说法，所以第 10 行均作"哦，受我最祝福的人"，较之《银花集》刊出的版本脱一"初"字，当为"哦，受我最初祝福的人"。② 在我们看来，这一字之差不容忽视，因为正如识者所言"一字之易，可以拯救一首坏诗，也可以毁灭一首好诗。因此，好诗与坏诗的距离单位是以字来计算的。对文本之间的细小差异，阅读时务必细心揣摩，方不辜负诗人用心"。③ 具体而言，最初祝福的人不一定是最祝福的人，最祝福的人也未必是最初祝福的人，但最难忘记、最易梦回的，往往是最初祝福的人。何况此版诗作之标题已是《初恋女》，这里着一"初"字，是如此切题，如此美好，如此意味深长。我们讨论诗歌的版本差异，其意义也在于此。进而言之，则可以借用施蛰存先生的话，那就是"不单是为研究者提供方便，也可以作为青年诗人探索艺术手法的一些例子"。④

　　本节追问《烦忧》的修改时间，除了厘清基本史实之外，还因为它涉及戴望舒诗歌观念的变化与修正问题。罗义华的《有关〈烦忧〉的三个圈套》对此有过比较深入的论述，但其"《望舒诗稿》对《烦忧》一诗的改变……"⑤ 等说法遗憾地弄错了提前了《烦忧》的修改时间。还是洪子诚先生说得好："有的时间界限对判定一首诗的价值并非无关紧要，而且，对于诗史写作来说，它还承担了考察诗歌文体沿革，诗歌精神流脉的任务。所以，

---

① 戴望舒：《有赠》，《戴望舒诗集》，四川人民出版社 1981 年版，第 81 页。
② 陈歌辛曲、戴望舒词：《初恋女》，《银花集》（月刊）1938 年第 2 期，4 月 1 日出版。
③ 西渡：《好诗与坏诗的距离》，《灵魂的未来》，河南大学出版社 2009 年版，第 383 页。
④ 施蛰存：《戴望舒诗校读记引言》，施蛰存、应国靖编《戴望舒》，人民文学出版社 1993 年版，第 261 页。
⑤ 罗义华：《有关〈烦忧〉的三个圈套》，《学术论坛》2005 年第 7 期。

时间的确定就不是可有可无的工作。"① 诗歌的写作时间如此,诗歌的修改时间亦然。

(精简版曾载《中国社会科学报》2016年9月12日"文学"版)

第三节 张爱玲《流言》之大楚报社版本

张爱玲及其散文集《流言》,流布甚广,粉丝众多,已不用笔者饶舌介绍。专门研究《流言》的评论,也为数不少,如果加上兼及《流言》的文字,其体量早已数倍、数十倍于《流言》本身。对于这样的"热点"问题,笔者一般是在关注之余敬而远之的。但凑巧的是,2015年整理读书笔记,却意外地"发现"了似乎不为人知的张爱玲《流言》再版本,比对思索月余,草成本节文字,供读者诸君批评。

一 版本介绍与相关信息

此种《流言》再版本系"南北丛书"之一种,作者署"张爱玲",发行印刷署"大楚报社",地址署"汉口交通路十八号",发行所也署"大楚报社",地址同前,印数:三〇〇〇册,定价:中储券四〇〇〇元(外埠酌加邮费),中华民国卅三年十二月十日初版(上海),中华民国卅四年八月一日再版(汉口),版权页标明"版权所有 不准翻印"。

就笔者目力所及,"大楚报社"版《流言》既不被抗战胜利后多家大陆及港台出版社印行的《流言》之前言后记提及,也不见于诸多张爱玲的传记与年谱资料,利用百度、谷歌、CNKI知识搜索等网络检索工具都找不到有效信息。张惠苑编《张爱玲年谱》(天津人民出版社2014年1月版)是第一部也是迄今最为详尽的张爱玲年谱资料,其1944年12月谱文有"同月,散文集《流言》由上海中国科学公司出版"的记载,以及插图、篇目、印数、纸

---

① 洪子诚:《编选"新诗大系"遇到的问题》,《新诗界》第2卷,新世界出版社2002年版,第379页。

张等相关信息，①但没有说明再版情况，更没有提到"大楚报社"版《流言》。日本学者池上贞子著《张爱玲：爱·人生·文学》不仅辟有《〈流言〉考——张爱玲之1943—1945年》专节，对《流言》收录作品的原载杂志以及分类和内容等进行翔实深入的考论，而且在末尾的《张爱玲年谱》中著录了1944年12月"《流言》（散文集），张爱玲刊行，中国科学公司印刷，五州书报社销售"和1945年1月"《流言》再版，街灯书报社销售"的情况，②但也没有论及"大楚报社"版《流言》。此前万燕著《女性的精神：有关或无关乎张爱玲》附录的《新编张爱玲年谱》也有"同月，《流言》散文集由上海五洲书报社初版；1945年1月街灯书报社再版，三版"③的记录，但同样没有涉及"大楚报社"版《流言》。请教"在张爱玲身上花的功夫，渐渐已有黑社会作风"④的陈子善先生，也不曾见过这个版本。如此看来，笔者在有幸展读众多张爱玲研究专家都很可能没有翻阅过的"大楚报社"版《流言》之后，捉一管秃笔予以介绍，也不失其意义。

值得辨析讨论的是，街灯书报社到底是再版《流言》的销售者，还是出版者，或是其他？查"在上海图书出版业工作五十年（1921—1970）"的朱联保编《近现代上海出版业印象记》，对"街灯书报社"的介绍是"抗日战争时期专门推销汪伪出版物的机构"，⑤说明的都是其"经售"情况，没有涉及其他如"五洲书报社"般的"发行"信息。而1945年1月出版的《杂志》第14卷第4期第152页《文化报道》之"张爱玲新著：《流言》出版，系作者年来所作散文小品之结集，并有作者所作素描及作者像片，内容甚精，售五百元——街灯书报社总经售"，⑥也只谈"经售"，无关"出版"。冯和仪（苏青）编《天地》1945年2月号第17页的"《流言》（再版）"广告也仍然是"张爱玲著 街灯书报社经售"。⑦笔者目前尚未见到1945年上海再版、三

---

① 张惠苑：《张爱玲年谱》，天津人民出版社2014年版，第57页。
② [日]池上贞子：《张爱玲：爱·人生·文学》，赵怡凡译，陕西师范大学出版总社有限公司2013年版，第222页。
③ 万燕：《女性的精神：有关或无关乎张爱玲》，同济大学出版社2008年版，第367页。
④ 毛尖：《爱玲、子善和其他》，《新民周刊》2015年第39期。
⑤ 朱联保：《近现代上海出版业印象记》，学林出版社1993年版，第369—370页。
⑥ 《文化报道》，《杂志》1945年第4期，1月10日出版。
⑦ 《流言（再版）》，《天地》1945年第17期，2月出版。

版的《流言》，不知持街灯书报社"出版"说者所本何处。

众所周知，1944年11月，与张爱玲共写婚书成婚尚不足半载的胡兰成飞赴沦陷区武汉，接手日伪背景的《大楚报》，任大楚报社社长，副社长沈启无，总编辑关永吉，撰述主任潘龙潜。虽然很快就另有十七岁的新欢——小护士周训德，但胡兰成仍然不忘廿四岁的旧爱——红作家张爱玲。虽然武汉到上海隔着千里河山，但张爱玲与胡兰成仍有鸿雁传书，《流言》在上海初版的情况，胡兰成想必知悉，更何况胡兰成《今生今世》中还忆及1945年"阳历三月里我要回上海……随后我到上海，一住月余。与爱玲在一起，过的日子只觉是浩浩阴阳移"。① 这样看来，张爱玲不能忘情于上海，将《流言》在上海初版后，交由得"人和"之便的大楚报社再版，就应当是非常合情合理之事，绝非其他盗印本可以比拟。显然再版不仅可以继续扩大影响，而且还如初版策略性地放入玉照一样，有助于实现"那么我的书可以多销两本。我赚一点钱，可以澈（彻）底地休息几个月，写得少一点，好一点"② 的诉求。

事实上，张爱玲在胡兰成主事的大楚报社出版的作品不止《流言》一种。三个月之前的1945年5月，张爱玲已经在该社"大楚报快读文库"出版过32开57页带插图的小说《倾城之恋》单行本，相关情况在《民国时期总书目》（文学理论·世界文学·中国文学）、《中国新文学大系1937—1949》（史料·索引）、《中国现代文学总书目》（小说卷）等资料中都有著录。遗憾的是，这些产生重要影响的著述都遗漏了同一作者在同一机构出版的《流言》再版本。

"大楚报社"版《流言》封底有"大楚报社新书杂志"与"大楚报社新书"两则广告。前者披露该社"卅四年春季起……出版丛书杂志，以俾于文艺复兴运动稍尽微力……新评论丛书已出四种，南北丛书已出六种，快读文库已出六种，知识丛书已出一种，均得好评"。后者则罗列已出版或即出版的各丛书之新书书名、作者、价格等信息。其中新评论丛刊五种（含胡兰成作品四种），南北丛书八种，快读文库七种，知识丛书四种。张爱玲的《倾城之恋》在快读文库中排在第二的位置，《流言》在南北丛书中排在最末。但值得

---

① 胡兰成：《今生今世》，远景出版事业公司1986年再版本，第231页。
② 张爱玲：《"卷首玉照"及其他》，《天地》1945年第17期，2月出版。

注意的是，《流言》4000元的价格，不仅是《倾城之恋》500元价格的8倍，而且在所列新书中高居榜首，远远超过以"价一五〇〇元"排名第二的知识丛书之《中国革命外史》（北一辉作 苦竹社译）。高昂的价格无疑显示了作者和出版者对《流言》的价值自信与市场期许。但与此同时，明显偏高的价格应当也会影响《流言》的销售与传播，而这也很可能是此版《流言》虽然印数不少，达3000册，但存世不多，湮没至今的原因之一。

关于大楚报社的"南北丛书"，所见介绍最详尽的是蔡登山先生的《张爱玲文坛交往录（1943—1952，上海）》，但也仅列出前面六种，即"《思念集》（开元著）、《怀狐集》（吴公汗著）、《镇长及其他》（关永吉著）、《牛》（关永吉著）、《奴隶之爱》（袁犀著）、《某小说家手记》（高深著）"，① 这是令人感佩的。但遗憾的是，这里没有注明所引"'大楚报社新书'的预告"之出处，不知与"大楚报社"版《流言》封底的"大楚报社新书"广告是否一致。如果一致，那么蔡先生就将《奴隶之爱》与《某小说家手记》的作者抄录反了，前者是高深作品，后者才是袁犀著述。更为重要的是，如果蔡先生抄录全部八种"南北丛书"，补充"《招隐集》（废名作）、《流言》（张爱玲作）"这十余字，就不会遗漏肯定能让他眼前一亮的与所论话题直接相关的关键词"张爱玲"，就会提及《流言》的这一再版本，甚至顺藤摸瓜，发现大楚报社版《流言》。如果是这样，对于蔡先生来说，真是失之交臂；而对于笔者来说，却是幸甚幸甚。当然，如果本来就不一样，或者字迹漫漶缺损，又另当别论。但其中机缘，同样应该心存敬畏与感激。

二 版本发现过程及价值

还值得感激的是为笔者"发现"大楚报社版《流言》提供帮助的几位师友。这得从头说起。为什么说是整理读书笔记意外"发现"《流言》再版本呢？因为读书笔记中存有大楚报社版《流言》版权页截图，整理时忽然注意到其是在武汉出版的，颇为特殊。查看笔记时间，却是2013年底。当时为准备申报国家社科基金项目"抗战时期作家佚作与版本研究"而查询"读秀学术搜索"之张爱玲著译，随手记录下反馈的结果。其时无疑是因为其篇目与

---

① 蔡登山：《张爱玲文坛交往录（1943—1952，上海）》，《新文学史料》2011年第1期。

《流言》初版一致而没有引起足够的重视，以为只是没有多大价值的再版本，没有一心想要通过比对发现的"佚作"，也没有明显的重要版本问题。这番引起注意之后，仔细检索相关文献，才发现它居然是"养在深闺人未识"的宝贝，赶紧列入研究范围，着手疏考。

从"读秀"数据库中下载大楚报社版《流言》全文之后，首先被其封面所吸引。因为其封面上的着清装大袄（与1944年业余摄影家童世璋摄入镜头的张爱玲穿着的那件"唯一的清装行头"① 有非常相似）的女性居然有眉毛有眼睛，有鼻子，有嘴巴，这明显区别于初版封面女人那"那没有五官的空白平板的脸"。② 这种颠覆性的处理显然值得重视和讨论。这是张爱玲的意图吗？如果不是，谁如此胆大妄为呢？而且不管是与不是，都应该追问背后的原因是什么？接连数日都百思不得其解，却又偶然发现人像右边眉眼间有擦拭的痕迹，难道这眉眼是后来画上去的？将图像在不同设备上反复放大观看，并参考家人朋友意见，可以确定修眉美目，琼鼻丹口都是好事者加上去的，只因增添得颇有水准，而几可乱真。然而，为稳妥计，还需要进一步落实。而落实的渠道无非是两种，要么找到这本电子版《流言》的纸质原书，核查其封面是否有人为增补；要么找到另一本大楚报社版《流言》，核对其封面人像面部是否是空白。于是通过QQ联系之前已加好友的读秀客服老师，试图寻找纸质原书。热心的客服老师很快有了回复，但提供的数条馆藏信息对应的都是初版本，甚至让相关人员也帮忙查找，最后还是"目前没有找到哪个单位有大楚这本"。这颇令人失望，也暴露了强大读秀的一个漏洞，不能回溯文献来自哪个机构。但客服老师的热情帮助还是值得铭感。东方不亮西方亮，转而求助国家图书馆。虽然国图缺藏，但在杨镇老师的帮助下，查阅到湖北图书馆有此书，但该馆与国图没有馆际互借关系，不能传递文献。最后终于在重庆图书馆唐伯友老师的帮助下与湖北图书馆梅老师取得联系，找到了纸质的大楚报社版《流言》。但意外的是，湖北图书馆此书缺封面！其他内容倒是和读秀的电子版一致，另外看到了读秀所没有的重要的封底页。在没有找到更完善的大楚报社版《流言》的情况下，笔者先就这些材料完成了这篇习

---

① 张爱玲：《对照记》，北京十月文艺出版社2007年版，第60页。
② 金宏宇等：《文本周边：中国现代文学副文本研究》，武汉大学出版社2014年版，第186页。

作。在此向给予帮助的读秀客服老师、杨老师、唐老师和梅老师表示衷心的感谢！

一本小书，竟然麻烦了三家图书馆，这一方面显示了资料查找的艰难，另一方面也凸显了进一步整合的必要。同时，笔者毕竟足不出户，就看到需要的绝大多数页面，也体现了现代社会信息交流的方便与快捷，数码相机+互联网+人际关系的组合就可以让更多的稀见资料来到研究者案头，有效改善社会科学研究的学术生态。

大楚报社的《流言》再版本的重新发现，对张爱玲研究无疑具有重要的意义。它是在特殊的时间特殊的地点出版的一部特殊的书籍，版权页标注的1945年8月1日，距8月15日日本宣布投降和抗战胜利结束仅两周，距8月27日《大楚报》停刊①不足一月，距9月18日日本第六方面军司令官冈部直三郎在汉口中山公园签降也不到50天。它是张爱玲抗战时期出版的最后一本作品集，也是张爱玲民国时期在上海之外出版的唯一一本散文集。它涉及两位特殊人物——张爱玲与胡兰成，其间的爱恨情仇与沟通合作虽难以还原，但"纸墨寿于金石"，它的存在就是客观的见证，无声的信物。它不仅是张爱玲著作出版史乃至民国出版史的一则不应忽视的史实，而且也是《流言》版本流变史的一个值得关注的环节，同时还是张爱玲与胡兰成交往史上一段不为人知的插曲，可以对已有张爱玲研究资料形成重要补充，完全有必要写入新版的张爱玲传记和张爱玲年谱。令人费解的是，这样一部独特的散文集，何以会湮没至今呢？当事人方面，不管是张爱玲还是胡兰成或其他相关人士，不管是《小团圆》还是《今生今世》或另外的著述，为什么对此都只字不提呢？仅仅是和大楚报社的日伪背景和胡兰成的文化汉奸身份有关？传播方面，何以此书存世如此之少，众多图书馆，甚至是保存抗战时期文学文献相当丰富的图书馆，乃至国内图书馆界之执牛耳者都缺藏呢？它的3000册印数是实际印刷的数目吗？它有多少进入销售流通渠道呢？4000元偏高的定价能够真正卖出多少呢？它的库存有没有因出版机构的原因被查禁乃至销毁呢？柯灵先生名文《遥寄张爱玲》所谓"她的著作，四十年代在大陆出版的《传奇》

---

① 唐惠虎、朱英主编：《武汉近代新闻史》下卷，武汉出版社2012年版，第472页。

《流言》，我至今好好地保存着"，① 包括这稀见的"大楚报社"版吗？这些问题目前都还难以回答，有多种可能，值得进一步思考和研究。

三 版本差异举隅和纸型

对读"大楚报社"的《流言》再版本与张爱玲自任"发行者"的《流言》初版本，发现二者之间存在明显的联系与重要的区别。从封面看，《流言》初版本封面上那些独特的标志性元素：手绘的面部一片空白的清装女人，张爱玲手书的书名和作者名都一仍其旧。只是笔者所见"大楚报社"的《流言》再版本封面颜色淡了许多，不知是由于岁月的剥蚀，还是本来就作了淡化处理。同时，再版本书名"流言"二字的位置稍有变化，比初版本偏左一些，更靠近人像，而且"流"字向左倾，"言"字向右倾，成弧形排列。个人以为，书名的这点小改动是可取的，靠近人像可以增强整体感，弧形排列则更有作者在《红楼梦魇》的《自序》中自释"流言"乃"Write on water（水上写的字）"② 之特征与韵味。两个版本的目录中均标明封面系"炎樱作"，莫非再版的改动也是出自炎樱之手？

从目录看，编入《流言》初版本目录的 30 篇散文作品中前 29 篇的题名、顺序和对应页码都在"大楚报社"的《流言》再版本中延续。其差别在于初版本目录第一页排篇名 14 个，在《银宫就学记》之后翻页，而再版本目录第一页排篇名 13 个，在《走！走到楼上去》之后就翻页了；在于最末篇《谈音乐》对应的页码是初版本第 209 页，再版本第 207 页；在于初版本目录是仿宋体，再版本目录系宋体。"画页"目录的差别就更大了，虽然初版本和再版本都是在目录后面单列"画页"目录，但初版本"画页"目录第一页排题名 12 个，在《活泼》之后翻页，而再版本目录第一页排题名 14 个，在《地方色彩》之后才翻页。也就是说，《流言》初版本目录与"画页"目录的版式不一样，"画页"目录少排两行，要疏朗一些；而再版本目录与"画页"目录的版式是统一的。在字体上二者同样有仿宋体与宋体之别。当然，这些都是细节问题。最重要的差别在于，初版本"画页"目录列入 23 条，从《封

---

① 柯灵：《遥寄张爱玲》，《读书》1985 年第 4 期。
② 张爱玲：《自序》，张爱玲《红楼梦魇》，皇冠杂志社 1977 年版，第 8 页。

面》到第22条《跳舞》（175页），到最末的《照片三幅》（207页）；而再版本"画页"目录列入22条，从《封面》到第22条《跳舞》（175页）就戛然而止了。也就是说，再版本"画页"目录虽然前面22条的题名、顺序和对应页码都和初版本保持一致，却删除了初版本"画页"目录的最后一条——《照片三幅》。

从正文看，《流言》初版本与"大楚报社"的《流言》再版本版式一模一样，都是每页竖排15行，每行43字，篇名占3行，小标题占2行。但也有一些值得注意的差别：《流言》再版本"画页"之《势利》排在了《青春》的前面，"画页"目录显示《青春》在第13页，《势利》在第14页，但事实上正文中第13页是《势利》，第14页才是《青春》。这种和目录页不统一、和初版本也不一致的编排，应当是"手民之误"。与此同时，再版本《势利》3幅小图的说明文字"阔人对穷人""杂种人对中国人""外国人对中国人"前面的序号为"（上）""（中）""（下）"，三处文字及序号位于同一行；而《流言》初版本《势利》3幅小图说明文字前面的序号为"（1）""（2）""（3）"，三处文字及序号均位于图片的左下或左侧，不在同一行。

《流言》再版本"画页"之《外国人（二）》的图（2）说明文字作"英国太太碰到天灾人祸，事无大小，总叫你：亲爱的，镇静一点"，这句说明在初版本中末尾有后引号，不见前引号，再版本删除了这个没有前引号的后引号，作了必要的修正。

《流言》再版本"画页"之《物伤其类》集4幅小图"横""浅薄""笨""做作"的序号为①②③④，初版本也是小图4幅，序号作（1）（2）（3）（4）。这种序号差别在紧随着的《夫主·奴家》中也同样存在。

《流言》再版本"画页"之《戏剧》的第5幅小图说明文字作"英雄，美人，三角，四角"，而初版本此图说明为"英雄美人，三角四角"，再版本多了两处逗号。

《流言》再版本"画页"之《跳舞》图中女性侧脸向右，仿佛看着散文题目《谈跳舞》，而初版本图中女性是侧脸向左，后脑勺对着散文题目《谈跳舞》。想来是"手民"放反了张爱玲画作所致，但张爱玲原作是左视还是右视，恐怕难以判断了。

最后也是最重要的差别,当然是《流言》再版本删除了初版本第207页和第208页的《照片三幅》了。其中第207页两幅,配文字"有一天我们的文明,不论是升华还是浮华。都要成为过去";第208页一幅,所配文字为"然而现在还是清如水明如镜的秋天,我应当是快乐的",两句话均出自《〈传奇〉再版序》。从张爱玲后来的《"卷首玉照"及其他》中我们知道,《流言》初版本这几张照片是作者和"朱先生"多次交涉的结果,甚至已经说出了"大约你从来没遇见过像我这样疙瘩的主顾"与"真对不起,只好拉个下趟的交情罢,将来我也许还要印书呢"这样的话来。最后修改的结果如何呢?从张爱玲"虽然又有新的不对的地方,到底好些了,多了点人气"的表达看来,其实还是不够满意的。所以在前文"将来我也许还要印书呢"后紧接着的就是"可是无论如何不印照片了"的决定。这样看来,"大楚报社"的《流言》再版本不印照片,就是理所应当之举了。但值得追问的是,这种处理是来自张爱玲的明确要求呢,还是编辑者明白张爱玲意图后的个人决定?目前的材料还难以回答这个问题。

再版本文字部分有没有可能是沿用了初版本的纸型呢?二者的相似度如此之高,仿佛很有可能,而且初版本是张爱玲自己发行的,纸型很可能就在她手中,若要沿用也很便利。但是事实上可能并非如此,文字部分的排版还是有细微差别。

比如再版本误植空格。再版本正文第91页《谈女人》之"惟有黑种人天真未凿,精力未耗,未来的大时代里恐怕要轮到他们来做主角",在"凿"后衍一空格,导致初版本位于行末的"耗"字下移至行首,随后文字也相应下移,此段末两行初版本行首为"的""能",再版本行首为"度""不"。

又如再版本横字斜字。再版本正文第109页《洋人看京戏及其他》首段四行行首"这都是中国,纷纭,神秘,刺眼,滑稽"之"稽"字排横了,顺时针旋转了90度,而初版本无误,再版本又见"手民之误"。正文第182页《谈跳舞》末行行首"还大惊小怪叫别的女孩子都来看"之"小"字排斜了,逆时针旋转了45度,初版本没有问题。这应当是印刷时由于印版松动出现的局部版面缺陷。

再如标点的不同。第117页《洋人看京戏及其他》之"现代的中国是无礼可言的,除了在戏台上",这是初版本的标点方式;在再版本中,"无礼可言的"后面为句号,"在戏台上"为逗号。从文意看,当以初版本为佳。当然,也有再版本纠正了初版本误植标点之处,比如正文第156页首行《私语》之"也有一种快心的感觉"后面,初版本连用两个句号,明显有误,再版本就删除了一个句号。

还有字形的差别。正文第161页倒数第三行"烟铺上跳起来劈头打去"之"烟",初版本就是"烟",而再版本作"煙"。第172页第三行"像杨贵妃牙痛起来含在嘴里的玉鱼的凉味",初版本"凉"作"涼"。类似的例子还有多处,此不赘述。

总而言之,1945年8月汉口大楚报社"发行印刷"的张爱玲《流言》再版本之主体内容虽与1944年12月张爱玲兼任著作者与发行者的《流言》初版本一致,但在封面文字与排列方式、目录编排与字体、"画页"顺序内容与正反等方面都存在细节差异,其误植空格、横字斜字、标点字形等差别都说明并未沿用初版纸型,而是重排再版。还是陈子善先生说得好,"哪怕她没有写过一篇小说,她的散文也足以使她跻身二十世纪中国最优秀的散文家之列,一部笔调瑰奇、文思隽逸的《流言》即为明证"。[1] 换言之,《流言》堪称20世纪中国最优秀的散文集之一,其出版、再版、传播过程,无疑属于龚明德先生倡导的"有些事,要弄清楚"[2]的范畴。汉口大楚报社版《流言》的重新发现,对张爱玲研究具有重要意义,是张爱玲研究资料的重要补充,足资新版张爱玲传记、张爱玲年谱编写者参考。

---

[1] 陈子善:《〈张爱玲集〉跋》,《张爱玲丛考》下卷,海豚出版社2015年版,第366页。
[2] 龚明德:《有些事,要弄清楚》,内蒙古教育出版社2009年版。

参考文献[①]

《重庆出版志》编纂委员会编:《重庆出版纪实》(第一辑),重庆出版社1988年版。

包子衍:《雪峰年谱》,上海文艺出版社1985年版。

北京图书馆编:《民国时期总书目(1911—1949)》,书目文献出版社1992年版。

陈伯良:《穆旦传》,浙江人民出版社2004年版。

陈独秀:《陈独秀文集》,人民出版社2013年版。

陈坚、陈抗:《夏衍》,中国华侨出版社1999年版。

陈坚、陈抗:《夏衍传》,北京十月文艺出版社1998年版。

陈坚、陈奇佳:《夏衍传》,中国戏剧出版社2015年版。

陈坚、张艳梅:《世纪行吟——夏衍传》,浙江人民出版社2005年版。

陈寿楠、朱树人、董苗编:《董每戡集》,岳麓书社2011年版。

陈早春、万家骥:《冯雪峰评传》,重庆出版社1993年版。

陈子善:《发现的愉悦》,湖北人民出版社2004年版。

陈子善:《张爱玲丛考》,海豚出版社2015年版。

程焕文编:《裘开明年谱》,广西师范大学出版社2008年版。

程振兴:《鲁迅纪念研究(1936—1949)》,中国社会科学出版社2011年版。

戴望舒:《戴望舒诗集》,四川人民出版社1981年版。

[①] 这里列出的其实是书籍类主要参考文献。事实上,本书写作过程中还引用和参考了大量民国旧报旧刊类和论文类成果,凡征引处,已在正文或注释中有说明,这里不再一一列出。谨向这些论著的作者、译者和编者,以及为本人查阅民国旧报旧刊提供方便者表示感谢。

戴望舒：《戴望舒诗选》，人民文学出版社1957年版。

邓集田：《中国现代文学出版平台：晚清民国时期文学出版情况统计与分析（1902—1949）》，上海文艺出版社2012年版。

杜运燮等编：《丰富和丰富的痛苦——穆旦逝世20周年纪念文集》，北京师范大学出版社1997年版。

丰陈宝、丰一吟编：《丰子恺散文全编》，浙江文艺出版社1992年版。

傅斯年：《傅斯年全集》，湖南教育出版社2003年版。

龚明德：《有些事，要弄清楚》，内蒙古教育出版社2009年版。

顾颉刚：《顾颉刚日记》，联经出版事业公司2007年版。

顾执中：《报人生涯》，江苏古籍出版社1991年版。

郭沫若：《郭沫若全集》，人民文学出版社1982—1992年版。

郭延礼：《中国近代文学发展史》，高等教育出版社2001年版。

胡兰成：《今生今世》，远景出版事业公司1986年再版本。

黄会林、绍武：《黄会林绍武文集》，北京师范大学出版社2008年版。

黄炎培：《黄炎培日记》，华文出版社2008年版。

贾植芳：《贾植芳文集》，上海社会科学院出版社2004年版。

姜耕玉：《新诗与汉语智慧》，东南大学出版社2013年版。

蒋登科：《中国新诗的精神历程》，巴蜀书社2010年版。

蒋景源主编：《中国民主党派人物录》，华东师范大学出版社1991年版。

金宏宇：《中国现代长篇小说名著版本校评》，人民文学出版社2004年版。

金宏宇等：《文本周边：中国现代文学副文本研究》，武汉大学出版社2014年版。

李书磊：《说什么激进》，中国文联出版社2003年版。

李束丝：《玄鹤篇——李束丝作品集》，黑龙江文学艺术界联合会2004年内部印刷版。

廖久明：《高长虹年谱》，人民出版社2011年版。

廖庆渝：《重庆歌乐山陪都遗址》（中英文本），四川大学出版社2005年版。

刘福春、徐丽松：《中国现代文学总书目·诗歌卷》，知识产权出版社2010年版。

刘增人、刘泉、王今晖：《1872—1949文学期刊信息总汇》，青岛出版社2015年版。

刘增人等：《中国现代文学期刊史论》，新华出版社2005年版。

刘振元主编：《上海高级专家名录》，上海科学技术出版社1994年版。

刘子凌编：《话剧与社会：20世纪30年代中国话剧文献史料辑》，人民出版社2014年版。

鲁迅：《鲁迅全集》，人民文学出版社2005年版。

鲁迅：《鲁迅日记》，人民文学出版社2006年版。

鲁迅博物馆、鲁迅研究室编：《鲁迅年谱》，人民文学出版社1984年版。

陆荣椿：《夏衍评传》，山东教育出版社1997年版。

马必胜：《南戏乡亲董每戡传》，岳麓书社2015年版。

马蹄疾：《鲁迅与浙江作家》，华风书局1984年版。

茅盾：《茅盾全集》，人民文学出版社1984—1997年版。

穆旦：《穆旦诗全集》，中国文学出版社1996年版。

穆旦：《穆旦诗文集》，人民文学出版社2014年增订版。

穆旦：《穆旦自选诗集：1937—1948》，天津人民出版社2010年版。

穆旦：《穆旦作品新编》，人民文学出版社2011年版。

钱理群：《丰富的痛苦——堂吉诃德和哈姆雷特的东移》，时代文艺出版社1993年版。

钱穆：《钱宾四先生全集》，联经出版事业公司1998年版。

清华大学校史研究室编：《清华大学史料选编》，清华大学出版社1991年版。

瞿秋白文集编辑委员会编：《瞿秋白文集》，人民文学出版社1953年版。

全国图书联合目录编辑组：《1833—1949全国中文期刊联合目录》，书目文献出版社1981年版。

商金林撰著：《叶圣陶年谱长编》，人民教育出版社2004年版。

上海文艺出版社编：《鲁迅回忆录》，上海文艺出版社1979年版。

尚丁：《四十年编余忆往》，重庆出版社1986年版。

邵华强编：《沈从文研究资料》，花城出版社、生活·读书·新知三联书店香港分店1991年联合编辑发行版。

沈从文：《沈从文全集》，北岳文艺出版社2003年版。

施蛰存、应国靖编：《戴望舒》，人民文学出版社1993年版。

史先民编著：《中国社会科学家联盟资料选编》，中国展望出版社1986年版。

苏洵著，曾枣庄、金成礼笺注：《嘉佑集笺注》，上海古籍出版社1993年版。

孙郁、黄乔生主编：《高山仰止：社会名流忆鲁迅》，河北教育出版社2000年版。

谭桂林、吴康主编：《鲁迅与"左联"——中国鲁迅研究会理事会2010年年会论文集》，湖南师范大学出版社2011年版。

唐惠虎、朱英主编：《武汉近代新闻史》，武汉出版社2012年版。

唐金海、刘长鼎主编：《茅盾年谱》，山西高校联合出版社1996年版。

万燕：《女性的精神：有关或无关乎张爱玲》，同济大学出版社2008年版。

王本朝：《中国当代文学制度研究（1949—1976）》，新星出版社2007年版。

王炳根编选：《冰心日记》，作家出版社2018年版。

王寿兰编：《当代文学翻译百家谈》，北京大学出版社1989年版。

王文彬、金石主编：《戴望舒全集》，中国青年出版社1999年版。

王友贵：《翻译西方与东方：中国六位翻译家》，四川人民出版社2004年版。

王钟翰：《王钟翰清史论集》，中华书局2004年版。

温梓川：《文人的另一面》，广西师范大学出版社2004年版。

吴秀明主编：《郁达夫全集》，浙江大学出版社2007年版。

伍杰等主编：《中文期刊大词典》，北京大学出版社2000年版。

西渡：《灵魂的未来》，河南大学出版社2009年版。

西南联大北京校友会：《国立西南联合大学校史——1937至1946年的北大、清华、南开》，北京大学出版社1996年版。

夏衍：《懒寻旧梦录》，中华书局2016年增订版。

夏衍：《夏衍全集》，浙江文艺出版社2005年版。

夏志清:《人的文学》,福建教育出版社2010年版。

谢常青:《日出东方永向前——香港澳门文学研究论集》,暨南大学出版社1993年版。

解玉峰:《20世纪中国戏剧学史研究》,中华书局2006年版。

解志熙:《考文叙事录:中国现代文学文献校读论丛》,中华书局2009年版。

解志熙:《现代文学研究论衡》,河南大学出版社2005年版。

熊飞宇:《重庆时期冰心的创作与活动研究》,广西师范大学出版社2015年版。

熊辉:《两支笔的恋语:中国现代诗人的译与作》,西南师范大学出版社2011年版。

徐迟:《徐迟文集》,作家出版社2014年版。

徐敬亚:《崛起的诗群》,同济大学出版社1989年版。

许广平:《许广平文集》,江苏文艺出版社1998年版。

燕大文史资料编委会编:《燕大文史资料》(第3辑),北京大学出版社1990年版。

姚辛:《左联史》,光明日报出版社2006年版。

叶圣陶:《叶圣陶集》,江苏教育出版社2004年版。

叶至善、俞润民等编:《暮年上娱:叶圣陶俞平伯通信集》,花山文艺出版社2002年版。

易彬:《穆旦年谱》,中国社会科学出版社2010年版。

易彬:《穆旦评传》,南京大学出版社2012年版。

游有维:《上海近代佛教简史》,华东师范大学出版社1988年版。

俞平伯:《俞平伯全集》,花山文艺出版社1997年版。

元好问著,狄宝心校注:《元好问诗编年校注》,中华书局2011年版。

查国华:《茅盾年谱》,长江文艺出版社1985年版。

臧克家:《国旗飘在雅雀尖》,中西书局1943年版。

臧克家:《今昔吟》,山东人民出版社1979年版。

臧克家:《臧克家全集》,时代文艺出版社2002年版。

臧克家主编：《中国抗日战争时期大后方文学书系》（第6编），重庆出版社1989年版。

张爱玲：《红楼梦魇》，皇冠杂志社1977年版。

张爱玲：《流言》，大楚报社1945年版。

张爱玲：《流言》，中国科学公司1944年版。

张行帆：《中国当代名人逸事》，中国文化供应社1946年版。

张惠苑：《张爱玲年谱》，天津人民出版社2014年版。

张僖：《只言片语：中国作协前秘书长的回忆》，北京十月文艺出版社2002年版。

张晓岚编著：《北大老宿舍纪事：中关园》，北京大学出版社2014年版。

张泽贤：《民国出版标记大观》，上海远东出版社2008年版。

浙江省新闻志编纂委员会编：《浙江省新闻志》，浙江人民出版社2007年版。

浙江文艺出版社编：《夏丏尊散文全编》，浙江文艺出版社1992年版。

郑绩：《浙江现代文坛点将录》，海豚出版社2014年版。

中国蔡元培研究会编：《蔡元培全集》，浙江教育出版社1998年版。

中国大百科全书出版社编辑部编：《中国大百科全书 图书馆学·情报学·档案学》，中国大百科全书出版社1992年版。

中国社会科学院科研局组织编选：《聂宝璋集》，中国社会科学出版社2002年版。

中国社会科学院文学研究所鲁迅研究室编：《1913—1983鲁迅研究学术论著资料汇编》，中国文联出版公司1986年版。

中国作家协会编：《回忆张光年》，作家出版社2013年版。

中华职业教育社编：《社史资料选辑》，文史资料出版社1980年版。

周海波：《传媒时代的文学》，人民文学出版社2007年版。

周希宪主编：《澄海英风》，人民日报出版社2008年版。

朱立元主编：《美学大辞典》（修订本），上海辞书出版社2014年版。

朱联保：《近现代上海出版业印象记》，学林出版社1993年版。

朱乔森编：《朱自清全集》，江苏教育出版社1998年版。

竺可桢：《竺可桢全集》，上海科技教育出版社 2005 年版。

卓如编：《冰心全集》，海峡文艺出版社 2012 年版。

［俄］普希金：《普希金叙事诗选集》，查良铮译，四川文艺出版社 1985 年版。

［德］马克思、恩格斯：《马克思恩格斯全集》，中共中央马克思恩格斯列宁斯大林著作编译局编译，人民出版社 2016 年版。

［美］金介甫：《沈从文传》（全译本），符家钦译，湖南文艺出版社 1992 年版。

［日］池上贞子：《张爱玲：爱·人生·文学》，赵怡凡译，陕西师范大学出版总社有限公司 2013 年版。

［西］洛尔伽著，施蛰存编：《洛尔伽诗钞》，戴望舒译，作家出版社 1956 年版。

后　记

这本书稿是教育部2013年人文社会科学研究青年基金项目"中国现代文学佚文辑校与版本考释"（项目批准号：13YJC751029）的最终研究成果，也是恩师周晓风教授主持的重庆市抗战文史研究"两江学者"计划专项资助项目成果。

笔者对现代文学佚文与版本问题的关注，始于2009年5月在重庆岷山饭店召开的"重庆'文学史料与抗战文学'学术研讨会暨中华文学史料学学会近现代史料学分会第二届学术年会"。当时有幸聆听陈子善、刘福春、张桂兴、李怡等专家的精彩发言，点燃了一个科研"秘书"对民国文学史料的学术热情，激发了一枚迷茫"青椒"对现代作家佚作发掘与版本考证的浓厚兴趣。屈指算来，在这条路上已经跋涉了整整十年，不由得感慨系之。

有人说项目立项是高兴三天，痛苦三年，那么延期至五年结题的项目岂不是痛苦五年？好在并没有感到痛苦，好在因为是做自己喜欢做的事而乐在其中。有人说文献史料研究是坐冷板凳，下笨功夫，但念及自身知识结构与学术兴趣，这可能是最佳的选择，最好的安排，于是每天"翻翻民国期刊，读读师友文字"，为民国文学文献宝库中似乎已经不为人知的佚作、版本、期刊与人物而眼前一亮，喜不自胜，而心生喟叹，悲从中来，而剔抉爬梳，敷衍成文。五年时间里，一盏旧台灯，一张小书桌，一把老藤椅，攻读博士学位，获批国家项目，出版学术专著，晋升教授，遴选导师，忙忙碌碌中也有些收获。项目研究在持续开展，项目成果在陆续发表，项目中期检查顺利通过，第二次拨款也如数到位，但结题之事却耽搁下来了，惊觉之后，命令自己2018年底必须结项。不想在2018年7月7日，朋友圈突然被《教育部社科司关于清理教育部人文社会科学研究一般项目的通知》刷屏，才知道自己已与1453个项目一起被点名批评，最后通牒，而最后期限是9月30日。于是赶紧着力打造结项书稿，好在中期成果比较丰富，补充内容，分章节，改标题，调字句，作注释，数易其稿，终于可以再写后记，从此完成任务，了却心事一桩。但头上悬着deadline的日子，的确感受到了项目研究之痛，不但暑假形同虚设，中秋节也不敢休息，没工夫赏月不说，连往年集句赠师友活动都只能取消。

值得说明的是，近年中国现代作家佚文辑校工作越来越受学界重视，导致辑佚成果"撞车"的情况时有发生。其实这完全可以理解，毕竟学术乃天下之公器，毕竟那些佚文一直静静栖息在民国报刊之中。现代作家佚文发掘，是一种缘分，陈子善先生有一形象说法："民国时期文史方面遗落的明珠是捡不完的"，谁先遇到，谁先捡拾，谁先披露，都充满偶然性。因此，既定的研究计划必须不断进行话题范围之内的调整，不能机械地与《申报书》一一对应。有的章节内容已收入项目中期成果《故纸无言：民国文学文学胫谈录》（人民出版社2015年版），本来不该重复，但为了保持项目主要成果的相对完整，还是再度编入本书，业已经过仔细校订，作了不少修正。已经发现的现代作家佚作当然还有不少，其中属于抗战时期作品的，将在国家社科基金项目"抗战时期作家佚作与版本研究"成果中继续披露。项目的结题与书稿的出版，并不意味着现代文学佚文辑校与版本考释工作的结束。鲁迅先生《写在〈坟〉后面》有云："进化的链子上，一切都是中间物。"这本小书作为"历史中间物"，也必然被否定，但这种否定若能如钱理群先生所谓"与代表历史方向的前进运动的肯定联系在一起"，就心满意足矣。

项目研究过程中，得到国家图书馆、上海图书馆、重庆图书馆、湖北图书馆、重庆师范大学图书馆和超星公司等文献收藏单位的大力支持，感谢杨镇老师、杨荣老师、张丁老师、唐伯友老师、冯素梅老师、刘福春老师、马越波书友等的热情帮助。感谢张中良老师、吴义勤老师、郭娟老师、姜异新老师、陈子善老师、石河老师、周群老师、吴祝蓉老师、程光炜老师等的提携和厚爱,使得书稿部分内容得以先后在《中国现代文学研究丛刊》《鲁迅研究月刊》《新文学史料》《现代中文学刊》《出版发行研究》《中国社会科学报》《中华读书报》等报刊发表,有的还被人大复印报刊资料《中国现代、当代文学研究》《藏书报》等全文转载。感谢洪子诚教授、商金林教授、解志熙教授、周晓风教授、王本朝教授、蒋登科教授、张全之教授、张家恕教授等在不同场合给予的鼓励和教诲。周晓风老师慨然提供经费支持,使拙著得以出版;陈子善先生百忙之中欣然赐序,为拙著增色不少,这都是需要特别鸣谢的!感谢中国社会科学出版社文学艺术与新闻传播出版中心主任郭晓鸿老师的大力支持和细致高效的工作,虽不曾谋面,但微信交流非常愉快,给了我很多及时的指导!感谢王秀涛、陈艳、张涛、曾艳、杨阳、武雪彬、王洪波、赵黎明、廖久明、侯桂新、易彬、李斌、宫立、王学振、袁洪权、杨华丽、熊飞宇、肖太云、徐惊奇、刘彦君、金华等旧雨新知的友情与援手。从大学时代一路走来的妻子不仅是我生活上的坚强后盾,而且在调研安排、文字辑录及成果修订等方面做了大量默默无闻的工作。马上升入初中的女儿也许是拙书目前最小的读者,也喜欢读后记,关心此书能不能在新华书店买到,也关心这回在后记里怎么写她。鼓励她自己操刀,又终究不敢动手。放弃了就错过了,但错过未必遗憾,一如她的人生,一步一步总得自己去丈量去品尝,不退缩不懈怠,就会比父辈走得更远。门下研究生陈窈、沈逸、沈金鱼、武燕和王婷婷通读了全部书稿,校正不少疏漏,在此一并表示感谢。需要感谢的家人、老师、朋友、学生还有不少,恕不一一列出你们此刻涌现在我心头的名字。你们的关爱与温暖是我前行的绵绵动力。

校书之难,人所共知。宋沈括《梦溪笔谈》卷二十五末则录宋绶语"校书如扫尘,一面扫一面生",明林俊《见素集》卷二十二《复胡士宁》叹"古所谓校书如扫落叶,传示万古未易也",清黄丕烈《荛圃藏书题识》卷十《山谷词一卷》谓"盖校书如扫叶拂尘,洵非虚语"……川大向以鲜先生,也有妙文《扫叶与拂尘》,2017年刊《天涯》杂志。此书稿提交结题后又细校再四,每次都发现"犹有脱谬",特别是面对那些已经印入学术刊物再也无法更改的讹误,真是愧甚、愧煞……然后庆幸,还好今日又校

后 记

对了一遍。即便如此,"鲁鱼亥豕"之处仍在所难免,敬请师友同道与读者诸君批评指正。

凌孟华

2018年9月27日丑时初稿于歌乐山下

2019年5月25日未时修订于三春湖畔

2019年6月17日亥时三稿于阳光水城

2019年7月31日申时四稿于新闻中心